SOB O CÉU DO NUNCA

VERONICA ROSSI

SOB O CÉU DO NUNCA

TRILOGIA NEVER SKY

TRADUÇÃO DE
ALICE KLESCK

ROCCO
JOVENS LEITORES

Título Original
UNDER THE NEVER SKY

Copyright © 2012 *by* Veronica Rossi

Edição brasileira publicada mediante acordo com
Sandra Bruna Agencia Literaria, em conjunto com Adams Literary

Todos os direitos reservados.

Nenhuma parte desta obra pode ser reproduzida ou transmitida por qualquer forma ou meio eletrônico ou mecânico, inclusive fotocópia, gravação ou sistema de armazenagem e recuperação de informação, sem a permissão escrita do editor.

Direitos para a língua portuguesa reservados
com exclusividade para o Brasil à
EDITORA ROCCO LTDA.
Av. Presidente Wilson, 231 – 8º andar
20030-021 – Rio de Janeiro – RJ
Tel.: (21) 3525-2000 – Fax: (21) 3525-2001
rocco@rocco.com.br | www.rocco.com.br

Printed in Brazil/Impresso no Brasil

Preparação de originais
VIRGÍNIA BOECHAT

CIP-Brasil. Catalogação na fonte.
Sindicato Nacional dos Editores de Livros, RJ.

Rossi, Veronica
R743n   Never sky: sob o céu do nunca / Veronica Rossi; tradução de Alice Klesck. – Rio de Janeiro: Rocco Jovens Leitores, 2015.
(Never sky; 1) – Primeira edição.
Tradução de: Under the never sky
ISBN 978-85-7980-234-8
1. Ficção infantojuvenil norte-americana. I. Klesck, Alice. II. Título. III. Série.
14-17755   CDD – 028.5
                        CDU – 087.5

O texto deste livro obedece às normas
do Acordo Ortográfico da Língua Portuguesa.

Para Luca e Rocky

Capítulo 1
ÁRIA

Eles chamavam o mundo além das paredes do núcleo de "a Loja da Morte". Havia um milhão de maneiras de morrer por lá. Ária nunca achou que chegaria tão perto.

Ela mordia o lábio, enquanto olhava a porta pesada de aço à sua frente. Uma tela exibia as palavras "AGRICULTURA 6 – PROIBIDA A ENTRADA" em letras vermelhas luminosas.

Ag 6 era apenas uma cúpula de serviço, Ária dizia a si mesma. Dúzias de cúpulas proviam Quimera com comida, água, oxigênio: todas as coisas de que uma cidade encapsulada precisava. A Ag 6 tinha sido danificada numa tempestade recente, mas os danos eram supostamente insignificantes. Supostamente.

– Talvez a gente deva voltar – disse Paisley. Ela estava ao lado de Ária na câmara de compressão, aflita, enroscando uma mecha de sua longa cabeleira ruiva.

Os três meninos estavam agachados junto ao painel de controle, perto da porta, causando interferência no sinal, para que pudessem sair sem acionar o alarme. Ária procurava ignorar o falatório contínuo.

– Ora, vamos, Paisley. O que poderia acontecer de pior?

Ária disse isso como uma piada, mas sua voz saiu alta demais, então ela emendou uma risada, que acabou soando ligeiramente histérica.

— O que poderia acontecer numa cúpula danificada? — Paisley contou em seus dedos finos. — Nossa pele poderia apodrecer. Nós poderíamos ficar trancadas pra fora. Uma tempestade de Éter pode nos transformar em bacon humano. Então, os canibais poderiam nos comer no café da manhã.

— É só outra parte de Quimera — disse Ária.

— Uma parte restrita.

— Pais, você não precisa ir.

— Nem você — disse Paisley, mas ela estava errada.

Durante os últimos cinco dias, Ária estava constantemente preocupada com sua mãe. Por que ela não fizera contato? Lumina nunca tinha perdido uma de suas visitas diárias, independentemente do quanto estivesse envolvida em sua pesquisa médica. Se Ária queria respostas, ela precisava entrar naquela cúpula.

— Pela centésima vez, não... espere, pela milésima vez, a Ag 6 é segura — disse Soren, sem se virar do painel de controle. — Vocês acham que eu quero morrer esta noite?

Fazia sentido. Soren se amava demais para arriscar a própria vida. O olhar de Ária pousou em suas costas musculosas. Soren era filho do diretor de segurança de Quimera. Ele tinha o tipo de corpo que só se obtinha com privilégio. Tinha até um bronzeado, uma regalia ridícula, considerando-se que nenhum deles jamais vira o sol. E também era um gênio para decifrar códigos.

Bane e Echo observavam, ao seu lado. Os irmãos seguiam Soren por todo lado. Ele geralmente tinha centenas de seguidores, mas isso era nos Reinos. Esta noite, apenas cinco deles compartilhavam a apertada câmara de compressão. Somente cinco deles infringindo a lei.

Soren se ergueu, mostrando um sorriso presunçoso.

— Preciso falar com meu pai sobre esses protocolos de segurança.

— Você conseguiu? — perguntou Ária.

Soren sacudiu os ombros.

– Alguém duvidava? Agora, a melhor parte. Hora de desligar.

– Espere – disse Paisley. – Achei que você fosse só interferir na transmissão de nossos olhos mágicos.

– Estou interferindo, mas isso não nos dará tempo suficiente. Precisamos desligá-los.

Ária passou o dedo em seu olho mágico. Ela sempre usava o dispositivo transparente sobre seu olho esquerdo, e estava sempre ligado. O olho os levava até os Reinos, espaços virtuais onde eles passavam a maior parte do tempo.

– Caleb vai nos matar se não voltarmos logo – disse Paisley.

Ária revirou os olhos.

– Seu irmão e suas noites temáticas. – Ela geralmente percorria os Reinos com Paisley e Caleb, seu irmão mais velho, partindo de seu ponto favorito, no salão da 2ª geração. Ao longo do mês anterior, Caleb tinha planejado temas para as noites de lazer. O tema dessa noite, "Banquete amigável", começara num Reino Romano, onde eles tinham se empanturrado de javali e ragu de lagosta. Depois rumaram em direção a um banquete de Minotauro num Reino Mitológico.

– Só estou contente por termos partido antes das piranhas.

Graças ao seu olho mágico, Ária mantinha encontros diários com a mãe, que seguia com sua pesquisa em Nirvana, outro núcleo, a centenas de quilômetros de distância. A distância nunca tivera importância, até cinco dias atrás, quando a conexão com Nirvana foi interrompida.

– Por quanto tempo estamos planejando ficar por lá? – perguntou Ária. Ela só precisava de alguns minutos a sós com Soren. Apenas o tempo suficiente para perguntar sobre Nirvana.

Um sorriso se abriu no rosto de Bane.

– Tempo suficiente para festejarmos no real!

Echo afastou o cabelo dos olhos.

– Tempo suficiente para festejarmos em carne e osso!

O verdadeiro nome de Echo era Theo, mas poucas pessoas se lembravam disso. Seu apelido combinava bem com ele.

— Podemos desligar por uma hora. — Soren piscou pra ela. — Mas não se preocupe, eu deixo você ligadinha depois.

Ária se obrigou a sorrir, sedutora.

— Acho bom, mesmo.

Paisley lançou um olhar suspeito. Ela não sabia do plano de Ária. Algo tinha acontecido com Nirvana, e Ária sabia que Soren podia obter informações com seu pai.

Soren sacudiu seus ombros largos, como um boxeador entrando no ringue.

— Lá vamos nós, sequelados. Segurem firme. Vamos desligar em três, dois...

Ária se assustou com uma campainha aguda que vinha do fundo de seus ouvidos. Um muro vermelho desabou sobre seu ângulo de visão. Agulhas incandescentes espetavam seu olho esquerdo e se espalhavam por seu couro cabeludo. Aglutinaram-se na base de seu crânio e dispararam espinha abaixo, explodindo em seus membros. Ela ouviu um dos garotos xingar de alívio. O muro vermelho sumiu com a mesma rapidez que havia surgido.

Ela piscou algumas vezes, desorientada. Os ícones de seus Reinos favoritos tinham desaparecido. As mensagens na lista de dados e o rodapé de notícias na tela inteligente também tinham sumido, deixando apenas a porta da câmara de compressão, que parecia opaca, filtrada por uma película fina. Ela olhou para baixo, para suas botas. Cinza médio. Um tom que cobria praticamente tudo em Quimera. Como fazer o *cinza* ficar ainda menos vibrante?

Embora estivesse na pequena câmara lotada, ela foi tomada por uma sensação de solidão. Não podia acreditar que um dia as pessoas tinham vivido assim, sem nada além do real. Os Selvagens de fora *ainda* viviam assim.

— Funcionou – disse Soren. – Estamos desligados! Somos estritamente carne!

Bane pulava para cima e para baixo.

— Somos como os Selvagens!

— Somos Selvagens! – gritou Echo. – Somos Forasteiros!

Paisley piscava sem parar. Ária queria tranquilizá-la, mas não conseguia se concentrar, não com Bane e Echo berrando no pequeno espaço.

Soren girou uma barra manual na porta. A câmara despressurizou com um chiado rápido e uma onda de ar fresco. Ária olhou para baixo, perplexa, ao ver a mão de Paisley agarrada à sua. Antes que Soren abrisse a porta, ela só teve um segundo para absorver o fato de que não tocava ninguém há meses, desde que a mãe partira.

— Liberdade, enfim – disse ele, depois seguiu rumo à escuridão.

No clarão que saía da câmara de compressão, ela viu o mesmo chão macio que havia por toda parte em Quimera. Mas ali o solo era coberto por uma camada de poeira. As pegadas de Soren carimbaram uma trilha adentrando a escuridão.

E se a cúpula não fosse segura? E se a Ag 6 transbordasse de perigos? Um milhão de mortes na Loja da Morte. Um milhão de doenças talvez estivesse pairando no ar, revoando por seu rosto. Inalar o ar subitamente parecia suicídio.

Ária ouviu bipes de um teclado vindo da direção de Soren. Trilhas de luzes piscaram, com uma série de cliques ruidosos. Um espaço cavernoso surgiu. Fileiras de plantações se estendiam niveladas como listras. Bem ao alto, canos e vigas cruzavam o teto. Ela não via nenhum buraco aberto, ou qualquer outro sinal de danos. Com seu chão sujo e silêncio solene, a cúpula parecia simplesmente malcuidada.

Soren pulou na frente da porta, segurando no portal.

— Pode me culpar se essa acabar sendo a melhor noite da sua vida.

A comida brotava de montes plásticos que batiam na altura da cintura. Fileiras e fileiras de frutos e legumes deteriorando se espalhavam ao seu redor, em linhas intermináveis. Como tudo no núcleo, eram geneticamente elaborados para eficiência. Não tinham folhas e, para crescer, não precisavam de terra alguma, somente de pouca água.

Ária arrancou um pêssego murcho, retraindo-se ao ver a facilidade com que amassara sua polpa macia. Nos Reinos, ainda cultivava-se alimento, ou ele era cultivado virtualmente, em fazendas com celeiros vermelhos e campos sob o céu ensolarado. Ela se lembrava do último slogan do olho mágico, "Melhor que real". Nesse caso, era verdade. A comida verdadeira da Ag 6 parecia gente velha antes de tratamentos de reversão da idade.

Os meninos passaram os primeiros dez minutos correndo pelos corredores, uns atrás dos outros, e pulando por cima das fileiras de plantações. Isso acabou virando um jogo que Soren intitulou "podrebol", que consistia em acertar uns aos outros com os frutos. Ária jogou um pouco, mas Soren ficava mirando nela e ele arremessava com muita força.

Ela se escondeu com Paisley, abaixando atrás de uma fileira, enquanto Soren mudava novamente o jogo. Ele encostou Bane e Echo contra a parede, ao estilo paredão de execução, depois atirou pomelos nos dois irmãos, que só ficaram ali, rindo.

– Chega de fruta cítrica! – gritou Bane. – Nós vamos falar!

Echo ergueu as mãos, como Bane.

– Nós nos entregamos, Ceifeiro das Frutas! Vamos falar!

As pessoas sempre faziam o que Soren queria. Ele tinha prioridade em todos os Reinos. Ele tinha até um Reino batizado com seu nome, SOREN 18. O pai de Soren criara o Reino para o seu aniversário de dezoito anos, no mês anterior. Garrafas verdes emborcadas entoavam um concerto especial. Durante a última música, o estádio inundou de água do mar. Todos se transformaram em sereias e tritões. Até mesmo nos Reinos, onde tudo era possível, aquela festa tinha sido espetacular. Ela dera início à moda dos concertos subaquáticos. Soren conseguia fazer nadadeiras parecerem sexy.

Ária raramente encontrava com ele depois do colégio. Era Soren que ditava as regras nos Reinos de esportes e combates, lugares onde as pessoas podiam competir e ser avaliadas. Ela normalmente ficava nos Reinos da arte e da música, em companhia de Paisley e Caleb.

– Olha esse *troço* sujo – disse Paisley, esfregando um borrão laranja em sua calça. – Não quer sair.

– Isso se chama mancha – disse Ária.

– Qual é a finalidade das manchas?

– Não há finalidade. Por isso que não há nos Reinos. – Ária observava a melhor amiga. Paisley mostrava o rosto franzido, sua sobrancelha sobreposta na beirada do olho mágico.

– Você está bem?

Paisley abanou os dedos diante de seu olho.

– Detesto isso. Está *faltando* tudo, sabe? Cadê todo mundo? E por que minha voz está tão esquisita?

– Nós todos soamos estranho. Como se tivéssemos engolido megafones.

Paisley ergueu uma sobrancelha.

– Mega o quê?

– Um cone que as pessoas usavam para amplificar sua voz. Antes dos microfones.

– Parece um megarregresso – disse Paisley. Ela ficou andando rapidamente ao redor, empinando os ombros para Ária. – Você vai me dizer o que está acontecendo? Por que estamos aqui com Soren?

Agora que elas estavam desligadas, Ária percebeu que podia contar a Paisley o motivo de flertar com ele.

– Preciso descobrir sobre Lumina. Eu sei que Soren pode conseguir a informação com o pai. Ele talvez já saiba alguma coisa.

A fisionomia de Paisley abrandou.

– É provável que a conexão esteja apenas fora do ar. Você logo terá notícias dela.

— A conexão já ficou fora do ar por algumas horas, nunca tanto tempo assim.

Paisley suspirou, recostando sobre o monte plástico.

— Eu não pude acreditar quando você cantou pra ele, na outra noite. E você devia ter visto Caleb. Ele achou que você tinha arrombado o armário de remédios de sua mãe.

Ária sorriu. Ela geralmente mantinha a voz em particular, algo estritamente entre ela e a mãe. Porém, há algumas noites, ela se forçou a cantar uma balada para Soren, num Reino Cabaré. Em minutos, o Reino chegou à sua lotação máxima, com centenas de pessoas aguardando para ouvi-la cantar novamente. Ária tinha ido embora. E exatamente como ela esperava, Soren a perseguia desde então. Quando ele propôs o programa para essa noite, ela agarrou a oportunidade.

— Eu precisava deixá-lo interessado. — Ela espanou uma semente de seu joelho. — Vou falar com ele, assim que ele parar com a guerra de frutas. Então, sairemos daqui.

— Vamos fazê-lo parar agora. Diremos que estamos entediadas... o que não deixa de ser verdade.

— Não, Pais — disse Ária. Soren não podia ser forçado a nada. — Deixe comigo.

Soren deu um salto por cima da fileira da plantação diante delas, assustando-as. Ele estava segurando um abacate, com o braço erguido pra trás. Sua calça cinza estava coberta de borrões de suco e polpa.

— O que há de errado? Por que vocês duas estão só sentadas aqui?

— Estamos entediadas com esse jogo de podrebol — disse Paisley.

Ária se retraiu, esperando pela reação de Soren. Ele cruzou os braços, movendo o maxilar de um lado para outro enquanto encarava as duas.

— Então, talvez vocês devam ir embora. Espere. Eu quase esqueci. Vocês não podem ir embora. Acho que vão continuar *entediadas*, Paisley.

Ária deu uma olhada para a porta da câmara de compressão. Quando foi que ele a fechou? Ela percebeu que ele tinha todos os códigos para a porta e para a reprogramação dos olhos mágicos.

– Você não pode nos prender aqui, Soren.

– Ações precedem reações.

– Do que ele está falando? – perguntou Paisley.

– Soren! Vem cá – chamou Bane. – Você precisa ver isso!

– Senhoritas, estão precisando de mim em outro lugar.

Ele arremessou o abacate no ar, antes de sair correndo. Ária o pegou sem pensar. A fruta estourou em sua mão, transformando-se num grude verde pegajoso.

– Ele quer dizer que agora é tarde demais, Pais. Ele já nos trancou aqui fora.

Mesmo assim, Ária verificou a porta da câmara de compressão. O painel não respondia. Ela ficou olhando para o botão vermelho de emergência. Estava diretamente ligado ao servidor. Se ela o apertasse, os Guardiões de Quimera viriam ajudá-las. Porém, elas também seriam punidas por terem escapado e provavelmente teriam seus privilégios reduzidos nos Reinos. E ela perderia qualquer chance de falar com Soren sobre sua mãe.

– Vamos ficar mais um pouquinho. Logo eles terão de voltar.

Paisley puxou os cabelos por cima de um dos ombros.

– Tudo bem. Mas eu posso segurar sua mão de novo? Isso me dá a sensação que ainda estamos nos Reinos.

Ária ficou olhando a mão estendida de sua melhor amiga. Os dedos de Paisley faziam ligeiros espasmos. Ela pegou sua mão, mas lutou contra o ímpeto de recuar, conforme elas caminhavam juntas, em direção ao fundo da cúpula. Ali, os três meninos passaram por uma porta que Ária não tinha notado. Outro conjunto de lâmpadas acendeu. Por um instante, ela ficou imaginando se seu olho mágico tinha sido reativado e ela estaria, de fato, vendo um Reino. Diante deles, surgiu uma floresta linda e verde. Então, ela olhou para o alto, vendo o teto branco familiar, acima do topo das árvores, perfilado por um emaranhado de luzes e canos. Ela percebeu que era uma imensa estufa.

– Achei – disse Bane. – Sou demais, não sou?

Echo virou a cabeça para o lado, afastando os cabelos esfiapados dos olhos.

– Cara, campeão. Surreal. Quer dizer, é real. Ah! Você sabe o que quero dizer.

Ambos olharam para Soren.

– Perfeito – disse ele, olhando atentamente. Ele tirou a camisa, jogou-a de lado e correu floresta adentro. No instante seguinte, Bane e Echo o seguiram.

– Nós não vamos entrar, vamos? – perguntou Paisley.

– Sem camisa, não.

– Ária, fala sério.

– Pais, olhe pra este lugar. – Ela deu um passo à frente. Fruta podre era uma coisa. Uma floresta era uma verdadeira tentação. – A gente tem que ver isso.

Estava mais fresco e escuro embaixo das árvores. Ária passou a mão livre pelos troncos, sentindo a textura áspera. A pseudocasca não agarrava como se pudesse morder sua pele. Ela esmagou uma folha seca na palma da mão, criando farelos afiados. Ficou olhando os desenhos das folhas e dos galhos acima, imaginando que, se os garotos se aquietassem, ela talvez pudesse ouvir as árvores respirando.

Ária acompanhava Soren, conforme eles adentravam mais a floresta, buscando uma chance de falar com ele, enquanto tentava ignorar o calor úmido da mão de Paisley. Ela e Paisley já tinham ficado de mãos dadas, nos Reinos, onde as pessoas se tocavam. Mas lá parecera mais macio, ao contrário da pegada apertada que ela sentia agora.

Os meninos estavam perseguindo uns aos outros pela floresta. Eles tinham encontrado varetas que carregavam como lanças e haviam esfregado terra em seu rosto e peito. Fingiam que eram Selvagens, como os que viviam do lado de fora.

– Soren! – chamou Ária, conforme ele passou como uma bala. Ele parou, de lança em punho, e chiou pra ela. Ela deu um solavanco pra trás. Soren riu dela e saiu correndo.

Paisley puxou-a, fazendo-a parar.

– Estão me assustando.

– Eu sei. Eles são totalmente assustadores.

– Não os meninos. As árvores. Dá a sensação de que vão cair em cima da gente.

Ária olhou para cima. Por mais diferente que fosse essa floresta, ela não tinha pensado nisso.

– Tudo bem. Vamos esperar perto da câmara de compressão – disse ela, começando a voltar. Alguns minutos depois, ela percebeu que tinham chegado a uma clareira, por onde já haviam passado. Estavam perdidas na floresta. Ela quase riu de tão inacreditável que era. Ela soltou a mão de Paisley e esfregou a palma da mão na calça.

– Estamos andando em círculos. Vamos esperar aqui até que os garotos venham. Não se preocupe, Pais. Ainda é Quimera, está vendo? – Ela apontou para o alto, através da folhagem, para o teto, depois desejou que não o tivesse feito. As luzes ficaram mais fracas, piscaram, depois voltaram.

– Me diga que isso não acabou de acontecer – disse Paisley.

– Vamos embora. Essa foi uma ideia imbecil. – Será que esta era a parte da Ag 6 que sofrera os danos?

– Bane! Vem cá! – berrou Soren. Ária virou-se, tendo um vislumbre de seu tórax bronzeado correndo por entre as árvores. Essa era sua chance. Se ela se apressasse, poderia falar com ele agora. Se deixasse Paisley ali sozinha.

Paisley deu um sorriso trêmulo.

– Vá, Ária. Fale com ele. Mas volte logo.

– Eu prometo que volto.

Soren estava erguendo uma pilha de galhos nos braços quando ela o encontrou.

– Vamos fazer uma fogueira – disse ele.

Ária congelou.

– Você está brincando. Você não vai, realmente... vai?

– Somos Forasteiros. Forasteiros fazem fogueiras.

– Mas ainda estamos do lado de *dentro*. Vocês não podem fazer isso, Soren. Isso não é um Reino.

– Exatamente. Essa é nossa chance de ver a coisa real.

– Soren, é proibido. – O fogo nos Reinos era uma luz tremulante alaranjada e amarela que emanava um calor suave. Porém, por conta dos anos de treinamentos de segurança no núcleo, ela sabia que o fogo devia ser diferente. – Você pode contaminar o nosso ar. Pode incendiar Quimera...

Ela parou de falar, conforme Soren se aproximou. Gotas de água salpicavam sua testa. Abria filetes limpos na lama em seu rosto e peito. Ele estava suando. Ela nunca o vira suar.

Ele se inclinou mais perto.

– Aqui, eu posso fazer qualquer coisa que eu quiser. *Qualquer coisa.*

– Eu sei que pode. Todos podemos. Certo?

Soren parou.

– Certo.

Era agora. Sua chance. Ela escolheu cuidadosamente as palavras.

– Você sabe de coisas, não sabe? Como os códigos que nos trouxeram até aqui... Coisas que não deveríamos saber?

– Claro que sei.

Ária sorriu e contornou os galhos que ele trazia nos braços. Ela ficou na ponta dos pés, convidando-o a cochichar.

– Bem, conte-me um segredo. Diga-me algo que não deveríamos saber.

– Como o quê?

As luzes piscaram novamente. O coração de Ária deu um tranco.

– Conte-me o que está havendo com Nirvana – disse ela, esforçando-se para parecer natural.

Soren deu um passo atrás. Ele sacudiu a cabeça lentamente, estreitando os olhos.

– Você quer saber sobre sua mãe, não é? Por isso veio até aqui? Está me enrolando?

Ária não podia mais mentir.

– Só me diga por que a conexão ainda está fora do ar. Eu preciso saber se ela está bem.

O olhar de Soren desceu até os lábios dela.

– Talvez eu te deixe me persuadir, mais tarde – disse ele. Depois empinou os ombros para trás, erguendo mais os galhos. – Neste momento, estou descobrindo o fogo.

Ária voltou correndo para a clareira, até Paisley. Ela também encontrou Bane e Echo ali. Os irmãos estavam construindo um montinho de galhos e folhas, bem no centro. Paisley correu até Ária assim que a viu.

– Eles estão fazendo isso desde que você saiu. Estão tentando fazer fogo.

– Eu sei. Vamos. – Seis mil pessoas viviam em Quimera. Ela não podia deixar Soren arriscar tudo.

Ária ouviu o barulho das varetas caindo, antes de algo bater em seu ombro. Ela gritou, conforme Soren a virou de frente para ele.

– Ninguém vai embora. Achei que tivesse deixado isso claro.

Ela encarou a mão em seu ombro, com as pernas amolecendo.

– Me solte, Soren. Não vamos nos envolver nisso.

– Tarde demais. – Os dedos dele cravaram nela. Ela resfolegou com a onda de dor que percorreu seu braço. Bane soltou um punhado de galhos que estava carregando e olhou para eles. Echo parou de repente, de olhos arregalados. As luzes refletiam na pele deles. Eles também estavam suando.

"Se você for embora", disse Soren, "direi a meu pai que foi ideia sua. Com seu olho mágico desligado, será sua palavra contra a minha. Em quem acha que ele irá acreditar?"

– Você está maluco.

Soren soltou-a.

– Cale a boca e sente-se. – Ele sorriu. – E aproveite o show.

Ária sentou com Paisley, à beira das árvores, lutando contra o ímpeto de esfregar o ombro latejante. Nos Reinos, doía cair de um cavalo. Torcer um tornozelo também. Mas a dor era só um efeito salpicado para enfatizar a emoção. Nos Reinos, eles não se feriam de verdade. Isso era uma sensação diferente. Como se não houvesse limite para a dor. Como se pudesse continuar para sempre.

Bane e Echo faziam um trajeto atrás do outro, até a floresta, trazendo braçadas de galhos e folhas. Soren os instruía para colocar mais aqui, mais ali, enquanto o suor pingava de seu nariz. Ária deu uma olhada nas luzes. Ao menos elas estavam se mantendo equilibradas.

Ela não podia acreditar que se deixara, a si mesma e a Paisley, envolver nessa situação. Ela sabia que ir até a Ag 6 era arriscado, mas não esperava por isso. Ela nunca quisera fazer parte da panelinha de Soren, embora sempre tivesse se interessado por ele. Ária gostava de procurar as falhas na imagem dele. A forma como ele observava as pessoas quando riam, como se ele não compreendesse o riso. A forma como ele curvava o lábio superior depois de dizer algo que achasse particularmente inteligente. O jeito como ele a olhava de vez em quando, como se soubesse que ela não estava convencida.

Agora, ela percebia o que a intrigava. Através dessas falhas, ela tinha vislumbrado outra pessoa. E ali, sem os Guardiões de Quimera vigiando, ele estava livre para ser ele mesmo.

– Eu vou nos tirar daqui – sussurrou ela.

As lágrimas enchiam os olhos de Paisley.

– Chiu. Ele vai ouvir.

Ária notou o estalar das folhas abaixo dela e ficou imaginando quando teria sido a última vez que as árvores haviam sido regadas. Ela ficou observando o monte crescendo um palmo, depois dois. Finalmente, com quase três palmos de altura, Soren declarou que estava pronto.

Ele enfiou a mão na bota e tirou um pacote de baterias e uns fios, e entregou a Bane.

Ária não podia acreditar no que estava vendo.

– Você *planejou* isso? Veio aqui para fazer fogo?

Soren sorriu para ela, curvando o lábio.

– Também tenho outras coisas em mente.

Ária sugou o ar. Ele só podia estar brincando. Só estava tentando assustá-la porque ela o enganara, mas ela não tivera outra escolha.

Os meninos se reuniram, enquanto Soren murmurava:

– Tente assim... – e – ... na outra ponta, imbecil... – e – ... deixe que eu faço. – Até que todos pularam pra trás, afastando-se da labareda que se ergueu das folhas.

– Caramba! – gritaram eles, exatamente ao mesmo tempo. – Fogo!

Capítulo 2

ÁRIA

Mágica.

Essa era a palavra que vinha à mente de Ária. Uma palavra antiga, de uma época em que as ilusões ainda mistificam as pessoas. Antes que os Reinos transformassem a mágica em algo comum.

Ela se aproximou, atraída pelos tons dourados e pelo âmbar das labaredas, que, aliás, mudavam de forma constantemente. A fumaça tinha um cheiro mais encorpado do que qualquer cheiro que ela havia sentido. Retraiu a pele de seus braços. Depois, viu como as folhas queimando se enroscavam, enegreciam e desapareciam.

Isso estava errado.

Ária olhou para cima. Soren estava paralisado, de olhos arregalados. Ele parecia enfeitiçado, assim como Paisley e os dois irmãos. Como se olhassem o fogo sem vê-lo.

– Agora chega – disse ela. – Precisamos desligar isso... ou arranjar água, ou alguma coisa. – Ninguém se mexeu. – Soren, está começando a se espalhar.

– Vamos fazer mais.

– *Mais?* Árvores são feitas de madeira. Isso vai se espalhar pelas árvores!

Echo e Bane saíram correndo, antes que ela terminasse de falar.

Paisley agarrou-lhe a manga, afastando-a da pilha em brasa.

– Ária, pare, ou ele vai machucá-la outra vez.

– Este lugar todo vai queimar se não fizermos algo.

Ela olhou para trás. Soren estava perto demais do fogo. As chamas chegavam quase à altura de sua cintura. Agora o fogo emitia sons, dava estalos e crepitava, com um rugido abafado.

– Peguem gravetos! – gritou ele para os dois irmãos. – Os gravetos vão deixá-lo mais forte.

Ária não sabia o que fazer. Quando ela pensou em impedi-los, a dor irradiou em seu braço, alertando-a do que poderia acontecer novamente. Echo e Bane vieram correndo, com os braços cheios de galhos. E os jogaram no fogo, mandando centelhas por entre as árvores. Uma onda de ar quente passou por seu rosto.

– Nós vamos correr, Paisley – sussurrou ela. – Agora... *vá*.

Pela terceira vez naquela noite, Ária agarrou a mão de Paisley. Não podia deixar a amiga para trás. Ela serpenteava por entre as árvores, com as pernas chacoalhando, enquanto tentava mantê-las numa reta. Ela não sabia quando os garotos começaram a persegui-las, mas ouviu Soren atrás dela.

– Encontrem-nas! – gritou ele. – Espalhem-se!

Então, Ária ouviu um som uivado ruidoso que a fez parar. Soren estava uivando como um lobo. Paisley cobriu a boca com a mão, contendo o choro. Bane e Echo o acompanharam, preenchendo a floresta com gritos selvagens e agudos. O que estava acontecendo com eles? Ária saiu correndo de novo, segurando a mão de Paisley com tanta força que ela tropeçou.

– Venha, Paisley! Estamos perto! – Elas tinham de estar perto da porta que levava de volta à cúpula agrícola. Quando chegassem lá, ela acionaria o alarme de emergência. Então, elas ficariam escondidas, até a chegada dos Guardiões.

As luzes do alto piscaram de novo. Dessa vez, elas não voltaram a acender. A escuridão recaiu sobre Ária como algo sólido. Ela se retesou. Paisley trombou em suas costas e gritou. Elas tropeçaram cegamente até o chão, braços e pernas colidindo. Ária se remexeu ereta, piscando com força, como se tentasse se orientar. De olhos fechados ou abertos, o que via era a mesma coisa.

Os dedos de Paisley tremiam enquanto tateavam seu rosto.
– É você, Ária?
– Sou eu – cochichou. – Quieta, ou eles nos ouvirão!
– Tragam o fogo! – gritou Soren. – Arranjem um pouco de fogo para que possamos ver!
– O que eles vão fazer conosco? – perguntou Paisley.
– Eu não sei. Mas não vou deixar que se aproximem o suficiente para descobrir.
Paisley ficou tensa ao seu lado.
– Está vendo aquilo?
Ela estava. Uma tocha vinha abrindo caminho na direção delas, a distância. Ária reconheceu os passos sólidos de Soren. Ele estava mais longe do que ela esperava, mas ela percebeu que isso não fazia diferença. Ela e Paisley não podiam se mover sem se arrastar ou apalpar o caminho adiante. Mesmo que soubessem que direção tomar, seguir alguns metros não adiantaria.

Surgiu uma segunda chama.

Ária tateou em busca de uma vareta. As folhas se desintegravam em suas mãos. Ela abafou a tosse junto à manga. Cada vez que respirava, seus pulmões se contraíam mais. Ela tinha ficado preocupada com Soren e o fogo. Agora percebia que a maior ameaça podia ser a fumaça.

As tochas balançavam pela escuridão, conforme se aproximavam. Ela desejou que sua mãe nunca tivesse partido. Desejou jamais ter cantado para Soren. Mas desejar não a levaria a lugar algum. Tinha de haver algo que ela pudesse fazer. Ela virou seu foco para dentro. Talvez pudesse reiniciar seu olho mágico e pedir ajuda. Ela buscou o comando, como sempre fazia. Mesmo em sua mente, ela sentia como se estivesse remexendo na escuridão. Como se reiniciava algo que nunca tinha sido desligado?

Ver as tochas se aproximando, o fogo subindo, cada vez mais, e Paisley tremendo a seu lado, não ajudava em nada sua concentração. Mas ela não tinha nenhuma outra esperança. Finalmente sentiu um pequeno impulso, nas profundezas de seu cérebro. Uma palavra surgiu em sua tela inteligente, letras azuis flutuando em contraste à floresta em chamas.

REINICIAR?

Sim!, ordenou ela.

Ária se retraiu, conforme pregos quentes se arrastavam pelo seu crânio e desciam por sua espinha. Ela resfolegou de alívio ao ver surgir uma grade de ícones. Ela estava novamente ligada, mas tudo parecia estranho. Todos os botões de sua interface eram genéricos e estavam no lugar errado. E o que era aquilo? Ela viu um ícone de mensagem em sua tela, intitulado "Pássaro Canoro", o apelido com o qual sua mãe a chamava. Lumina tinha enviado uma mensagem! Mas o arquivo tinha sido armazenado na memória local e não iria ajudá-la agora. Ela precisava contatar alguém.

Ária tentou contatar Lumina diretamente, "FALHA DE CONEXÃO" piscou na tela, seguido por um número de erro. Ela tentou Caleb e os dez próximos amigos que lhe ocorreram. Nada conectava. Ela não estava conectada aos Reinos. Ela fez uma última tentativa. Talvez seu olho ainda estivesse gravando.

"REVER", comandou ela.

O rosto de Paisley surgiu no quadrante de reprodução, no canto superior esquerdo de sua tela inteligente. Mal dava para enxergar Paisley, só os contornos de seu rosto amedrontado e o lampejo do fogo captado por seu olho mágico. Atrás dela, uma nuvem reluzente de fumaça se aproxima.

– Eles estão vindo! – disse Paisley, num sussurro frenético, e a gravação terminou.

Ária comandou o olho para gravar novamente. O que acontecesse, o que Soren e os irmãos fizessem ficaria gravado e ela teria provas.

As luzes reacenderam. Estreitando os olhos na claridade, Ária viu Soren vasculhando o local, Bane e Echo a seu lado, como um bando de lobos. Os olhos dos dois reluziram ao localizá-la com Paisley. Ela deu um salto e ficou de pé, puxando Paisley acima, mais uma vez. Ária correu, segurando firme na mão de Paisley, tropeçando por cima de raízes e abrindo caminho por entre galhos que prendiam em seu cabelo. Os garotos davam gritos ruidosos que retumbavam nos ouvidos de Ária. Seus passos pesados vinham logo atrás dela.

A mão de Paisley escapou da pegada de Ária, que se virou ao cair no chão. O cabelo de Paisley se espalhou por cima das folhas. Ela esticou o braço para Ária, gritando. Soren estava com metade do corpo em cima dela, os braços enlaçando suas pernas.

Antes que Ária pudesse pensar, ela bateu os pés contra a cabeça de Soren. Ele gemeu e caiu para trás. Paisley se contorceu, escapando, mas Soren avançou contra ela novamente.

– Solte-a! – Ária se aproximou dele, mas, dessa vez, ele já estava pronto para ela. Ele esticou a mão, pegando o tornozelo de Ária.

– Corra, Paisley! – gritou Ária.

Ela lutava para se soltar, mas Soren não a largava. Ele ficou de pé e agarrou-a pelo antebraço. Havia folhas e terra grudadas no rosto dele e também em seu peito. Atrás dele, a fumaça vinha rolando por entre as árvores, em ondas cinzentas, deslocando-se lenta e velozmente ao mesmo tempo. Ária olhou para baixo. A mão de Soren era duas vezes o tamanho da sua e toda musculosa, como o restante dele.

– Não está sentindo, Ária?

– Sentindo *o quê*?

– Isso. – Ele apertou-lhe o braço com tanta força que ela gritou. – Tudo. – Os olhos dele disparavam ao redor, sem parar em lugar nenhum.

– Não faça isso, Soren. Por favor.

Bane veio correndo, segurando uma tocha, ofegante.

– Socorro, Bane! – gritou ela. Ele nem olhou para ela.

– Vá pegar Paisley – disse Soren. Então Bane sumiu. – Agora, somos só eu e você – disse ele, passando a mão nos cabelos dela.

– Não *me toque*. Eu estou gravando isso. Se você me machucar, todos verão!

Ela bateu no solo, antes de perceber o que tinha acontecido. O peso dele esmagou-a, tirando o ar de seus pulmões. Ele a encarava fulminante, enquanto ela resfolegava, lutando para respirar. Então, ele passou a focar seu olho esquerdo. Ária sabia o que ele ia fazer, mas seus braços estavam presos, apertados entre as coxas dele. Ela fechou os olhos e gritou, conforme ele cravou os dedos em sua pele, arrancando a borda de seu olho mágico. A cabeça de Ária deu um solavanco à frente, depois bateu de volta no chão.

Dor. Como se seu cérebro tivesse sido arrancado. Acima dela, o rosto de Soren parecia vermelho e turvo. O calor se espalhou por seu rosto e ouvido. A dor foi diminuindo, latejando com o pulsar de seu coração.

– Você é louco – disse alguém, com a voz dela, soando inarticulada.

Os dedos de Soren apertavam sua garganta.

– Isso é *real*. Diga que você está sentindo.

Ária ainda não conseguia puxar ar suficiente. Pontadas de dor penetravam em seus olhos. Ela estava desvanecendo como seu olho mágico. Então, Soren olhou para cima, desviando dela, e afrouxou a pegada. Ele xingou e seu peso esmagador se ergueu.

Ária se forçou a ficar de joelhos, cerrando os dentes diante do grito agudo que irrompeu em seus ouvidos. Ela não conseguia enxergar. Esfregou os olhos para limpar o embaçado, com as pernas tremendo ao se levantar. Ela viu um estranho entrar na clareira, emoldurado pelo fogaréu. Ele estava sem camisa, mas não havia dúvida: não era Bane, nem Echo.

Era um Selvagem de verdade.

O dorso do Forasteiro era quase tão escuro quanto sua calça de couro, seus cabelos eram um emaranhado louro como uma Medusa. Havia tatuagens que envolviam seus braços. Ele tinha os olhos espelhados de um animal. Eram olhos nus, os dois.

O facão em sua lateral reluziu enquanto ele se aproximava.

Capítulo 3
PEREGRINE

A garota Ocupante olhava para Perry, com sangue escorrendo em seu rosto claro. Ela deu alguns passos, recuando, mas Perry sabia que ela não ficaria de pé por muito tempo. Não com as pupilas dilatadas daquele jeito. Mais um passo e suas pernas cederam, levando-a ao chão.

O macho estava em pé, atrás de seu corpo inerte. Ele olhava para Perry com seus olhos estranhos, um normal e outro coberto por um tapa-olho transparente que todos os Ocupantes usavam. Os outros o haviam chamado de Soren.

– Forasteiro? – disse ele. – Como você entrou?

Era a língua de Perry, porém mais áspera. Aguda, quando deveria ser suave. Perry inalou o ar lentamente. O temperamento do Ocupante pairava denso na clareira, apesar da fumaça. A sede de sangue emanava um aroma vermelho ardente, comum no homem e na fera.

– Você entrou quando nós entramos. – Soren riu. – Você entrou depois que eu desarmei o sistema.

Perry virou a faca para segurá-la melhor. Será que o Ocupante não via que o fogo estava se aproximando?

– Vá embora, ou irá se queimar, Ocupante.

Soren se surpreendeu ao ouvir Perry falar. Depois sorriu, exibindo dentes quadrados, brancos como a neve.

– Você é real. Não acredito. – Ele deu um passo à frente, destemido. Como se ele é que empunhasse uma faca, e não Perry. – Se eu pudesse partir, Selvagem, eu teria feito isso há muito tempo.

Perry era um palmo mais alto, mas Soren era bem mais encorpado que ele. Seus ossos eram forrados de músculos. Perry raramente via gente tão grande. Eles não tinham comida suficiente para ser tão corpulentos. Não como aqui dentro.

– Você está se aproximando de sua morte, Tatu – disse Perry.

– Tatu? Não está sendo preciso, Selvagem. Grande parte do núcleo fica acima do solo. E nós não morremos cedo. Nem nos machucamos. Nem quebramos nada. – Soren olhou para baixo, para a menina. Quando olhou de volta para Perry, ele parou de andar. Aconteceu rápido demais, a cinética o sacudindo, parando na ponta dos pés. Ele tinha mudado de ideia em relação a alguma coisa.

Os olhos de Soren passaram por ele. Perry inalou o ar. Fumaça de madeira queimada. Plástico queimado. O fogo estava aquecendo. Ele inalou novamente, captando o cheiro que esperava. O cheiro de outro Ocupante que se aproximava por trás dele. Ele tinha visto três machos. Soren e dois outros. Será que os dois sorrateiramente se aproximavam dele, ou apenas um? Perry inalou novamente e não deu para saber. A fumaça estava densa demais.

O olhar de Soren recaiu na mão de Perry.

– Você é bom com a faca, não é?

– Bom o suficiente.

– Já matou uma pessoa? Aposto que matou.

Ele estava ganhando tempo, deixando que quem estivesse atrás de Perry se aproximasse.

– Nunca matei um Tatu – disse Perry. – Ainda não.

Soren sorriu. Então, ele se lançou à frente e Perry sabia que os outros também estariam vindo. Ele se virou e só viu um Ocupante correndo com uma barra de metal na mão, mais longe do que esperava. Perry arremessou a faca. A lâmina voou e cravou profundamente na barriga do Ocupante.

Soren avançou por trás dele. Perry se manteve firme ao virar-se de volta. Um golpe veio do lado, atingindo o rosto de Perry. O chão pareceu recuar e voltar. Perry enlaçou os braços ao redor de Soren, quando ele passou velozmente. Ele o empurrou, mas não conseguiu derrubar Soren. O Tatu era feito de rocha.

Perry levou um golpe em seu fígado e rosnou, esperando pela dor. Não doeu como deveria. Soren o golpeou novamente. Perry ouviu a própria risada. O Ocupante não sabia usar sua força.

Ele se afastou, dando seu primeiro soco. Seu punho atingiu o tapa-olho transparente. Soren congelou, com as veias em seu pescoço estufando como vinhas. Perry não esperou. Jogou todo seu peso no golpe seguinte. O osso do rosto do Ocupante estalou, quebrando. Soren caiu com força. Depois foi se encolhendo, como uma aranha agonizante.

O sangue escorria por seus dentes. Seu maxilar pendia para o lado, mas ele não tirou os olhos de Perry.

Perry xingou, recuando. Não era isso que ele pretendia quando invadiu o local.

— Eu o alertei, Tatu.

As luzes apagaram novamente. A fumaça se espalhava, rodopiando pelas árvores, reluzindo sob a luz do fogo. Ele foi até o outro macho e retomou sua faca. O Ocupante começou a chorar quando viu Perry. Sangue borbulhava de sua ferida. Perry não conseguia olhá-lo nos olhos enquanto arrancava a lâmina.

Ele voltou à garota. Seus cabelos estavam espalhados em volta de sua cabeça, escuros e brilhantes, como as asas de um corvo. Perry avistou sua lente caída sobre as folhas, perto de seu ombro, e cutucou-a com o dedo. A película estava fria. Era aveludada como um cogumelo. Mais densa do que ele esperava de algo tão parecido com uma água-viva. Ele guardou na mochila, depois apoiou a garota por cima do ombro, como fazia ao carregar caças maiores, passando o braço em volta de suas pernas para mantê-la firme.

Agora, nenhum de seus Sentidos o ajudava. A fumaça se

adensara o suficiente para mascarar todos os outros cheiros e bloquear sua visão, deixando-o desorientado. Também não havia elevações ou declives para guiá-lo. Só paredes de labaredas e fumaça, para qualquer lugar que ele olhasse.

Ele se deslocava quando o fogo se retraía, e parava quando as chamas exalavam explosões de calor que chamuscavam suas pernas e braços. Lágrimas escorriam de seus olhos, dificultando a visão. Seguiu forçando à frente, sentindo-se embriagado pela fumaça. Finalmente encontrou um espaço com ar limpo, e correu, com a cabeça da Ocupante sacudindo e batendo em suas costas.

Perry chegou à parede da cúpula e a seguiu. Em algum lugar, tinha de haver uma saída. Aquilo levou mais tempo do que ele esperava. Ele cambaleou até a mesma porta por onde entrara mais cedo, adentrando uma sala de aço. A essa altura, cada vez que ele respirava sentia ter brasas ardentes em seus pulmões.

Ele colocou a garota no chão e fechou a porta. Então, por um bom tempo, ele só conseguiu tossir, até que a dor por trás de seu nariz cedesse. Ele limpou os olhos, vendo um filete de sangue e fuligem em seu antebraço. Seu arco e o estojo de flechas estavam recostados na parede onde ele os deixara. A curva de seu arco parecia austera, em contraste com as linhas perfeitas da sala.

Perry se ajoelhou, cambaleando ao fazê-lo, e deu uma espiada na Ocupante. Seu olho havia parado de sangrar. Ela era finamente constituída. Sobrancelhas estreitas e escuras. Lábios rosados. Pele macia como leite. Seus instintos lhe diziam que eles tinham uma idade próxima, porém, com uma pele dessas, ele não tinha certeza. Ele a estivera observando de uma árvore onde havia se empoleirado. Viu como ela ficara maravilhada olhando as folhas. Ele quase nem precisou do nariz para saber seu temperamento. Seu rosto exibia cada pequena emoção.

Perry afastou-lhe os cabelos negros do pescoço e se inclinou para mais perto. Com o nariz insensível, por conta da fumaça, essa era a única forma. Ele inalou o ar. Sua pele não era tão pungente como a dos outros Ocupantes, mas ainda repelia. Sangue morno, mas também havia um cheiro de deterioração. Ele inalou novamente, curioso, mas a mente dela estava inconsciente, portanto não emanava temperamento nenhum.

Ele pensou em levá-la com ele, mas os Ocupantes morriam do lado de fora. Essa sala era a melhor chance que ela tinha para sobreviver ao incêndio. Ele planejara checar a outra garota também. Mas agora era tarde.

Ele se levantou.

– Depois disso tudo, é melhor você viver, Tatuzinho – disse ele.

Então, ele fechou a porta atrás de si e adentrou outra câmara que havia sido esmagada por um golpe do Éter. Perry se curvou, atravessando o corredor escuro em ruínas. O caminho foi ficando mais apertado e o forçou a se arrastar pelo cimento rachado e entre metais contorcidos, empurrando seu arco e estojo de flechas à frente, até chegar de volta em seu mundo.

Ao se endireitar, ele respirou fundo, inalando a noite. Acolheu o ar limpo que entrava em seus pulmões chamuscados. Alarmes irromperam no silêncio, primeiro abafados pelos destroços, depois estrondando a seu redor, tão ruidosos que ele sentia o som retumbar em seu peito. Perry passou a alça da mochila e o estojo por cima do ombro, pegou seu arco e saiu correndo pelo frescor que antecede o amanhecer.

Uma hora depois, a fortaleza dos Ocupantes era uma mera colina a distância e ele sentou para descansar a cabeça latejante. Era de manhã e já fazia calor no Vale do Escudo, uma extensão de terra seca que chegava quase até sua casa, estendendo-se ao norte por dois dias. Ele deixou a cabeça cair em seu antebraço.

A fumaça impregnara seus cabelos e sua pele. Ele sentia o cheiro cada vez que respirava. A fumaça dos Ocupantes não era como a deles. Cheirava a aço derretido e químicos que ardiam mais que o fogo. Sua bochecha esquerda latejava, mas não era nada comparado à dor concentrada no fundo de seu nariz. Os músculos de suas coxas espasmavam-se, ainda fugindo dos alarmes.

Ter invadido a fortaleza dos Ocupantes já era ruim o suficiente.

Só isso já seria motivo suficiente para que seu irmão o banisse. Mas ele havia se envolvido numa briga com os Tatus. Provavelmente tinha matado pelo menos um deles. Os Marés não tinham problema com os Ocupantes, como outras tribos. Perry se perguntava se ele acabara de mudar isso.

Ele esticou o braço para pegar a mochila de couro e remexeu ali dentro. Seus dedos passaram por algo fresco e aveludado. Perry xingou. Ele se esquecera de deixar a lente tapa-olho da garota. Ele a pegou e examinou na palma da mão. O objeto capturava a luz azul do Éter, como uma imensa gota d'água.

Ele ouvira os Tatus, assim que invadira a área florestal. As vozes risonhas tinham ecoado pelo espaço agrícola. Ele se aproximara sorrateiramente, observando, perplexo, vendo tanta comida relegada ao apodrecimento. Planejara partir depois de alguns minutos, porém, àquela altura, já tinha ficado curioso sobre a garota. Quando Soren arrancou a lente de seu olho, ele não conseguiu mais ficar só olhando, mesmo ela sendo apenas um Tatu.

Perry enfiou o tapa-olho de volta na mochila, pensando em vendê-lo quando os comerciantes chegassem, na primavera. Dispositivos eletrônicos de Ocupantes alcançavam um bom preço e havia coisas de sobra que sua gente necessitava, sem mencionar seu sobrinho Talon. Perry remexeu mais fundo na mochila, passando pela camisa, colete, pele aquática, até encontrar o que queria.

A casca da maçã reluzia com mais suavidade que o tapa-olho. Perry passou o polegar por cima, seguindo suas curvas. Ele a pegara no espaço agrícola. Foi o que ele pensou em pegar, enquanto espreitava os Tatus. Ele levou a maçã ao nariz e sentiu o cheiro doce, com a boca se enchendo de água.

Era um presente tolo. Nem era o motivo para que ele tivesse invadido.

E nem de longe era o suficiente.

Capítulo 4
PEREGRINE

Perry entrou na aldeia dos Marés perto da meia-noite, quatro dias depois de partir. Ele parou na clareira central, sentindo o cheiro salgado do lar. O mar ficava a uma caminhada de meia hora, a oeste, mas os pescadores carregavam o cheiro de seu ofício para todo lado. Perry passou a mão nos cabelos ainda molhados, depois de nadar. Essa noite, ele cheirava ligeiramente como um pescador.

Ele empurrou o arco e o estojo para as costas. Sem nenhuma caça pendurada no ombro, não havia motivo para que seguisse seu caminho habitual até o refeitório, então ficou onde estava, olhando novamente o que já conhecia de cor. Casas feitas de pedras polidas pelo tempo. Portas e janelas desgastadas pela maresia e pela chuva. Por mais deteriorada que fosse a aldeia, ela parecia vigorosa. Como uma raiz que cresce acima do solo.

Ele preferia a aldeia assim, tarde da noite. Com a chegada do inverno, tão próxima, e a falta de comida, Perry tinha se acostumado aos humores ansiosos coagulando o ar durante o dia. Porém, depois que anoitecia, a nuvem de emoções humanas se erguia, deixando para trás aromas mais tranquilos. A terra fresca se abria para o céu como uma flor. O almíscar noturno dos animais traçava caminhos que ele podia seguir facilmente.

Até seus olhos eram beneficiados por esse horário. Os contornos ficavam mais nítidos. O movimento era mais fácil de rastrear. Entre seu nariz e seus olhos, ele concluía que tinha sido feito para a noite.

Ele respirou o ar puro pela última vez, se preparou e entrou na casa do irmão. Seu olhar passou pela mesa de madeira e pelas duas velhas poltronas de couro diante da lareira, depois subiu ao sótão posicionado junto às vigas do telhado. Finalmente relaxou, conforme seus olhos pararam na porta fechada que dava para o único quarto. Vale não estava acordado. O irmão estaria dormindo com o filho, Talon.

Perry seguiu até a mesa e inalou lentamente. A tristeza pairava densa e pesada, deslocada na sala colorida. Pressionava as bordas de sua visão, como um nevoeiro cinzento e desanimador. Perry também captou a fumaça da lareira que ia apagando, o cheiro penetrante de bebida, vindo do jarro de barro sobre a mesa de madeira. Fazia um mês que Mila, esposa de seu irmão, morrera. Seu aroma já tinha enfraquecido, quase sumido.

Perry afagou a borda do jarro azul, com o dedo. Ele observara Mila decorar a alça com flores amarelas, na última primavera. O toque de Mila estava por toda parte. Nos pratos e travessas de cerâmica que ela moldara. Nos tapetes que havia tecido e nos potes de vidro cheios de contas que ela pintava. Ela havia sido uma Vidente, dotada de uma visão incomum. Como a maioria dos Videntes, Mila era cautelosa com a aparência das coisas. Em seu leito de morte, quando suas mãos já não podiam tecer, nem pintar, nem moldar o barro, ela contava histórias repletas de cores, que tanto amava.

Perry apoiou seu peso na mesa, subitamente fraco e aborrecido, sentindo falta dela. Ele não tinha direito de ficar amuado, se o irmão perdera a esposa e o sobrinho perdera a mãe, o que doía muito mais. Mas ela também era sua família.

Ele virou-se para a porta do quarto. Queria ver Talon. Mas a julgar pelo jarro vazio, Vale andara bebendo. Encontrar o irmão mais velho agora seria arriscado demais.

Por um momento ele se deixou imaginar como seria desafiar Vale para ser Soberano de Sangue. Agindo por uma necessidade real como a sede. Ele faria mudanças, se liderasse os Marés. Correria os riscos que o irmão evitou. A tribo não poderia prosseguir se acovardando por muito mais tempo. Não com a caça tão escassa e as tempestades de Éter piorando a cada inverno. Falava-se de terras mais seguras que ainda tinham o céu azul, mas Perry não tinha certeza. O que ele sabia era que os Marés precisavam de um Soberano de Sangue de atitude, e seu irmão não queria se mexer.

Perry olhou para baixo, para suas botas surradas de couro. Ali estava ele. Parado. Não era melhor que Vale. Xingou e sacudiu a cabeça. Arremessou a mochila para o sótão. Depois tirou as botas, subiu e ficou deitado, olhando as vigas. Era tolice sonhar com algo que ele jamais faria. Partiria antes que chegasse a isso.

Ainda não tinha fechado os olhos quando ouviu uma porta ranger e a escada sacudir. Talon, um pequeno vulto, pulou por cima do último degrau e entrou embaixo do cobertor, permanecendo imóvel como uma pedra. Perry passou por cima de Talon, para o lado da escada. O espaço era apertado e ele não queria que o sobrinho levasse um tombo durante o sono.

– Por que você nunca é tão ligeiro assim quando está caçando? – provocou Perry.

Nada. Nenhum movimento embaixo do cobertor. Desde a morte da mãe, Talon passava longos períodos em silêncio, mas nunca deixara de falar com Perry. Levando-se em conta o que acontecera na última vez em que haviam estado juntos, Perry não estava surpreso com o silêncio do sobrinho. Ele cometera um erro. Ultimamente, ele cometera erros demais.

– Imagino que você não queira saber o que eu trouxe para você. – Talon não mordeu a isca. – Que pena – disse Perry, depois de um instante. – Você adoraria.

– Eu sei – disse Talon, com sua voz de sete anos repleta de orgulho. – Uma concha.

– Não é uma concha, mas esse é um bom palpite. Eu fui mesmo nadar.

Antes de voltar para casa, Perry tinha passado uma hora esfregando os odores de sua pele e cabelos, com punhados de areia. Ele teve de fazê-lo, pois, com apenas uma fungada, seu irmão saberia onde ele estivera. Vale tinha regras severas quanto a perambular perto dos Ocupantes.

– Por que você está se escondendo, Talon? Sai daí. – Ele puxou o cobertor. O cheiro de Talon chegou até ele, como uma onda fétida. Perry balançou para trás, fechando os punhos, com o ar preso na garganta. O cheiro de Talon parecia muito com o de Mila quando a doença ganhou força. Ele queria acreditar que fosse um erro. Que Talon estava bem e cresceria para fazer mais um ano. Mas os aromas nunca mentiam.

As pessoas achavam que ser um Olfativo significava ter poder. Ser Marcado com a dádiva de um Sentido dominante era algo raro. Mas até entre os Marcados Perry era ímpar, pois tinha dois Sentidos dominantes. Como um Vidente, ele era um arqueiro habilidoso. Mas só os Olfativos que tivessem um nariz aguçado como o de Perry poderiam inalar e detectar o desespero ou o medo. Coisas úteis para saber sobre um inimigo, mas, quando se tratava da família, parecia mais uma maldição. O declínio de Mila havia sido difícil, mas, com Talon, Perry tinha passado a odiar o próprio nariz pelo que ele lhe revelava.

Ele se forçou a olhar para o sobrinho. A luz do fogo abaixo refletia nas vigas. Delineava o contorno das bochechas de Talon, com um brilho alaranjado. Acendia as pontas de seus cílios. Perry olhou para o sobrinho que morria e não conseguiu dizer uma única coisa que valesse a pena. Talon já sabia como ele se sentia. Ele sabia que Perry trocaria de lugar com ele, no mesmo instante, se pudesse.

– Eu sei que está piorando – disse Talon. – Minhas pernas às vezes ficam dormentes... Às vezes, não consigo sentir o cheiro direito, mas nada dói muito. – Ele virou o rosto para o cobertor. – Eu sabia que você ficaria com raiva.

– Talon, não é de *você* que estou com raiva.

Perry respirou algumas vezes, relutando com o aperto em seu peito, com sua raiva se misturando à culpa de seu sobrinho, o que tornava difícil pensar com clareza. Ele conhecia o amor. Amava sua irmã, Liv, e Mila, e se lembrava de sentir amor por Vale, quase um ano atrás. Mas com Talon o amor era apenas uma parte. A tristeza de Talon o derrubava como um pedregulho. Quando se preocupava, fazia Perry andar de um lado para outro. A alegria do sobrinho dava a ele a sensação de voar. Num piscar de olhos, as carências de Talon passavam a ser as de Perry.

Os Olfativos chamavam isso de "ser rendido". O laço sempre facilitara a vida para Perry. O bem-estar de Talon vinha em primeiro lugar. Pelos últimos sete anos, isso significara um bocado de algazarra. Ensinar Talon a andar, depois a nadar. Ensiná-lo a perseguir a caça e atirar com o arco, e como preparar e desossar a carne. Nada de mais. Talon adorava tudo que Perry fazia. Mas desde que Mila caíra doente, já não era mais tão simples. Ele não conseguia manter Talon tão bem, ou feliz. Mas sabia que ajudava Talon estando ali. Ficando com ele, pelo tempo que pudesse.

– Qual é a coisa? – perguntou Talon.

– Que coisa?

– A coisa que você trouxe pra mim.

– Ah, tá.

A maçã. Ele queria contar a Talon, mas havia Auditivos na tribo, com audição tão aguçada quanto seu olfato. E também tinha Vale, um problema maior ainda. Perry não podia arriscar que Vale farejasse isso. Com o inverno chegando em apenas algumas semanas, todo o comércio do ano já tinha sido feito. Vale faria perguntas quanto ao local onde Perry teria arranjado a maçã. Ele não precisava de mais problemas com o irmão, além dos que já tinha.

– Isso precisa esperar até amanhã. – Ele teria de dar a maçã a Talon, quando estivessem a alguns quilômetros de distância da aldeia. Por enquanto, ela permaneceria embrulhada em um pedaço velho de plástico, no fundo de sua mochila, escondida junto com a lente da Ocupante.

– É bom?

Perry cruzou os braços atrás da cabeça.

– Ora, vamos, Tal. Não acredito que você me perguntou isso.

Talon conteve um riso.

– Você está com cheiro de algas marinhas suadas, tio Perry.

– Algas marinhas suadas?

– É. Daquele tipo que já está nas rochas há alguns dias.

Perry riu, cutucando as costelas do menino.

– Obrigado, Squik.

Talon cutucou-o de volta.

– De nada, Squak.

Eles ficaram ali deitados por alguns minutos, respirando juntos, em silêncio. Por uma fresta na madeira, Perry podia ver um filete de Éter rodopiando no céu. Em dias mais calmos, ver o Éter girar e se contorcer acima era como estar por baixo das ondas. Em outras épocas, ele fluía como uma correnteza de um azul furioso e ardente. Fogo e água se uniam no céu. O inverno era a época das tempestades de Éter, porém, nos últimos anos, as tempestades começavam mais cedo e duravam mais tempo. Eles já tinham tido algumas. A última quase aniquilou as ovelhas da tribo, pois o rebanho estava distante demais da aldeia para ser trazido de volta a tempo. Vale chamava isso de fase, dizia que as tempestades logo diminuiriam. Perry discordava.

Talon se remexeu a seu lado. Perry sabia que ele não estava dormindo. O humor de seu sobrinho tinha ficado sombrio e sufocado. Acabou apertando como um cinto o coração de Perry. Ele engoliu em seco, com a garganta doendo.

– O que foi, Talon?

– Achei que você tinha ido embora. Achei que tivesse partido, depois do que aconteceu com meu pai.

Perry exalou o ar lentamente. Quatro noites atrás, ele e Vale estavam sentados à mesa, ali embaixo, passando uma garrafa de bebida de um para o outro. Pela primeira vez durante meses, eles conversavam como irmãos. Sobre a morte de Mila e sobre Talon. Nem mesmo os melhores medicamentos que Vale barganhava estavam ajudando. Eles não falaram, mas os dois sabiam. Talon teria sorte se vivesse até o fim do inverno.

Quando Vale começou a falar embaralhado, Perry achou melhor sair. Beber Luster abrandava Perry, mas fazia o contrário com Vale, deixando-o violento, como acontecia com o pai deles. Mas Perry ficou, porque Vale estava falando e ele também. Então, Perry fez um comentário sobre mudar a tribo para um local distante da aldeia, para um território mais seguro. Um comentário tolo. Ele sabia aonde isso levaria: aonde sempre levava. Discussão. Palavras zangadas. Desta vez, Vale não dissera nada. Ele só esticou o braço e acertou Perry no maxilar, dando uma pancada aguda que ao mesmo tempo pareceu familiar e terrível.

Ele lançou-se em direção ao irmão, golpeando-o por puro reflexo, pegando Vale no nariz, e os dois começaram a brigar por cima da mesa. Quando ele viu, Talon estava de pé, na porta do quarto, sonolento e estarrecido. Perry desviou o olhar de Vale para Talon. Os mesmos olhos verdes sérios, ambos fixos em Perry. Perguntando como ele podia deixar um viúvo recente de nariz sangrando? Em sua casa, diante do filho que estava morrendo?

Envergonhado e ainda furioso, Perry partiu. Ele foi diretamente à fortaleza dos Ocupantes. Talvez Vale não conseguisse encontrar remédios que ajudassem Talon, mas ele ouvira boatos sobre os Tatus. Então, invadiu o complexo deles, ele estava enlouquecido e desesperado para fazer algo certo. Agora ele tinha uma maçã e uma lente inútil de Ocupante.

Perry puxou Talon para mais perto.

– Eu fui um tolo, Tal. Não estava pensando direito. Aquela noite nunca deveria ter acontecido. Mas eu preciso mesmo partir.

Ele já deveria ter feito isso. Voltar significava ver Vale. Ele não sabia se eles poderiam ficar rondando um ao outro, depois do que tinha acontecido. Mas Perry não podia deixar que esta fosse a última lembrança de Talon: vê-lo socar o rosto de Vale.

– Quando você vai? – perguntou Talon.

– Pensei em tentar... talvez eu possa ficar um pouco... – Ele engoliu em seco. As palavras nunca vinham com facilidade, nem com Talon. – Em breve. Durma, Tal. Agora eu estou aqui.

Talon mergulhou o rosto no peito de Perry, que fixou o olhar no Éter, conforme as lágrimas frias de Talon molhavam sua camisa. Através da fresta acima, observava os fluxos circulares azuis, revolvendo em rodamoinhos, pra cá e pra lá, como se não tivessem certeza da direção a seguir, as pessoas diziam que os Marcados tinham Éter fluindo no sangue, aquecendo-os e dando-lhes os Sentidos. Era apenas um dito popular, mas Perry sabia que era verdade. Na maior parte do tempo ele não se achava tão diferente do Éter.

Demorou um bom tempo até que Talon pesasse nos braços de Perry. A essa altura, seu ombro tinha ficado dormente, preso embaixo da cabeça de Talon, mas ele manteve o sobrinho ali e dormiu.

Perry sonhou que estava de volta ao incêndio dos Ocupantes, seguindo a garota. Ela corria à sua frente, atravessando a fumaça e as chamas. Ele não conseguia ver seu rosto, mas conhecia seus cabelos negros como um corvo. Conhecia seu cheiro repelente. Ele a perseguia. Precisava alcançá-la, apesar de desconhecer o motivo. Ele só tinha aquela certeza insensata dos sonhos.

Perry acordou suado, com a roupa colada, e com câimbra nas duas pernas. Alguma intuição o manteve imóvel, quando ele teve vontade de esfregar os músculos doloridos. Partículas de poeira revolviam-se no sótão pouco iluminado, da forma como ele imaginava que os aromas deviam ser, sempre se revolvendo no ar. Abaixo, o piso de madeira rangeu com o som de seu irmão circulando. Colocando lenha na lareira. Reacendendo o fogo. Perry deu uma espiada na mochila perto de seus pés, torcendo para que o plástico gasto impedisse que Vale sentisse o cheiro do que estava embrulhado ali dentro.

A escada rangeu. Vale estava subindo. Talon dormia encolhido, ao lado de Perry, com seu pequeno punho embaixo do queixo, os cabelos castanhos molhados de suor. O rangido parou.

Vale respirou logo atrás dele, um som ruidoso no silêncio. Perry não conseguia sentir o cheiro do humor de Vale. Como irmãos, os narizes não detectavam o aroma, ou interpretavam como se fosse deles próprios. Mas Perry imaginou uma essência amarga e vermelha.

Ele viu uma faca vindo em sua direção. Por um instante insensato de pânico, Perry ficou chocado que o irmão fosse matá-lo dessa forma. Os desafios ao Soberano de Sangue deveriam ser feitos abertamente, diante da tribo. Havia uma maneira correta para fazer as coisas. Mas isso tinha começado errado, desde o princípio. Talon ficaria magoado, mesmo que Perry fosse embora, morresse ou ganhasse.

No instante seguinte, Perry percebeu que não era uma faca. Era só a mão de Vale se estendendo até Talon. Ele pousou a mão na cabeça do filho. Ficou ali um momento, afagando os cabelos suados e afastando-os da testa. Depois desceu a escada e atravessou a sala, lá embaixo. O sótão foi inundado pela luz, conforme a porta da frente foi aberta e fechada, deixando a casa em silêncio.

Capítulo 5
ÁRIA

Ária acordou numa sala que nunca tinha visto. Ela se retraiu, pressionando os dedos sobre as têmporas latejantes. Um pano pesado repuxou sobre seus braços. Deu uma espiada para baixo. Um macacão branco a cobria, do pescoço aos pés. Ela remexeu os dedos dentro das luvas largas. De quem era essa roupa que ela estava vestindo?

Ela sugou o ar ao reconhecer o macacão médico. Lumina lhe contara sobre trajes terapêuticos como esse. Como ela podia estar doente? O ambiente esterilizado de Quimera erradicava as doenças. Engenheiros genéticos como sua mãe mantinham todos bem. Mas agora ela não se sentia bem. Rapidamente, virou a cabeça para a esquerda e a direita. Até os pequenos movimentos causavam dores surpreendentes.

Então sentou-se lentamente, resfolegando com um beliscão na dobra de seu cotovelo. Um tubo com líquido transparente saía de uma emenda no macacão, perto de seu braço, e sumia na base pesada da cama. Sua cabeça latejava e sua língua estava grudada ao céu da boca.

Ela enviou uma mensagem apressada: "Lumina, aconteceu alguma coisa. Não sei o que está havendo. Mãe? Onde você está?"

Um balcão de aço percorria a parede lateral do quarto. Em cima, havia uma tela bidimensional, do tipo usado há muito tempo. Ária viu uma série de linhas na tela, seus sinais vitais sendo transmitidos pelo macacão.

Por que Lumina estava demorando tanto para responder?

Hora e local, ela solicitou de seu olho mágico. Nenhum dos dois apareceu. Onde estava sua tela inteligente?

"Paisley? Caleb? Onde estão vocês?"

Ária tentou navegar até um Reino Praiano. Um de seus favoritos. Ela se retesou quando as imagens erradas surgiram em sua mente. Árvores em chamas. Fumaça que se movia em ondas. Paisley, com os olhos arregalados de terror. Soren, *em cima dela*.

Ela esticou o braço e levou a mão ao olho esquerdo, dando um solavanco para trás, ao piscar. Nada além de um globo ocular inútil. Ela pousou a mão espalmada sobre seu olho nu, na hora em que um homem magro de jaleco médico entrou no quarto.

– Olá, Ária. Você está acordada.

– Dr. Ward – disse ela, momentaneamente aliviada. Ward era um dos colegas de sua mãe, um tranquilo membro da 5ª geração, de rosto sério e quadrado. Não era incomum ter só pai ou mãe, porém, alguns anos antes, Ária tinha ficado imaginando se ele seria seu pai. Ward e Lumina eram semelhantes, ambos reservados e consumidos pelo trabalho. Mas, quando Ária perguntou, Lumina respondeu: "Temos uma à outra, Ária. É tudo de que precisamos."

– Cuidado – disse Ward. – Você tem um ferimento em sua sobrancelha que não está totalmente cicatrizado, mas isso é o pior. Seus exames tiveram bons resultados, no restante. Nada de infecção. Nem danos aos pulmões. Resultados impressionantes, levando-se em conta o que você deve ter passado.

Ária não mexia a mão. Ela sabia o quanto devia estar horrível.

– Onde está meu olho mágico? Não consigo acessar os Reinos. Estou presa aqui. Sem ninguém. – Ela mordeu o lábio para evitar falar demais.

– Seu olho mágico parece ter sido perdido na cúpula Ag 6. Encomendei um novo pra você. Deve chegar em algumas horas. Enquanto isso, posso aumentar a dose de sedativo...

– Não – disse ela, rapidamente. – Nada de sedativos. – Ela compreendia por que seus pensamentos pareciam embaralhados, como se coisas importantes tivessem sido reorganizadas ou perdidas de vez. – Onde está minha mãe?

– Lumina está em Nirvana. A conexão está fora do ar há uma semana.

Ária ficou olhando para ele. Um bipe do monitor anunciou um espasmo em seu batimento cardíaco. Como ela poderia ter se esquecido? Ela tinha ido ao Ag 6 por causa de Lumina. Mas como Lumina ainda permanecia inacessível? Ela se lembrava de ter reiniciado o olho mágico e visto o arquivo "Pássaro Canoro".

– Isso não pode estar certo – disse ela. – Minha mãe me mandou uma mensagem.

Ward franziu as sobrancelhas.

– Mandou? Como sabe que era dela?

– Chamava-se 'Pássaro Canoro'. Só Lumina me chama assim.

– Você viu a mensagem?

– Não, não tive chance. Onde está Paisley?

Ward soltou o ar lentamente, antes de falar:

– Ária, eu lamento ter de lhe dizer isso. Só você e Soren sobreviveram. Eu sei que você e Paisley eram muito próximas.

Ária segurou nas beiradas da cama.

– O que você está dizendo? – ela ouviu a si mesma perguntar. – Está dizendo que Paisley está *morta*? – Não era possível. Ninguém morria aos dezessete anos. Eles viviam facilmente até o segundo século.

O monitor bipou. Desta vez, foi mais alto e persistente.

Ward continuou falando:

– Vocês deixaram a zona de segurança... com os olhos mágicos desativados... até que respondêssemos...

Ela só ouvia "bip-bip-bip-bip".

Ward foi parando de falar e olhou para o monitor médico, para um gráfico que transmitia a sensação de colapso em seu peito, através de linhas que se elevavam e números que aumentavam.

– Lamento, Ária – disse ele. O macacão médico enrijeceu, estufando em volta de seus membros. O frio percorreu seu braço. Ela olhou para baixo. Um líquido azul serpenteava por dentro do tubo e desaparecia dentro do macacão. Dentro dela. Ele tinha encomendado o sedativo através de seu olho mágico. Ward se aproximou.

– Deite-se agora, antes que você caia.

Ária queria dizer para que ele ficasse longe, mas seus lábios foram adormecendo e sua língua transformou-se num estranho peso morto em sua boca. O quarto deu uma guinada para o lado, conforme o bipe desacelerou, bruscamente. Ária caiu para trás, colidindo no colchão com uma batida abafada.

O dr. Ward surgiu acima dela, com o rosto ansioso.

– Desculpe – disse ele, novamente. – É o melhor para você agora. – Depois saiu, fechando a porta ruidosamente.

Ária tentou se mexer. Seus membros pareciam pesados e puxados, como se um ímã a prendesse. Foi necessária toda a sua concentração para levar a mão ao rosto. Ela se assustou, não reconhecendo as luvas sobre seus dedos, ou o vazio ao redor de seu olho esquerdo.

Ela deixou a mão cair, incapaz de continuar a controlá-la. Seu braço escorregou da beirada da cama. Ela o viu, mas não conseguia trazê-lo de volta.

Ela fechou os olhos. Será que aconteceu alguma coisa com Lumina? Ou foi com Paisley? Sua mente tinha sido preenchida por um som monótono, como um diapasão dentro de seu crânio. Em pouco tempo, ela não fazia a menor ideia do que a entristecera.

Ela não sabia quanto tempo havia passado quando o dr. Ward regressou. Sem um olho mágico, Ária se sentia como se não soubesse de nada.

— Lamento por tê-la sedado. — Ele parou, esperando que ela falasse. Ela manteve os olhos nas luzes acima, deixando queimar até surgirem pontinhos em sua visão. — Eles estão prontos para começar a investigação.

Uma investigação. Será que agora ela era uma criminosa? O macacão médico afrouxou ao seu redor. Ward se aproximou, limpando a garganta. Ária se retraiu quando ele removeu a agulha de seu braço. Ela podia suportar a dor, mas não a sensação das mãos dele sobre ela. Forçou-se a sentar ereta, assim que ele recuou, e sua mente revolvia de tontura.

— Siga-me — disse-lhe ele. — Os Cônsules a esperam.

— *Os Cônsules?* — Eles eram as pessoas mais influentes de Quimera, governando todos os aspectos da vida no núcleo. — O Cônsul Hess estará presente? O pai de Soren?

O dr. Ward assentiu.

— Dos cinco, ele será o mais engajado. Ele é o Diretor de Segurança.

— Não posso vê-lo! Foi culpa de Soren. Ele começou o fogo!

— Ária, cale-se! Por favor, não diga mais nada.

Por um momento, eles só se olharam. Ária engoliu em seco.

— Eu não posso contar a verdade, posso?

— Não vai adiantar nada mentir — disse Ward. — Eles têm meios de chegar à verdade.

Ela não podia acreditar no que estava ouvindo.

— Venha. Se demorar mais, eles irão condená-la exclusivamente por fazê-los esperar.

O dr. Ward a conduziu por um corredor comprido e curvo, portanto Ária não podia ver o que estava adiante. O macacão médico obrigava-a a caminhar de pernas e braços ligeiramente separados. Com isso e seus músculos rijos, ela se sentia como um zumbi se arrastando atrás dele.

Ela notou rachaduras e filetes de ferrugem pelas paredes. Quimera já estava erguida há quase trezentos anos, mas, até agora, ela jamais vira sinais de sua idade. Passara toda a sua vida no Panop, na cúpula central imaculada e vasta de Quimera. Quase tudo acontecia ali, em quarenta andares que abrigavam áreas residenciais, escolas, locais de descanso e refeitórios, tudo organizado ao redor de um átrio. Ária jamais vira uma única rachadura no Panop, embora ela não tivesse se dado ao trabalho de procurar com muito afinco.

O design era propositadamente repetido e desinteressante, para promover o uso máximo dos Reinos. Tudo de real era mantido insípido, até nos tons de cinza que eles vestiam. Agora, enquanto seguia o dr. Ward, ela não podia evitar imaginar quantas outras partes do núcleo estariam se deteriorando.

Ward parou diante de uma porta sem identificação.

– Eu a verei depois. – Isso soou como uma pergunta.

Ao entrar na sala, Ária não viu os cinco Cônsules de Quimera. Era assim que eles sempre apareciam publicamente, os cinco falando de um senado virtual. Só um homem estava sentado à mesa.

O pai de Soren. O Cônsul Hess.

– Sente-se, Ária – disse ele, indicando uma cadeira metálica, do outro lado da mesa.

Ela sentou-se e olhou para baixo, deixando que seus cabelos caíssem sobre seu olho nu. A sala era uma caixa metálica, as paredes tinham cavidades e marcas. Havia um cheiro forte de água sanitária.

– Um momento – pediu o Cônsul, encarando-a. Seu olhar, no entanto, parecia atravessá-la.

Ária cruzou os braços para esconder as mãos trêmulas. Ele provavelmente estaria examinando os relatos do fogo em sua tela inteligente, ou talvez estivesse falando com um especialista sobre a forma de proceder.

O pai de Soren era da 12ª geração, já em seu segundo século de vida. Ela achava que ele e Soren se pareciam, ambos de feições uniformes e robustos. Mas a semelhança deles não era óbvia.

Os tratamentos de reversão de envelhecimento mantinham a pele do Cônsul Hess com uma aparência tão fina e macia quanto a de um bebê, ao passo que o bronzeado de Soren o fazia parecer mais velho. Porém, como ocorria com todos acima de cem anos, a idade do Cônsul Hess era aparente em seus olhos fundos e opacos, parecendo caroços de azeitonas.

O olhar de Ária desviou para a cadeira a seu lado. Não deveria estar vazia. Sua mãe deveria estar ali, não a centenas de quilômetros de distância. Ária sempre tentara compreender a dedicação que Lumina dispensava ao trabalho. Não era fácil, sabendo tão pouco a respeito, como ela sabia. "É confidencial", dizia Lumina, sempre que Ária perguntava. "Você sabe tudo que posso contar. É na área da genética. Trabalho importante, mas não tão importante quanto você."

Como Ária poderia acreditar nela agora? Onde ela estava, quando Ária precisava?

O Cônsul Hess focou a atenção nela, como uma lupa. Ele ainda não havia falado, mas ela sabia que a observava. Ele tamborilava as unhas na mesa de aço.

— Vamos começar – finalmente disse ele.

— Os outros Cônsules não deveriam estar aqui?

— Os Cônsules Royce, Medlen e Tarquin estão participando de um protocolo. Eles verão nossa conversa depois. O Cônsul Young está conosco.

Ária olhou para o olho mágico, novamente se conscientizando do peso que faltava do lado esquerdo de seu rosto.

— Ele não está comigo.

— Sim, é verdade. Você passou por um calvário, não é? Eu receio que meu filho tenha alguma responsabilidade pelo que aconteceu. Soren sabe decifrar códigos por natureza. Um traço difícil nessa idade, porém, um dia, ele será muito útil.

Ária esperou até saber que a própria voz estava equilibrada.

— O senhor falou com ele?

– Só nos Reinos – disse o Cônsul Hess. – Ele não conseguirá falar em voz alta por um bom tempo. Novos ossos estão sendo criados para seu maxilar. Grande parte da pele de seu rosto terá de ser recuperada. Ele nunca mais terá a mesma aparência, mas sobreviveu. Ele teve sorte... mas não tanta sorte quanto você.

Ária olhou para baixo, para a mesa. Ouviu um ruído de metal sendo arranhado. Ela não queria imaginar Soren com cicatrizes desfigurantes. Não queria imaginá-lo de jeito nenhum.

– Quimera não sofria uma violação na segurança há mais de um século. É tão absurdo quanto impressionante que um grupo de membros de 2ª geração pudesse fazer o que nem as tempestades de Éter, nem os Selvagens conseguiram em tanto tempo. – Ele parou. – Tem consciência do quanto vocês estiveram perto de destruir o núcleo inteiro?

Ela assentiu sem olhá-lo nos olhos. Sabia o quanto era perigoso iniciar o fogo, mas ficou sentada, olhando acontecer. Ela deveria ter feito algo antes. Talvez tivesse a chance de salvar a vida de Paisley, se não ficasse com tanto medo de Soren.

Os olhos de Ária se embaçaram.

Paisley estava morta.

Como isso era possível?

– Com as câmeras sem funcionamento da Ag 6 e seus olhos mágicos desativados, nós nos vemos numa situação ligeiramente precária. Só dispomos de seus relatos, para nos contar o que aconteceu naquela noite. – Ele se inclinou à frente, arrastando levemente a cadeira no chão. – Preciso que você me conte exatamente o que aconteceu naquela cúpula.

Ela ergueu o rosto, buscando uma pista no olhar frio. Será que eles tinham encontrado seu olho mágico? Será que Hess sabia da gravação?

– O que Soren lhe disse?

Os lábios do Cônsul Hess se afinaram num sorriso.

– Isso é confidencial, assim como será o seu depoimento. Nada será divulgado, até que a investigação seja concluída. Fale quando estiver pronta.

Ela tracejou um arranhão na mesa, com o dedo enluvado. Como ela poderia contar ao Cônsul Hess sobre o monstro que seu filho se tornara? Ela precisava do olho mágico. Sem isso, eles acreditariam em qualquer história que Soren contasse. O próprio Soren dissera isso, na cúpula agrícola.

– Quanto mais rapidamente solucionarmos isso, mais rapidamente você poderá partir – disse Hess. – Você precisa de seu tempo de luto, como todos precisamos. Suspendemos as aulas e o trabalho não essencial pelo restante da semana, para permitir que a cura comece. Disseram-me que seu amigo Caleb está organizando uma homenagem a Paisley. – Ele parou. – E eu posso imaginar o quanto você está ansiosa para ver sua mãe.

Ela ficou tensa, olhando para cima.

– Minha mãe? Ward disse que a conexão ainda está fora do ar.

Hess abanou a mão descartando.

– Ward não é da minha equipe. Lumina está bastante preocupada com você. Eu providenciei para que você a veja, assim que nós terminarmos.

Lágrimas de alívio se formaram em seus olhos. Agora ela tinha certeza. Lumina estava bem. Ela provavelmente tentara entrar em contato com Ária enquanto ela estava na Ag 6, e deixou recado quando Ária estava indisponível.

– Quando falou com ela? Por que a conexão está fora do ar por tanto tempo?

– Não sou eu quem está sendo interrogado aqui, Ária. Faça seu relato. Desde o início.

Ela contou sobre o desligamento dos olhos mágicos, primeiro devagar, depois ganhou confiança, conforme descrevia o jogo de podrebol e o fogo. Cada palavra a deixava mais perto de ver Lumina. Quando chegou à parte em que os garotos perseguiram-na e a Paisley, sua voz hesitou, falhando:

– Quando ele... quando Soren arrancou meu olho mágico, eu acho que fiquei inconsciente. Não me lembro de mais nada depois disso.

O Cônsul Hess pousou os braços na mesa.

– Por que Soren faria isso?

– Eu não sei. Pergunte a ele.

O olhar opaco do Cônsul Hess a fulminava.

– Ele disse que ir até lá foi ideia sua. Que você estava em busca de informações sobre sua mãe.

– Foi ideia dele! – Ária se retraiu, conforme a dor irrompeu em sua cabeça. Sedativos. Dor. Pesar. Ela não sabia o que doía mais. – Soren queria ter uma aventura real. Ele foi preparado para fazer o fogo. Eu só fui porque achei que ele poderia me falar sobre Nirvana.

– Como você foi encontrada na câmara externa de compressão?

– Fui? Eu não sei. Eu lhe disse, eu apaguei.

– Havia mais alguém lá dentro, com você?

– *Mais alguém?* – disse ela. Quem mais poderia estar numa cúpula restrita? Ária ficou tensa, conforme uma imagem embaçada surgiu em sua mente. Será que aquilo realmente acontecera? – Havia... havia um Forasteiro.

– Um Forasteiro – disse o Cônsul Hess, imparcialmente. – Como acha que um Forasteiro veio ao Ag 6, na mesma noite em que você esteve lá, na mesma hora em que Soren desativou o sistema?

– Está me acusando de deixar um *Selvagem* entrar em Quimera?

– Estou simplesmente fazendo perguntas. Por que você foi a única a ser levada à segurança de uma câmara de compressão? Por que não foi atacada?

– Seu filho me atacou!

– Acalme-se, Ária. As perguntas são um procedimento padrão, não têm intenção de aborrecê-la. Precisamos reunir os fatos.

Ela ficou encarando o olho mágico do Cônsul Hess, imaginando falar diretamente ao Cônsul Young.

— Se quer reunir fatos — disse ela, firmemente —, então encontre o meu olho mágico e verá o que aconteceu.

Os olhos do Cônsul Hess se arregalaram de surpresa, mas ele rapidamente se recuperou.

— Então você fez mesmo uma gravação. Isso não é uma proeza fácil com um olho mágico desativado. Garota esperta. Igual à sua mãe. — Hess tamborilou os dedos na mesa algumas vezes. — Seu olho está sendo procurado agora. Nós o encontraremos. O que captou na gravação?

— Apenas o que acabei de lhe dizer. Seu filho ficando maluco.

Ele recostou na cadeira, cruzando os braços.

— Isso me coloca numa posição difícil, não é? Mas esteja certa de que a justiça será feita. É minha responsabilidade manter o núcleo em segurança, acima de tudo. Obrigado, Ária. Você foi muito prestativa. Consegue suportar algumas horas de transporte? Sua mãe está ansiosa para vê-la.

— Vocês vão me deixar ir até Nirvana?

— Isso mesmo. Tenho um transporte aguardando. Lumina insistiu em vê-la em carne e osso, para ter certeza de que você está recebendo o tratamento adequado. Ela é um tanto persuasiva, não é?

Ária concordou, sorrindo por dentro. Ela podia até imaginar o confronto dos dois. Lumina tinha a paciência de uma cientista. Ela nunca parava até conseguir o que queria.

— Estou bem, posso ir. — Ela não estava minimamente bem, mas fingiria estar, se isso a levasse até Lumina.

— Ótimo. — O Cônsul Hess levantou-se. Dois homens vestidos com as roupas azuis dos Guardiões de Quimera entraram na sala, preenchendo-a com suas poses imponentes, enquanto mais dois ficaram do lado de fora. Eles encararam seu rosto, olhando o local onde seu olho mágico deveria estar. Ária decidiu que não adiantava mais cobrir o olho nu. Ela se levantou da mesa, relutando contra uma onda de dores nas articulações e nos músculos.

– Cuidem bem dela – disse o Cônsul Hess aos Guardiões. – Melhoras, Ária.

– Obrigada, Cônsul Hess.

Ele sorriu.

– Não precisa me agradecer. É o mínimo que eu podia fazer depois de tudo que você passou.

Capítulo 6
PEREGRINE

Perry pendurou a mochila e o arco no ombro e saiu com Talon, no fim da manhã seguinte. Pescadores e agricultores circulavam pela clareira. Gente demais se sociabilizando, como se o dia de trabalho já tivesse terminado. Perry pousou a mão no ombro de Talon, fazendo-o parar.

– Estamos sendo invadidos? – perguntou Talon.

– Não – respondeu Perry. Os aromas que flutuavam ao redor não traziam pânico suficiente para uma invasão. – Deve ser o Éter. – Os rodamoinhos azuis pareciam mais brilhantes depois da noite passada. Perry viu que eles se revolviam acima de nuvens espessas de chuva. – Seu pai provavelmente mandou que todos entrassem.

– Mas não parece tão ruim.

– Ainda não – disse Perry. Como todos os Olfativos, ele podia prever as tempestades de Éter. A sensação de formigamento por dentro de seu nariz lhe dizia que o céu ainda precisaria piorar para se tornar uma ameaça. Mas Vale nunca corria riscos quando o assunto era a segurança dos Marés.

Com a barriga roncando, Perry levou Talon na direção do refeitório. Ele notou o sobrinho mancando da perna direita. Não era tão acentuado, quase nem dava para notar. Mas, quando um bando de garotos veio gritando e levantando poeira, Talon parou de andar. Os meninos passaram em disparada. Uns bobalhões magricelas, magros pelo trabalho e pouca comida, não pela doença. Alguns meses atrás, Talon estaria liderando aquele bando.

Perry pegou o sobrinho no ombro e o virou de cabeça para baixo, tentando distraí-lo. Talon riu, mas Perry sabia que ele também estava fingindo. Sabia que Talon queria correr com os amigos. Queria ter suas pernas de volta.

O cheiro de cebola e fumaça de lenha pairava na obscuridade fresca do refeitório. Essa era a maior edificação da aldeia, local onde eles comiam. Onde Vale realizava as reuniões durante os meses de inverno. Uma dúzia de mesas grandes tomava um dos lados, com a mesa principal de Vale sobre uma plataforma de pedra ao fundo. Do lado oposto, atrás de uma mureta de tijolos, havia um braseiro, uma fileira de fogões de ferro e várias mesas de trabalho que não abrigavam comida suficiente há muitos anos.

A jornada diária terminava ali, ao regressarem do campo ou do mar. Qualquer coisa que Perry e os outros caçadores conseguissem trazer. Tudo vinha para cá, para ser dividido entre as famílias. Os Marés eram privilegiados por terem um rio subterrâneo que percorria seu vale. Isso facilitava a irrigação. Mas nem toda a água do mundo adiantava quando chegavam as tempestades de Éter, chamuscando vastas extensões de terra. Este ano, os campos escoriados nem chegaram perto de prover os armazéns para o inverno. A tribo comeria por causa de Liv, irmã de Perry.

Quatro vacas. Oito cabras. Duas dúzias de galinhas. Dez sacos de grãos. Cinco sacos de ervas secas. Essas eram apenas algumas das coisas que os Marés tinham ganhado, graças ao casamento de Liv com um Soberano de Sangue do norte.

– Eu sou cara – brincou Liv no dia em que partiu.

Nem Perry nem seu melhor amigo, Roar, riram.

Receberam metade do pagamento por ela. Eles esperavam a outra metade a qualquer dia, depois que Liv chegasse ao marido pretendido. E o restante precisava ser entregue antes que o inverno chegasse.

Perry logo avistou um aglomerado de Auditivos, numa mesa dos fundos, curvados e cochichando. Perry sacudiu a cabeça. Os Orelhas estavam sempre cochichando. Um instante depois, ele captou a vibração de uma onda verde, energizante como folhas de cipreste. Era a agitação deles. Alguém provavelmente teria entreouvido sua briga com Vale.

Perry colocou Talon sobre o bar de tijolos, remexendo seus cabelos.

– Hoje eu lhe trouxe uma doninha, Brooke. Foi o melhor que pude fazer. Você sabe como tem sido por aí.

Brooke ergueu os olhos da cebola que estava picando e sorriu. Ela usava a ponteira de uma de suas flechas pendurada num cordão de couro, direcionando o olhar dele para o decote dela. Hoje ela estava bonita. Brooke estava sempre bonita. Seus olhos azuis se estreitaram rapidamente, olhando o rosto de Perry, depois ela piscou para Talon.

– Mas ele é uma gracinha. Aposto que é muito saboroso. – Ela curvou a cabeça na direção do panelão sobre o fogo. – Jogue-o ali dentro.

– Brooke, eu não sou uma doninha! – Talon deu uma risadinha, conforme Perry o pegou.

– Espere um pouco, Perry – disse Brooke. Ela serviu umas tigelas de mingau de cevada para eles. – Vamos engordá-lo, antes de colocar para cozinhar.

Como sempre, ele e Talon sentaram a uma mesa perto da porta, onde Perry podia captar melhor as rajadas de vento vindas de fora. Elas poderiam prover-lhe alguns minutos de alerta, se Vale aparecesse. Perry notou que Wylan e Bear, braços direito e esquerdo de Vale, estavam sentados com os Audis. Isso significava que Vale provavelmente estaria caçando sozinho.

Perry devorou o mingau, para que o sabor não se prolongasse em sua boca. Ser um Olfativo significava ter um paladar muito aguçado. Nem sempre isso era bom. A mistura suave absorvia os resquícios de outros alimentos da tigela de madeira, deixando um gosto ruim em sua língua, uma mistura de peixe salgado, leite de cabra e nabo. Ele voltou para pegar mais uma porção, pois sabia que Brooke lhe daria, e comida era comida. Quando terminou, recostou e cruzou os braços, sentindo só um pouquinho de fome e uma ligeira culpa por se empanturrar à custa da felicidade da irmã.

Talon tinha mexido em sua comida por algum tempo, fazendo montinhos encaroçados com a colher. Agora ele olhava para todo lado, exceto para sua tigela. Perry sofria por ver o sobrinho tão abatido.

— Nós vamos caçar, certo? — perguntou Perry. Caçar lhe daria uma desculpa para afastar Talon da aldeia. Perry queria lhe dar a maçã, fruta predileta de Talon. Vale sempre comprava algumas, em segredo, apenas para Talon, quando os comerciantes as traziam.

Talon parou de se remexer.

— Mas e o Éter?

— Vamos ficar longe dele. Venha, Tal. Não vamos demorar.

Talon enrugou o nariz, inclinou-se à frente e sussurrou:

— Não posso mais sair da aldeia. Meu pai disse.

Perry franziu o rosto.

— Quando ele disse isso?

— É... no dia que você foi embora.

Perry conteve uma onda de raiva, querendo evitar que o sobrinho também sentisse. Como Vale podia se negar a deixar Talon caçar? Ele adorava.

— Nós podemos voltar antes que ele saiba.

— Tio Perry...

Perry olhou por cima do ombro, seguindo o olhar de Talon, até a mesa dos fundos.

— O que foi? Você acha que os Orelhas me ouviram? — perguntou ele. Embora soubesse que tinham ouvido, Perry sussurrou algumas sugestões para os Audis. Ideias do que podiam fazer com eles próprios, em vez de ficarem ouvindo a conversa dos outros. Suas sugestões provocaram vários olhares severos.

– Olhe só, Talon. Você está certo. Eles podem me ouvir. Eu devia saber. Consigo sentir o cheiro de Wylan daqui. Você acha que esse fedor está vindo da boca dele?

Talon riu. Ele tinha perdido alguns dentes de leite. Seu sorriso estava banguela.

– Parece estar vindo do extremo sul.

Perry recostou e riu.

– Cale a boca, Peregrine! – gritou Wylan. – Você ouviu. Ele não deve sair. Quer que Vale saiba o que você está fazendo?

– A escolha é sua, Wylan. Você pode bater com a língua nos dentes ou não. Prefere se ver com Vale ou comigo?

Perry sabia a resposta. A forma de punição de Vale era fracionar as rações ao meio. Serviços externos. Rodadas extras de vigília noturna durante o inverno. Tudo terrível, mas, para uma criatura fútil como Wylan, era melhor do que a surra que Perry poderia lhe dar. No entanto, quando o bando inteiro de Audis levantou-se e foi em sua direção, Perry quase derrubou o banco ao se levantar. Ele se posicionou no corredor, entre as mesas, deixando Talon bem escondido atrás dele.

Wylan, à frente, parou a alguns passos de distância.

– Peregrine, seu idiota. Há algo se passando lá fora.

Perry demorou um momento para entender. Eles tinham ouvido algo lá fora e, simplesmente, seguiam para lá. Ele saiu do caminho, conforme os Audis passaram por ele, com o restante do pessoal do refeitório seguindo atrás.

Perry voltou a Talon. A tigela de seu sobrinho tinha virado. O mingau pingava por uma fresta da mesa.

– Eu achei... – Ele olhou o piso gasto de madeira. – Você sabe o que eu achei.

Talon sabia, melhor do que ninguém, que o sangue de Perry era quente. Ele sempre foi nervoso, mas estava piorando. Ultimamente, se houvesse algum tumulto, Perry achava um jeito de se envolver. O Éter de seu sangue estava se acumulando, ficando mais forte a cada ano com as tempestades. Ele se sentia como se seu corpo tivesse vontade própria. Sempre olhando. Preparando-se para a única luta que iria satisfazê-lo.

Mas não podia ter essa luta. Num desafio pela posição de Soberano de Sangue, o perdedor morria ou era forçado a partir. Perry não podia nem imaginar deixar Talon órfão de pai. E ele não podia forçar o sobrinho doente e o irmão a saírem em território aberto. Não havia leis nas terras fronteiriças aos territórios tribais, apenas sobrevivência.

Só restava uma escolha. Ele precisava partir. Ir embora era a melhor coisa que ele podia fazer por Talon. Isso significava que Talon podia ficar e viver o resto de seus dias na segurança da aldeia. Também significava que ele jamais ajudaria os Marés como sabia que podia.

Lá fora, as pessoas se aglomeravam ao redor da clareira. O ar vespertino se tornara denso com os humores agitados. Aromas estimulantes. Mas nenhum traço de medo. Dúzias de vozes falavam incessantemente, desnorteando-o, mas os Audis certamente tinham ouvido algo que os fizera disparar até o lado de fora. Perry avistou Bear causando um alvoroço ao passar por entre a multidão. Wylan e alguns outros o seguiram lá para fora.

– Perry! Aqui em cima!

Brooke estava no telhado do refeitório, acenando para que ele subisse. Perry não se surpreendeu ao vê-la lá em cima. Ele subiu nos engradados de legumes, na lateral da edificação, puxando Talon junto.

Do telhado, ele tinha uma boa visão das colinas que formavam a fronteira leste dos Marés. As terras de lavoura se estendiam como uma colcha de retalhos marrons e verdes, costurada por árvores que seguiam o rio subterrâneo. Perry também podia ver as extensões de terra negra chamuscada pelo Éter, onde as espirais haviam atingido, no começo da primavera.

– Ali – disse Brooke.

Ele procurou no local onde ela apontou. Ele era um Vidente como Brooke e durante o dia enxergava melhor que a maioria, mas sua verdadeira força estava em ver na escuridão. Não conhecia nenhum outro Vidente como ele e tentava não chamar a atenção para sua visão.

Perry sacudiu a cabeça, incapaz de distinguir algo a distância.

– Você sabe que vejo melhor à noite.

Brooke lançou um sorriso galanteador.

– Claro que sei.

Ele sorriu para ela. Não conseguiu pensar em nada melhor a dizer além de:

– Mais tarde.

Ela riu e focou novamente ao longe com seus olhos azuis aguçados. Era uma Vidente poderosa, a melhor da tribo, desde que Clara, sua irmã caçula, havia desaparecido. Mais de um ano se passara desde que Clara sumira, mas Brooke não desistira de acreditar que ela voltaria para casa. Perry agora sentia sua esperança. Depois, sentiu como se murchasse de desapontamento.

– É o Vale. Ele está trazendo algo grande. Parece um alce.

Perry deveria ter ficado aliviado por seu único irmão estar voltando para casa depois de uma caçada. E não outra tribo vindo saqueá-los por comida. Mas não ficou.

Brooke se aproximou dele, parando o olhar no hematoma de seu rosto.

– Isso parece doer, Per. – Ela passou o dedo em seu rosto, de um jeito que não doeu nada. Ao sentir seu perfume floral, ele não conseguiu evitar puxá-la para mais perto.

A maioria das garotas da tribo ficava cautelosa perto dele. Ele compreendia, levando-se em conta seu futuro duvidoso com os Marés. Mas Brooke não. Mais de uma vez, eles ficaram deitados, juntos, na grama morna do verão, enquanto ela sussurrava em seu ouvido, falando sobre eles se tornarem a dupla governante. Ele gostava de Brooke, porém isso jamais aconteceria. Algum dia, ele escolheria outra Olfativa com quem ficar, mantendo seu Sentido mais forte. Mas Brooke nunca desistia. Não que ele se importasse.

– Então, é verdade o que aconteceu entre você e Vale?

Perry soltou o ar lentamente. Não havia segredos com os Audis por perto.

– Vale não fez isso.

Brooke sorriu, como se não acreditasse nele.

– Estão todos lá longe, Perry. É o momento perfeito para desafiá-lo.

Ele recuou e engoliu um xingamento. Ela não era uma Olfativa. Jamais poderia compreender qual era a sensação de ser rendido. Por mais que quisesse ser Soberano de Sangue, ele jamais poderia magoar Talon.

– Estou vendo ele! – disse Talon, da beirada do telhado.

Perry correu até seu lado. Vale estava atravessando o campo de terra que circundava a aldeia, perto o suficiente para que todos vissem. Ele era alto como Perry, mas sete anos mais velho; tinha porte de homem. O cordão de Soberano de Sangue ao redor de seu pescoço brilhava sob a luz do céu. As marcas de Olfativo se enroscavam em torno dos bíceps de Vale. Uma em cada braço, únicas e orgulhosas, ao contrário das duas amontoadas de Perry. A marca de Vale traçava uma linha na pele, sobre seu coração, subindo e descendo, como as linhas do vale. Ele estava com os cabelos escuros puxados para trás, dando a Perry uma visão clara de seus olhos. Estavam equilibrados e calmos como nunca. Atrás de Vale, numa maca feita de galhos e corda, estava sua caça.

O alce parecia ter quase cem quilos. A cabeça estava virada para trás para evitar que a imensa galhada se arrastasse. Era um animal enorme. Galhada de dez pontas.

Abaixo, os tambores começaram a rufar um ritmo profundo. Os outros instrumentos acompanharam, tocando a *Canção do Caçador*. Uma canção que fazia o coração de Perry bater fortemente toda vez que ele a ouvia.

As pessoas correram na direção de Vale. Pegaram a maca de suas mãos. Deram-lhe água e o louvaram. Um alce daquele tamanho encheria a barriga deles. Uma fera como aquela era um raro sinal de generosidade. Um bom presságio para o inverno que estava por vir. E também para a próxima colheita. Foi por isso que Vale tinha chamado a tribo de volta à aldeia. Ele queria que todos estivessem presentes para ver sua captura.

Perry olhou para baixo, para suas mãos trêmulas. Esse alce deveria ter sido sua caça. Ele que deveria estar chegando, arrastando a padiola. Não podia acreditar na sorte de Vale. Como ele pôde ter abatido um alce desses, se Perry não conseguiu pegar sequer um, durante o ano inteiro? Perry sabia que era melhor caçador. Ele cerrou os dentes, afastando seu pensamento seguinte, mas fracassando. Ele também seria um Soberano de Sangue melhor.

— Tio Perry? — Talon olhava para cima, com seu peito magrinho arfando para respirar. Perry viu todo o ódio invejoso que tinha por dentro de si mesmo passando no rosto abatido do sobrinho. Misturando-se ao medo de Talon. Ele inalou a mistura desesperada e soube que jamais deveria ter voltado.

Capítulo 7
ÁRIA

Ária seguiu os Guardiões pelos corredores curvos. Ela queria sair do real, onde as coisas se enferrujavam e rachavam. Onde as pessoas morriam em incêndios. Ela gostaria de ter seu novo olho mágico, para que pudesse fracionar e fugir para um Reino. Agora mesmo ela já poderia estar em outro lugar.

Ela começou a notar mais Guardiões nos corredores, dando olhadas rápidas ao passar por câmaras que pareciam lanchonetes e salas de reunião. Conhecia a maioria deles de vista, mas eram estranhos. Não eram pessoas com quem ela se envolvia nos Reinos.

Os Guardiões levaram-na por uma câmara de compressão sinalizada com DEFESA & REPAROS EXTERNOS 2. Ela parou subitamente, quando entrou numa estação de transportes maior que qualquer espaço que já vira. Aeronaves suspensas estavam alinhadas em fileiras, naves iridescentes que ela só vira nos Reinos. As naves lustrosas pareciam corcundas, como insetos posicionados para alçar voo. Pistas de decolagem demarcadas por fachos azuis de luz flutuavam no ar acima. O riso irrompeu de uma aglomeração de Guardiões a distância, um som abafado pelo zunido de geradores. Ela estivera tão próxima desse hangar durante toda a sua vida. Tudo isso se passava em Quimera e ela nunca soubera.

Uma das naves distantes acendeu com um brilho reluzente. Foi quando a ficha caiu. Ela realmente estava partindo. Nunca achou que deixaria Quimera. Esse núcleo era seu lar. Mas não parecia o mesmo. Ela vira seus frutos apodrecidos e paredes enferrujadas. Vira as máquinas que deixaram sua mente vaga e transformaram seus membros em âncoras. *Soren* estava ali. E Paisley não estava. Como ela poderia voltar à sua vida sem Paisley? Ela não podia. Precisava partir. Mais que qualquer coisa, ela precisava da mãe. Lumina saberia como consertar as coisas novamente.

Com os olhos embaçando, ela seguiu os Guardiões até uma nave Asa de Dragão. Ela reconheceu o veículo. Era o modelo mais veloz dos flutuantes, construído para alta velocidade. Ária subiu os degraus metálicos, hesitando no topo. Quando ela voltaria?

– Siga em frente – disse um Guardião de luvas pretas. A cabine era surpreendentemente pequena, acesa por uma luz fraca azulada, com assentos em ambos os lados.

– Bem aqui – disse o homem. Ela sentou-se onde foi indicado e remexeu nas amarras, com os dedos inúteis, através do macacão. Ela devia ter pedido uma roupa cinza, mas não quisera perder tempo e correr o risco de que Hess mudasse de ideia.

O homem pegou as tiras de suas mãos e prendeu-as, com uma série de estalos das fivelas. Depois sentou-se do lado oposto, com outros cinco homens. Eles prosseguiram com os procedimentos, usando jargões militares que ela mal compreendia, e caíram em silêncio, quando a porta foi lacrada com um chiado. A aeronave ganhou vida, vibrando, zunindo como um milhão de abelhas. Perto da cabine de comando, algo sacudiu, criando um tinido metálico. O barulho fez sua dor de cabeça recomeçar. Ela sentiu um gosto químico na boca.

– Quanto tempo leva a jornada? – perguntou ela.

– Não muito – disse o homem que prendera seu cinto. Ele fechou os olhos. A maioria dos outros Guardiões também. Será que sempre faziam isso? Ou estariam apenas tentando evitar olhar o espaço vazio acima de seu olho esquerdo?

O impulso da decolagem pressionou-a contra o banco, depois de lado, conforme a aeronave entrou em movimento. Sem janelas para olhar lá fora, Ária se esforçava para ouvir. Será que eles teriam deixado o hangar? Já estariam do lado de fora?

Ela engoliu o gosto amargo que se acumulou em sua língua. Precisava de água, e as tiras do banco estavam apertadas demais. Ela não conseguia puxar o ar inteiramente, sem forçar as tiras. Começou a se sentir tonta, como se estivesse com falta de ar. Ária repassou escalas vocais em sua mente, lutando contra a nota aguda de sua dor de cabeça. As escalas musicais sempre a acalmavam.

A Asa de Dragão desacelerou muito mais rapidamente do que ela esperava. Meia hora? Ária sabia que não estava acompanhando o tempo apropriadamente, mas não podia ter passado muito.

Os Guardiões pressionaram protetores de pulso em seus macacões cinzentos e colocaram seus capacetes, deslocando-se com movimentos rápidos e experientes. Uma luz suave emanava de dentro dos visores, refletindo-se através de seus olhos mágicos. Ária olhou ao redor da cabine. Por que não lhe deram um capacete?

O homem de luvas pretas levantou-se e soltou as tiras que a prendiam ao assento. Ela finalmente respirou fundo, mas não se sentiu satisfeita. Uma leveza estranha a varreu.

– Nós chegamos? – perguntou ela, que não havia sentido o pouso. A aeronave flutuante ainda zunia ruidosa.

A voz do Guardião foi projetada por um alto-falante em seu capacete.

– *Você* chegou.

A porta foi aberta com um estrondo de luz. O ar quente irrompeu na cabine. Ária piscou incessantemente, desejando que seus olhos se adaptassem. Ela não via um hangar. Não via nada que parecesse com Nirvana. Só uma terra vazia cortando o horizonte. Deserto, até onde a vista alcançava. Mais nada. Ela não entendia. Não conseguia aceitar o que via.

Uma mão pegou seu punho. Ela gritou e recuou:

– Me solta! – Ela agarrou as tiras do assento, com toda a força.

Mãos pesadas pegaram-na pelos ombros, apertando seus músculos, arrancando-a das tiras. Num instante, eles a empurraram em direção à beirada. Ela olhou para baixo, para seus pés cobertos de tecido. Eles estavam a centímetros da aba metálica. Bem mais abaixo, ela viu a terra vermelha rachada.

– Por favor! Eu não fiz nada!

Um Guardião veio por trás dela. Ela teve uma visão rápida dele, conforme ele bateu o pé em suas costas e ela despencou pelo ar.

Ela apertou os lábios ao colidir com o solo. A dor se espalhou pelos joelhos e cotovelos. Sua têmpora bateu com força no chão. Conteve um grito, porque fazer qualquer som, até mesmo respirar, significava a morte. Ária ergueu a cabeça e viu seus dedos abertos sobre a terra cor de ferrugem.

Ela estava tocando o lado de fora. Estava na Loja da Morte.

Virou-se, enquanto a nave se fechava, ainda tendo a última visão dos Guardiões. Outra Asa de Dragão flutuou ao seu redor, ambas reluzindo como pérolas azuis. Um som de zumbido sacudiu o ar em volta, conforme as naves flutuaram para longe, levantando nuvens de poeira vermelha à medida que seguiam velozmente, atravessando a terra plana.

Os pulmões de Ária se contraíram em espasmos, ansiando por oxigênio. Ela cobriu a boca e o nariz com a manga. Não conseguia mais lutar contra a necessidade de ar. Ela inspirava e expirava simultaneamente, engasgando, com os olhos lacrimejando, lutando para recuperar o fôlego. Ela observou as aeronaves flutuantes se fundirem a distância, e marcou o local onde elas desapareceram. Quando já não podia mais vê-las, ela ficou sentada, olhando o deserto. Parecia ermo e estéril, em todas as direções. O silêncio era tão completo que ela podia ouvir a própria respiração.

O Cônsul Hess mentira para ela.

Ele tinha *mentido*. Ela estava preparada para algum tipo de punição, depois que a investigação fosse concluída, mas isso não.

Ela se deu conta de que o Cônsul Young não estivera assistindo a sua entrevista, através do olho mágico de Hess. Tinha ficado sozinha com Hess. Ele provavelmente relataria que ela morreu no Ag 6, com Paisley, Echo e Bane. Hess a culparia por planejar aquela noite e também por deixar um Selvagem entrar. Ele provavelmente ligaria todos os problemas a ela.

Ela se levantou, com as pernas trêmulas, lutando contra as ondas de tontura. O calor da terra penetrava o tecido de seu macacão, aquecendo a sola de seus pés. Como se por cronometragem, o macacão disparou um jato de ar fresco em suas costas e barriga. Ela quase riu. O macacão ainda estava regulando sua temperatura.

Ela ergueu os olhos. Nuvens cinzentas espessas salpicavam o céu. Nos intervalos, ela viu o Éter, de verdade. Os fluxos sopravam acima das nuvens. Eram lindos, como trovões encurralados em correntes líquidas, finos como véus em alguns lugares. Em outros, eles se acumulavam em correntes grossas e brilhantes. O Éter não parecia algo que pudesse acabar com o mundo, no entanto, isso quase aconteceu durante a União.

Durante seis décadas, quando o Éter vinha, ele chamuscava a terra com fogos constantes, mas o verdadeiro golpe à humanidade tinha sido seu efeito mutante, como sua mãe lhe explicara. Novas doenças rapidamente se desenvolveram. Pragas tinham aniquilado populações inteiras. Seus antepassados estiveram entre os mais afortunados que conseguiram abrigo nos núcleos.

Abrigos que ela já não tinha.

Ária sabia que não poderia sobreviver nesse mundo contaminado. Ela não fora feita para isso. A morte era só uma questão de tempo.

Ela encontrou um ponto mais iluminado na cobertura de nuvens, onde a luz brilhava através de uma neblina dourada. Essa luz vinha do sol. Talvez ela pudesse ver o sol real. Ela precisou lutar contra o ímpeto de chorar, pensando em ver o sol. Afinal, quem saberia? A quem ela poderia contar algo tão inacreditável?

Ela seguiu na direção de onde as naves haviam desaparecido, sabendo que era inútil. Será que ela pensava que o Cônsul Hess mudaria de ideia? Mas para onde mais ela poderia ir? Ela caminhava com pés que não reconhecia, sobre a terra que parecia estampa de girafa.

Ela não dera mais de doze passos quando recomeçou a tossir. Logo ela ficou tonta demais para se manter de pé. Mas não eram apenas os seus pulmões que estavam rejeitando o lado de fora. Seus olhos e nariz escorriam. Sua garganta ardia e sua boca estava cheia de saliva quente.

Ela ouvira todas as histórias sobre a Loja da Morte, como todo mundo. Um milhão de maneiras de morrer. Ela sabia que as alcateias eram tão inteligentes quanto os homens. Ouvira falar que os bandos de corvos bicavam pessoas vivas, despedaçando-as, e as tempestades de Éter se portavam como predadores. Mas ela concluiu que a pior morte da Loja da Morte era apodrecer sozinha.

Capítulo 8
PEREGRINE

Perry observava enquanto seu irmão mais velho adentrava a clareira, a passos largos. Vale parou e ergueu a cabeça, sentindo o cheiro do vento. Ele segurava a galhada do alce na mão, um chifre grosso como uma pequena árvore. Impressionante. Perry não podia negar. Vale vasculhou a multidão e avistou Perry, depois Talon, a seu lado.

Perry ficou alerta a uma dúzia de coisas, conforme seu irmão se aproximava. O dispositivo da Ocupante e a maçã, ambos embrulhados em plástico, no fundo de sua bolsa. A faca em seu quadril. Seu arco e o estojo de flechas pendurados, atravessados em suas costas. Ele percebeu a forma como a multidão se aquietou, fazendo um círculo ao seu redor. Sentiu que Talon se remexeu ao seu lado, recuando. E sentiu os temperamentos. Dúzias de cheiros fortes energizando o ar, tanto quanto o Éter acima.

– Olá, filho – disse Vale, sofrido, olhando seu menino. Perry viu isso em seus olhos. Ele também viu o inchaço em volta do nariz de Vale, mas ficou pensando se alguém mais teria notado.

Talon ergueu a mão em resposta, mantendo-se atrás. Ele não queria demonstrar fraqueza diante do pai. A forma como estava sofrendo, tanto pela tristeza quanto pela doença. Um dia, tinha sido Perry quem se escondia do pai, por trás das pernas de Vale.

Mas não adiantava se esconder perto de Olfativos. Os aromas pairavam pelo ar.

Vale ergueu a galhada.

— Para você, Talon. Escolha uma ponta. Faremos um cabo para uma nova faca. Você gostaria disso?

Talon sacudiu os ombros.

— Legal.

Perry deu uma espiada na faca no cinto de Talon. Era a antiga lâmina de Perry. Quando menino, ele entalhara penas no cabo, fazendo um desenho que mais tarde combinaria com Talon. Ele não via motivo nenhum para que ele tivesse uma nova faca.

Vale finalmente cruzou seu olhar. Ele viu o hematoma no rosto de Perry e a desconfiança estampou seus olhos. Vale sabia que não tinha feito isso em Perry. Ele não tinha acertado nenhum soco em cheio, naquela noite, por cima da mesa.

— O que aconteceu com você, Peregrine?

Perry ficou imóvel. Ele não podia contar a verdade a Vale, mas mentir também não ajudaria. Independentemente do que dissesse, as pessoas achariam que Vale lhe causara o hematoma, da mesma forma que Brooke havia pensado. Culpar outra pessoa por isso só o faria parecer fraco.

— Obrigada por se preocupar, Vale. É bom estar em casa. — Perry assentiu para a galhada. — Onde você o derrubou?

— Moss Ledge.

Perry não podia acreditar que não tinha farejado o cheiro do alce. Ele estivera naquela direção recentemente.

Vale sorriu.

— Bela fera, não acha, irmãozinho? É a melhor, em anos.

Perry olhou fulminante para o irmão mais velho, contendo as palavras amargas que lhe vieram aos lábios. Vale sabia que Perry se irritava ao ser chamado assim diante da tribo. Ele não era mais um menino. Não havia nada pequeno nele.

— Ainda acha que nós caçamos excessivamente? — acrescentou Vale.

Perry tinha certeza disso. Os animais haviam partido. Eles sentiam o fortalecimento do Éter na região a cada ano que se passava. Perry também sentia. Mas o que ele podia dizer? Vale tinha a prova de que ainda havia possibilidades lá fora, prontas para serem trazidas.

– Ainda assim, devemos nos mudar – disse ele, sem pensar.

Um sorriso se abriu no rosto de Vale.

– Mudar, Perry? Está falando sério?

– As tempestades só vão piorar.

– Esse ciclo vai passar, como todos passam.

– Com o tempo, talvez. Mas talvez não consigamos sobreviver ao pior aqui.

Uma agitação percorreu a multidão. Ele e Vale podiam discutir dessa forma em particular, mas ninguém enfurecia Vale na frente dos outros.

Vale se remexeu.

– Então, conte-nos sobre sua ideia, Perry. Quanto a deslocar mais de duzentas pessoas a céu aberto. Você acha que estaríamos melhores *sem* abrigo? Lutando por nossa vida nas terras fronteiriças?

Perry engoliu em seco com força. Ele sabia o que sabia. Apenas nunca se expressou bem. Mas agora não podia voltar atrás.

– A aldeia não se manterá, se as tempestades piorarem muito. Estamos perdendo nossos campos. Vamos perder tudo, se ficarmos. Precisamos encontrar terras mais seguras.

– Para onde você quer que sigamos? – perguntou Vale. – Acha que outra tribo nos acolherá em seu território? Todos nós?

Perry sacudiu a cabeça. Ele não tinha certeza. Ele e Vale eram Marcados. Valiam algo, simplesmente pelo sangue. Mas os outros, Não Marcados, que não eram Olfativos, Auditivos e Videntes, compunham a maior parte da tribo.

Os olhos de Vale se estreitaram.

– E se as tempestades forem piores em outros territórios, Peregrine?

Perry não sabia responder. Ele não tinha certeza se o Éter rugia em outros lugares, como acontecia ali. Só sabia que no último inverno as tempestades chamuscaram quase um quarto do território deles. Ele achava que esse inverno seria pior.

– Se deixarmos essa terra, morreremos – disse Vale, subitamente com um tom severo. – Tente pensar de vez em quando, irmãozinho. Isso pode ajudá-lo.

– Você está errado – disse Perry. Será que ninguém mais via isso?

Várias pessoas resfolegaram. Ele quase via seus pensamentos, através de seus temperamentos agitados. "Lute, Perry. Será bom de ver."

Vale entregou a galhada a Bear. Tudo ficou tão quieto que Perry ouviu o ranger do colete de couro de Bear, quando ele se moveu. A visão de Perry começou a afunilar como acontecia quando ele caçava. Ele só via o irmão mais velho, que o defendera inúmeras vezes quando Perry era menino, mas agora não acreditava nele. Perry deu uma olhada para Talon. Ele não podia fazer isso. E se ele matasse Vale, bem ali?

Talon disparou à frente.

– Podemos caçar, pai? Eu e o tio Perry podemos caçar?

Vale olhou para baixo e a expressão sinistra sumiu de seus olhos.

– Caçar, Talon? Agora?

– Hoje eu estou me sentindo bem. – Talon ergueu seu queixinho. – Podemos ir?

– Você está tão ansioso assim para me superar, filho?

– Sim!

A risada de Vale incitou algumas risadas forçadas da multidão.

– Por favor, pai. Só um pouquinho?

Vale ergueu as sobrancelhas para Perry, como se achasse adequado que Talon tivesse interferido para salvá-lo. Aquela expressão quase impulsionou Perry à frente.

Vale ajoelhou-se e abriu os braços. Talon abraçou-o, passando os braços magrinhos ao redor do pescoço largo de Vale. Cobrindo o cordão de soberano. Tirando-o da visão de Perry.

— Faremos um banquete esta noite – disse Vale, recuando. Ele segurou o rosto de Talon com as mãos. – Vou guardar os melhores pedaços pra você. – Ele levantou-se e acenou, chamando Wylan. – Assegure-se de que eles fiquem perto da aldeia.

— Não precisamos dele – disse Perry. Será que Vale achava que ele não podia proteger Talon? E ele não queria que Wylan fosse junto. Se o Audi fosse, ele não poderia dar a maçã a Talon. – Vou mantê-lo em segurança.

Os olhos verdes de Vale pousaram no rosto inchado de Perry.

— Irmãozinho, se você se visse, saberia por que eu não acredito nisso.

Mais riso, desta vez incontido. Perry se remexeu. Os Marés o viam como uma piada.

Talon puxou seu braço.

— Vamos, tio Perry. Antes que fique tarde.

Os músculos de Perry sentiam a necessidade de se mover, mas ele não podia dar as costas ao irmão. Talon soltou-o e correu na frente, em penosos passos apressados.

— Venha, tio Perry. Vamos!

Por Talon, Perry o seguiu.

Capítulo 9

ÁRIA

Quando passou a crise de tosse, Ária ficou deitada de lado. Suas costelas doíam. Sua garganta estava inchada e dolorida. Mas ela tinha sobrevivido. Sua pele não derretera e ela não havia entrado em estado de choque. Talvez as histórias estivessem erradas. Ou talvez isso ainda fosse acontecer.

Ela se forçou a ficar de pé e recomeçou a caminhar. Já tinha aceitado que não chegaria a lugar nenhum. O que importava era *fingir* que chegaria. Que dando um passo após o outro ela teria chance de encontrar abrigo. Convenceu-se tanto disso que, quando avistou formas irregulares, à distância, achou que fosse sua imaginação.

Ária andou mais depressa, com o coração disparado, à medida que as formas iam ficando mais nítidas e o solo, desnivelado pelos fragmentos. Cacos espetavam as solas de seu macacão, machucando seus pés. Ela parou, observando o mar de cimento. Pedaços retorcidos e enferrujados de ferro despontavam dos destroços, de forma escultural. Havia sido uma grande cidade, um dia, pensou ela. Desafiadora, ali, no meio do nada. Agora, nem podia prover-lhe abrigo. Ela se virou para outra direção e partiu novamente.

Evitava os próprios pensamentos, o máximo que podia, mas eles vinham, irrompendo fora de seu controle. Ward a vira viva. Teria Hess pressionado para que ele ficasse quieto? Estaria sua mãe de luto agora? O que Lumina teria dito na mensagem "Pássaro Canoro"?

Ária sentou-se para descansar. Ela se lembrou da última vez em que esteve com a mãe, em Quimera. Um domingo de canto.

Às onze horas, de todo domingo de sua vida, Ária encontrava a mãe, no Reino da Ópera de Paris, uma réplica do belo Palais Garnier. Lumina sempre chegava primeiro e ficava esperando com as mãos enlaçadas no colo, postura ereta, na primeira fila, seu lugar predileto. Ela estava vestida da mesma forma de sempre, com um vestido preto elegante, um colar de pérolas ao redor do pescoço delgado, os cabelos escuros bem puxados num coque perfeito.

Durante uma hora, num palco construído para quatrocentos artistas, Ária cantava para ela. Ela se tornava Julieta ou Isolda, ou Joana d'Arc, cantando o amor condenado e a grande determinação e resignação diante da morte. Ária deixava que as histórias rugissem através de sua voz de soprano *falcon*, reverberando pelas colunas e cortinas vermelhas, subindo ao teto de afrescos angelicais. Ela se apresentava para Lumina toda semana, pois sua mãe estava presente durante toda aquela hora, e esse tempo era o máximo que Ária passava com ela ao longo da semana inteira.

Ela cantava, embora detestasse ópera. Detestava tudo que tinha a ver com aquilo. O senso dramático excessivo. A violência e a lascívia. Ninguém em Quimera jamais morreu por um coração partido. Traição nunca levava ao assassinato. Essas coisas não aconteciam mais. Agora, eles tinham os Reinos. Podiam experimentar qualquer coisa sem correr riscos. Agora, a vida era "Melhor que real".

Seu último domingo de canto com Lumina tinha sido diferente, desde o começo. A mão fria de Lumina no ombro nu de Ária a despertara num solavanco.

– O que é? – perguntara Ária. Sua tela inteligente marcava cinco horas da manhã. – O que há de errado?

Lumina estava sentada na beirada da cama. Vestia o macacão cinza de viagem, não seu jaleco médico habitual. De alguma forma, ela ainda parecia elegante.

– A equipe de transporte quer evitar o mau tempo. Preciso partir antes do planejado.

Ária engoliu a sensação de aperto na garganta. Ela não queria dizer *tchau*. Elas planejaram se encontrar todos os dias nos Reinos, mas Lumina estaria longe. As duas não estariam mais no mesmo núcleo.

– Você cantaria para mim agora?

– *Agora*, mãe?

– Eu estava esperando por isso a semana toda – disse Lumina. – Não me faça esperar até o próximo domingo.

Ária despencou, com o rosto no travesseiro. Ópera, logo de manhã cedo? Parecia um crime.

– Por que você precisa partir? Por que não pode simplesmente fazer sua pesquisa nos Reinos?

– Eu preciso estar em Nirvana para essa missão.

– Por que não posso ir com você? – perguntou Ária.

– Você sabe que eu não posso lhe dizer o motivo.

Ária afundou o rosto ainda mais no travesseiro. Como a mãe poderia parecer tão calma? Ela fazia parecer fácil esconder as coisas de Ária.

– Por favor – disse Lumina. – Eu não tenho muito tempo.

– Tudo bem. – Ária rolou para o lado e olhou o teto. – Vamos simplesmente acabar logo com isso. – Ela encontrou o Reino da Ópera em sua tela inteligente. O ícone deveria ter exibido a fachada frontal de colunas, mas Ária mudara para uma imagem sua, fingindo se enforcar. Ela escolheu e fracionou, com a mente facilmente se abrindo a outro mundo. Agora, ela estava em dois lugares. Ali, em seu quartinho apertado, e no extravagante salão de ópera.

Ária tinha escolhido surgir por trás da cortina principal. Ela encarava a cortina de veludo vermelho. Lumina podia esperar mais alguns segundos. Isso a deixaria irritada. Quando entrou, ela não viu Lumina em seu lugar habitual, na fileira da frente. O salão de ópera estava vazio.

No quarto de Ária, Lumina se inclinou à frente, pousando a mão no braço de Ária.

– Pássaro Canoro. Você cantaria para mim aqui?

Ária retirou-se do Reino e sentou-se estarrecida.

– *Aqui? No meu quarto?*

– Não poderei ouvir sua verdadeira voz depois que eu estiver em Nirvana.

Ária prendeu os cabelos atrás das orelhas, com o pânico se revolvendo em sua barriga. Ela olhou ao redor do quartinho, vendo as gavetas caprichosamente instaladas nas paredes e o espelho acima da pia. Conhecia sua voz. Conhecia seu poder. Sua voz sacudiria as paredes de um espaço tão confinado. Ela poderia ecoar além da sala de estar, chegando até lá fora, alcançando o Panop.

E se *todo mundo* a ouvisse.

Seu coração disparou. Isso nunca tinha acontecido. Era estranho demais. Uma mudança enorme em sua rotina.

– Você sabe que é o mesmo que nos Reinos, mãe.

Os olhos cinzentos de Lumina se fixaram nela, apelativos.

– Eu quero ouvir esse dom que você tem.

– Não é um dom! – gritou Ária. Era genética.

Lumina adorava ópera, então tinha elaborado o DNA de Ária com traços vocais enfatizados para criar uma filha que pudesse cantar para ela. Se fosse um dom, o que Ária tinha, então era um dom que Lumina dera a si mesma. Seu Pássaro Canoro, o apelido que Lumina lhe dera. Ária nunca vira sentido nenhum nesse fator a mais. Ninguém cantava fora dos Reinos. Ao menos o bronzeado de Soren o deixara com uma bela aparência, no real, mas isso era o que ela ganhava por ser filha de uma geneticista.

– Por favor, faça isso por mim – disse Lumina.

Ela queria novamente perguntar o motivo. Por quê? Se Lumina só parecia ligar para o trabalho, ou para a ópera. Por que ela deveria fazer qualquer coisa para a mãe, que ia abandoná-la? Em vez disso, ela revirou os olhos e jogou as cobertas ao lado.

Lumina estendeu-lhe a roupa cinza, mas Ária sacudiu a cabeça. Se isso ia ser diferente, então seria realmente diferente. Ela acenou para sua roupa íntima resumida.

– Vou cantar assim.

Lumina apertou os lábios, desgostosa.

– Você vai encenar minha ária?

– Não, não, mãe. Eu tenho algo melhor – disse Ária, mal contendo o riso de deboche no rosto. Lumina enlaçou as mãos, desconfiando do olhar suspeito. Ária respirou fundo e cantou:

Seu coração é como doce canibal,
Doce canibal, doce canibal,
Seu coração é como doce canibal,
E eu tenho uma queda por doce e por você!

Ela riu durante a última frase, uma de suas prediletas entre as canções *Tilted Green Bottles*. Mas depois ela se sentiu mal, quando viu o rosto de Lumina. Não porque a mãe parecesse decepcionada. Ela não parecia. Mas Ária sabia que ela estava disfarçando e, por algum motivo, isso piorava as coisas.

Lumina levantou-se e deu em Ária um abraço rápido. Sua mão fria se demorou no rosto de Ária.

– Essa é uma canção e tanto, meu Pássaro Canoro – disse ela, e saiu.

Depois daquele domingo, algo mudou entre elas. Ária abandonou suas lições diárias de canto, não se importando se isso aborreceria Lumina. Ela também desistiu dos Domingos de Canto. Ela não daria mais essa hora à mãe. Lumina ainda entrava em contato com ela toda noite, lá de Nirvana, como prometido, mas as visitas tinham sido restritas. Ela havia desperdiçado o tempo, emburrada e entediada. Tudo que ela realmente queria era que Lumina voltasse para casa.

O macacão se enrugou, conforme ela cruzou os braços. A luz estava diminuindo no deserto, mas o Éter parecia mais radiante. Ele fluía em rios azulados cintilantes que cortavam o céu. A respiração de Ária foi acelerando, à medida que o ímpeto de cantar ia aumentando dentro dela.

Ela cantou *Tosca*, a canção que se recusara a cantar na manhã em que Lumina partiu, mas a letra saiu engasgada, em sons falhados. Sons que não eram dignos de serem ouvidos. Ela se deteve, depois de alguns versos, e abraçou os joelhos. Daria qualquer coisa para estar no salão de ópera com Lumina agora.

– Desculpe, mãe – sussurrou ela para o vazio ao seu redor. – Eu não sabia que era a última vez.

Capítulo 10
PEREGRINE

Perry seguiu rumo ao mar e deixou que Wylan se distanciasse à frente. Ele manteve um ritmo lento, sem querer forçar Talon. Quando eles chegaram ao cume da última duna, a enseada se desfraldou ao redor deles. A água estava limpa e azul, como estivera na noite anterior, quando ele nadou. As pessoas diziam que a água costumava ser limpa antes da União. Nunca estava coberta de espuma ou fedendo a peixe morto. Naquela época, muitas coisas eram diferentes.

Assim que chegaram à praia, Wylan colocou seu chapéu de Audi, puxando as abas acolchoadas para cobrir as orelhas. Com o vento e as ondas quebrando, aparentemente ele ouvia mais ruído do que queria, exatamente como Perry havia esperado.

Perry cravou o estojo de flechas na areia e pegou seu arco. Algumas gaivotas rodavam no céu nublado de Éter. Eles caçaram pouca coisa, mas foi um bom treino para Talon. Saber cronometrar o tempo era importante. Analisar o animal.

Talon até que se saiu bem, mas Perry viu como ele foi ficando cansado. O peso do arco de Perry era demais, e ele desejou ter pensado em trazer o arco de Talon. Perry também deu umas flechadas. Não errou nenhuma. Sua pontaria nunca era melhor do que quando seu sangue estava quente. Depois de um tempo, Wylan ficou entediado de tanto olhar e saiu caminhando.

– Quer ver o que tenho pra você? – disse Perry, mantendo a voz baixa.

Talon franziu o rosto.

– O quê? Ah, é.

Ele tinha se esquecido de que Perry lhe trouxera uma surpresa. Isso aumentou a dor na garganta de Perry. Ele sabia que estava deixando Talon de baixo-astral. E ele também.

– Você não pode contar, está bem? – Perry remexeu dentro da bolsa, à procura do embrulho plástico. Ele tirou a maçã, deixando a lente dentro do saco.

Talon ficou olhando, por um instante.

– Você viu os comerciantes?

Perry sacudiu levemente a cabeça.

– Depois eu conto. – Wylan podia estar com o chapéu, mas ele era um dos Audis de ouvido mais aguçado que ele conhecia. – É melhor você comer logo, Squik.

Talon comeu metade da maçã com um sorriso no rosto, com os pedaços espetados por entre as falhas dos dentes. Ele deu o resto a Perry, que a liquidou em duas mordidas, inclusive o talo e as sementes. Ao ver o sobrinho começar a bater os dentes, Perry tirou a camisa e pôs sobre os ombros de Talon. Depois sentou-se, inclinado para trás, apoiando-se nas mãos, saboreando o gosto adocicado que ficou. No fim do horizonte, as nuvens acenderam com flashes azuis. Fora dos meses de inverno, eles não sofriam com tempestades de Éter em terra firme, mas elas eram sempre um perigo no mar.

Talon recostou a cabeça no braço de Perry, desenhando na areia com uma vareta. Ele tinha nascido caçador como Perry, mas também tinha o lado artístico da mãe. Perry fechou os olhos e ficou imaginando quando tinha sido a última vez que se sentira assim. Como se estivesse exatamente onde deveria estar. Como se, por alguns minutos, tudo se encontrasse equilibrado. Então, ele sentiu o equilíbrio oscilar, conforme uma sensação de formigamento surgiu no fundo de seu nariz.

Nos vácuos, por entre as nuvens, ele viu o Éter fluindo vorazmente, revolvendo-se como cristas brancas no mar encrespado. A praia tinha um brilho azulado, lançado pela luz acima. Perry inalou o frescor da maresia, preenchendo seus pulmões, saboreando o sal na língua. Era isso. Ele jamais poderia voltar para a aldeia. Não confiava em si mesmo para se conter, para se manter sem desafiar Vale.

Perry olhou para baixo, para o sobrinho.

– Talon... – começou ele a dizer.

– Você está partindo, não está?

– Eu preciso ir.

– Não precisa não. Você não precisa ficar aqui pra sempre. Só até eu morrer.

Perry saltou, ficando de pé.

– Talon! Não fale assim.

Talon levantou-se com dificuldade. As lágrimas subitamente começaram a escorrer por seu rosto.

– Você não pode ir! – gritou ele. – Não pode ir embora!

Os cabelos escuros de Talon caíram em seus olhos. Seu maxilar tremia de raiva. Um tom surpreendente de vermelho surgiu na visão de Perry. Ele nunca tinha visto esse lado do sobrinho. Esse tipo de fúria. Ele teve de se esforçar para não deixar que o dominasse.

– Se eu ficar, seu pai vai morrer, ou eu morrerei. Você sabe disso.

– Meu pai prometeu que não vai lutar com você!

Perry congelou.

– Ele prometeu isso?

Talon limpou as lágrimas do rosto e assentiu.

– Agora, falta *você* prometer. Você promete e fica tudo bem.

Perry passou as mãos nos cabelos, caminhando de encontro ao vento, para poder pensar sem que a raiva de Talon o influenciasse. Teria Vale realmente feito essa promessa? Isso explicava por que ele não tinha tomado uma atitude na frente de Talon, mais cedo. Perry sabia que ele não poderia prometer a mesma coisa. A necessidade de ser Soberano de Sangue vinha de dentro.

– Talon, eu não posso. Preciso ir.

– Então, eu te odeio! – gritou Talon.

Perry soltou o ar lentamente. Ele gostaria que isso fosse verdade. Deixá-lo seria muito mais fácil.

– Peregrine! – A voz de Wylan cortou o ar, acima da arrebentação. Ele veio correndo na direção deles, pela areia dura próxima à água, segurando o chapéu numa das mãos e a faca na outra.

– Ocupantes, Perry! Ocupantes!

Perry pegou o arco e o estojo e agarrou a mão de Talon. O medo minava na pele de Wylan, conforme ele corria, e entrava gelidamente pelas narinas de Perry.

– Naves – disse Wylan, ofegante. – Elas estão vindo direto em nossa direção.

Perry correu até a margem e olhou a distância. Um ponto brilhante surgiu acima do cume mais distante, levantando uma nuvem de poeira por trás. Segundos depois surgiu outra nave.

– O que está acontecendo, tio Perry?

Perry empurrou Talon para Wylan.

– Corte pela antiga trilha dos pescadores. Leve-o pra casa. Fique em cima dele, como se fosse sua sombra, Wylan. Vá!

Talon se soltou de Wylan.

– Não! Eu vou ficar com você!

– Talon, faça o que eu digo!

Wylan o pegou, mas Talon relutava, cravando os pés na areia.

– Wylan, pegue-o no colo! – gritou Perry.

Com o peso de Talon, Wylan afundou na areia, deslocando-se com lentidão. Perry correu em direção às naves. Parou a algumas centenas de metros de distância. Ele nunca tinha estado assim, tão perto deles. As superfícies azuis reluziam como conchas de mariscos.

Os gritos de Talon eram sons terríveis, agudos. Perry lutou contra o ímpeto de dar a volta e correr para ele. Enquanto as naves se aproximavam velozmente, a energia do ar pinicava nos braços de Perry, penetrando no fundo de seu nariz. Eles estavam remexendo o Éter. Atraindo seu veneno. Perry teve uma ideia para usar isso em vantagem própria e torceu para que não o matasse antes.

Ele tirou um fio de cobre da bolsa, usado para armadilhas, e rapidamente enrolou em volta do cabo de uma flecha. Quando seus dedos passaram pela ponteira de aço, um choque percorreu-lhe o braço. Perry encaixou a flecha no arco. Ele só tinha um fio de cobre. Um tiro. Mirou alto, para que a flecha voasse longe o suficiente e alcançasse a nave. Perry imaginou a curva em arco que seria necessária. Ajustou ao vento e disparou.

Depois disso, o tempo passou devagar. A flecha voou e, em seu ponto mais alto, começou a nivelar quando um carretel de Éter despencou do céu, indo de encontro a ela. Perry se retraiu, protegendo os olhos, conforme a flecha descia trazendo o Éter junto. Sua flecha agora carregava toda a violência do céu em seu rastro. Ela desceu com um grito diabólico e visceral.

Ele derrubou a primeira nave. A flecha penetrou o metal e as veias de Éter envolveram a nave, estrangulando-a. Sugando-a. Perry se retraiu novamente, conforme o Éter se fundiu com um raio brilhante e disparou rumo ao céu, mergulhando de volta nas correntes acesas acima.

A nave destroçada deslizou sobre as dunas como uma pedra, sacudindo o solo embaixo dos pés de Perry, até parar com uma explosão de areia. Um sopro de ar quente passou, carregando o cheiro de metal derretido, de vidro e de plástico. Mais forte ainda era o cheiro de carne queimada.

A outra nave desacelerou imediatamente e pousou na areia. A porta deslizante abriu uma fenda na concha perfeita. Os Ocupantes pularam no solo. Perry contou seis homens de capacete e macacão azul. Seis contra ele.

Dois imediatamente se ajoelharam. Eles portavam armas que Perry não reconheceu. Ele derrubou o primeiro homem na hora. Encaixou outra flecha e disparou novamente. Perry acertou o segundo Ocupante quando o homem o golpeou, um golpe que pareceu um tabefe na costela, logo abaixo de seu braço esquerdo. Ele cravou uma flecha em outro Ocupante, porém, logo que três homens que estavam à esquerda vieram para cima, ele cambaleou, ficando com os braços e as pernas dormentes. Dobrou-se à frente, sem conseguir evitar a queda, caindo de cara na areia. Perry tentou se erguer, mas não conseguia se mexer.

— Eu o peguei. — Alguém o agarrou pelos cabelos, erguendo-lhe a cabeça. A areia entupia seu nariz. Arranhava seus olhos. Perry tentou piscar, mas seus olhos apenas tremularam.

O Ocupante aproximou o rosto coberto pelo capacete.

— Agora você já não é mais tão perigoso, não é? — Sua voz soava metálica e distante. — Não achou que fôssemos esquecer de retribuir sua visita, não é, Selvagem?

Ele deixou a cabeça de Perry cair. Perry levou um chute nas costelas, mas não sentiu dor nenhuma, só o golpe que o empurrou ao lado. Algo pressionava entre suas omoplatas.

— O que é isso?

— Algum tipo de falcão.

— Se você estreitar os olhos, mais parece um frangote.

Riso.

— Vamos acabar com isso. — Eles o rolaram e ele ficou de barriga para cima.

Um Ocupante pressionou uma espada transparente em seu pescoço. Ele estava de luvas pretas, de um material mais fino que o restante de seu macacão.

— Eu cuido dele. Vocês vão pegar os outros.

— Não! — Perry gemeu. Ele agora conseguia sentir os dedos, que formigavam como se estivessem descongelando. A dor irrompia em suas costelas.

– Onde está o olho mágico, frangote?

– A lente? Eu devolvo! Mas vocês não precisam dele. – Suas palavras saíram embaralhadas, mas o Ocupante deve ter entendido.

Ele afastou a espada transparente. Perry lutou para mexer os braços, mas seus músculos estavam dormentes.

– O que você está esperando, Selvagem?

– Não consigo me mexer!

O Ocupante riu dele.

– Isso é problema seu, frangote.

Uma onda de ódio incentivou Perry a lutar pelo controle de seus membros. Ele se forçou a ficar de pé e virou-se para a praia, balançando, com as pernas tremendo. Dois Ocupantes correram na direção de Talon e Wylan. Um deles pegou Talon, o outro golpeou Wylan com um porrete, atingindo-o na cabeça e derrubando-o.

– Tio Perry! – gritou Talon.

– Ande, Selvagem! – gritou o Ocupante de luvas pretas. – Pegue o olho mágico.

Perry cambaleou até o local onde havia deixado sua bolsa, caindo duas vezes de joelhos. Ele tinha recuperado um pouco da sensibilidade, mas agora sentia uma dor nas costelas que parecia engoli-lo inteiro. Segurando a lente, ele se virou para o Ocupante que estava com a espada transparente.

– Deixe ele ir! Está aqui!

Os dois Ocupantes prendiam Talon entre eles. Talon não parava de relutar.

– Fique quieto! – gritou Perry para o sobrinho.

Talon deu um solavanco, livrando um dos braços, e deu um soco na virilha do Ocupante. O homem se curvou, mas o outro reagiu rapidamente, dando um chute na barriga de Talon, que tombou na areia. Ele levantou-se devagar, empunhando a faca. A antiga faca de Perry. O Ocupante estava pronto e deu um tabefe com as costas da mão, que fez voar a faca e Talon. Com os olhos embaçando, Perry viu o sobrinho ficar imóvel, com as ondas quebrando na praia, atrás dele.

Uma rajada de vento trouxe o temperamento de Talon até Perry, que foi tão vertiginoso quanto qualquer golpe que ele já recebera. Ele não podia lutar com os Tatus desse jeito, tremendo de terror e com pernas que não poderiam sustentá-lo de pé.

– Chega! Pegue! – Perry jogou a lente para o Ocupante.

O homem pegou-a com sua mão enluvada e enfiou-a num bolso no peito.

– Tarde demais – disse ele. Então, ele veio na direção de Perry, com a espada transparente erguida. Mais adiante, na praia, um dos Ocupantes pegou Talon e o carregou subindo a margem. Na direção da nave. Perry não podia acreditar no que estava vendo. Eles estavam levando Talon.

– Não! – gritou Perry. – Eu já entreguei a lente a vocês! Vocês estão mortos, Tatus!

O Ocupante de luvas pretas continuou se aproximando. Perry não tinha armas, e o temperamento de Talon o deixara encurralado entre o pânico e o ódio. Ele recuou, entrando no mar. O Ocupante o seguiu, pisando indecisamente, com seu macacão volumoso, conforme a maré batia em seus joelhos. Uma onda passou, respingando em seu capacete. Perry se deu conta de que os Tatus não conheciam a água. Ele estava pronto quando veio a onda seguinte. Perry saltou e se atracou com o Ocupante. Eles caíram juntos. A água salgada entrou em seu nariz, dando-lhe uma injeção de clareza. Então voltou a si.

Ele arrancou a espada da mão do homem quando eles se embolaram no raso. A onda deslizou de volta para o mar, deixando os dois engalfinhados, brigando em um palmo de água. O Ocupante esticou o braço para empurrá-lo. Perry afundou-lhe a cabeça e cravou os dentes na mão enluvada do homem. Seus caninos imediatamente furaram o material. Ele sentiu o gosto de sal e sangue, o músculo cedendo. Ele mordeu até que o osso o impediu de morder mais.

O grito do Ocupante saiu distorcido pelo capacete. Perry ficou de pé. O Ocupante se arrastou para fora da água e se encolheu, segurando a mão. Perry deu um chute no capacete dele. Ele rachou, emitindo um som que Perry reconheceu, pernicioso e agudo. Mais um chute e o homem ficou inerte na areia molhada.

Perry arrancou a lente do bolso do macacão do homem. Depois subiu a margem de areia para pegar seu arco e o estojo de flechas.

– Talon!

Ele não via mais o sobrinho em lugar nenhum, só a nave flutuando no lugar. A cabine lacrada. Com uma rajada na areia, ela partiu para longe.

Ele correu para casa, num torpor nebuloso, segurando o braço junto à dor perfurante em um lado do corpo. Parou no alto de um cume. Dessa distância, a aldeia parecia um círculo de pedras no vale abaixo. O céu fervilhando de fluxos de Éter e nuvens escuras transformavam o fim de tarde em noite. Perry inclinou a cabeça, em busca de aromas nos ventos da tempestade. Nenhum traço de Ocupantes que ele pudesse identificar.

Ele sentiu um cheiro acentuado de bile. Wylan veio correndo, com a mão pousada no nódulo que os Ocupantes haviam feito em sua cabeça. Wylan tinha vomitado duas vezes no caminho de volta. O fedor ainda estava impregnado nele.

– Eu detestaria ser você neste momento – disse Wylan, que tinha uma expressão sinistra nos olhos. – Eu ouvi os Tatus. Eles vieram atrás de você. Vale vai parti-lo ao meio.

– Ele vai precisar de mim para ter Talon de volta – disse Perry.

Wylan inclinou-se e cuspiu. Depois ele riu.

– Peregrine, você é a última pessoa de quem Vale precisa.

Perry encontrou todos na clareira, com a conversa alegre se misturando à música festiva. As tochas ao redor acrescentavam um brilho dourado à reunião, destacando-a da luz fresca que cercava a aldeia. Alguns casais dançavam. As crianças corriam por entre a aglomeração, escondendo-se atrás da saia das mulheres, rindo. Era uma cena estranha, como se eles não vissem que o Éter estava se revolvendo acima. Como se não ligassem que o céu pudesse fazer chover fogo a qualquer momento.

Vale estava sentado num dos engradados, perto do refeitório, conversando com Bear, que estava a seu lado. Ele segurava uma garrafa e parecia relaxado. Contente em observar a comemoração.

– Perry! – gritou Brooke, depois ela agarrou o braço da pessoa a seu lado. Seu alarme reverberou pelo restante da multidão, fazendo a música parar. Agora Perry ouvia urros e berros dos animais no estábulo.

Vale olhou para Perry, com o sorriso sumindo de seu rosto. Ele pulou do engradado e se aproximou, procurando, na multidão atrás de Perry.

– Onde está Talon? Onde está Talon, Perry?

Perry balançou. Ele via os pontos cor de bronze dentro dos olhos verdes de Vale.

– Os Ocupantes o levaram. Não pude impedi-los.

Vale entregou a garrafa, sem tirar os olhos dele.

– Do que está falando, Peregrine?

– Os Ocupantes levaram Talon. – Ele não podia acreditar que tinha dito essas palavras. Que elas eram verdadeiras. Que ele estava ali, dizendo a Vale que seu filho se fora.

Vale franziu as sobrancelhas escuras, juntando-as.

– Não pode ser. Não fizemos nada a eles.

Perry olhou os rostos estarrecidos em volta deles. Ele não devia ter dito a Vale ali. Quando a névoa de incredulidade se dissipasse, essa notícia o destruiria. Mas Vale, como Soberano de Sangue, como pai de Talon, não deveria ter de suportar isso diante da tribo.

– Vamos pra casa – disse Perry.

Vale hesitou. Ele parecia que ia seguir Perry, até que Wylan falou:

– Conte-lhe aqui. Todo mundo precisa ouvir isso.

Vale se aproximou.

– Pode começar a falar, Peregrine.

Perry engoliu em seco com força.

– Eu... invadi a fortaleza dos Ocupantes. – Agora, isso soava ridículo para ele. Como um trote. – Algumas noites atrás – acrescentou. – Depois que parti.

Sem que Perry dissesse, Vale saberia que tinha sido depois da briga. Que ele agira como uma criança frustrada e havia feito algo precipitado, como sempre fazia. No silêncio que se seguiu, Perry respirava ofegantemente, como se tivesse acabado de dar uma corrida. Sentia dúzias de humores diferentes. Raiva. Perplexidade. Agitação. Os flashes de cores e temperamentos eram tão fortes que o deixaram enjoado.

Vale contraiu o rosto, confuso.

– Eles vieram atrás do meu menino pelo que você fez?

Perry sacudiu a cabeça.

– Eles vieram atrás de mim. Talon por acaso estava lá.

Ele não podia mais olhar o irmão. Olhou as pegadas misturadas no chão. No instante seguinte, sua cabeça virou para o lado e seu ombro bateu na terra. Ele ergueu os olhos para Vale, com uma onda fervente percorrendo suas veias. Estava aos pés do irmão. Deveria ficar ali. Ele merecia isso, mas não conseguia.

E se levantou. Vale puxou a faca. Perry também sacou a sua. As pessoas gritaram e recuaram, se afastando deles.

Perry não conseguia acreditar que isso estava acontecendo. Talon é que deveria estar ali, não ele. Ele deveria ter partido há muito tempo.

– Eu vou pegá-lo de volta – disse ele. – Eu vou pegar Talon. Juro que vou.

O ódio ardia nos olhos de Vale.

– Você não pode pegá-lo de volta! Não vê isso? Se você for atrás dele, os Ocupantes podem destruir a nós todos!

Perry ficou tenso. Ele não tinha pensado nisso, mas Vale estava certo. Os Ocupantes podiam ter dúzias de naves como as duas que ele acabara de ver. Centenas de homens, prontos para lutar. Ele se sentiu imbecil por não ter percebido isso antes. Depois, pior, por não ter ligado.

– É o Talon – disse ele. – Temos que pegá-lo de volta.

– Não tem como pegá-lo de volta, Peregrine! Você fez isso! O pai estava certo. Você é *amaldiçoado*. Você destrói tudo!

As pernas de Perry estremeceram sob ele. Ele não podia estar falando sinceramente. Perry tinha sobrevivido aos insultos do pai por causa de Vale. Depois de tudo, foram Vale e Liv que o salvaram, dizendo que ele não tinha culpa pelo que acontecera. Pelo que ele considerava o maior erro de sua vida. Até agora.

– Eu não sabia... Não deveria ter acontecido. – Não havia nada que ele pudesse dizer para ajudar. Ele simplesmente teria de encontrar Talon.

Vale pressionou as costas da mão sobre a boca, como se fosse passar mal.

– Desculpe, Vale... Eu...

Vale subitamente se lançou sobre ele. Perry se esquivou para o lado. Pela primeira vez, em meses, ele soube exatamente o que precisava fazer. Perry empurrou Vale e passou voando, abrindo algum espaço. Depois mergulhou na multidão.

As pessoas gritaram surpresas. Mesmo com todas as suas falhas, ele nunca tinha sido acusado de covarde. Mas ele suportou a vergonha e correu, derrubando as pessoas ao fugir.

Vale não lutaria por Talon, mas ele sim. Agora, ele era a única esperança do sobrinho.

Capítulo 11
ÁRIA

Ária caminhou em direção às colinas distantes, até que a noite obrigou-a a parar. Ela olhou em volta. E agora? Qual ponto da terra ela deveria escolher para se recostar? Será que simplesmente terminaria o dia onde estava?

Ela se sentou e se virou de lado. Apoiou-se num cotovelo, depois deitou-se de barriga para cima. Ela queria um travesseiro e um cobertor. Sua cama. Seu quarto. Ela queria seu olho mágico, para que pudesse fugir para os Reinos. Sentou-se novamente, abraçando as pernas. Ao menos o macacão a mantinha aquecida.

O Éter parecia mais radiante que antes. Ele se enroscava no horizonte, em ondas azuis cintilantes. Ela observou o céu, até ter certeza. As ondas estavam rolando em sua direção. Ária fechou os olhos e ouviu o barulho do vento soprando em seus ouvidos, aumentando e diminuindo. Em algum lugar havia música, no vento. Ela se concentrou em encontrar de onde vinha isso, em diminuir sua pulsação acelerada.

Ela ouviu um som triturado e ficou tensa, com os olhos desesperadamente buscando na escuridão. Agora, o Éter revolvia-se acima dela, em espirais, lançando uma luz azulada pelo deserto. Ela estivera entorpecida, mas sabia que não tinha imaginado o som.

– O que é você? – disse ela, esforçando-se para ver a luz em movimento. Nada de resposta. – Eu te ouvi! – gritou ela.

Um flash azul acendeu a distância. O Éter despencava do céu, girando abaixo, como um funil. Bateu na terra com um tremor que sacudiu o solo embaixo dela. A luz frenética se espalhava pelo deserto vazio. Mas ele não estava vazio. Uma figura humana veio em sua direção.

Ária deslizou para trás, sobre as mãos, tentando colocar os pés embaixo dela. O funil foi girando de volta ao céu. A escuridão voltou, no instante em que um peso imenso a empurrou para baixo. A parte de trás de sua cabeça bateu na terra, depois uma mão agarrou seu maxilar.

– Eu deveria tê-la deixado morrer. Perdi tudo por sua causa.

O Éter reluziu novamente, mostrando um rosto assustador que ela reconheceu vagamente. Mas ela conhecia aqueles cabelos selvagens, despenteados e mechados de louro, e aqueles olhos brilhantes, animalescos.

– Vá andando. E não tente correr. Entendeu?

Ela quase não entendeu. As palavras pareciam se arrastar pela forma como ele as dizia. O Selvagem deu-lhe um puxão, depois a empurrou, sem esperar uma resposta. Ela cambaleou para trás, perdendo-o de vista na escuridão. Outro flash caiu do alto. Sob o clarão, ela viu que ele estava a apenas alguns palmos de distância.

– Mexa-se, Tatu! – gritou ele, depois desviou dela e xingou.

Um sopro morno passou pelo rosto de Ária. O Forasteiro colidiu nela novamente, batendo em suas costas e passando os braços ao seu redor. O medo irrompeu nela, conforme ele a levou adiante, segurando com força. Ela tentou recuar, mas ele a prendeu.

– Não se mexa! – gritou ele em seu ouvido. – Feche os olhos e coloque...

O último Éter caiu bem mais perto. A luz a cegou, mas o som foi como um berro horrendo em seus ouvidos, ao atingir o solo. Ária pressionou a palma das mãos sobre os ouvidos e gritou, conforme a pele de seu rosto ardeu com o calor. Todos os músculos de seu corpo se retesaram, presos por uma força muito maior que a sua.

Quando o barulho e a luz enfraqueceram, ela olhou para cima, piscando furiosamente, enquanto tentava recuperar os sentidos. Para todo lado que ela olhava, erupções de luz despencavam do céu, deixando rastros incandescentes pelo chão. Na segurança de Quimera, ela temera as tempestades de Éter durante toda sua vida. Agora estava no meio de uma.

O Forasteiro a soltou. Ele virou-se para um lado e para outro, com movimentos calculados e precisos. Desequilibrada, Ária se afastou dele, com a mente lenta e nebulosa. Não tinha certeza se foram suas pernas ou a terra que tremeu. Seus ouvidos pareciam ter explodido. O grito horrendo do Éter agora emudecera. Ela tocou o restinho de calor embaixo de seu nariz. Os dedos de sua luva brilharam com um líquido escuro. Ela ficou estranhamente decepcionada. Sangue deveria ser vermelho vivo, não? Ela subitamente percebeu que não deveria estar avaliando seus ferimentos. Precisava se afastar.

Só tinha corrido alguns passos, quando ele a pegou, agarrando a parte de trás de seu macacão. Ária ficou tensa, aterrorizada, ao sentir um puxão. Seu macacão afrouxou e um vento frio soprou em suas costas. Ela estava justamente tentando entender o que ele tinha feito, quando o macacão inteiro caiu. Ária deu um pulo para trás, cobrindo sua roupa íntima fina. Isso não estava acontecendo.

O Forasteiro fez uma bola de seu macacão e arremessou na escuridão.

– Você estava atraindo o Éter. Ande, Tatu! Agora, ou vamos fritar!

Ela quase não conseguia ouvi-lo. Seus ouvidos não estavam funcionando direito e a tempestade estrondava à sua volta, abafando a voz dele. Mas ela percebeu que ele estava certo. Os funis de Éter pareciam estar se aproximando e acumulando ao redor deles.

Ele agarrou-a pelo pulso.

– Mantenha-se abaixada. Se o funil se aproximar, coloque as mãos nos joelhos, para a descarga elétrica poder cair em outro lugar. Ouviu, Ocupante?

Ela não conseguia pensar em nada além da mão dele em seu punho. Uma onda de ar quente passou, pesando como dedos roçando seu rosto. Ela reconheceu o alerta. Um funil cairia perto. Ária fez o que ele disse. Ela se dobrou acima dos joelhos, viu o Forasteiro fazendo a mesma coisa, dobrando-se em metade de seu tamanho, até que ela teve de fechar os olhos diante da luz radiante. Quando diminuiu a claridade por trás de suas pálpebras, ela se endireitou, num mundo silencioso e rutilante.

O Forasteiro sacudiu a cabeça, percebendo que ela não conseguia ouvir. Ela não lutou mais quando ele apontou a escuridão. Se ele a levasse para longe desse lugar, ao menos sua pele não queimaria e seus ouvidos não voltariam a explodir.

Ela não sabia quanto tempo tinham corrido. Os funis não voltaram a cair tão perto quanto antes. Conforme eles se afastavam da tempestade de Éter, começou a chuva, gotas frias como alfinetadas, tão diferentes da suposta chuva dos Reinos. A princípio, refrescou sua pele, mas logo o frio amorteceu seus músculos, deixando-a tremendo.

Com a ameaça do Éter recuando atrás deles, seu foco voltou ao Selvagem. Como ela poderia escapar? Ele tinha o dobro de seu tamanho e se movimentava com confiança pela escuridão. Ela estava mais que exausta, lutando para simplesmente continuar cambaleando ao lado, mas tinha de tentar alguma coisa. Não havia bons motivos para que o Selvagem a obrigasse a seguir com ele. Ela precisava encontrar o momento certo para fugir.

O deserto acabou bruscamente, dando lugar a colinas baixas com mato queimado. Ficara mais escuro com a distância dos funis de Éter. Ária não conseguia mais enxergar onde estava pisando. Ela pisou em algo que perfurou profundamente seu pé. Ela conteve um grito de dor, vendo escapar sua chance de fuga.

O Forasteiro virou-se, com os olhos brilhando no escuro.

– O que foi, Ocupante?

Ela ouviu vagamente, mas não respondeu. Enquanto se levantava, equilibrando-se numa perna, a chuva caía sobre ela.

Ela não conseguia mais apoiar o peso no pé. Ele veio em sua direção sem qualquer alerta e a levantou, apoiando-a ao seu lado. Ária cravou-lhe as unhas na pele. Ele perdeu o equilíbrio, quase derrubando os dois.

– Se me machucar novamente, eu vou te machucar com mais força – disse ele por entre os dentes cerrados. Ela sentiu o retumbar da voz dele, no local onde as costelas dos dois estavam pressionadas.

Ele segurou firme a cintura dela e aumentou o ritmo para subir a colina, respirando com um ofego abafado a seu lado. O calor se acumulou no local onde a pele dos dois encostava, deixando-a nauseada. Ela achava que não aguentaria mais quando eles chegaram ao topo do morro.

Com a luz do Éter, ela viu uma abertura escura numa parede lisa de pedra. Teria rido, se pudesse. Claro que era uma caverna. A chuva caía sobre a abertura, formando um lençol de água. O Forasteiro a pousou ali dentro.

– Novamente embaixo de uma pedra. Deve estar se sentindo em casa. – Ele desapareceu dentro da caverna.

Ária foi mancando até lá fora, sob a chuva forte. Ela começou a descer pelo caminho que havia subido, declive rochoso tão irregular que parecia ter dentes. Ela não via nenhum outro caminho viável, nem abaixo nem acima. Mesmo assim, ela desceu usando as mãos e o pé bom para se mover por entre as pedras, mais lisas pela chuva. Ária se forçou a ir depressa, antes que o Forasteiro voltasse. Seu pé escorregou, prendendo-se num espaço entre duas lascas grandes. Ária puxava e se virava, mas não conseguia se soltar da fenda e estava enfraquecendo, suas últimas forças sendo sugadas pela pedra fria junto às suas costas.

Ária se encolheu toda e pensou duas coisas. Primeiro: ela estava mergulhando num lugar muito mais profundo que o sono. Segundo: ela não conseguira se afastar o suficiente.

Capítulo 12
PEREGRINE

Até a hora em que Perry tinha acendido o fogo, a garota ainda estava desmaiada. Ela parecia fazer muito isso. Ele soltou o pé dela das rochas. Depois a levou para dentro da caverna e embrulhou-a num cobertor. Uma pedra caiu de sua mão. Ele imaginou que ela a tivesse guardado como proteção contra ele. Valeu a intenção. Talvez tivesse funcionado por meio segundo.

Lembrou-se de seu cheiro, na fortaleza dos Ocupantes. Uma combinação de mofo e carne prestes a apodrecer. Aquilo o surpreendeu mais cedo, quando ele se deparou com ela, no vale. E o levou direto até ela. Ali, no espaço fechado da caverna, seu cheiro era forte o suficiente para dar um gosto azedo no fundo de sua garganta. Ele deitou-se o mais distante possível, sem deixar o calor do fogo, e dormiu.

Acordou antes de clarear, com a quietude que se segue a uma tempestade de Éter. A garota não se mexera. Era uma manhã fria, o clima de inverno vinha chegando. Perry acendeu novamente o fogo, movendo-se lentamente. Até respirar fundo o fazia sentir punhaladas no lado do corpo.

Ele não vinha a essa caverna desde que Vale a considerou um lugar proibido, mas a encontrou bem abastecida pelos comerciantes que a usavam como abrigo, ao passarem pelo vale. Encontrou roupas e potes de castanhas. Frutas secas que ainda estavam comestíveis. Achou até um pote de pomada curativa. Perry passou nos pés da garota, vendo que só um corte parecia profundo. Ela teria de levar pontos. Mas ele nunca tinha sido bom com agulhas e ela morreria, de um jeito ou de outro. Além disso, ele não precisava que ela andasse. Só tinha de estar alerta o bastante para falar.

Perry olhou o corte. Apenas um pequeno talho na pele, onde ele havia sido atingido, mas tinha deixado um hematoma sobre algumas costelas. Ele também tinha cinco arranhões no peito, graças à garota. Mas seu corpo iria sarar e voltar a ficar forte, ao contrário do corpo de Talon.

Ele comeu e ficou sentado, olhando as chamas, se torturando, lembrando de tudo que havia acontecido. Ele tinha perdido Talon. Algo que achava ser impossível. Agora ele precisava que o impossível voltasse a acontecer. Precisava pegar Talon de volta.

Perry fizera o que tinha de fazer, deixando os Marés. Mas quando pensou em como regressaria seu rosto ficou mais quente que o fogo. Ele tinha passado sua vida sonhando em ser o Soberano de Sangue dos Marés. Agora a tribo o julgaria um covarde. Eles ficariam contentes com sua partida.

Quando ele se deitou para dormir, a garota ainda não tinha se mexido. Ele ficou imaginando se ela algum dia acordaria.

* * *

Na manhã seguinte, Perry foi caçar. A dor nas costelas o fazia suar frio, mas ficar sentado o deixava pior. Ele persuadiu uma cobra a sair da toca e flechou-a. Assou e comeu a carne saborosa, mas se sentiu enjoado depois. Como se a cobra tivesse ressuscitado em suas vísceras.

Ao cair da noite, a garota começou a se remexer, febril. Perry queimou algumas folhas de carvalho para mascarar seu cheiro de Ocupante e passou a noite acordado. Ele precisava estar pronto, se ela voltasse a si. Ela poderia ter informações sobre Talon. E ele tinha de descobrir sobre a lente. Torcia para que isso lhe desse um meio de fazer contato com os Ocupantes que tinham levado Talon.

Ela abriu os olhos na tarde seguinte e se afastou dele, encostando na parede oposta. Suas pernas estalaram quando ela as fechou embaixo do cobertor.

Perry deu um sorriso debochado.

– Você está desacordada há dois dias e vai se preocupar com isso agora? – Ele sacudiu a cabeça. – Relaxe, Ocupante. Você não tem nada que me interesse.

Ela olhou as paredes escuras de granito. Depois, as caixas de aço com suprimentos, empilhadas num dos lados. Quando olhou o fogo minguando, ela seguiu o fio de fumaça, na direção da saída da caverna.

– É – disse Perry. – Aquela é a saída. Mas você ainda não vai embora.

Ela se virou para ele, parando o olhar em suas Marcas.

– O que você quer de mim, Selvagem?

– É assim que vocês nos chamam?

– Vocês são assassinos. Doentes. Canibais. – Ela vociferou as palavras como se fossem maldições. – Eu ouvi as histórias.

Perry cruzou os braços. Ela vivia embaixo de uma rocha. O que sabia das coisas?

– Acho que todos nós somos bem denominados, Tatu.

Ela o olhava com aversão. Depois tocou o pescoço delicadamente.

– Preciso de água. Tem água?

Ele pegou seu cantil na bolsa e segurou.

– O que é isso? – perguntou ela.

– Água.

– Parece um animal.

– Era. – O forro protegendo a garrafa era de couro de cabra.

– Parece imundo – disse ela.

Perry tirou a rolha e bebeu fartamente.

– Está ótima. – Ele sacudiu e a água respingou ao redor. – Perdeu a sede?

A garota arrancou o cantil da mão dele e disparou de volta para seu canto. Ela fechou os olhos ao beber. Quando terminou, ele ergueu a mão.

– Pode ficar. – De jeito algum ele beberia agora.
– Por que você estava aqui fora? – perguntou ele.
– Por que eu lhe contaria?
– Eu salvei sua vida. Duas vezes, pelas minhas contas.

Ela se inclinou à frente.

– Você está errado! Eu estou aqui por sua causa. Adivinhe quem eles acham que o deixou entrar?

Isso o surpreendeu. Ele remexeu as costas sobre a rocha fresca, imaginando o que teria acontecido depois que ele partira naquela noite. Isso não importava. Ele tinha feito o que podia. Agora só podia pensar em Talon.

Perry tirou a faca da bainha, no quadril. Ele verificou a lâmina com o polegar, girando, de modo que refletiu a luz.

– Eu não tenho tempo a perder, Tatu. Não pense que precisaria muito para fazê-la falar.
– Você não me assusta com isso.

Perry inalou profundamente. Sua mentira era pungente e aguda, trazendo-lhe um gosto amargo à boca. Ela não estava com medo. Estava aterrorizada.

– Por que você está me olhando assim? – perguntou ela.
– Seu cheiro.

Seu lábio inferior tremeu.

– Você bebe água de um coelho e acha que *eu* sou fedorenta?

Perry sabia o que vinha, quando ela começou a rir. Ele captou a mudança no ar, como o arrastar de uma onda escura. Ela não riria por muito tempo.

Ele foi lá para fora e sentou numa rocha lisa. Era um crepúsculo cinzento, trazendo uma noite fria em seu rastro. Ele ficou sentado, respirando e tentando não imaginar Talon aos prantos, querendo sua casa, como a garota na caverna.

Capítulo 13
ÁRIA

Para se acalmar, Ária tentou fingir que era um Reino. Um Reino de Paleontologia. Afinal, ela estava numa caverna. Com uma fogueira, para a qual evitava olhar, por conta das lembranças que lhe trazia de Ag 6. Mas também havia caixas metálicas num canto. E o cobertor azul-marinho que a envolvia era feito de lã. E os potes de vidro, perto do fogo, tinham tampas metálicas rosqueadas. Coisas demais para romper a ilusão da Idade da Pedra.

Isso era real.

Ária ficou de pé e se retraiu com a dor na sola de seus pés. Ela puxou o cobertor e ficou ouvindo o Selvagem. Só o ritmo perfurante de sua dor de cabeça quebrava o silêncio. Será que ela fora infectada por alguma doença? Morreria nessa caverna, embrulhada nesse cobertor de lã azul? Ela respirou lentamente. Pensar assim não ajudaria em nada.

Havia suprimentos perto da bolsa de couro do Forasteiro, mas ela não tocaria em nada de suas coisas. Ela foi mancando até as caixas metálicas. Havia pedaços quebrados de plástico e vidro, misturados com frascos de remédio. Agora, eram inúteis para ela. Todos tinham data de validade expirada há mais de trezentos anos, época da União, quando o Éter forçou as pessoas a entrarem em núcleos. Ela encontrou uma bandagem esterilizada, amarelada pelo tempo, mas serviria.

Ária levantou o cobertor e resfolegou. Seus pés já estavam enfaixados. O Selvagem cuidara deles.

Ele a tocara.

Ela agarrou a beirada da caixa para se equilibrar. Isso era um bom sinal. Se ele cuidara de seus pés, não teria a intenção de lhe fazer mal. Teria? A lógica era sensata, mas só em pensar nele ela sentia uma nova onda de medo.

Ele era uma fera. Imenso. Musculoso, mas não como Soren. O Selvagem lembrava-lhe os Reinos Equestres, como todos os movimentos de um cavalo demonstravam um conjunto de músculos esguios se movendo sob a pele. Ele tinha tatuagens, exatamente como nas histórias. Como duas braçadeiras em volta de cada bíceps. Quando ele tinha virado de costas, ela havia visto outro desenho em sua pele, um tipo de falcão, com asas que iam de um ombro ao outro. Seus cabelos pareciam nunca ter visto uma escova. Eram cordas louras embaraçadas, irregulares em comprimento e cor, apontando para todas as direções. Quando ele falou, ela podia jurar ter tido um vislumbre de dentes *caninos* demais. Mas nada era mais medonho que seus olhos.

Ária estava acostumada com todas as cores de olhos. Havia moda nos Reinos. O roxo tinha sido a cor popular do mês anterior. Os olhos do Selvagem eram verdes brilhantes, mas também eram reflexivos, como o olhar misterioso de um animal noturno. E ela percebeu, estremecendo, que eram reais.

Ela se virou, mordendo o lábio, olhando ao redor. Uma *caverna*. O que ela estava fazendo ali? Como isso tinha acontecido? O fogo havia apagado. Ela já não conseguia enxergar a parede junto à qual estava sentada. Não queria ficar nessa caverna escura, sem ruído, ou nada para ver. Ela prendeu o cobertor azul-marinho como uma toga, amarrando com gaze, para que pudesse se movimentar melhor, depois foi lá para fora.

Ele estava sentado numa pedra, na beirada da colina rochosa, onde ela havia caído. Estava de costas e ainda não a vira. Ária parou na entrada da caverna, a uns quatro metros de distância. Ela não queria se aproximar mais, então ficou ali, segurando o cobertor para evitar que levantasse com o vento.

Ele estava raspando um pedaço de madeira com a faca. Fazendo uma flecha, ela imaginou. Um homem das cavernas moldando suas armas. A tatuagem em suas costas era um falcão, a julgar pela cabeça lustrosa. Os olhos pareciam mascarados pela plumagem mais escura. Nos Reinos, as pessoas usavam desenhos removíveis. Escolhiam um novo, sempre que queriam. Ela não conseguia imaginar ter uma imagem em sua pele para sempre.

O Forasteiro se virou e olhou para ela. Ária olhou também, escondendo um golpe de medo. Como ele soubera que ela estava ali? Ele enfiou a faca na bainha do cinto.

Ela se aproximou, tomando cuidado para não mancar e manter uma boa distância entre eles. Ária afastou uma mecha de cabelo e colocou atrás da orelha. Ela percebeu que ele manuseava a faca com habilidade.

O Éter fluía em belas tiras de luz azul, rodopiando acima das nuvens cinzentas. Dessa vez, ela não seria enganada. Sabia o quanto aquilo podia ser terrível. Abaixo, ela viu o vale que eles tinham atravessado durante a tempestade, estava salpicado de luz irregular.

– Está anoitecendo?

– É crepúsculo – disse ele.

Ela deu uma espiada nele. Anoitecer e crepúsculo não eram a mesma coisa? E como ele conseguia arrastar tanto a palavra? *Crepúúúsculo*. Como se fosse passar o dia dizendo.

– Por que você me trouxe pra cá? Por que simplesmente não me deixou lá?

– Preciso de informação. Sua gente pegou um dos meus.

– Isso é ridículo. Que utilidade poderia ter um Selvagem?

– Mais do que você tinha pra eles.

Ela perdeu o ar ao se lembrar dos olhos sem vida do Cônsul Hess, de seu sorriso vazio. O Selvagem estava certo. Ela havia servido a um propósito. Levara a culpa por Soren e tinha sido abandonada para morrer. Aqui fora, com essa fera.

– Então, você quer entrar em Quimera? Para salvar essa pessoa? Era isso que estava fazendo lá naquela noite?

– Eu vou entrar. Já entrei antes.

Ela riu.

– *Nós* desarmamos o sistema. E aquela cúpula foi danificada. Você teve sorte, Selvagem. As paredes que protegem Quimera têm três metros de espessura. Não há como você voltar a passar por elas. De qualquer forma, qual é o seu plano? Vai atirar bolinhas de esterco? Ou talvez usar um estilingue? Uma pedra bem mirada talvez funcione.

Ele se virou e foi em sua direção. Ária disparou para dentro, com o coração na garganta, mas ele passou direto, sumindo dentro da caverna. Instantes depois, ele saiu marchando de volta. Seus olhos cintilavam enquanto ele segurava algo.

– Isso é melhor que uma bolinha de esterco, Tatu?

Por alguns segundos, Ária ficou olhando o objeto curvo na mão dele. Ela nunca vira olhos mágicos fora do rosto das pessoas. Ao vê-lo na mão de um Selvagem, ela quase não o reconheceu.

– Isso é meu?

Ele assentiu uma vez.

– Eu peguei. Depois que foi arrancado de você.

Um alívio se espalhou por seu corpo. Ela poderia entrar em contato com a mãe, em Nirvana! E se a gravação de Soren ainda estivesse ali, ela poderia provar o que ele e o pai lhe haviam feito. Ela ergueu os olhos.

– Isso não é seu, me dá isso.

Ele sacudiu a cabeça.

– Só depois que você responder às minhas perguntas.

– Se eu responder, você me devolve?

– Eu disse que sim.

O coração de Ária disparou. Ela precisava de seu olho mágico. Sua mãe viria salvá-la. Em algumas horas, ela poderia estar em outra nave, a caminho de Nirvana. Com a ajuda de Lumina, ela poderia denunciar o Cônsul Hess e Soren.

Ela não podia acreditar que estava pensando em ajudar um Forasteiro a entrar em Quimera. Isso era traição, não? Hess não a acusara praticamente da mesma coisa? Ela jamais faria isso. Independentemente do que ele perguntasse a respeito dessa pessoa desaparecida, ela lhe daria informação falsa. Diria o que ele quisesse ouvir e ele jamais saberia.

– Tudo bem – disse ela.

Ele fechou a mão com o dispositivo e cruzou os braços. Ária ficou olhando, horrorizada. Seu olho mágico estava enterrado na axila de um homem de Neandertal.

– Por que você estava lá fora? – Ele curvou a boca de satisfação. Era a mesma pergunta que ela evitara antes. Mas agora tinha de responder.

Ela fez um som de desgosto.

– Só dois de nós sobrevivemos. Um era filho de um Cônsul, pessoa muito poderosa em nosso núcleo. Eu era a outra.

Ele ficou em silêncio. Ela desviou o olhar, que focalizou o peito dele, onde viu os lanhos que suas unhas deixaram na pele. Rapidamente desviou, com repulsa por tê-lo tocado. Será que ele tinha problema com roupa? Não estava exatamente quente. Ela estremeceu com uma rajada de vento, concluindo que Selvagens não sentiam frio.

– Você ainda tem algum aliado lá dentro? – perguntou ele.

– Você disse *aliado*?

– Amigos – disse ele, diretamente. – Gente que poderia ajudá-la, Tatu.

Paisley lhe veio à mente. Foi como uma onda de dor ameaçando varrê-la. Ária respirou por alguns instantes, afastando aquilo.

– Minha mãe. Ela vai ajudar.

O Selvagem estreitou o olhar. Ele a observava atentamente.

Ária se forçava a conter a inquietação, mas não pôde deixar de acrescentar:

– Ela é cientista. – Como se isso fosse significar algo para ele.

Ele segurou o olho mágico.

– Você consegue contato com ela através disso?

– Sim – disse ela. – Acho que sim. – Se Hess estivesse tentando rastreá-lo, o olho talvez tivesse sido reativado.

– Ela poderia descobrir sobre uma pessoa sequestrada? – perguntou o Forasteiro.

Ária estreitou os olhos. Ela não conseguia ver o motivo para que isso acontecesse. Por que alguém ia querer um Selvagem cheio de doenças? Mas discordar não ajudaria.

– Sim, poderia. Ela é respeitada por seu trabalho. Tem alguma influência. Poderia descobrir algo. Se houver algo a ser descoberto. Dê-me isso e eu o ajudarei.

Ela estava orgulhosa de si mesma. A mentira saiu suavemente.

Ele veio até ela e inclinou-se abaixo.

– Você *vai* ajudar. É sua única chance de sobreviver.

Ela deu um salto para trás.

– Eu disse que ajudaria! – Qual era o problema dele?

Ele deu um solavanco, entregando-lhe o olho mágico. Ária segurou-o com as mãos e saiu andando. Só em segurar o olho ela já se sentia mais próxima de casa. Ficou imaginando a quantidade de doenças que ela não conseguia enxergar no dispositivo. O Forasteiro não parecia terrivelmente imundo, mas só podia ser.

– Faça.

Ela olhou por cima do ombro.

– Por quem devo perguntar quando fizer contato com minha mãe?

O Selvagem hesitou.

– Um menino. De sete anos de idade. Seu nome é Talon.

– *Um menino?* – Ele achava que sua gente tinha levado *uma criança*?

– Eu já esperei demais, Tatu.

Ária colocou-o em cima do olho esquerdo, sentindo a maciez sobre o globo ocular. A biotecnologia funcionou imediatamente, aderindo à pele, afrouxando a membrana interna. A consistência passou de gel a líquido, até que ela pôde piscar com a mesma facilidade que seu olho descoberto.

Ela esperou que a tela inteligente surgisse, com os músculos rijos de expectativa. Tentou suas senhas. Tentou restaurar o sistema, o mesmo que tinha feito em Ag 6. Nada aparecia. Nada de arquivo "Pássaro Canoro", nenhum ícone. Ela estava simplesmente olhando através de um tapa-olho transparente, vendo a terra desolada sumindo na escuridão e o céu revolvendo com o Éter.

O Forasteiro pairava acima dela.

— O que está acontecendo?

— Nada — disse ela, com um bolo na garganta. — Não está respondendo. Eu achei... achei que eles talvez o tivessem religado, mas não vejo nada. Talvez tenha entrado em curto durante a tempestade. Eu não sei.

Ele murmurou algo, enfiando a mão nos cabelos. Ária tentava desesperadamente repassar os comandos, enquanto o Forasteiro andava de um lado para outro. Cada tentativa fracassada a deixava mais perto de chorar. O Forasteiro parou, virando-se para ela. E agora? Ele a deixaria ali? Ou faria algo pior?

— Preciso disso de volta, Tatu.

— Eu lhe disse que não está funcionando!

— Eu vou providenciar o conserto.

Ária não conseguiu conter o riso.

— *Você* sabe como consertar isso?

O olhar dele foi mordaz.

— Eu conheço alguém que sabe.

Ela ainda não acreditava.

— Você conhece uma pessoa, um Forasteiro, que sabe consertar isso?

— Você precisa ouvir tudo duas vezes, Ocupante? Voltarei em menos de duas semanas. Aí dentro há comida e água suficientes para você. Apenas fique aqui. Ninguém vem pra esse lado. Nessa época do ano, não. Tire esse troço, até que eu termine de arrumar minhas coisas. – Ele voltou para dentro da caverna.

Ária foi correndo atrás dele, mantendo-se perto o suficiente para seguir as mechas claras de seus cabelos, no escuro. O fogo tinha virado brasa. Ele jogou outro pedaço de madeira, levantando cinzas luminosas.

– Não vou ficar aqui sozinha por uma semana. Ou duas, seja o que for.

Ele deslocou uma das caixas e começou a encher um saco de couro.

– Você estará mais segura aqui.

– Não. Eu não vou ficar! Posso não sobreviver... – A voz dela falhou. – Talvez eu não tenha todo esse tempo. Meu sistema imunológico não foi feito para viver aqui fora. Duas semanas pode ser tarde demais. Se você quiser minha ajuda, precisa me levar com você.

Ele pensou nisso, por um tempo. Colocou a mochila no chão.

– Não vou mais devagar por sua causa. Isso significa caminhar durante dias com isso aí. – Ele assentiu para os pés dela.

– Você não vai precisar ir mais devagar – disse ela, aliviada. Pelo menos ela não seria deixada sozinha, nem seria separada de seu olho mágico.

Ele lançou um olhar cético, depois abriu outra caixa. O fogo foi aceso outra vez, iluminando as paredes da caverna. Quando ele deu as costas, ela notou que havia um hematoma embaixo de um dos braços, espalhado por suas costelas. Ela observou como a tatuagem em suas costas se mexia quando ele se movia. Ária também era um falcão. Sua voz tinha um vasto alcance, mas na ópera ela era classificada como soprano *falcon*. Foi daí que Lumina tirou seu apelido. Ária estremeceu com a coincidência.

– Isso tem algum tipo de significado? – perguntou ela.

Ele tirou roupas da caixa e sacudiu. Eram trajes de exército, da época da União. Calça de sarja camuflada e camisa abotoada. Ele arremessou para ela.

– Roupas.

Ela se esquivou, depois olhou o monte de roupa ordinária.

– Podemos ferver antes?

Outra vez, nada de resposta. Ela foi até a sombra e vestiu-se, movendo-se o mais rápido possível. Ficaram imensas nela, mas eram mais quentes e facilitavam o movimento. Ela enrolou as mangas da camisa e as pernas da calça, voltando a usar a gaze como cinto para que a calça não caísse.

E voltou à luz da fogueira. O Forasteiro estava sentado no mesmo lugar de antes. Estava com um colete escuro, semelhante aos que os garotos usavam nos Reinos Gladiadores. Outro cobertor azul-marinho, como o dela, estava enrolado ao lado dele.

Ele rapidamente avaliou os ajustes que ela fizera nas roupas.

– Tem comida ali – disse ele, assentindo para uma fileira de potes que colocara junto à fogueira. – Tem um pote com água.

– Nós não vamos partir?

– Eu já vi a forma como você se desloca no escuro. Vamos dormir agora e viajar de dia.

Ele se deitou e fechou os olhos, como se já estivesse decidido.

Ela bebeu um pouco de água, mas não conseguiu comer mais que alguns pedaços de frutas secas. Os figos eram granulosos demais, grudavam em sua garganta, e a ansiedade no estômago não deixava espaço para a fome. Ária recostou-se no granito frio. A sola de seus pés latejavam. Ela tinha certeza de que jamais conseguiria dormir.

O Forasteiro não pareceu ter problemas para dormir. Agora que ele estava dormindo, ela podia olhá-lo mais atentamente. Ele tinha uma porção de imperfeições. Um hematoma desbotado na bochecha, combinando com o que ela vira em suas costelas. Cicatrizes claras traçavam pequenas linhas em seu maxilar. Seu nariz era mais para comprido e tinha uma curva no alto, onde provavelmente teria sido quebrado mais de uma vez. Era um nariz compatível com um gladiador.

O Forasteiro olhou-a. Ária congelou quando os olhares se cruzaram. Ele era humano. Ela sabia disso. Mas havia algo sem alma em seu olhar radioso. Sem dizer uma palavra, ele virou-se para o lado, desviando dela.

Ária esperou que seu batimento cardíaco se estabilizasse. Depois ela pôs o cobertor sobre os ombros e deitou-se. Ficou de olho no fogo e no Selvagem, sem ter certeza do que a repelia mais. Logo seus olhos ficaram pesados e ela pensou na frequência com que se enganava. Ela ia dormir.

Mesmo agora. Mesmo ali.

Capítulo 14

PEREGRINE

Perry acordou logo que clareou, visualizando de novo as possíveis consequências de seu acordo com a Ocupante. Como ela faria a severa jornada com o corte no pé? Mas ela provavelmente estava certa. Ele duvidava que ela sobrevivesse ao tempo que ele levaria para chegar ao Marron e voltar. De uma coisa ele sabia: ela precisava de calçados.

Ele arrancou a primeira capa do livro com um puxão impaciente. A garota sentou-se como um raio, despertando com um grito assustado:

— O que é isso? Isso é um *livro*?

— Não mais.

Ela tocou o dispositivo sobre seu olho algumas vezes, com os dedos tremulantes. Perry desviou. A lente era repulsiva. Um parasita. E aquilo o fazia lembrar-se dos homens que tinham levado Talon. Ele voltou ao trabalho, arrancando a outra capa de couro. Depois pegou sua mochila e ajoelhou-se diante dela. Ergueu-lhe o pé, empurrando a bandagem para o lado.

— Você está sarando.

Ela sugou o ar.

— Me solte. Não me toque.

O cheiro frio de medo chegou até ele, piscando em azul, em sua visão periférica.

– Quieta, Tatu – disse ele, soltando seu pé. – Nós temos um acordo. Se você me ajudar, não vou feri-la.

– O que você está fazendo? – perguntou ela, olhando as capas arrancadas. Sua pele clara tinha ficado quase branca.

– Estou fazendo sapatos pra você. Não há nenhum nos suprimentos. Você não pode viajar descalça.

Ela cautelosamente lhe deu o pé. Perry o pousou sobre a capa do livro.

– Fique o mais imóvel que puder. – Ele pegou a faca de Talon e traçou o contorno do pé dela com a ponta da lâmina. Teve o cuidado de não tocá-la, já que isso a deixava em pânico.

– Você não tem caneta, nem nada? – perguntou ela.

– Uma caneta? Perdi a minha já faz uns cem anos.

– Não achei que Forasteiros vivessem tanto assim.

Perry olhou para baixo, escondendo o rosto. Isso era piada? Os Ocupantes viviam isso tudo?

– Você faz sapatos, ou algo assim? – perguntou ela, depois de um instante. – É um sapateiro?

Será que ela achou que era isso que ele faria se fosse?

– Não, sou caçador.

– Ah. Isso explica muita coisa.

Perry não sabia o que isso explicava, fora o fato de que ele caçava.

– Então, você... mata coisas? Animais e coisas?

Perry fechou os olhos. Depois recostou-se e abriu um sorriso largo.

– Quando se mexe, eu mato. Depois estripo, tiro a pele e como.

Ela sacudiu a cabeça, com os olhos pasmos.

– Eu apenas... não consigo acreditar que você seja real.

Perry olhou-a de cara feia.

– O que mais eu seria, Tatu?

Ela ficou quieta por um tempo depois disso. Perry terminou de fazer o contorno de seus pés. Ele recortou os moldes. Fez furos com a ponta da lâmina, trabalhando o mais depressa que podia. Perto assim, seu cheiro de Ocupante o deixava enjoado.

– Meu nome é Ária. – Ela esperou que ele dissesse alguma coisa. – Você não acha que devemos saber o nome um do outro, se vamos ser aliados? – Ela arqueou uma sobrancelha escura, debochando da forma como ele usara a palavra antes.

– Talvez sejamos aliados, Tatu, mas não somos amigos. – Ele passou o cadarço de couro pelos buracos, depois amarrou em volta dos tornozelos dela. – Experimente.

Ela levantou-se e deu alguns passos, puxando a calça para que pudesse ver os pés.

– Estão bons – disse ela, surpresa.

Ele varreu as sobras de couro para dentro da bolsa. As capas resultaram em solas perfeitas, exatamente como ele havia pensado. Duras, porém flexíveis. Foi o melhor uso que ele já vira para um livro. Durariam alguns dias. Depois ele teria de arranjar algo melhor. Se ela vivesse até lá.

Se não, ele já havia decidido que levaria a lente até Marron, sozinho. Encontraria um meio de enviar um sinal para qualquer Ocupante que pudesse ouvir. Ele se ofereceria com a lente, em troca do sobrinho.

Ela ergueu um pé e olhou embaixo.

– Mas que apropriado. Você escolheu esse de propósito, Forasteiro? Não sei se isso é um bom prognóstico para nossa jornada.

Perry agarrou o saco. Pegou o arco e o estojo de flechas. Ele não fazia a menor ideia de que livro havia escolhido. Não sabia ler. Nunca tinha aprendido, independentemente das inúmeras vezes que Mila e Talon tentaram ensiná-lo. Ele saiu da caverna, antes que ela notasse isso e o chamasse de Selvagem imbecil.

* * *

    Eles passaram a manhã atravessando colinas que Perry conhecera por toda a sua vida. Foram se aproximando da margem leste do território de Vale, uma terra que se estendia para fora do Vale dos Marés. Para onde olhasse, ele via lembranças. O outeiro onde ele e Roar fizeram seus primeiros arcos. O carvalho de tronco rachado que Talon já escalara cem vezes. As margens do riacho seco, daquela primeira vez com Brooke.

    Seu pai tinha caminhado por essa terra. Há mais tempo ainda, sua mãe também caminhara. Era estranho sentir falta de um lugar antes de tê-lo deixado. Inquietante perceber que ele não tinha mais o sótão onde subir quando se cansasse de ficar ao ar livre. E ele estava caminhando com uma Ocupante. Isso também dava uma impressão estranha ao dia. A presença dela o deixava astuto e irritado. Ele sabia que ela não era o Tatu que levara Talon, mas ainda assim era um deles.

    Ela se assustava a cada barulhinho nas primeiras horas. Caminhava devagar demais e fazia mais barulho do que alguém do seu tamanho deveria fazer. Pior de tudo, ela começara a emanar um temperamento sombrio, conforme a manhã avançava, demonstrando que a tristeza o seguia. Essa garota, com quem ele fizera uma barganha, tinha sofrido e perdido, e estava angustiada. Perry fez o melhor para se manter em direção contrária ao vento, onde o ar estava limpo.

    – Para onde estamos indo, Selvagem? – perguntou ela, por volta de meio-dia. Ela estava a pelo menos dez passos atrás dele. Caminhar na frente tinha outra vantagem, fora evitar seu cheiro. Ele não precisava ficar olhando a lente em seu rosto. – Acho que vou chamá-lo assim, já que não sei seu nome.

    – Eu não vou responder.

    – Bem, Caçador? Para onde estamos indo?

    Ele ergueu o queixo.

    – Naquela direção.

– Isso ajudou muito.

Perry olhou-a de lado.

– Vamos ver um amigo. Seu nome é Marron. Ele fica naquela direção. – Ele apontou para o Monte Flecha. – Mais alguma coisa?

– Sim – disse ela, frustrada. – Como é a neve?

Isso quase o fez parar de repente. Como uma pessoa podia saber da existência da neve, sem saber que era pura, silenciosa e mais branca que osso? Sem saber que seu frio pinicava a pele?

– É fria.

– E quanto às rosas? Elas realmente têm um cheiro muito bom?

– Está vendo muitas rosas por aqui? – Ele não era tolo de responder a verdade. Pelo que ele pôde notar, em suas histórias ela jamais ouvira falar nos Olfativos. Perry queria deixar assim. Ele não confiava nela. Sabia que ela não pretendia ajudá-lo. Qualquer que fosse a traição que ela tivesse em mente, ele descobriria.

– As nuvens se dissipam? – perguntou ela.

– Completamente? Não. Nunca.

– E quanto ao Éter? Ele some em algum momento?

– Nunca, Tatu. O Éter nunca some.

Ela olhou para cima.

– Um mundo de nuncas sob o céu do nunca.

Ela combinava perfeitamente com esse mundo, pensou ele. Uma garota que nunca calava a boca.

Suas perguntas continuaram ao longo do dia. Ela perguntou se as libélulas emitiam algum som quando voavam e se os arco-íris eram lenda. Quando ele parou de responder, ela passou a falar consigo mesma, como se isso fosse algo natural. Ela falava da cor quente das montanhas, em contraste com o azul do Éter. Quando o vento aumentou, ela disse que o som fazia lembrar turbinas. Ela ficou olhando as rochas, imaginando os minerais que as formavam, chegando a pegar algumas. Ela caiu em silêncio profundo, no entanto, quando o sol reapareceu. Nessa hora, ele teve muita curiosidade em saber o que ela estaria pensando.

Perry não conseguia entender como uma pessoa podia estar pesarosa e ainda falar tanto. Ele a ignorava o máximo que podia. Ficava de olho no Éter, aliviado em ver que ele se deslocava em fluxos fracos, acima. Eles logo estariam deixando a terra dos Marés, por isso ele prestava muita atenção aos aromas que o vento trazia. Sabia que eles acabariam encontrando alguma forma de perigo. Viajar fora dos territórios da tribo garantia isso. Já era bem difícil sobreviver sozinho nas fronteiras. Perry imaginava como conseguiria isso com um Tatu.

No fim da tarde, ele encontrou um vale com abrigo, para montar acampamento. A noite caía quando ele acendeu o fogo. A Ocupante estava sentada numa árvore tombada, examinando a sola de seus pés. A pele saudável que ainda lhe restava de manhã já tinha virado bolha.

Perry encontrou a sálvia que trouxera da caverna e levou até ela. Ela destampou o frasco, deixando cair os cabelos negros à frente, conforme olhava. Perry franziu o rosto. O que ela estava fazendo? Sua lente seria algum tipo de lupa?

– Não coma isso, Ocupante. Passe em seus pés. Aqui. – Ele lhe deu um punhado de frutas secas e um ramalhete de raízes que cavara mais cedo. Elas tinham gosto de batatas malcozidas, mas pelo menos eles não passariam fome.

– Isso você pode comer.

Ela ficou com as frutas e devolveu as raízes. Perry voltou à fogueira, perplexo demais para se sentir ofendido. Ninguém devolvia comida.

– O fogo não vai queimar por entre essas árvores – disse ele, quando ela não se juntou a ele. Ela estava inspecionando cada pedaço de fruta antes de comer. – Não vai queimar como naquela noite.

– Eu simplesmente não gosto de fogo – disse ela.

– Você vai mudar de ideia quando o frio chegar.

Perry comeu seu jantar escasso. Ele gostaria de ter tido tempo para caçar. Provavelmente não teria dado certo se tivesse caçado.

A tagarelice constante teria afugentado a caça. Quase o afugentou também. Ele teria de encontrar comida amanhã. Eles tinham comido praticamente tudo que ele trouxe da caverna.

– O menino que foi levado – disse ela. – Ele é seu filho?

– Que idade você acha que eu tenho, Ocupante?

– Sou meio ruim com registros de fósseis, mas diria que você deve ter uns sessenta mil anos.

– Dezoito. E, não. Ele não é meu filho.

– Eu tenho dezessete. – Ela limpou a garganta. – Você não parece ter dezoito – disse ela, depois de alguns instantes. – Quero dizer, parece e não parece.

Perry imaginou que ela estivesse esperando que ele perguntasse o motivo. Ele não se importava.

– A propósito, eu estou me sentindo bem. Estou com uma dor de cabeça que não passa e meus pés doem loucamente. Mas acho que viverei para ver mais um dia. Embora eu não possa ter certeza. As histórias dizem que as doenças podem chegar silenciosamente.

Perry cerrou os dentes, pensando em Talon e Mila. Ele deveria sentir pena dela, pela possibilidade de cair doente? Ele não conseguia imaginar uma vida sem doenças. Tirou dois cobertores de seu saco. Dormir traria a manhã, que o deixaria mais perto de achar Marron.

– Por que você evita olhar pra mim? – perguntou ela. – Porque sou uma Ocupante? Somos horrendos para os Forasteiros?

– Que pergunta você quer que eu responda primeiro?

– Não importa. Você não vai responder mesmo. Você não responde perguntas.

– Você não para de perguntar.

– Está vendo o que quero dizer? Você se esquiva de responder, como se esquiva de olhar. Você é bom de esquiva.

Perry jogou o cobertor nela. Ela foi pega de surpresa. O cobertor acabou batendo em seu rosto.

– Você não é.

Ela arrancou a coberta, lançando um olhar voraz. Perry podia vê-la perfeitamente, embora ela estivesse sentada longe do círculo de luz da fogueira.

Encoberto pelo escuro, ele se permitiu dar um sorrisinho.

Horas depois, ele acordou ao som de canto. Palavras em tom baixo, cantada numa língua singular que ele não conhecia, mas parecia familiar. Ele nunca tinha ouvido uma voz assim. Tão clara e rica. Achou que talvez estivesse sonhando, até que viu a garota. Ela tinha se aproximado do fogo. Dele. Ela estava abraçada às pernas, balançando para a frente e para trás. Ele captou as lágrimas salgadas no ar e uma rajada fria de medo.

– Ária – disse Perry. Ele se surpreendeu ao usar seu nome. Concluiu que o nome combinava com ela. Tinha uma sonoridade interessante, como se o próprio nome fosse uma pergunta. – O que foi?

– Eu vi Soren. Aquele, do fogo, daquela noite.

Perry saltou, ficando de pé, investigando a neblina. Nunca gostou de neblina. Ela lhe roubava um dos Sentidos, mas ele ainda tinha o outro, o que era mais forte. Ele inalou profundamente, cauteloso para manter os movimentos sutis. O medo dela vinha entremeado à fumaça da madeira, mas não havia outros cheiros de Ocupantes.

– Você sonhou. Não há ninguém aqui, exceto nós.

– Nós nunca sonhamos – disse ela.

Perry franziu o rosto, mas resolveu não falar sobre o quanto isso era estranho. Não era hora nem lugar para isso.

– Não há vestígios dele por aqui.

– Eu o vi – disse ela. – Pareceu real. Foi exatamente como estar com ele, num Reino. – Ela passou o cobertor nas bochechas molhadas. – Eu não conseguia fugir dele outra vez.

Agora ele não sabia o que fazer. Se ela fosse sua irmã, ou Brooke, ele a teria abraçado. Pensou em contar-lhe que a manteria segura, mas isso não seria inteiramente verdade. Ele a protegeria. Mas somente até conseguir reaver Talon.

– Não poderia ter sido uma mensagem, através de sua lente? – perguntou ele.

– Não – disse ela, firmemente. – Continua sem funcionar. Mas o estranho é que eu vi o que gravei naquela noite. Eu gravei Soren, quando ele estava... me atacando. – Ela limpou a garganta. – E foi isso que eu vi. É como se minha mente estivesse repassando a gravação por conta própria.

Isso se chamava sonho, mas Perry não ia discutir a respeito.

– É por isso que os Ocupantes querem a lente de volta? Por causa de sua gravação?

Ela hesitou, depois concordou:

– Sim. Isso poderia arruinar tanto Soren quanto o pai dele.

Ele passou a mão nos cabelos. Agora entendia por que os Ocupantes queriam a lente. Será que teriam levado Talon para negociar?

– Então, temos uma vantagem?

– Se conseguirmos consertar o olho mágico.

Perry exalou o ar lentamente, sentindo uma onda de esperança. Ele tinha se preparado para se entregar aos Ocupantes, em troca de Talon. Talvez não precisasse fazê-lo. Se os Ocupantes desejavam mesmo aquela lente, talvez fosse o suficiente para pegar Talon de volta.

O temperamento da garota estava começando a se acalmar. Ele jogou um novo pedaço de madeira e sentou-se do outro lado do fogo. Agora ele não conseguia evitar olhar para a lente em seu rosto.

– Por que você usa esse troço, se está quebrado? – perguntou ele.

– Faz parte de mim. É como vemos os Reinos.

Ele não tinha ideia do que eram os Reinos. Nem sabia o que perguntar a respeito deles.

– Reinos são locais virtuais – disse ela. – Criados através de programações computadorizadas.

Ele pegou uma vareta e cutucou a brasa. Ela havia explicado sem que ele perguntasse. Como se soubesse que ele não fazia a menor ideia. Isso o deixou ligeiramente impressionado, mas ela continuou falando, então ele ouviu:

– Há lugares tão reais quanto este. Se meu olho mágico estivesse funcionando, eu poderia ir a qualquer parte do mundo, e até além, estando bem aqui. Sem ir a lugar nenhum. Há Reinos dos tempos passados. Ano passado, os Reinos Medievais foram os campeões. Você seria ótimo num desses. Depois, tem os Reinos da Fantasia e os Reinos Futuros. Reinos de Hobbies e qualquer tipo de interesse que você possa pensar.

– Então... é como assistir a um vídeo? – Ele já tinha visto isso na casa de Marron. Imagens como lembranças passando numa tela.

– Não, isso é só visual. Os Reinos são multidimensionais. Se você vai a uma festa, sente que as pessoas estão dançando à sua volta, e pode sentir o cheiro delas, ouvir a música. E você pode simplesmente mudar as coisas, como escolher sapatos mais confortáveis para dançar. Ou mudar a cor dos seus cabelos. Ou escolher outro estilo de corpo. Você pode fazer qualquer coisa que queira.

Perry cruzou os braços. Ela parecia estar descrevendo um sonho que se tem acordado.

– O que acontece enquanto você vai a um desses lugares falsos? Você dorme?

– Não, você só está fracionando. Fazendo duas coisas ao mesmo tempo. – Ela sacudiu os ombros. – Como caminhar e conversar, simultaneamente.

Perry lutou para conter um sorriso. As palavras que ela dissera ontem lhe vieram à cabeça. "Isso explica muita coisa."

– Qual é a graça de ir a um lugar falso? – perguntou ele.

– Os Reinos são os únicos lugares aonde *podemos* ir. Eles foram criados quando os núcleos foram construídos. Sem eles, nós provavelmente enlouqueceríamos de tédio. E eles são pseudo, não são falsos. Dão uma sensação precisamente real. Bem, sobre algumas coisas eu já não tenho certeza. Há algumas coisas aqui fora que não são como eu esperava.

Ela enfiou a mão num de seus bolsos. No dia anterior, ela tinha coletado aproximadamente uma dúzia de pedras. Nenhuma delas parecia especial para ele. Pareciam pedras.

– Cada uma dessas é única – disse ela. – Seus formatos. Seu peso e composição. É incrível. Nos Reinos há fórmulas para o aleatório. Mas eu sempre posso escolhê-las. Percebo como cada décima segunda pedra é uma versão modificada da primeira, em cor e densidade ou qualquer variação. Mas pedras não são as únicas coisas. Quando eu estava lá no deserto, depois, quando... – Pela forma como ela olhou, ele sabia o que ela diria a seguir, que ele tinha sido parte disso. – Eu nunca me senti daquela forma. Nós não temos medo daquele jeito. Mas se essas duas coisas são diferentes, então há mais coisas, certo? Outras coisas, além do medo e das pedras que são diferentes no mundo real?

Perry concordou distraído, imaginando um mundo sem medo. Seria possível? Se não houvesse medo, como poderia haver consolo? Ou coragem?

Ela interpretou a confirmação dele como um incentivo a prosseguir, que estava tudo bem por ele. Ela possuía uma voz boa. Ele não percebera isso até ouvi-la cantar. Preferia que ela cantasse mais, em vez de conversar, mas não pediria.

– Está vendo, é tudo energia, como todas as coisas. O olho envia impulsos que fluem diretamente no cérebro, enganando-o. Dizendo-lhe 'Você está vendo isso e tocando aquilo'. Mas algumas coisas talvez ainda não tenham sido aperfeiçoadas. Talvez sejam próximas às reais, mas não iguais. De qualquer forma, não foi isso que você perguntou. Eu uso porque não sou eu mesma sem ele.

Perry coçou o rosto e se retraiu, tinha esquecido do hematoma que havia ali.

– Nossas Marcas são assim. Eu não seria eu mesmo, sem elas.

Ele imediatamente se arrependeu de dizer as palavras. A luz do dia começou a refletir sobre o cume, em réstias longas, penetrando através da neblina. Ele não deveria estar ali sentado, conversando com uma Ocupante, enquanto Talon estava morrendo em algum lugar, longe de casa.

– Suas tatuagens têm a ver com seu nome?

– Sim – disse ele, enfiando seu cobertor no saco.

– Seu nome é Falcão? Ou Gavião?

– Não e não. – Ele se levantou e afivelou o cinto. Pegou seu arco e estojo. – Agora eu quero a lente de volta.

Ela franziu as sobrancelhas, enrugando a pele clara.

– Não.

– Tatu, se você for vista com esse dispositivo, não haverá meio de fazer você passar por um de nós.

– Mas eu usei ontem.

– Ontem foi ontem. Daqui em diante será diferente.

– Então, tire as suas tatuagens também, Selvagem.

Perry congelou, cerrando os dentes. O engraçado de ser chamado de Selvagem era que isso o fazia querer agir como um.

– Não estamos mais em seu mundo, Ocupante. Aqui, as pessoas morrem e não é pseudo. É muito, muito real.

Ela ergueu o queixo, para desafiá-lo.

– Você tira, então. Já viu como se faz.

Num lampejo de lembrança, Perry viu Soren arrancando o dispositivo do rosto dela. Ele não queria fazer isso. Esticou o braço para pegar a faca no quadril.

– Se é assim que tem de ser.

– Espere! Eu faço. – Ela deu as costas para ele. Quando se virou novamente de frente, alguns segundos depois, ela estava com o dispositivo na mão. O rosto dela estava retraído de fúria ao colocá-lo num bolso.

Perry deu um passo em sua direção. Ele girou a faca na mão, como faria um garoto qualquer, mas funcionou, fazendo-a olhar a arma.

– Eu disse que quero a lente de volta.

– Pare! Apenas fique longe de mim. Pronto. – Ela a jogou para ele.

Perry pegou-a e soltou-a dentro do saco. Depois saiu andando, quase se atrapalhando com sua faca ao colocá-la de volta na bainha.

Capítulo 15
ÁRIA

Ária se esforçou para acompanhar o Forasteiro no segundo dia. Seus pés pioravam a cada passo. "Daqui em diante, será diferente", dissera ele. Mas não tinha sido. As horas passavam do mesmo jeito que no dia anterior. Caminhada constante. Dor constante. Dores de cabeça que vinham e iam.

Ela desistira de falar com o Forasteiro. Eles marchavam em silêncio, somente ao som de suas capas de livro esmagando a terra. Ela quase riu quando leu a *Odisseia* escrita no couro. Não era um bom presságio para a jornada deles. Mas, até agora, ela não vira nenhuma Sereia, nem Ciclope, somente vales miseráveis com alguns punhados de árvores, aqui e ali. Ela achou que sentiria muito mais medo por estar ali fora, mas o acompanhante dela era a coisa mais assustadora daquele lugar.

Eles passaram uma hora cavando com pedras lisas, por volta de meio-dia. De alguma forma, o Forasteiro tinha encontrado água, a um palmo abaixo da terra. Eles encheram os cantis e comeram em silêncio. Quando terminaram, ficaram sentados por um tempo, com o Éter fluindo acima, calmamente. O Forasteiro ergueu os olhos, analisando o céu. Ele tinha feito isso com frequência ao longo do dia. Havia algo muito intenso na forma como ele estudava o Éter. Como se ele encontrasse um significado ali.

Ária alinhou sua coleção de pedras à sua frente. Já tinha quinze. Ela notou a terra embaixo de suas unhas. Será que suas unhas estavam *mais compridas*? Não podiam estar. Unhas não deveriam crescer. Crescimento das unhas era regressão. Totalmente sem sentido, por isso tinha sido eliminado.

O Forasteiro tirou uma pedra lisa de sua bolsa de couro e começou a afiar a faca. Ária observava, de rabo do olho. As mãos dele eram largas, com ossos grandes. Passavam a lâmina sobre a superfície lisa com golpes suaves e nivelados. O metal chiava um ritmo sereno. Ela subiu o olhar. A luz do dia recaiu sobre a penugem loura no maxilar dele. Pelos no rosto eram outro traço genético que os engenheiros haviam eliminado. As mãos do Forasteiro pararam. Ele olhou para cima, um rápido vislumbre de verde. Depois guardou as coisas, e eles recomeçaram a caminhada.

Com todo aquele silêncio, restou a Ária se ater a seus pensamentos. Eles não eram bons. Seu entusiasmo por ter encontrado o olho mágico já tinha passado. Ontem, ela tentara se distrair observando os lugares pelos quais passavam, mas isso já não funcionava. Sentia falta de Paisley e de Caleb. Pensava na mãe e se perguntava sobre a mensagem "Pássaro Canoro". Estava preocupada, receando que seus pés infeccionassem. Sempre que surgia uma dor de cabeça, ela imaginava ser o primeiro sintoma de uma doença que a mataria.

Ária queria voltar a se sentir como ela mesma. Uma menina que perseguia as melhores canções dos Reinos e entediava os amigos com observações sobre assuntos vãos. Ali, ela era uma menina com capas de couro que serviam de sapatos. Uma menina fadada a caminhar pelas colinas com um Selvagem mudo, se quisesse ter alguma esperança de continuar viva.

Ela inventou uma melodia para combinar com todo o medo e impotência que guardava trancados por dentro. Uma música pesarosa e terrível que era seu segredo, cantada somente na privacidade de seus pensamentos. Ária detestava a melodia. Detestava ainda mais o quanto ela precisava disso. Ela jurou que quando encontrasse Lumina deixaria esse seu novo ser patético do lado de fora, onde era seu lugar. Jamais voltaria a cantar essa melodia triste.

Naquela noite, ela apagou embrulhada no cobertor azul de lã, antes mesmo que o Forasteiro acendesse o fogo. Pousou a cabeça na bolsa de couro, descobrindo que sua necessidade de um travesseiro era muito maior que seu pavor de sujeira.

Ela jamais conhecera tanta dor. Nunca se sentira tão cansada. Esperava que fosse isso. Que estivesse cansada, e não se entregando à Loja da Morte.

Na manhã do terceiro dia de viagem juntos, o Forasteiro dividiu o último alimento que trouxera da caverna. Ele comeu evitando olhar na direção dela, como sempre. Ária sacudiu a cabeça. Ele era rude e frio, assustadoramente animal, com seus olhos verdes reluzentes e seus dentes de lobo, mas, por algum milagre, eles tinham feito um acordo. Ela poderia ter tido sorte pior do que cruzar o caminho dele.

Ária mastigava um figo seco, enquanto listava seus desconfortos. Dor de cabeça, dores musculares e cólicas em seu baixo-ventre. Ela não conseguia mais olhar a sola de seus pés.

— Preciso caçar mais tarde — disse o Forasteiro, cutucando o fogo com uma vareta. A manhã estava mais fresca. Eles vinham escalando um terreno mais alto. Ele tinha vestido uma camisa de mangas compridas por baixo do colete de couro. Era de um tom de branco gasto, com fios puxados e buracos remendados. Parecia algo que um sobrevivente de naufrágio talvez usasse, mas ela achava mais fácil olhá-lo quando estava totalmente vestido.

— Está bem — disse ela, franzindo o rosto.

Laconismo. Uma doença de Forasteiro, e ela fora contagiada.

— Hoje nós seguiremos na direção da montanha — disse ele, dirigindo os olhos aos pés dela. — Bem para fora do território do meu irmão.

Ária puxou o cobertor mais apertado ao seu redor. Ele tinha um irmão? Ela não sabia por que, mas era difícil imaginar. Talvez, por não ter visto nenhum sinal de outros Forasteiros. E ela não fazia ideia que as terras ali de fora tivessem alguma divisão.

– Território? Ele é um duque, ou algo assim?

Ele franziu o canto da boca, num sorriso debochado.

– Quase isso.

Ah, mas isso era demais. Ela havia encontrado um príncipe Selvagem. "Não ria", disse a si mesma. "Não ria, Ária." Ele estava sendo bem tagarela para os padrões dele, e ela precisava conversar. Ou ouvir. Não podia passar mais um dia sem nada, exceto aquela melodia ecoando em sua cabeça como um fantasma.

– Há territórios – disse ele – e terras livres, por onde vagueiam os dispersos.

– O que são dispersos?

Os olhos dele se estreitaram, irritado por ter sido interrompido.

– Pessoas que vivem fora da proteção de uma tribo. Vagueadores que se deslocam em pequenos grupos ou sozinhos. Em busca de comida e abrigo e... apenas tentando se manter vivos. – Ele parou, mexendo os ombros largos. – As tribos maiores reivindicam os territórios. Meu irmão é um Soberano de Sangue. Ele comanda a minha tribo, os Marés.

"Soberano de Sangue"? Que título horrível.

– Você é próximo de seu irmão?

Ele olhou para a vareta que tinha nas mãos.

– Já fomos. Agora ele quer me matar.

Ária congelou.

– Você está falando sério?

– Você já me perguntou isso. Vocês, Ocupantes, só falam brincando?

– Não necessariamente – respondeu ela. – Mas acontece.

Ária esperou que ele zombasse dela. Agora tinha uma ideia razoável do quanto a vida dele era difícil, se encontrar um pouco de água escura exigia uma hora de escavação. Não havia muitos motivos para rir ali fora. Mas o Forasteiro não disse nada. Ele jogou a vareta no fogo e se inclinou à frente, pousando os braços nos joelhos. Ela ficou imaginando o que ele via nas chamas. Seria o menino que estava procurando?

Ária não entendia por que um menino Forasteiro seria raptado. Os núcleos controlavam cuidadosamente as populações. Tudo tinha de ser regulado. Por que desperdiçariam recursos preciosos com uma criança Selvagem?

O Forasteiro pegou seu arco e estojo e pendurou no ombro.

– Nada de conversa depois que atravessarmos aquele cume. Nem uma palavra, entendeu?

– Por quê? O que há ali?

Os olhos dele, sempre brilhantes, pareciam mais verdes na claridade do amanhecer.

– As suas histórias, Tatu. Todas elas.

Assim que eles partiram, Ária soube que esse dia seria diferente.

Até aquela manhã, o Forasteiro tinha sido distante, andando com leveza, apesar de todo aquele tamanho. Mas agora ele pisava firme, alerta e vigilante. A dor de cabeça que oscilava desde que seu olho mágico havia sido arrancado agora era permanente, zunindo como um apito em seus ouvidos. Suas sandálias escorregavam sobre os morros rochosos, ralando suas bolhas. O Forasteiro olhava para trás a todo instante, mas ela não conseguia encará-lo. Ária tinha uma promessa a cumprir e manteria sua palavra. E que escolha tinha?

Por volta do meio-dia, seus pés começaram a gotejar uma mistura repulsiva de sangue e pus. Ária não conseguia andar sem morder o lado interno de seu lábio. Passado um tempo, o lábio também começou a sangrar.

O caminho foi ficando menos íngreme floresta adentro, dando uma folga a seus pés e músculos. Ela estava se lembrando da última vez em que estivera embaixo de árvores, com Soren perseguindo ambas, Paisley e ela. Foi então que eles subitamente chegaram a um campo vazio.

Ária parou ao lado do Forasteiro quando eles entraram num caminho largo de terra cinzenta, quase prateada e totalmente vazia. Ela não via um único capim. Só pequenas brasas douradas espalhadas e leves traços de fumaça subindo aqui e ali. Ela sabia que isso era a cicatriz deixada por um golpe do Éter.

O Forasteiro levou um dedo aos lábios, pedindo silêncio. Ele levou a mão ao cinto e lentamente sacou a faca, gesticulando para que ela ficasse perto. "O que é?", queria perguntar. "O que você está vendo?" Ela se forçou a não falar, conforme eles se embrenhavam pelas árvores.

Ela estava menos de três metros adiante quando viu uma pessoa acocorada, no nódulo de um galho de árvore, descalça e vestindo roupas esfarrapadas. Não sabia se era homem ou mulher. A pele estava sulcada e suja demais para saber. Olhos de coruja espiavam através dos cachos branco-amarelados. Primeiro, Ária achou que a coisa estava sorrindo, depois percebeu que não tinha lábios, portanto não tinha como ocultar os tocos de dentes quebrados e marrons. Poderia ser um cadáver, se não fosse pela expressão de pânico em seus olhos.

Ária não conseguia desviar o olhar. A criatura na árvore ergueu a cabeça e a luz do dia reluziu na saliva que escorria por seu queixo. De olho no Forasteiro, ela emitiu um gemido estranho e desesperado. Um som não humano, mas Ária compreendeu. Era um chamado por misericórdia.

O Forasteiro tocou seu braço. Ária deu um pulo e depois percebeu que ele só a estava guiando. Durante a hora seguinte, ela não conseguiu fazer seu coração se acalmar. Sentia aqueles olhos arregalados sobre ela e ouvia o eco daquele gemido horrendo. Perguntas revolviam em sua mente. Ela queria entender como uma pessoa podia ficar daquele jeito. Como podiam sobreviver sozinhos e aterrorizados? Mas ela se manteve em silêncio, sabendo que se falasse os colocaria em perigo.

De alguma forma, tinha passado a achar que ela e o Forasteiro estavam sozinhos nesse mundo vazio. Não estavam. Agora, ela se perguntava o que *mais* haveria ali.

No fim da tarde, eles encontraram outra caverna. Essa era úmida e cheia de formações cruzadas que pareciam cera derretida. Fedia a enxofre. Havia restos de plástico e ossos espalhados pelo chão.

O Forasteiro pousou sua bolsa de couro.

– Eu vou caçar – disse ele, baixinho. – Voltarei antes de escurecer.

– Não vou ficar aqui sozinha. O que era aquela coisa?

– Eu lhe falei sobre os dispersos.

– Bem, eu não vou ficar. Você não pode me deixar aqui, não com aquela coisa dispersa lá fora.

– Aquela *coisa* é nossa menor preocupação. Além disso, ficou bem pra trás de nós.

– Vou ficar quieta.

– Não o suficiente. Olhe, nós precisamos comer e eu não posso caçar com você dando pulos toda vez que ouvir um barulho.

– Eu vi uns frutinhos, lá atrás. Nós passamos por um arbusto com frutos.

– Apenas fique aqui – disse ele, com a voz mais áspera. – Descanse seus pés. – Ele enfiou a mão na sacola, pegou uma faca e deu a ela, com o cabo virado.

Era uma faca pequena, não a comprida que ela o vira afiar. Havia penas entalhadas no cabo de chifre. Ocorreu-lhe o absurdo que era decorar uma ferramenta tão sinistra.

– Eu não sei usar isso.

– É só sacudir e gritar, Tatu. O mais alto que puder. Só isso que você precisa fazer.

Escureceu na caverna, muito antes de escurecer lá fora. Ária foi até a entrada e ficou ouvindo o silêncio estranho enquanto uma dor de cabeça martelava seus ouvidos. A caverna ficava num declive. Ela estudou as árvores ao redor, estreitando os olhos na direção da descida, em busca de gente empoleirada nas árvores. Não viu ninguém. Algumas árvores estavam nuas, sem folhagem. Ela ficou imaginando por que algumas vicejavam e outras morriam. Seria a terra? Ou seria o Éter escolhendo algumas para incinerar? Ela não via razão naquilo. Nenhum padrão. Naquele lugar, nada fazia sentido.

Ela estava desesperada para falar com alguém. Qualquer pessoa. Precisava não ficar sozinha agora, pensando naquela pessoa da árvore. Quando ouviu um farfalhar no fundo da caverna, Ária se arrastou até a bolsa de couro do Forasteiro e encontrou seu olho mágico. Não funcionava, mas usá-lo talvez pudesse acalmá-la, como acontecera no primeiro dia. E também irritaria o Forasteiro. Isso contava alguma coisa.

Ela voltou à entrada da caverna e colocou o dispositivo. Rapidamente aderiu à sua pele, retraindo desconfortavelmente o seu globo ocular. Ela ficou na expectativa, rezando para ver a tela inteligente. A mensagem de sua mãe. Qualquer coisa. Mas é claro que o olho não se consertaria sozinho.

"Pais", ela fingiu dizer através do olho. Paisley estava morta. Ela ainda não conseguia acreditar. As lágrimas vieram rapidamente. "Já que estou mesmo fingindo, vou fingir que você ainda está viva e que isso é uma grande piada. Um Reino da Piada de mau gosto. Mas um Reino terrível que deveria ser deletado. Estou numa caverna, Paisley. Do lado de fora. Você detestaria." Ela limpou as lágrimas com a manga. "Essa é a segunda caverna em que fico. Aqui dentro fede a ovo podre. E há ruídos. Ruídos estranhos, sons rastejados, como se alguma coisa estivesse se arrastando. Mas a primeira caverna não era tão ruim. Era menor e mais aquecida. Você acredita que eu tenho uma caverna favorita? Paisley... Não estou raciocinando muito bem."

Chorar tinha feito sua dor de cabeça provocar pontadas em seus olhos e ela sabia, simplesmente *sabia*, que o negócio da árvore estava na caverna, rastejando em sua direção. Ela imaginou aqueles olhos imensos e a boca deformada, com os dentes tortos e a baba reluzente.

Ária pegou a faca e disparou lá para fora.

Silêncio. Ela fungou e olhou em volta. Nada de gente nas árvores. Nada além da vegetação. A caverna era um vulto atrás dela. Ela *não* ia voltar lá para dentro.

Foi descendo, cautelosa, excessivamente alerta em relação à faca em sua mão. Encontrou o arbusto de frutinhos, sem dificuldade. Sorrindo, ela encheu os bolsos da calça, colocando o máximo que pôde, depois fez um balaio com a blusa.

Até imaginou o que o Forasteiro diria quando as visse. Sem dúvida, seria uma palavra monossílaba, mas ele veria que ela podia fazer algo melhor que ficar *quieta*. Ária apressou-se colina acima, decidindo que assumiria o controle do que pudesse. Estava cansada de ser inútil.

Ela imaginava não ter se ausentado nem meia hora, mas estava escurecendo depressa. Primeiro sentiu o cheiro da fumaça, depois viu uma coluna clara, acima, em contraste com o céu azul profundo. O Forasteiro tinha voltado. Ela quase gritou para chamá-lo, querendo se gabar de seus frutinhos. Mas, em vez disso, resolveu surpreendê-lo.

Ária parou bruscamente, a alguns palmos de distância da caverna. A fumaça saía pela abertura larga, como se fosse uma cachoeira fluindo ao alto. Várias vozes masculinas falavam ali dentro. Ela não reconheceu nenhuma delas. Rapidamente recuou, o mais silenciosamente que pôde, com o coração estrondando no peito. Com os ouvidos zunindo, não dava para saber quanto ruído ela estava fazendo. Ela descobriu quando três silhuetas surgiram da caverna.

Perto da luz fraca, ela viu que um homem, o mais alto, estava de capa preta, com o capuz puxado por cima de uma máscara com um bico igual ao de um corvo. Ele segurava um bastão claro, com pedaços de corda e penas penduradas. Ficou perto da caverna, enquanto os outros dois homens foram na direção dela.

– Rat... é uma Ocupante? – perguntou um deles.

– De fato – respondeu o outro. Ele era magro e careca, com o nariz pontudo que deixava pouca dúvida quanto à origem de seu nome. – Você está bem longe de casa, hein, garota?

Ela ouviu um tilintar. O olhar de Ária desviou para a cintura de Rat. Havia sininhos pendurados em seu cinto, brilhando sob a luz fraca. Eles tilintavam a cada passo que dava.

– Parem aí. – Lembrou-se de que tinha uma faca. Quando pensou em erguê-la, viu que já a segurava à sua frente. Ária a segurou com mais firmeza. – Não se aproximem.

Rat sorriu, mostrando dentes que pareciam ter sido lixados até ficarem pontudos.

– Calma, garota. Nós não vamos machucá-la. Vamos, Trip?

– Não, não vamos machucá-la – disse Trip. Ele tinha tatuagens intrincadas ao redor dos olhos, como um bordado. Algo parecido com o que ela talvez visse num Reino de Baile de Máscaras. – Eu jamais pensei que veria um Tatu.

– Viva, não – disse Rat. – O que você está fazendo aqui, garota?

O olhar de Ária desviou-se para o homem-corvo, que tinha começado a se aproximar, movendo-se em silêncio total. Por mais amedrontada que ela estivesse de Rat e Trip, o homem-corvo assustava mais. Rat e Trip ficaram imóveis enquanto ele se aproximava.

O homem-corvo tinha mais de 1,80 m de altura. Ele tinha de olhar para baixo para vê-la. A máscara era apavorante, com um bico angular e pontudo feito com couro esticado por cima de uma moldura. As partes mais macias eram cor da pele, mas uma cor de tinta suja manchava as dobras. Ela podia ver seus olhos através dos buracos da máscara. Eram azuis e claros como vidro.

– Qual é seu nome? – perguntou ele.

– Ária – respondeu ela, porque não tinha como não fazê-lo.

– Para onde você está indo, Ária?

– Pra casa.

– É claro. – O homem-corvo inclinou a cabeça de lado. – Eu lamento. Isso deve tê-la assustado. – Ele tirou a máscara, deixando-a pendurada por um cordão de couro, que ele torceu, deixando-a cair em suas costas. Ele era mais jovem do que ela esperava. Somente alguns anos mais velho que ela, com cabelos escuros e aqueles olhos azul-claros. Ela percebeu o quanto se acalmara agora que podia ver seu rosto.

Ele sorriu.

– Isso ajudou, não? Meu povo recebe a noite com cerimônia. Nós usamos máscaras para afugentar os espíritos das trevas. Meus amigos ainda não são iniciados, ou também estariam usando máscaras. Eu me chamo Harris. Prazer em conhecê-la, Ária.

Ele tinha uma bela voz de barítono. Lançou um olhar direto a Trip e Rat.

– Sim, prazer em conhecê-la – disseram eles, abaixando a cabeça e fazendo os sininhos tocarem novamente.

– Os sinos são outra parte de nossa cerimônia – disse Harris, seguindo seu olhar.

– Culturas antiquíssimas usavam sinos – disse ela, detestando a si mesma por saber coisas imbecis e não conseguir ficar quieta quando estava nervosa.

– Ouvi dizer que os tibetanos usavam.

– Sim, usavam. – Ária não pôde acreditar que ele soubesse disso. Um Selvagem que sabia algo além de cavar buracos e acender fogueiras. Uma centelha de esperança se acendeu dentro dela. – Eles acreditavam que os sinos representavam a sabedoria do vazio.

– Eu já conheci algumas pessoas de mente vazia, mas não as chamaria de sábias. – Harris sorriu, desviando os olhos para Trip. –

Para nós, os sinos são sons de leveza e do bem. Você está sozinha, Ária?

— Não, estou com um Forasteiro.

Agora estava mais escuro, porém, sob a luz suave do Éter, ela viu as sobrancelhas dele franzirem.

— Eu quis dizer um de vocês — disse ela, dando-se conta de que eles não chamariam a si mesmos de Forasteiros.

— Ah... isso é bom. Esta é uma terra perigosa. Tenho certeza de que seu companheiro lhe disse.

— Sim, ele disse.

Trip fungou.

— Eu quase me borrei quando a ouvi nos espreitando.

Rat ergueu seu narigão e fungou o ar. Ele deu um safanão no ombro de Trip.

— Quase?

Harris sorriu lamentoso.

— Temos comida suficiente para compartilhar e uma fogueira acesa. Por que você e seu companheiro não nos acompanham essa noite? Se achar que pode suportar esses dois.

— Acho que não. Mas obrigada.

Ela percebeu que estava segurando o cabo da faca com tanta força que os nós dos dedos latejavam. Por que ela estava com uma faca? Ela baixou-a. Por mais assustador que ficasse com a máscara, agora Harris parecia amistoso. Muito mais que o Forasteiro, cujo nome ela nem sabia. E Harris falava.

— Bem — disse ela, reconsiderando. — Eu posso ver o que ele diz.

— Eu digo 'não'.

Todos se viraram bruscamente na direção da voz, no topo da colina. Era o seu Forasteiro. Mal dava para vê-lo na luz fraca do crepúsculo.

Bem na hora em que Ária ia chamá-lo, ela ouviu um som como um tapa molhado, seguido pelo tilintar de sinos. Rat tropeçou e caiu para trás. Pelo menos foi isso que Ária pensou, até que viu uma vareta. Não, uma flecha. Alojada na garganta dele.

Ela nem pensou. Virou-se e correu. Trip a pegou pelo braço e prendeu-a, torcendo seus dedos e arrancando a faca. Depois, ele pousou a faca em seu pescoço e torceu seu braço para trás. Ária resfolegou com a explosão da dor em seu ombro. Ele fedia tanto que a deixou enjoada.

– Abaixe seu arco ou vou matá-la! – A voz de Trip explodiu ao lado de seu ouvido.

Agora ela podia vê-lo. O Forasteiro tinha se aproximado. Ele estava perto da caverna, com as pernas e os braços alinhados com seu arco, uma arma que ele vinha trazendo há dias, mas da qual ela se esquecera de alguma forma. Ele havia tirado a camisa branca e sua pele se misturava à floresta escura.

– Faça o que ele diz! – gritou Ária. O que ele estava fazendo? Estava escuro demais. Ele iria acertá-la, em lugar de Trip.

Ela viu movimento à sua esquerda. Harris estava subindo a colina, na direção do Forasteiro. Ele já não estava mais segurando o bastão, mas um facão comprido que refletia a luz do Éter. Aproximou-se ainda mais, em passos decididos. O Forasteiro manteve-se imóvel como uma estátua, ou por não estar vendo Harris ou por não ligar.

O hálito de pânico de Trip bafejava ar quente podre em seu rosto.

– Abaixe seu arco! – gritou ele.

Desta vez ela também não viu nada, mas soube que ele disparara outra flechada. Ária escutou um estampido, depois deu um tranco para trás. Ela tropeçou por cima de Trip. A impulsão arrastou-a colina abaixo. Seu joelho atingiu algo afiado quando ela bateu no solo. Apesar da pontada de dor que desceu por sua perna, ela deu um pulo, ficando de pé.

Trip ficou deitado de lado, se contorcendo, com uma flecha cravada no lado esquerdo do peito. Ela se virou para o alto, com o terror ecoando feito um grito em seus ouvidos. Já vira pessoas lutando e esgrimindo nos Reinos. Tinha alguma ideia de como poderia ser uma briga de verdade. Defesa e esquiva. Movimento dos pés, posições de guarda. Ela não podia estar mais errada.

Harris e o Forasteiro moviam-se numa sucessão de golpes, um deles sem camisa, o outro de capa preta. Ela só conseguia identificar o lampejo de uma faca ou do movimento da máscara de corvo. Ela queria correr. Não queria ver isso. Mas não conseguia se mover.

Não levou mais que alguns segundos, embora tenha parecido bem mais. Os corpos desaceleraram e se separaram. A figura de capa, Harris, bateu no chão como um amontoado negro. O Forasteiro, de torso nu, ficou em pé em cima dele.

Então, ela viu algo descer rolando a colina, como se tivesse sido arremessado em sua direção, como uma bola de boliche. Bateu num relevo, que desprendeu a máscara clara, e agora ela via os olhos azuis, o nariz, os dentes brancos e os cabelos negros rolando pela terra, deixando um rastro vermelho.

Capítulo 16

PEREGRINE

– Não, não, não! – Ária sacudiu a cabeça, com os olhos arregalados de terror. – O que foi isso?

Perry deslizou pelo cascalho solto, conforme disparou colina abaixo até ela.

– Você está ferida?

Ela deu um salto para trás.

– Fique longe de mim! Não me toque. – Ela levou a mão à barriga. – O que acabou de acontecer? O que você acabou de fazer?

Todos os aromas vieram fortes e claros até Perry, emanando pelo ar fresco noturno. Sangue e fumaça. O medo gélido que ela sentia. E algo mais. Um amargor pungente. Ele inalou, investigando, e viu a fonte, manchas escuras na frente da blusa dela.

– O que é isso? – perguntou ele.

Ela virou a cabeça para o lado, como se esperasse ver alguém. Perry pegou uma mancheia do tecido de sua camisa. Ela lhe deu um soco no queixo, que pegou de raspão.

– Fique quieta! – Ele prendeu seu punho e ergueu a camisa, inalando o cheiro. Ele não podia acreditar. – Foi por isso que você saiu? Saiu para pegar esses frutos?

E foi quando ele viu que ela estava novamente usando o dispositivo sobre o olho. Aqueles homens poderiam ter pegado a lente. Então, como ele poderia pegar Talon de volta? Ela se soltou dele.

– Você os trucidou – disse ela, com os lábios trêmulos. – Olhe o que você fez.

Perry pressionou os punhos junto à boca e saiu batendo os pés, sem confiar em si mesmo perto dela. Ele tinha sentido o odor dos Corvos logo depois de deixá-la. Perry sabia que eles estavam seguindo em direção ao abrigo da caverna. Ele seguiu por outro caminho, tinha disparado para chegar antes deles, e achou a caverna vazia. Quando captou seu rastro e foi atrás dela, já era tarde demais. Ela o trouxera de volta à caverna.

Perry a cercou.

– Sua Ocupante imbecil. Eu lhe disse para ficar aqui! Você saiu para pegar frutos *venenosos*.

Ela sacudiu a cabeça, desviando o olhar estarrecido do cadáver do Corvo para ele.

– Como você pôde? Eles queriam dividir a comida conosco... e você simplesmente os matou.

Perry estava sentindo a adrenalina passar e começava a tremer. Ela não sabia o que ele havia detectado daqueles homens. A ânsia que tinham pela carne dela estava tão potente que quase queimou suas narinas.

– Tola. *Você* é que seria o jantar.

– Não... não... Eles não fizeram nada. Você simplesmente começou a atirar neles... Você fez isso. Você é pior que as histórias, Selvagem. Você é um *monstro*.

Ele não podia acreditar no que estava ouvindo.

– É a terceira vez que eu salvo a sua vida e do que está me chamando? – Ele precisava se afastar dela. Apontou o dedo na escuridão, na direção do leste. – O Monte Flecha fica do outro lado do cume. Siga naquela direção por três horas. Vamos ver como você se sai sozinha, Tatu.

Ele se virou e saiu correndo, rapidamente mergulhando na floresta. Descarregava sua raiva na terra, mas desacelerou depois de algumas milhas. Ele queria deixá-la, mas não podia. Ela estava com o olho mágico. E era um Tatu que vivia em mundos falsos. O que ela sabia sobre viver ali fora?

Ele deu a volta e a encontrou, mantendo distância suficiente para não ser visto. Ela empunhava a faca de Talon. Perry xingou a si mesmo. Como tinha se esquecido disso? Ele observava enquanto ela seguia pela floresta, surpreendentemente quieta e cautelosa. Depois de um tempo, ele percebeu que ela também estava conseguindo seguir um trajeto reto. Ele queria vê-la entrar em pânico. Ela não entrou, e isso o espantou ainda mais. Faltando apenas uma curta distância a percorrer, ele correu o restante do caminho.

Ainda estava escuro quando ele chegou à aldeia dos Barbatanas Negras. Perry quase perdeu o fôlego ao assimilar a cena chocante ao seu redor. A aldeia não parecia em nada com o local movimentado que ele vira um ano antes. Agora estava dilapidada. Abandonada. Todos os seus aromas pareciam gastos e velhos. Era um resto de carcaça aos pés do Monte Flecha.

As tempestades de Éter e os incêndios tinham destruído tudo, menos uma casa, mas ele só precisava de uma. Não havia porta, e tinha somente parte do telhado. Ele soltou a sacola no portal, para que ela soubesse onde encontrá-lo. Depois entrou e despencou num colchão de palha decaído. Acima dele, as vigas quebradas do telhado se projetavam como costelas.

Perry pôs o braço sobre os olhos.

Será que ele a teria deixado cedo demais?

Teria ela se perdido?

Onde estava ela?

Ele finalmente ouviu passos fracos. Olhou na direção da porta a tempo de vê-la pousar a cabeça em sua sacola. Depois fechou os olhos e dormiu.

Na manhã seguinte, ele foi até lá fora, silenciosamente. O pequeno vulto dela, camuflado, estava encolhido junto à parede, iluminado pela luz enevoada do céu nublado. Os cabelos negros de Ária caíam sobre seu rosto, mas ele pôde ver que ela havia tirado o dispositivo. Ela o segurava em uma das mãos, como se fosse uma das pedras que coletara. Depois ele viu seus pés. Sujos. Molhados de sangue. Estavam em carne viva onde a pele havia descascado e soltado completamente. As capas de livros deviam ter arrebentado, depois que ele a deixou.

Como ele pôde fazer isso com ela?

Ela se mexeu, olhando para ele por entre os cílios, antes de sentar-se, recostada na casa. Perry estava inquieto, imaginando o que dizer. O que não levou muito tempo, depois que o temperamento que ela exalava provocou nele uma onda de pânico.

– Ária, o que há de errado?

Ela se levantou, movendo-se lentamente, vencida.

– Estou morrendo. Estou sangrando.

O olhar de Perry desceu por seu corpo.

– Não são meus pés.

– Você comeu alguma daquelas frutinhas?

– Não. – Ela estendeu a mão. – Melhor você ficar com isso. Talvez ainda o ajude a encontrar o menino que está procurando.

Perry fechou os olhos e inalou. O cheiro dela tinha mudado. O odor rançoso de Ocupante tinha quase desaparecido. Sua pele exalava um cheiro novo no ar, fraco, mas inequívoco. Pela primeira vez, desde que ele a conhecera, o corpo dela cheirava a algo que ele reconhecia, feminino e doce.

Ele sentiu cheiro de violetas.

Deu um passo atrás, xingando em silêncio ao assimilar.

– Você não está morrendo... Você realmente não sabe?

– Não sei de mais nada.

Perry olhou para baixo, para o chão, e respirou novamente, sem qualquer dúvida.

– Ária... é o seu primeiro sangue.

Capítulo 17
ÁRIA

Desde que havia sido expulsa de Quimera, ela tinha sobrevivido a uma tempestade de Éter, um canibal colocara uma faca em sua garganta e vira homens sendo assassinados.

Isso era pior.

Ária não se reconhecia. Ela se sentia como se tivesse assumido um pseudocorpo, em um Reino, e não conseguisse sair dele.

Sua mente se revolvia em círculos. Ela estava sangrando. Como um animal. Ocupantes não menstruavam. Procriar acontecia através de elaboração genética, seguida de uma série especial de hormônios e inseminação. A fertilidade era usada estritamente quando necessária. Que aterrorizante pensar que ela poderia *conceber*, aleatoriamente.

Talvez ela estivesse se modificando com o ar de fora. Talvez ela estivesse tendo um colapso. Com mau funcionamento. Como explicaria isso à sua mãe? E se ela não pudesse ser consertada e isso voltasse a acontecer todo mês?

Ela estivera preparada para a morte. A morte era uma certeza do lado de fora. Uma consequência normal de ser lançada à Loja da Morte. Porém, independentemente da forma como ela olhasse para isso, menstruar era algo terrivelmente bárbaro. Ela deitou-se no colchão imundo, sentindo-se praticamente igual. Imunda. Fechou os olhos, torcendo para bloquear o terrível mundo de fora. Imaginou estar deitada na areia branca de seu Reino praiano predileto, ouvindo as ondas quebrando suavemente, enquanto começava a relaxar.

Ária tentou novamente reiniciar seu olho mágico.

Ele funcionou perfeitamente.

Todos os seus ícones estavam de volta, exatamente onde deveriam estar. O ícone de Ária se estrangulando deslizou para o centro da tela, piscando um lembrete:

DOMINGO DE CANTO, 11h.

Ela clicou e ele instantaneamente fracionou. Franjas da cortina vermelha do salão de ópera movimentaram-se à sua frente. Ária esticou o braço, tocando o veludo grosso. Nunca o vira se movimentando dessa forma, em ondas tremulantes. Ela deu um passo à frente, tateando o tecido pesado à procura da divisão central. Sentiu a cortina se mexer, conforme a cercava. Ela girava em círculos, sem ver uma saída. Em pânico, ela empurrou os braços, mas o tecido ficou grosso como cascalho sob seu toque.

"Lumina!", gritou Ária, mas nenhum som saiu dela. "Mãe!", ela tentou novamente. Para onde tinha ido sua voz? Ela pegou a cortina e puxou-a com toda a sua força. Soltou-a com uma guinada e começou a girá-la, transformando-a num funil, soprando o cabelo em seus olhos e chegando mais perto a cada segundo. Ela não se deixaria engolir. Ária contou até três e mergulhou na massa giratória.

Instantaneamente, ela surgiu no centro do palco. Lumina estava sentada em sua cadeira habitual, na primeira fila. Por que ela parecia tão longe, como se estivesse a um quilômetro de distância? Que tipo de Reino era aquele?

"Mãe?" Ária ainda não conseguia encontrar a voz. "Mãe!"

– Eu sabia que você viria – disse Lumina, mas seu sorriso logo desapareceu. – Ária, isso é outra piada?

"Piada?" Ária olhou para baixo. Ela estava com suas roupas camufladas do exército. Ali, no pomposo salão de ópera. "Não, mãe!"

Ela queria contar a Lumina o que havia acontecido. Sobre Soren e o Cônsul Hess, e de ter sido expulsa com o Selvagem. Mas as palavras não vinham. Lágrimas de frustração embaçavam sua visão. Ela olhou para baixo, para que a mãe não a visse, e notou um livrinho em suas mãos. Um livreto. A letra de uma ópera. Ela não sabia onde nem quando ela o conseguira. Havia flores desenhadas em tinta sobre o pergaminho, unidas umas às outras, formando letras:

"ÁRIA."

Ela foi tomada pelo terror. Essa seria sua história? Ela abriu o livro e logo reconheceu a imagem. Uma espiral dupla em hélice surgiu na página. DNA.

– É um dom, Ária. – Lumina sorriu. – Você não vai cantar, Pássaro Canoro? Desta vez, por favor, nada de doce canibal. Embora certamente tenha sido divertido.

Ária queria gritar. Ela precisava dizer à mãe que lamentava e que estava furiosa. Onde estava ela? Onde estava? Ária tentava, repetidamente, mas não conseguia emitir qualquer som. Nem conseguia respirar.

– Entendo – disse Lumina. Ela se levantou e alisou o vestido preto. – Eu tinha torcido para que você tivesse mudado de ideia. Estarei aqui quando você estiver pronta – disse ela, e desapareceu.

Ária piscou, diante do salão dourado.

– Mãe? – Sua voz assustou-a. – Mãe!

Ela gritou, mas era tarde demais. Por longos instantes, ela ficou de pé, diante do palco, sentindo a vastidão do salão, seu vazio, enquanto surgia um sentimento dentro dela, como se ela talvez pudesse explodir. Ela não sabia quando começou a gritar. Depois, não sabia como parar. O som vindo de dentro dela ficava cada vez mais alto, como se jamais fosse ter fim. Primeiro, o imenso lustre começou a balançar, depois, as colunas douradas e as poltronas dos camarotes. Então, de uma só vez, as paredes e as poltronas se estilhaçaram, lançando dourado, gesso e veludo por todo lado.

Ária sentou-se como um raio, ofegante, segurando o colchão roto embaixo dela. Seu olho mágico estava na palma de sua mão, molhado de suor, por causa de seu pesadelo.

Logo depois, o Forasteiro entrou correndo na casa. Ele olhou desconfiado ao lhe dar um pedaço de carne, depois saiu. Ária comeu, anestesiada demais para assimilar o que tinha acabado de acontecer. Ela havia sonhado. Agora, tanto seu corpo quanto sua mente pareciam estranhos.

Ela ouviu o Forasteiro se movimentando pelos destroços lá fora. Recostou-se e ficou ouvindo as batidas de pedras no solo e o tilintar agudo de pedras se chocando. Várias horas haviam se passado quando ele voltou carregando o cobertor azul-marinho, como uma trouxa.

Ele o colocou no chão sem dizer nada e o abriu, revelando uma pilha de coisas estranhas. Um anel saiu rolando pela lã, depois parou. Ela notou uma pedra azul presa na moldura grossa de ouro, no instante em que ele o pegou e enfiou-o em sua sacola. Ele sentou-se nos calcanhares e limpou a garganta.

— Encontrei algumas coisas para você... Um casaco. É feito de pele de lobo. Vai esfriar quando subirmos a montanha, então ele a manterá aquecida. — Ele deu uma espiada nela, depois olhou de volta para a pilha. — Essas botas estão em condições razoáveis. São ligeiramente grandes, mas devem servir. As roupas estão limpas. Fervidas. — Um sorriso passageiro surgiu nos lábios dele, embora ele continuasse olhando para baixo. — São para... o que você quiser fazer. Há algumas outras coisas. Eu trouxe o que consegui encontrar.

Ela olhou o sortimento, com a emoção travando em sua garganta feito cola. Um casaco gasto de couro, com buracos nos quais ela podia enfiar os dedos, mas forrado de pelo prateado. Um gorro de tricô preto, com algumas penas presas na lã. Um pedaço de couro com uma fivela que parecia ter sido uma rédea de cavalo, mas serviria melhor como cinto do que a gaze que ela estava usando. Ele havia passado horas localizando essas coisas. Desencavando-as, como fizera com a água e as raízes de cardo. O que parecia ser uma condição quando se tratava da maioria das coisas no lado de fora.

– O que você disse sobre minhas Marcas... minhas tatuagens, você estava no caminho certo. – Ele ergueu os olhos, cruzando com o olhar dela. – Eu me chamo Peregrine. Como o falcão. As pessoas me chamam de Perry.

Ele tinha nome. Peregrine. Perry. Nova informação a considerar. Combinava com ele? Isso significava alguma coisa? Mas Ária descobriu que não podia nem olhar para ele. Um Selvagem precisara explicar que ela estava menstruando. Ela mordeu o interior do lábio e sentiu gosto de sangue. Seus olhos embaçaram. Ela nunca pensara tanto em sangue. Agora, não conseguia se afastar dele.

– Por que você fez isso? – perguntou ela. – Encontrou todas essas coisas pra mim? – Pena. Só podia ser por pena que ele tinha juntado tudo isso e lhe dissera seu nome.

– Você precisava. – Ele esfregou a mão atrás da cabeça. Depois sentou-se, pousando os braços longos nos joelhos e enlaçando os dedos. – Você achou que estivesse morrendo esta manhã. Mas mesmo assim trouxe a lente para me dar.

Ária pegou uma pedra. Ela passara a cultivar o hábito de enfileirá-las. Por cor. Tamanho. Por formato. Dando sentido ao acaso que havia admirado inicialmente. Agora ela apenas olhava o naco de pedra em sua mão, imaginando por que se deu ao trabalho de recolher uma coisa tão feia.

Ela não sabia exatamente se trouxera o olho mágico de volta para ser nobre. Talvez. Mas talvez o tivesse feito por saber que ele estava certo quanto aos canibais. E ela lhe devia, por ter salvado sua vida. Três vezes.

– Obrigada. – Ela não parecia muito grata e desejou parecer. Sabia que precisava da ajuda dele. Mas não queria precisar de nada.

Ele assentiu, aceitando o agradecimento.

Eles caíram em silêncio. A luz do Éter penetrava na casa em ruínas, afastando a sombra. Por mais cansada que ela estivesse, seus sentidos foram tomados pelo frio do ar batendo em seu rosto. Com o peso da pedra pousada em sua mão e o cheiro poeirento que ele trouxera. Ária ouvia a própria respiração e sentiu a força silenciosa da atenção dele. Ela sentiu completamente onde estava. Ali, com ele. Consigo mesma.

Ela nunca sentira nada assim.

– Meu povo comemora o primeiro sangue – disse ele, depois de um instante, com a voz suave e profunda. – As mulheres da minha tribo preparam um banquete. Elas trazem presentes à menina... mulher. Ficam com ela a noite toda, todas as mulheres, numa casa. E... eu não sei o que acontece depois disso. Minha irmã diz que elas contam histórias, mas eu não sei quais são. Acho que explicam o significado de... da mudança pela qual você está passando.

As bochechas de Ária esquentaram. Ela não queria mudar. Ela queria ir para casa perfeitamente preservada.

– Que significado pode haver? Parece algo horrível, independentemente da forma como você olha.

– Agora você pode ter filhos.

– Isso é completamente primitivo! Crianças são especiais no lugar de onde venho. Elas são criadas cuidadosamente, cada uma delas. Não é uma experiência aleatória. Há muito planejamento investido em cada pessoa. Você não faz ideia.

Já era tarde demais quando ela se lembrou de que ele estava tentando resgatar um menino. Que lhe fizera sapatos. Tinha assassinado três homens. Salvado sua vida. O Forasteiro tinha feito tudo isso pelo menino. Obviamente, as crianças também eram estimadas ali, mas ela não podia pegar as palavras de volta.

Nem sabia por que ligava. Ele era um assassino. Cheio de cicatrizes. Coberto por sinais de violência. O que importava se ela havia sido insensível com um assassino?

– Você já matou antes, não é? – Ela já sabia a resposta. Ainda assim, queria ouvi-lo dizer "não". Queria que ele lhe contasse algo que afastasse essa sensação de enjoo que ela tinha toda vez que se lembrava do que ele fizera com aqueles três homens.

Ele não respondeu. Ele nunca respondia e ela estava cansada disso. Farta desses olhos silenciosos e vigilantes.

– Quantos homens você matou? Dez? Vinte? Você mantém algum tipo de contagem? – Ária elevou o tom de voz para extravasar um pouco do veneno. Ele se levantou e foi até o portal, mas ela não parou. Ela não conseguia parar. – Se você mantém, não deveria incluir Soren. Você não o matou, embora eu saiba que tenha tentado. Você estilhaçou seu maxilar. Estilhaçou! Mas talvez Bane, Echo e Paisley tenham elevado sua contagem.

Ele falou com os dentes cerrados:

– Você faz alguma ideia do que teria acontecido se eu não estivesse lá naquela noite? E ontem?

Ela fazia. E ali estava. O medo que ela suprimia. Daqueles homens que pareceram tão amistosos e comiam carne humana. Das horas terríveis que ela havia passado correndo sozinha, procurando por lampejos do Monte Flecha, torcendo para que estivesse seguindo na direção certa, no escuro. Ela o estava atacando impiedosamente, mas sabia a verdadeira fonte de sua raiva. Não confiava mais no próprio discernimento. O que ela sabia do mundo lá fora? Até *frutinhas* podiam matá-la.

– E daí! – gritou ela, esforçando-se para se levantar. – E daí que você salvou a minha vida! Você foi embora! E acha que isso realmente o transforma numa boa pessoa? Salvar uma pessoa e matar outras três? E trazer essas coisas pra mim? Dizer essas coisas de como isso que aconteceu é uma honra para mim? Isso não deveria acontecer. Eu não sou um animal! Eu não me esqueci do que você fez àqueles homens. Não vou me esquecer.

Ele riu amargamente.

— Se faz com que se sinta melhor, eu também não vou me esquecer.

— Você tem consciência? Isso é comovente. Erro meu. Eu o interpretei de forma errada.

Num raio, ele atravessou o espaço entre eles, Ária se viu olhando para cima, diretamente nos olhos verdes furiosos.

— Você não sabe nada a meu respeito.

Ela sabia que ele estava com a mão no cabo da faca em seu quadril. O coração de Ária batia tão forte que ela podia ouvi-lo.

— Você já teria feito isso antes. Você não machuca mulheres.

— Está errada, Tatu. Eu já matei uma mulher. Continue falando e você pode ser a segunda.

Um soluço de choro escapou dos lábios dela. Ele estava dizendo a verdade.

Ele lhe deu as costas e ficou ali parado, por um momento.

— Os Corvos irão retaliar — disse ele. — Se você vem, vamos viajar agora. No escuro.

Depois que ele saiu, ela ficou respirando ofegante por alguns instantes, absorvendo o que tinha acabado de acontecer. O que ela havia dito e o que ele admitiu. Ela nem queria pensar no que os canibais faziam para retaliar, ou no Forasteiro tirando a vida de uma mulher.

Ária olhou para baixo, para o cobertor azul-marinho. Ela ficou olhando, enquanto sua respiração se acalmava e o ímpeto de gritar diminuía.

Botas. Ao menos agora ela tinha botas.

Capítulo 18
PEREGRINE

Apesar de viajarem à noite, eles mantiveram um bom ritmo. Precisavam fazê-lo. Três Corvos assassinados trariam os homens daquela tribo em busca de vingança. Os Corvos certamente teriam um Olfativo entre eles que rastrearia o cheiro de Perry. Seria só uma questão de tempo até que eles fossem atrás dele, com suas capas pretas e máscaras.

Perry havia cometido o maior delito contra um Corvo, pois eles acreditavam absorver o espírito dos mortos ao comer carne humana. Ao deixar aqueles três homens para serem comidos por animais, ele não seria visto como um assassino de homens, mas de almas eternas. Os Corvos não cessariam sua busca por vingança até o encontrarem. Ele deveria ter queimado ou enterrado os corpos, o que talvez o fizesse ganhar tempo. Ele deu uma olhada para Ária, que caminhava a dez passos de distância dele. Ele deveria ter feito algumas coisas de forma diferente.

Ela cruzou com seu olhar por alguns instantes antes de desviar. Ela o chamara de fera. Monstro. Seu temperamento lhe dizia que agora ela se sentia da mesma forma em relação a ele, que perdera a cabeça ouvindo aquelas coisas. Farejando a reação dela ao que ele tinha feito. Ao que fora obrigado a fazer por causa dela. Ele não precisava de ninguém lhe dizendo o que era. Ele sabia. Sabia o que era, desde o dia em que nascera.

O ar foi esfriando conforme eles subiam e entravam na montanha. À medida que a floresta de pinheiros ia ficando mais densa, Perry via a força de seu Sentido diminuir. O pinheiro invadia seu nariz, encobrindo cheiros mais sutis e atrapalhando o alcance de seu faro. Ele sabia que viria a se adaptar, com o tempo, mas ficava preocupado em não ter sua habilidade com plena força. Agora eles já estavam dentro das regiões fronteiriças. Ele precisava de seus dois Sentidos na melhor forma, para desviar dos Corvos e outros dispersos que se escondiam nessas matas.

Perry passou a manhã se adaptando à mudança e buscando rastros de caça. No dia anterior, ele tinha dividido com Ária um coelhinho magro que caçara e também algumas raízes que havia cavado, mas sua barriga continuava roncando. Não conseguia se lembrar da última vez que tinha ficado de barriga cheia.

Os pensamentos sobre Talon o dominavam. O que o sobrinho estaria fazendo agora? Será que suas pernas estavam incomodando? Será que odiava Perry pelo que tinha acontecido? Ele sabia que estava evitando perguntas mais duras. Coisas dolorosas demais para ao menos considerar. Que talvez Talon não tivesse sobrevivido. Pensar dessa forma o derrubaria de vez. Se fosse assim, nada importaria.

Eles tiveram um breve descanso ao meio-dia. Ária recostou-se numa árvore. Ela parecia exausta, com olheiras. Mesmo cansada, tinha um rosto digno de ser olhado. Sutil. Delicado. Bonito. Perry sacudiu a cabeça, surpreso com os próprios pensamentos.

No fim da tarde, eles pararam para beber água perto de um riacho que atravessava um caminho por um desfiladeiro. Perry lavou o rosto e as mãos, depois bebeu intensamente da água gélida. Ária ficou onde tinha desabado, ao longo da margem.

– São seus pés?

Ela virou os olhos para ele.

– Estou com fome.

Ele concordou. Também estava.

– Vou encontrar algo para nós.
– Não quero sua comida. Não quero mais nada de você.

Palavras amargas, mas seu temperamento, lento e desagradável, transmitia um profundo desespero. Perry a observou por um momento. Ele compreendia. Isso, ao menos, não era sobre ele, que também não gostaria de ter de pedir para comer cada vez que sua barriga ficasse vazia.

Eles continuaram andando, seguindo o córrego montanha acima. Era um terreno em encosta, com o verde mantido pelo derretimento da neve. Montanhoso demais para a agricultura, mas a caça seria melhor que em sua terra. Ele buscava pelos odores animais, esperando encontrar qualquer coisa, menos o almíscar dos lobos. Com a noite a poucas horas de distância, ele sabia que logo teriam de descansar e de comer também. Logo quando começava a ficar frustrado por seu nariz infestado de pinheiro, ele identificou um cheiro adocicado que deixou sua boca aguando.

– Descanse um pouquinho. – Ele se afastou apressadamente. – Eu não vou demorar.

Ária sentou-se na mesma hora e deu de ombros. Ele esperou, achando que ela fosse dizer algo. Querendo que ela o fizesse, mas ela não disse nem uma palavra.

Alguns instantes depois, ele voltou e ajoelhou-se diante dela, na margem de cascalho. Com os pinheiros acima, já estava ficando escuro, embora ainda faltasse uma hora para anoitecer. Atrás dele, o riacho gorgolejava suavemente. Os olhos dela se estreitaram quando ela viu um galho folhoso na mão dele, pontilhado de frutinhos vermelhos.

– O que está fazendo?

– Ensinando, para que você possa encontrar sua própria comida – disse ele, olhando para baixo, para o galho, imaginando se ela riria dele e o chamaria de Selvagem. – Logo você irá reconhecer o que é seguro comer, sabendo onde as coisas nascem e reconhecendo os formatos das folhas. Até lá, a primeira coisa é esmagar um pedacinho e cheirar.

Ele olhava para ela. Ela sentou-se ereta, parecendo mais alerta. Aliviado, ele arrancou um frutinho e lhe deu.

— Se tiver cheiro parecido com castanha ou um cheiro amargo, não coma.

Ária abriu e abaixou a cabeça para cheirar.

— Não tem nenhum desses cheiros.

— Bom. Isso mesmo. — A amora-preta, um achado de sorte, enterrada num punhado de arbustos espinhosos, tinha um cheiro doce e maduro. Perry o sentia perfeitamente. Perto assim, ele também captou novamente o cheiro de Ária. Violetas. Um cheiro que ele não se cansava de sentir. Sentiu também o humor dela, nítido e forte. Pela primeira vez hoje, não estava repleto de raiva e repulsa. O tom que emanava dela era brilhante e alerta, como menta.

— Em seguida, olhe a cor. Se a fruta for branca, ou tiver a polpa branca, é mais seguro jogá-la fora.

Ela examinou a frutinha. Ele viu que ela estava assimilando, memorizando a informação.

— Essa parece vermelho-escura.

— É. Até agora parece boa. Em seguida, você pode esfregar na pele. É melhor na parte que tem a pele mais fina. — Ele ia pegar a mão dela, mas se lembrou de como ela detestava ser tocada. — Na parte interna de seu braço. Bem aqui. — Ele mostrou no próprio braço.

Ela levou a fruta até o lado interno do punho, onde deixou uma linha de sumo sobre a pele. Perry franziu o rosto diante de um sobressalto em seu coração, depois se obrigou a suavizar a expressão.

— Depois é melhor esperar um pouco. Se você não viu uma coceira surgindo, pode colocar um pedacinho no lábio.

Ele observou, conforme ela apertou a fruta junto ao lábio inferior. Ele continuou olhando sua boca, depois que ela já havia feito o que ele pediu. Sabia que devia desviar o olhar, mas não conseguia.

— Certo. Bom. Se não pinicar, você pode colocar na língua.

Perry levantou-se subitamente, antes de terminar as palavras, quase tropeçando. Ele passou a mão pela cabeça, sentindo-se agitado, como se precisasse rir ou correr ou fazer algo. Pegou uma pedra e arremessou-a no córrego, tentando eliminar de sua mente a imagem dela experimentando a fruta. Tentando evitar tragar seu cheiro, como era de sua vontade.

— É só isso? — perguntou ela.

— O quê? Não. — Ele só conseguia pensar em como ela estava na noite da tempestade de Éter. As curvas de seu corpo, sua pele macia junto à dele. — Você comeria um pouquinho e esperaria algumas horas para ver como cairia no estômago. Agora você sabe como encontrar frutos. Nós precisamos nos prevenir.

Ele cruzou os braços e continuou ali, ainda incerto quanto ao que fazer. Sabia que estava olhando de modo estranho para ela. Ele se sentia estranho. Sentia *muita coisa estranha*. Não a vira como uma garota até agora. Só como um Tatu. Agora, não conseguia parar de ver tudo que tinha de garota.

Ária lançou o mesmo olhar, em retribuição: sobrancelhas franzidas, boca torta para o lado, um olhar misturado, debochando dele.

Perry riu. Uma agitação se estendeu por seus ombros, com a sensação do riso. Quando havia sido a última vez que alguém tinha brincado com ele? A resposta veio facilmente. Quando ele estava com Talon.

— Então, essa é boa? — perguntou ela, segurando o frutinho.

— Sim, é boa.

Ela enfiou na boca e engoliu. Depois sorriu, estendendo o galho para ele.

— Vá em frente — disse ele, passando a apertar a corda de seu arco.

Quando terminou de comer, ela olhou e sorriu.

— Talvez fosse mais fácil se eu simplesmente as encontrasse e lhe perguntasse se são comestíveis ou não. Mais rápido que o processo de esfregar e provar.

— Claro — disse ele, sentindo-se um tolo. — Isso também pode funcionar.

Capítulo 19
ÁRIA

Eles decidiram alternar turnos dormindo, bem ali, perto do riacho. Ela deveria dormir primeiro, mas, quando se deitou, não conseguiu manter os olhos fechados. Os sonhos eram coisas inquietantes e ela ainda não estava pronta para outro sonho. Então, ficou sentada, tremendo, apesar do casaco grosso e do cobertor azul no qual estava embrulhada. O Éter se deslocava em lentas camadas finas e em tufos, como as nuvens. Rajadas de vento sopravam por entre as agulhas dos pinheiros, sacudindo os galhos ao seu redor. Ali fora havia gente que morava em árvores e canibais que se vestiam como corvos.

Ontem ela vira ambos.

– A que distância fica a casa de Marron? – perguntou ela.

– Três dias, mais ou menos – disse Peregrine. Ele segurava a faca pequena com penas entalhadas, girando-a distraidamente. Girava uma vez. Pegava o cabo. Girava. Pegava o cabo.

Peregrine ou Perry? Ela não sabia como chamá-lo. Perry lhe fez sapatos com capas de livros e ensinou-lhe a encontrar frutos. Peregrine tinha tatuagens e olhos verdes radiantes. Ele girava uma faca sem medo de se cortar e lançava flechas no pescoço das pessoas. Ela o vira *decapitar* um homem. Mas o homem era um canibal e estava na captura dela. Ária suspirou e seu hálito fez um leve vapor no ar frio. Não tinha mais certeza do que achava dele.

– Chegaremos lá a tempo? – perguntou ela.

Ele respondeu como se já esperasse a pergunta.

– Os Corvos não estão perto, pelo que sei.

Não foi exatamente a resposta que ela queria, mesmo assim foi bom de ouvir.

– Quem é ele... o Marron?

– Um amigo. Um comerciante. Um soberano. Um pouquinho de tudo. – Seus olhos se desviaram para os ombros trêmulos dela. – Não podemos acender o fogo.

– Porque alguém pode ver a fumaça?

Ele assentiu.

– Ou sentir o cheiro.

Ela olhou para as mãos dele, inquietas.

– Você não fica muito parado, não é?

Ele guardou a faca numa tira de couro, presa na bota.

– Ficar parado me deixa cansado.

Isso não fazia sentido, mas ela não ia perguntar e correr o risco de atrapalhar o que parecia uma trégua frágil.

Ele cruzou os braços, depois descruzou-os.

– Como se sente?

Um formigamento desceu pelas costas dela. Isso era tão estranho. Ele perguntando isso. Muito mais íntimo do que deveria. Porque ela sabia que ele queria saber. Ele não fazia perguntas vazias, nem desperdiçava palavras.

– Eu quero ir pra casa.

Era uma resposta fraca e ela sabia, mas como poderia explicar? Seu corpo estava mudando e não era apenas o fato de estar menstruando. Seus sentidos estavam inundados pelo gorgolejo do riacho e o cheiro de pinheiros no ar. Todo seu estado de alerta estava mudando. Como se todas as células em seu corpo estivessem se espreguiçando para afastar o sono. Claro, seus pés doíam. E ela ainda estava com dor de cabeça e uma leve dor no baixo-ventre. No entanto, apesar de toda a indisposição, ela não se sentia como uma garota cuja vida estava escapando de suas mãos.

Perry se levantou. Perry, ela percebeu. Não Peregrine. Parecia que seu subconsciente tinha decidido o que fazer dele. Ela se desenrolou do cobertor, com os músculos doloridos e relutantes para voltarem a se mover. Ela imaginou que eles deviam mesmo andar, se não iam dormir. Então, notou que Perry estava olhando a escuridão.

– O que é? – perguntou ela, rapidamente se levantando. – São os Corvos?

Ele sacudiu a cabeça, ainda olhando a floresta. Perry colocou as mãos em concha ao redor da boca.

– Roar!

O som da voz dele fez o coração dela parar.

– Roar, seu safado rançoso! Eu sei que você está aí! Consigo farejá-lo daqui!

Um instante depois, um assovio irrompeu pelo ar, ecoando através do estreito da montanha.

Perry olhou-a, baixando os olhos, com um sorriso arrebatador no rosto.

– Nossa sorte acabou de mudar.

Ele percorria a face montanhosa a passos largos. Ária corria para acompanhá-lo, com o coração mais veloz que seus pés. No cume, eles chegaram a um pico rochoso que parecia azulado sob a luz fraca, como se fossem baleias pulando para fora do mar. Uma silhueta escura estava ali em pé, de braços cruzados, como se estivesse esperando. Perry disparou em sua direção. Ária ficou olhando enquanto eles trocaram um abraço voraz, depois começaram a empurrar um ao outro, brincando.

Ela foi se aproximando, observando esse novo Forasteiro. Tudo nele parecia refinado sob a luz fria. Seu porte esguio e feições bem-talhadas. O corte de seus cabelos escuros. Ele usava roupas justas. Preto, dos pés à cabeça, sem beiras desfiadas ou buracos aparentes. Era alguém que ela facilmente poderia ver nos Reinos. Educado e bonito demais para ser real.

— Quem é essa? – perguntou ele ao vê-la.

— Sou Ária – respondeu ela. – Quem é você?

— Olá, Ária. Eu sou Roar. Você canta?

Essa foi uma pergunta surpreendente, mas ela respondeu por reflexo:

— Sim, canto.

— Excelente. – De perto, ela viu o brilho no olhar de Roar. Ele tinha uma aparência de príncipe, porém olhos de pirata. Roar sorriu, um sorriso atraente, hábil. Ária riu. Decididamente, mais pirata. Roar deu uma gargalhada e, na mesma hora, ela concluiu que gostava dele.

Ele olhou de volta para Perry.

— Tornei-me insensível, Per, ou ela é uma Ocupante?

— Longa história.

— Perfeito. – Roar esfregou as mãos. – Vamos ouvi-la com umas garrafas de Luster. Histórias compridas são as melhores para as noites frias.

— Como foi que você arranjou bebida aqui? – perguntou Perry.

— Descobri uma garrafa, alguns dias atrás, com pão e queijo suficientes para impedir que fiquemos famintos. Vamos comemorar. Com você aqui, vai ficar mais fácil encontrar Liv.

O sorriso de Perry desapareceu.

— Encontrar Liv? Ela não está com os Galhadas?

Roar xingou.

— Perry, eu achei que você soubesse. Ela fugiu! Mandei avisar o Vale. Achei que você tivesse vindo para ajudar a encontrá-la.

— Não. – Perry fechou os olhos e ergueu a cabeça, com os músculos do pescoço retraídos de raiva. – Não soubemos de nada. Você ficou com ela, não é?

— Claro que fiquei, mas você conhece a Liv. Ela faz o que quer.

— Ela não pode – disse Perry. – Liv não pode fazer o quer. Como os Marés irão sobreviver ao inverno?

— Eu não sei. Tenho meus próprios motivos para estar surpreso com o que ela fez.

Uma dúzia de perguntas surgiu na cabeça de Ária. Quem era Liv? Do que ela estava fugindo? Ela se lembrou do anel de ouro com a pedra azul que Perry tinha guardado. Seria para ela? Ela estava curiosa, mas isso parecia pessoal demais para perguntar.

Roar e Perry começaram a trabalhar na construção de uma tela com galhos folhosos, para formar uma proteção contra o vento. Independentemente do que tivesse acontecido com a garota, Liv, aquilo fez os dois se calarem. Apesar do silêncio, eles trabalhavam juntos com rapidez, como se tivessem feito esse tipo de coisa centenas de vezes. Ária imitou a forma como eles trançavam os galhos e, para a sua primeira tela, ela fez um trabalho respeitável.

Eles não podiam acender uma fogueira, mas Roar surgiu com uma vela de luz tremulante que colocaram no centro. Ária acabara de devorar o pão com queijo que Roar trouxera quando ouviu o estalar de um galho. No silêncio, aquilo soou próximo. Ela se virou, vendo apenas a tela de galhos de pinheiro, enquanto ouvia passos recuando rapidamente.

— O que foi isso? — Ela começara a relaxar. Agora seu coração estava disparado outra vez.

Perry mordeu um pedaço de pão duro.

— Seu amigo tem nome, Roar?

Ária olhou-o de cara feia. Como ele podia largar esse estranho, à espreita, depois do que eles tinham passado com os canibais?

Roar não respondeu logo. Ele ficou olhando, como se ainda tentasse ouvir movimento. Então, tirou a rolha de uma garrafa preta e deu um longo gole, recostando-se em sua saca.

— É um garoto e ele é mais uma peste do que um amigo. Seu nome é Cinder. Eu o encontrei dormindo no meio da floresta, aproximadamente uma semana atrás. Sem se preocupar em ser visto ou farejado pelos lobos. Eu o deixaria pra lá, mas ele é tão jovem... treze anos, talvez... e está em mau estado. Dei-lhe um pouco de comida e ele vem me seguindo desde então.

Ária olhou novamente a tela de pinheiro. Ela já tivera uma amostra do que era ficar ali sozinha, na noite em que Perry a deixara para trás. Aquelas horas tinham sido repletas de medo. Ela não podia imaginar um menino vivendo assim.

— De que tribo ele é? — perguntou Perry.

Roar deu mais um gole, antes de responder:

— Eu não sei. Ele parece ser do norte. — Ele deu uma olhada na direção dela. Será que *ela* parecia ser do norte? — Mas não consegui arrancar isso dele. Seja de onde for, acredite, eu adoraria mandá-lo de volta. Ele vai aparecer. Sempre aparece quando a fome o domina. Mas não espere muito de sua companhia.

Roar entregou a ela a garrafa preta.

— O nome é Luster. Você vai gostar, confie em mim — disse ele, dando uma piscada.

— Você não parece muito confiável.

— As aparências enganam. Sou confiável até o último fio de cabelo.

Perry sorriu.

— Eu o conheço a vida inteira. Ele é outra coisa até o último fio de cabelo.

Ária ficou paralisada. Ela já tivera um vislumbre do sorriso de Perry quando ele ouviu Roar, mas agora via o sorriso aberto totalmente dirigido a ela. Era meio de lado, pontuado por caninos que não podiam ser ignorados, mas sua característica voraz era o que o tornava tão desconcertante. Era como ver um leão sorrir.

Ela subitamente sentiu que o encarava e apressou-se a dar um gole na garrafa. Ária tossiu na manga, conforme a bebida desceu feito lava, garganta abaixo, espalhando o calor em seu peito. Tinha gosto de mel temperado, grosso, doce e pungente.

— O que achou? — perguntou Roar.

– É como beber uma fogueira, mas é bom. – Ela não conseguia olhar para Perry. Deu outro gole, torcendo para que esse descesse sem tosse. Outra onda de brasa a percorreu, esquentando suas bochechas e caindo morno em seu estômago.

– Vai beber tudo sozinha? – perguntou Perry.

– Ah. Desculpe. – Ela entregou a ele, com o rosto esquentando ainda mais.

– Como vai Talon? – perguntou Roar. – E Mila? Ela e Vale tiveram sorte em fazer um irmão para Talon? – Sua voz continha um tom de alerta por baixo das palavras despreocupadas.

Perry suspirou e abaixou a garrafa. Ele passou a mão pelos cabelos.

– Mila piorou depois que você foi embora. Ela morreu algumas semanas atrás. – Ele olhou para Ária. – Mila é... era mulher do meu irmão, Vale. O filho deles se chama Talon. Ele tem sete anos.

O sangue borbulhou nos ouvidos de Ária conforme ela reunia as informações. Esse era o garoto levado por sua gente. Perry estava tentando resgatar o sobrinho.

– Eu não sabia – disse Roar. – Vale e Talon devem estar vivendo um inferno.

– Vale está. – Perry limpou a garganta. – Talon se foi. Eu o perdi, Roar. – Ele ergueu os joelhos, baixou a cabeça, enlaçando os dedos atrás do pescoço.

Mesmo sob a luz suave da vela, Ária viu que a cor se esvaiu do rosto de Roar.

– O que aconteceu? – perguntou ele, baixinho.

Os ombros largos de Perry se encolheram, como se ele estivesse contendo algo imenso, preso por dentro. Quando olhou para cima, seus olhos estavam molhados e vermelhos. Com a voz rouca, ele contou uma história, da qual Ária fazia parte, mas nunca ouvira. De como ele havia entrado no mundo dela, em busca de remédios para ajudar um menino doente. Um menino que tinha sido sequestrado pelo povo dela. Ele contou a Roar sobre o acordo que eles fizeram. Uma vez que Marron consertasse o olho mágico, ela entraria em contato com a mãe. Ele pegaria Talon de volta e Lumina levaria Ária para Nirvana.

Eles se sentaram em silêncio, até que ele terminasse. Ária ouvia apenas o revolver nas folhas quando a brisa soprava. Então, Roar falou:

– Estou dentro. Nós os encontraremos, Perry. Tanto Talon quanto Liv.

Ária virou o rosto para a sombra. Ela queria que Paisley estivesse ali. Sentia falta de ter sua amiga a seu lado.

Roar murmurou um xingamento.

– Preparem-se. Cinder voltou.

Depois de alguns instantes, a tela de folhas farfalhou e se abriu. De pé, na abertura, havia um menino de olhos escuros e ferozes. Ele era assustadoramente magro. Nada além de um esqueleto com farrapos largos e imundos. Tinha a pele clara. Ária percebeu que era uma pele quase tão clara quanto a sua.

Cinder despencou ao lado dela com uma batida seca e ficou olhando de esguelha, por entre as mechas embaraçadas de cabelo louro sujo. Sua camisa estava tão larga que Ária podia ver suas clavículas despontando como varetas.

O olhar de Cinder percorreu seu rosto. Os olhos dele estavam meio caídos de cansaço.

– O que está fazendo aqui fora, Ocupante? – perguntou ele, desconfiado.

Ele estava sentado perto demais. Ária chegou para trás.

– Estou a caminho de casa. Para encontrar minha mãe.

– Onde está ela?

– Em Nirvana. É um de nossos núcleos.

– Por que você partiu?

– Eu não parti, fui expulsa.

– Você foi expulsa, mas quer voltar? Isso é coisa de *lelé*, Ocupante.

Pela expressão de Cinder, ela imaginou que "lelé" significasse algo próximo de *maluco*.

– Acho que sim, se você colocar dessa forma.

Roar jogou um pedaço de pão no chão.

– Pegue e zarpe, Cinder.

– Tudo bem – disse Ária. Cinder podia não ter boas maneiras, mas estava uma noite fria e para onde ele iria? Ficaria por aí, sozinho? – Ele pode ficar. Por mim, tudo bem.

Cinder pegou o pão e deu uma mordida.

– Ela quer que eu fique, Roar.

Ária viu seu maxilar se movimentando, conforme ele mastigava.

– Meu nome é Ária.

– Ela até me contou qual é seu nome – disse Cinder. – Ela gosta de mim.

– Não por muito tempo – murmurou Roar.

Cinder olhou-a, mastigando o pão de boca aberta. Ária desviou o olhar. Ele estava sendo rude de propósito.

– Você está certo – disse ele. – Acho que ela já mudou de ideia.

– Feche a boca, Cinder.

– Como é que eu vou comer?

Roar sentou-se ereto.

– Agora *chega*.

O sorriso de Cinder era desafiador.

– O que você vai fazer? Parar de me alimentar? Quer isso de volta? – Ele estendeu a mão com a metade do pão. – Pegue, Roar. Eu não quero mais.

Perry esticou o braço e pegou o pão da mão dele.

Cinder olhou-o, estarrecido.

– Você não devia ter feito isso.

– Você não queria. – Perry levou o pão até a boca. Ele parou a alguns centímetros dos lábios. – Queria? Ou você estava mentindo?

– Os olhos dele reluziam no escuro. – Se você disser para eles que lamenta, eu o devolvo para você.

Cinder fungou.

– Eu não lamento.

O canto da boca de Perry se curvou num sorriso.

– Você continua mentindo.

Cinder subitamente pareceu em pânico, com os olhos desviando-se para ela, depois para Roar e finalmente de volta a Perry. Ele se remexeu, ficando de pé.

– Fique longe de mim, Olfativo! – Ele arrancou o pão da mão de Perry e sumiu pela abertura da tela.

Uma sensação fria subiu pelo pescoço de Ária quando cessaram os sons da fuga de Cinder.

– O que acabou de acontecer? Por que ele o chamou de Olfativo?

As sobrancelhas de Roar se ergueram de surpresa.

– Perry... ela não sabe?

Perry sacudiu a cabeça.

– O que eu não sei?

Ele ergueu os olhos ao céu noturno, evitando olhá-la, e respirou fundo.

– Alguns de nós somos Marcados – disse ele, baixinho. – São as faixas no meu braço. Marcas. Elas mostram que temos um Sentido dominante. Roar é um Audi. Ele pode ouvir coisas mais claramente e de muito mais longe. Às vezes, até quilômetros.

Roar deu uma sacudida de ombros, lamentoso.

– E quanto a você?

– Eu tenho dois Sentidos. Sou Vidente. Tenho visão noturna. Posso ver no escuro.

Ele disse "no escuro". Ela deveria ter imaginado, com aqueles olhos reflexivos que ele tinha. Pelo jeito como ele nunca tropeçava quando estava de noite.

– E o outro?

Ele olhou diretamente para ela, com seu olhar verde e reluzente.

– Eu tenho um olfato muito apurado.

– Você tem um olfato apurado. – Ária tentou assimilar o que isso significava. – O quão apurado?

– Muito. Consigo farejar temperamentos e humores.

– Temperamentos e humores?

– Emoções... impulsos.

– Você consegue farejar os sentimentos das pessoas? – Ela sentiu a própria voz se elevando.

– Sim.

– Com que frequência? – Ela começara a tremer.

– Sempre, Ária. Não posso evitar. Não consigo parar de respirar.

Ária ficou totalmente gélida. Na hora. Como se tivesse dado um mergulho no mar. Ela disparou pelo caminho que Cinder havia seguido, mergulhando na escuridão da floresta. Perry foi logo atrás dela, chamando seu nome e pedindo que ela parasse. Ária virou-se.

– Você estava fazendo isso o tempo todo? Sabia como eu estava me sentindo? Eu o diverti? Minha infelicidade o distraiu? Por isso que não disse nada?

Ele passou as mãos nos cabelos.

– Você sabe quantas vezes me chamou de Selvagem? Acha que eu podia lhe dizer que tenho o olfato melhor que o de um lobo?

Ária ergueu a mão, cobrindo a boca. Ele tinha um olfato melhor que o de um lobo.

Ela pensou em todos os sentimentos horríveis que tivera ao longo dos últimos dias. Dias que ela passou com aquela melodia triste e patética revolvendo em sua mente. A vergonha que sentiu por menstruar. Ou de ficar aterrorizada, sentindo-se uma estranha consigo mesma.

Será que ele estava farejando a forma como ela se sentia *neste momento?*

Estava. Ele *sabia*.

Ela recuou, mas a mão dele se fechou ao redor de seu punho.

– Não vá. Não é seguro. Você sabe o que há por aí.

– Me *solta*.

– Perry – disse uma voz suave. – Eu fico com ela.

Perry olhou-a com absoluta frustração no rosto. Depois ele soltou seu braço e saiu andando, estalando os galhos do caminho.

– Pode chorar, se quiser – disse Roar quando Perry se foi. Ele cruzou os braços. Na escuridão, ela só conseguia identificar o brilho da garrafa preta de Luster, apoiada em seu cotovelo. – Eu até ofereço meu ombro.

– Não, eu não quero chorar. Quero machucá-lo.

Roar riu baixinho.

– Eu sabia que tinha gostado de você.

– Ele devia ter me contado.

– Provavelmente, mas o que ele disse é verdade. Ele não pode evitar saber dos temperamentos. E isso teria mudado o acordo de vocês?

Ária sacudiu a cabeça. Não mudaria. Não demoraria para que ela voltasse a caminhar quilômetros sem fim com ele.

Ela sentou-se recostada numa árvore e pegou um graveto de pinheiro, partindo-o em pequenos pedaços. Ao refletir, ficou óbvio. Genética básica. A população de Forasteiros era pequena. Quaisquer mudanças tinham a possibilidade de se tornarem desmedidas num espaço tão limitado. Uma gota de tinta dentro de um balde é muito mais potente do que uma gota de tinta num lago. E com o Éter acelerando as mutações, a União tinha criado um ambiente fértil para saltos genéticos.

– Não posso acreditar nisso – disse ela. – Vocês são uma subespécie. Tem mais alguma coisa? Outros traços que foram desviados? Como... os dentes de vocês?

Roar estava sentado ao lado dela, recostado no mesmo tronco volumoso. Ela notou que ele não era tão alto quanto Perry. A luz do Éter recaiu sobre os traços suaves de seu perfil, linhas retas e perfeitamente proporcionais. Ele também não tinha penugem no maxilar, como Perry.

– Não – disse Roar. – Nossos dentes são todos normais. Os de vocês são modificados.

Ária pressionou os lábios juntos, por reflexo. Isso não lhe ocorrera antes, mas ele estava certo. Antes da União, os dentes eram desiguais. Roar sorriu e continuou falando:

– Há algumas diferenças entre os Sentidos. Olfativos tendem a ser altos. São os Marcados mais raros. Videntes são os mais comuns. Videntes são bons em enxergar e também são belos, porém, antes que você comece a imaginar, não, eu não sou um Vidente. Sou apenas sortudo.

Ária sorriu, mesmo sem querer. Ela estava surpresa por se sentir tão à vontade na companhia dele.

– E quanto ao seu tipo?

– Audis? – Ele lançou um sorriso malicioso para ela. – Dizem que somos astutos.

– Eu poderia ter adivinhado isso. – Ela olhou para o bíceps dele, imaginando a tatuagem escondida por baixo daquela camisa. – Que alcance tem sua audição?

– Ouço melhor que qualquer pessoa que conheço.

– Você pode ouvir emoções?

– Não. Mas posso ouvir os pensamentos de uma pessoa ao tocá-la. Isso acontece só comigo, não com todos os Audis. E não se preocupe, eu não vou tocá-la. A menos que você queira.

Ela sorriu.

– Combinado. – Isso era surreal. Havia pessoas que podiam farejar emoção e ouvir pensamentos. O que viria a seguir? Ária colocou as mãos em concha, soprando calor para dentro delas. – Como você pode ser amigo dele, sabendo que ele... sabe tudo?

Roar riu.

– Por favor, nunca diga isso na frente dele. Ele já é bem convencido. – Ele virou a garrafa e bebeu. – Perry e eu crescemos juntos, com a irmã dele. Quando você conhece alguém tão bem assim, é como ser um Olfativo.

Ela achou que era verdade. Tivera sensibilidade quanto a alguns humores de Paisley. De Caleb também.

– Mas isso parece... desigual. Ele nunca fala, mas tem como saber o que as outras pessoas estão sentindo?

– Ele fica quieto porque está farejando os temperamentos. Perry não confia em palavras. Ele já me disse que as pessoas mentem com frequência. Por que ele se daria ao trabalho de ouvir palavras falsas, se pode inalar e ir direto à verdade?

– Porque as pessoas são mais que emoções. As pessoas têm pensamentos e raciocínio para fazerem as coisas.

– Tem razão. Mas é difícil seguir a lógica de uma pessoa, se você não sabe como ela se sente. E você está errada. Perry fala, sim. Observe-o. Você verá que ele fala bastante.

Ela sabia disso. Pois durante dias ela vinha traduzindo o significado de suas atitudes. Notando como ele caminhava de várias formas diferentes. Com um silêncio profundo. Com uma violência quase incontida. Com uma graciosidade animal.

– E quanto à irmã dele? – perguntou ela.

– Olivia – disse Roar, depois acrescentou mais suavemente: – Liv.

– Ela também é uma *Olfativa*? – Ária nem gostava da palavra. Parecia uma versão distorcida de aflitiva.

– Tão forte quanto Perry, se não for mais. Nunca conseguimos definir quem tinha o nariz mais aguçado.

– O que aconteceu com ela, Roar?

– Ela ficou noiva de outra pessoa. Alguém que não sou eu.

– Ah. – Roar era apaixonado pela irmã de Perry. Ela sugou o lábio inferior, saboreando o gosto adocicado do Luster. Não queria ser direta e fazer perguntas demais, mas estava curiosa. E Roar não parecia se incomodar. – Por que não com você?

– Ela é uma Olfativa forte. É valiosa demais... – Roar olhava a garrafa em sua mão, como se estivesse buscando a explicação certa. – O sangue é nossa moeda. Nós, Marcados, somos os mais habilidosos caçadores e lutadores. Entreouvimos os planos para rebeliões e farejamos as mudanças no Éter. Os Soberanos de Sangue se cercam de pessoas como eu, Perry e Liv. Quando se trata de acasalar, eles escolhem os mais fortes. Se não o fizerem, correm o risco de perder aquele Sentido. Alguns dizem que correm o risco até de coisa pior.

Ária teve dificuldades com a forma casual como ele havia dito "acasalar".

– Uma criança pode ter dois Sentidos, de cada um dos pais? Foi o que aconteceu com Perry?

– Sim. Mas isso é raro. O que Perry é... é muito raro. – Depois de uma pausa, ele acrescentou: – É melhor que você nunca mencione os pais dele.

Ela enfiou as mãos nas mangas do casaco, mergulhando os dedos no pelo. O que teria acontecido com os pais de Perry?

– Então, como uma Olfativa, Liv teve que se casar com um Olfativo? – perguntou ela.

– Sim. Era o que se esperava. – Roar se remexeu junto ao tronco. – Há sete meses, Vale a prometeu a Sable, o Soberano de Sangue dos Galhadas. É uma tribo enorme, do norte. Um povo gélido, e Sable é o mais frio de todos. Vale deveria receber comida para os Marés, ao dá-la em troca. Talvez eles nunca recebam o que falta.

– Porque ela sumiu.

– Isso. Liv fugiu. Ela desapareceu na noite anterior à que cruzaríamos o território dos Galhadas. Foi exatamente o que eu queria que fizéssemos juntos. Estive pensando nisso durante todo o caminho até aqui. Ela partiu antes que eu pudesse perguntar.

– Roar parou e limpou a garganta. – Desde então eu tenho procurado por ela. Estive perto de encontrá-la. Algumas semanas atrás ouvi alguns comerciantes falando de uma garota que sabia rastrear animais melhor que qualquer homem. Eles tinham se encontrado com ela na Árvore Solitária. Tenho certeza de que era ela. Liv não é alguém que você esquece com facilidade.

– Por quê?

– Ela é alta, pouco mais baixa que eu. E tem o mesmo cabelo de Perry, só que mais comprido. Só isso já é o suficiente para chamar a atenção, mas ela tem uma característica... Você a observa porque só isso já o deixa fascinado.

– Aparentemente, eles são bem parecidos. – Ária não podia acreditar que tinha dito isso em voz alta. Só podia ser o efeito do Luster, soltando sua língua.

Os dentes brancos surgiram no escuro.

– Eles são parecidos, mas, ainda bem, não em tudo.

– Você foi até a Árvore Solitária?

– Fui. Mas quando finalmente cheguei lá, ele já havia partido há tempos.

Ária soltou o ar lentamente. Embora ela lamentasse por Roar, era exatamente disso que ela precisava. Uma folga de sua própria mente e corpo. Uma chance para esquecer, por alguns momentos, o conserto do olho mágico e o contato com Lumina. Ela teve o ímpeto de pegar a mão de Roar. E o faria, se eles estivessem nos Reinos. Em vez disso, ela mergulhou mais os dedos no pelo de suas mangas.

– O que você vai fazer, Roar? – perguntou ela.

– O que posso fazer exceto continuar procurando?

Capítulo 20

PEREGRINE

Ter Roar com eles mudou tudo. Eles caminhavam durante a manhã e, embora Perry não tivesse captado nenhum traço dos Corvos, ele sabia que não estavam livres do perigo. O fato de ainda não terem sido confrontados o preocupava; no entanto, com a ajuda de Roar, eles poderiam fazer um tempo melhor até a casa de Marron. Quaisquer sinais de perigo que Perry deixasse de captar com o nariz, atenuado pelos pinheiros, Roar captaria com os ouvidos.

Ária não falara com ele, desde que lhe contara sobre seus Sentidos. Ela passou a manhã ficando para trás, caminhando com Roar. Perry se esforçara para ouvir o que eles estavam dizendo. Pegou-se até desejando ser um Audi. Isso foi no começo. Quando Perry a ouviu dar uma risada de algo que Roar disse, ele decidiu que era o bastante e se afastou. Ao longo de algumas horas, Roar tinha falado mais com ela do que ele falara durante dias.

Cinder mantinha distância, mas Perry sabia que ele estava lá. O garoto estava tão fraco que caminhava com passos ruidosos e arrastados. Não era preciso ser um Audi para ouvi-lo se arrastando pela floresta, atrás deles. Algo no cheiro do menino tinha deixado o nariz de Perry vibrando, na noite anterior. Era um cheiro que pinicava da mesma forma que acontecia quando o Éter se agitava, mas quando Perry olhou para cima não viu o céu se revolvendo. Somente os tufos que ainda permaneciam na atmosfera. Ficou imaginando se a bebida o deixara desnorteado, ou se era apenas o cheiro dos pinheiros atrapalhando seu olfato.

Mas não teve dificuldade de captar o temperamento do menino. A postura colérica de Cinder talvez ludibriasse Roar e Ária, mas Perry sabia a verdade. A névoa gélida do medo o envolvia. Roar suspeitava que ele tivesse treze anos, mas Perry o julgava pelo menos um ano mais novo. Por que estava sozinho? Qualquer que fosse a razão, Perry sabia que não podia ser boa.

Por volta de meio-dia, ele captou o rastro de um javali, o cheiro do animal foi forte o suficiente para penetrar em seu nariz. Ele seguiu morro abaixo, depois disse a Roar o melhor caminho para levar o animal para onde ele iria esperá-lo.

Eles caçaram dessa forma durante a vida toda. Roar conseguia ouvir claramente as coordenadas de Perry daquela distância, mas era mais complicado para Roar se comunicar com ele. Imitar os sons naturais era algo que os Audis faziam com facilidade; portanto, ao longo dos anos, eles tinham adaptado os chamados de pássaros, transformando aquilo numa linguagem entre eles.

Perry agora ouvira o assovio de Roar, alertando-o. "Prepare-se. Ele está vindo."

Perry acertou uma flecha no pescoço do javali, depois outra no coração, e o bicho tombou. Ao ajoelhar-se e pegar suas flechas, ocorreu-lhe que essa era a mais pura de suas habilidades. Ele tinha sentido falta dessa adrenalina de fazer algo simples e bem-feito. Mas sua satisfação não durou. Assim que Roar veio correndo, Perry sabia que havia algo errado.

Roar habitualmente ficava todo convencido depois que eles matavam algo, se exibindo e alegando ter feito todo o trabalho. Agora ele olhou o javali e fechou os olhos. Virando a cabeça em movimentos rápidos e concisos. Perry sabia o que vinha em seguida antes que ele falasse.

– Os Corvos, Perry. Um bando enorme deles.
– Que distância?
– Difícil dizer. Pelo vento, mais ou menos onze quilômetros.
– Por terra pode ser mais, aqui há muitas colinas.
Roar assentiu.
– Estamos meio dia na frente deles.

Perry cortou o javali em tiras e assou-as na fogueira. O Éter tinha despertado, fluindo em fluxos agitados, provocando uma pontada no fundo de seu nariz. Uma tempestade complicaria as coisas. Ele comeu com Ária e Roar, os três mal se dando ao trabalho de mastigar a carne. Eles precisariam da força de uma refeição em seu estômago para correrem mais que os Corvos. O vilarejo de Marron ainda estava a dois dias de distância, e Perry sabia que eles não poderiam parar até chegarem lá.

Ele montou a fogueira antes de partirem, acrescentando uma tora de madeira verde. Por um tempo a fumaça ajudaria a mascarar o cheiro deles. Depois colocou um corte de carne que deixara separado num espeto e disse a Ária e Roar que os alcançaria.

Ele encontrou Cinder encolhido, junto à raiz de uma árvore. A luz salpicada batia no rosto sujo do garoto, enquanto ele se remexia em seu sono inquieto. Ele parecia menor e mais frágil sem a expressão de deboche no rosto. Perry apertou o osso do próprio nariz, conforme a sensação de formigamento começou.

– Cinder.

Ele levantou-se como um raio, desorientado, piscando e esfregando os olhos. Quando finalmente focou em Perry, o pânico se estampou em seu rosto.

– Deixe-me em paz, Olfativo.

– Quietinho – disse Perry. – Está tudo bem. – Ele estendeu a mão, segurando o espeto. Cinder ficou olhando, engolindo em seco. Ele não pegava, então Perry o deixou no chão e recuou alguns passos. – É seu.

Cinder pegou o espeto e cravou os dentes na carne, rasgando-a vorazmente. A barriga de Perry se contraiu quando ele viu o desespero no rosto do menino. Isso não era nada como a refeição apressada que ele acabara de fazer com Ária e Roar. Era a fome verdadeira. Voraz, como qualquer luta pela vida. Perry se lembrou de Cinder mastigando o pão rudemente na noite anterior. Ele percebeu que o menino estava apenas escondendo a profundidade de sua carência.

Ele deveria dizer a Cinder o que era preciso e depois partir. Perry não queria Cinder tragado pela confusão em que ele se encontrava com os Corvos. Deu uma olhada para o leste, na direção da casa de Marron. Roar e Ária não estariam muito distantes. Ele podia gastar alguns momentos. Perry tirou o arco do ombro e se sentou.

Os olhos negros de Cinder olharam para cima, mas ele continuou atacando sua comida. Perry tirou algumas flechas de seu estojo. Verificou a pena nas pontas enquanto esperava. Ele vinha se perguntando por que Roar tinha ajudado Cinder. Mas agora, vendo o menino assim, ele compreendeu. Será que os Marés acabariam assim, ao ficarem sem o segundo suprimento de Sable?

— Por que aquela garota está com você?

Perry ergueu os olhos, surpreso. Cinder ainda estava mastigando, mas o espeto estava limpo. Não restara nem um fiapo de carne. Suas sobrancelhas estavam franzidas numa expressão feia.

Perry ergueu os ombros, permitindo-se um sorriso presunçoso.

— Não é óbvio? — Os olhos escuros do menino se arregalaram. — Estou brincando, Cinder. Não é nada disso. Nós estamos nos ajudando a sair de alguns problemas.

Cinder passou a manga imunda no rosto.

— Mas ela é bonita.

Perry sorriu.

— É mesmo? Eu nem tinha notado.

— Claro que não. — Cinder sorriu como se eles concordassem sobre algo importante. Ele afastou os cabelos do rosto, mas voltaram a cair em seus olhos. Formavam um bolo cheio de nós. Assim como os seus, Perry se deu conta.

– Que tipo de problema? – perguntou Cinder.

Perry soltou o ar longamente. Não tinha tempo nem energia para contar novamente a história deles. Mas podia ir diretamente à parte que importava agora. Ele sentou-se, inclinando-se à frente, apoiando os braços sobre os joelhos.

– Você já ouviu falar dos Corvos?

– Os comedores de carne humana? Sim, já ouvi falar deles.

– Algumas noites atrás, me envolvi numa briga com eles. Eu tinha deixado Ária para ir caçar. Quando voltei, vi que eles a encontraram. Três deles. Ela estava acuada.

Perry deslizou a mão até a ponta da flecha. Pressionou o dedo na ponta afiada. Essa também não era uma história fácil de contar. Mas ele notou como a expressão de Cinder havia se abrandado. A máscara de escárnio sumira. Ele agora era apenas um garoto, atraído por uma história emocionante. Então, Perry prosseguiu:

– Eles tinham sede de sangue. Quase pude sentir o gosto da fome que tinham por ela. Talvez por ela ser uma Ocupante... diferente... eu não sei. Mas eles não iriam embora. Eu derrubei dois com meu arco. E o terceiro com minha faca.

Cinder lambeu os lábios, com os olhos negros arrebatados.

– Então, agora eles estão atrás de você? Você só a estava ajudando.

– Não é o que os Corvos vão pensar.

– Mas você *precisou* matá-los. – Ele sacudiu a cabeça. – As pessoas nunca entendem.

Perry sabia que estava com uma expressão estarrecida. Havia algo na forma como ele dissera aquilo. Como se fosse um fardo que ele conhecia.

– Cinder... *você* entende?

Uma expressão de alerta se estampava nos olhos do garoto.

– Você realmente sabe quando estou mentindo?

Perry mexeu os ombros, com o coração disparado.

— Sei.

— Então, minha resposta é 'talvez'.

Perry não podia acreditar. Esse garoto... esse menino patético tinha matado alguém?

— O que aconteceu com você? Onde estão seus pais?

Cinder deu um sorriso torto e malicioso, e seu temperamento subitamente mudou.

— Eles morreram, numa tempestade de Éter. Aconteceu há dois anos. Puf, e eles se foram. Foi triste.

Perry não precisava de seu Sentido para saber que ele estava mentindo.

— Você foi forçado a vir pra cá? — Os Soberanos de Sangue exilavam assassinos e ladrões, e os mandavam para as terras fronteiriças.

Cinder riu, um som que pertencia a alguém bem mais velho.

— Eu *gosto* daqui. — Seu sorriso desapareceu. — Aqui é meu lar.

Perry sacudiu a cabeça. Ele colocou as flechas de volta no estojo, pegou o arco e levantou-se. Tinha de ir andando.

— Você não pode ficar nos seguindo, Cinder. Não é forte o bastante e é perigoso demais. Afaste-se enquanto é tempo.

— Você não pode me dizer o que fazer.

— Você tem alguma ideia do que os Corvos fazem com crianças?

— Eu não me importo.

— Pois deveria se *importar*. Siga para o sul. Há um acampamento que fica a dois dias daqui. Suba numa árvore, se precisar dormir.

— Não tenho medo dos Corvos, Olfativo. Eles não podem me ferir. Ninguém pode.

Perry quase riu dele. Era uma afirmação impossível. Mas o temperamento de Cinder estava tranquilo e limpo. Perry inalou novamente, esperando pelo amargor da mentira.

Mas não aconteceu.

A mente de Perry estava se acelerando à medida que ele alcançava Ária e Roar. Ele se mantinha afastado, como sempre, precisando de privacidade, absorvido demais pelo que Cinder dissera. "Eles não podem me ferir. Ninguém pode." Ele tinha certeza ao dizer aquelas palavras. Mas como Cinder poderia acreditar em algo assim?

Será que Perry havia se equivocado ao interpretar o temperamento do menino? O cheiro dos pinheiros ou o aroma estranho de Éter que Cinder exalava estariam ludibriando seu nariz? Ou Cinder estaria mentalmente lesado? Será que ele havia se convencido de que era intocável, para sobreviver sozinho? As horas da tarde passaram, silenciosas e velozes, e Perry ainda lutava para compreender.

Ao cair da noite, eles emergiram de um bosque denso de pinheiros para um platô rochoso. Uma cadeia de cumes projetados emoldurava o horizonte ao norte. Roar deixou de seguir ao lado de Ária, recuando, para ter uma noção melhor da distância entre eles e os Corvos.

Perry passou a caminhar ao lado dela. Ele contou vinte passos antes de dizer:

– Você quer descansar? – Ele se perguntava como ela estava conseguindo. Seus pés doíam e não estavam cortados e com bolhas.

Seus olhos cinzentos se voltaram para ele.

– Por que se incomoda em perguntar?

Ele parou.

– Ária, não é assim que meu Sentido funciona. Não sei dizer se você está...

– Achei que nós não deveríamos falar aqui – disse ela, sem diminuir o passo.

Perry franziu o rosto, observando-a prosseguir. Como aconteceu isso, ele agora querer falar e ela não?

Roar voltou pouco depois.

– Não tenho boas notícias. Os Corvos se dividiram em grupos menores. Estão vindo diretamente para nós. Também estamos perdendo terreno.

Perry trocou de lado o arco e o estojo nas costas, olhando o melhor amigo.

– Você não precisa fazer isso. Ária e eu temos de chegar até o Marron, mas você não.

– Claro, Per. Então, vou embora.

Ele já esperava a resposta. Perry também jamais deixaria Roar. Mas Cinder era outra questão.

– O garoto foi embora?

– Ainda está em nosso rastro – disse Roar. – Eu lhe disse que ele é inoportuno. Sua conversinha com ele não adiantou. Agora ele provavelmente jamais irá embora.

– Você nos ouviu?

– Cada palavra.

Perry sacudiu a cabeça. Ele tinha esquecido da potência da audição do amigo.

– Você nunca se cansa de ouvir a conversa dos outros?

– Nunca.

– O que você acha que ele fez, Roar?

– Não me interessa e também não deveria interessá-lo. Venha. Vamos alcançar Ária. Ela está naquela direção.

– Eu sei em que direção ela foi.

Roar bateu em seu ombro.

– Só queria ter certeza de que você tinha notado.

Mais tarde, já à noite, depois de quilômetros percorridos, os pensamentos de Perry assumiram a nitidez de um sonho. Ele imaginou Cinder na praia, sendo arrastado por Ocupantes até uma nave. Depois Talon, cercado por homens de capa preta e máscara de corvo. Quando clareou o dia, os Corvos estavam se aproximando e os cercavam como uma rede, e Perry decidiu fazer o que fosse preciso. Ele não ficaria com a vida de Cinder em suas mãos.

– Eu já volto – disse ele. Ele se virou para a parte baixa da colina, deixando que Roar e Ária seguissem em frente. Cinder não estava ao alcance de sua visão, mas Perry sabia que ele não estava longe. Ele deixou a sensação de formigamento do nariz conduzi-lo até o garoto.

Quando encontrou Cinder, Perry manteve-se recuado por um instante e o observou pela floresta. Ele tinha uma expressão perdida e triste quando achava que ninguém estava olhando. Era mais difícil vê-lo assim do que quando ele era debochado.

– Última chance de partir – disse Perry.

Cinder deu um salto para trás, xingando.

– Você não deveria me espreitar, Olfativo.

– Eu disse que está na hora de você ir. – O terreno adiante se abria num imenso platô. Cinder não teria a cobertura da floresta para ajudá-lo numa fuga por conta própria. Ele ficaria preso a eles se não partisse agora.

– Esse não é seu território – disse ele, abrindo os braços ossudos. – E eu não lhe fiz nenhum juramento.

– Saia daqui, Cinder.

– Eu já disse. Vou aonde eu quero.

Perry pegou o arco, prendeu uma flecha e mirou no pescoço de Cinder. Ele não sabia o que pretendia fazer, só que não podia assistir a esse garoto esquelético morrer por sua causa.

– Vá, antes que seja tarde demais.

– Não! – gritou Cinder. – Você precisa de mim!

– Vá, *agora*. – Perry puxou a flecha toda para trás.

Cinder fez um som de rosnado. Perry sugou o ar conforme a sensação de formigamento em seu nariz se acentuou, perfurante.

Uma chama azul se acendeu nos olhos de Cinder. Por um instante, Perry achou que fosse o Éter refletindo-se em seus olhos negros, mas foi ficando cada vez mais radiante. Faixas azuis reluzentes subiam pela gola frouxa de Cinder, se enroscando ao redor de seu pescoço. Serpenteando em volta do maxilar ossudo e de seu rosto. Perry não podia acreditar no que via. As veias de Cinder se acenderam como se o Éter corresse por elas.

Farpas de dor espetavam os braços e o rosto de Perry.

– Pare o que você está fazendo!

Roar e Ária correram até eles. Roar estava com a faca na mão. Eles congelaram quando viram Cinder. O coração de Perry batia desenfreado. Os olhos reluzentes de Cinder olhavam através dele, vagos e brilhantes.

Perry cerrou os dentes e seus músculos começaram a se convulsionar dolorosamente.

– Cinder, pare!

O garoto ergueu as palmas das mãos, mostrando-as entremeadas com Éter. A energia do ar se elevou, lançando outra onda de agulhadas na pele de Perry.

O que *era* ele?

O calor percorreu os nós dos dedos da mão que Perry mantinha à frente, segurando o arco. A ponta de aço da flecha, a poucos centímetros de distância, começou a reluzir um tom alaranjado. O reflexo agiu. Ele reajustou rapidamente o alvo e soltou a flecha.

Uma explosão de luz cegou Perry, impedindo-o de ver o que havia acertado. Ele não sentiu quando caiu na terra, ou se encolheu todo, segurando o braço. Perdeu a noção do tempo. Só sabia que algo terrível tinha acontecido. O cheiro de sua carne cozida o trouxe de volta ao mundo, onde só existia dor. Terríveis gemidos animais preenchiam seus ouvidos. Vinham dele.

– Para trás! – gritava Cinder. Com os olhos apertados, Perry viu Roar e Ária no alto da colina, ambos imóveis e estarrecidos. O aroma chamuscado invadia o nariz de Perry. Cabelos, lã e pele queimados.

Cinder caiu de joelhos a seu lado.

– O que aconteceu? – perguntou ele. – O que você me fez fazer? – O azul dos olhos de Cinder estava desbotando. Suas veias dissolveram-se de volta para dentro da pele.

Perry não sabia responder. Ele não sabia se ainda tinha uma das mãos. Não conseguia olhar.

Cinder tremia. Seu corpo inteiro sacudia.

– O que foi que eu fiz? Você disparou... Você ia atirar em mim.

Perry conseguiu sacudir a cabeça.

– Eu só precisava que você fosse embora.

Cinder parecia aflito. Ele ficou de pé, balançando, desequilibrado.

– Eu não tenho para onde ir – disse ele, engasgando com as palavras. Curvando-se, encolhido, como se tivesse sido atingido na barriga, ele foi cambaleando para a floresta.

Roar e Ária surgiram repentinamente. Roar deu uma olhada na mão de Perry e ficou branco.

Perry cruzou com seu olhar.

– Ajude-o. Traga-o de volta.

– Ajudá-lo? Eu vou cortar a garganta dele.

– Apenas traga-o de volta até aqui, Roar!

Quando ele se foi, Perry se deitou e ficou olhando por entre as árvores. O Éter revolvia-se acima. Ele fechou os olhos. Concentrou-se na respiração.

– Perry, posso ver?

Ária estava ajoelhada a seu lado.

– Deixe-me ver – disse ela, baixinho, esticando o braço até a mão dele.

Ele se sentou, com um gemido rasgando a garganta. Então, ele olhou para sua mão esquerda, pela primeira vez. Tinha inchado e duplicado de tamanho. A pele sobre os nós dos dedos parecia carne carbonizada. Imensas bolhas vermelhas cobriam a palma de sua mão, fazendo uma trilha que descia até o punho. Ele via estrelas explodindo diante de seus olhos. Engoliu a onda amarga de sua boca. Ele ia vomitar ou desmaiar. Talvez ambos.

– Abaixe a cabeça e respire. Eu já volto.

Ela entregou-lhe a garrafa de Luster quando voltou. Perry bebeu. Não parou até beber tudo que havia restado. Depois soltou a garrafa de lado. Ária pegara sua mão queimada e a segurava em seu colo, arregaçando a manga. Ela segurava uma longa tira de gaze. Ele percebeu que isso havia sido seu cinto. Ela despejou água em cima da gaze.

— Eu preciso enfaixar, Perry. Para não infeccionar.

Ele começou a suar frio nas costas. Perry olhou-a nos olhos, apenas por um breve instante, temendo que ela visse seu medo. Ele assentiu e novamente deixou a cabeça pender à frente.

O primeiro toque sobre os nós de seus dedos foi suave como uma pluma, mas ele sentiu arrepios que sacudiram seus ombros. As mãos de Ária ficaram imóveis.

— Continue – disse ele, antes que mudasse de ideia e arrancasse o braço. Talvez doesse menos. Ele continuou de cabeça baixa. Olhando os pontos escuros que suas lágrimas deixavam ao caírem em sua calça de couro. Ele queria pedir que ela cantasse. Lembrou-se de sua voz, da forma como o empolgara. Ele não conseguia formular as palavras. Então, a bebida fez efeito, e o salvou, abrandando um pouco a dor. Perry limpou o molhado do rosto e se endireitou, ligeiramente desequilibrado.

Ária embrulhou a faixa comprida de gaze em volta de seu pulso e foi entrelaçando-a, passando por entre cada um dos dedos. Agora ela estava calma. Focada. Ele a observava, enquanto mergulhava cada vez mais fundo na neblina anestesiante de Luster.

Ela o tocava. Ele se perguntou se ela também tinha percebido isso.

— Você já tinha visto alguém como ele? – perguntou ela.

Cinder. Um menino com o Éter no sangue.

— Não, nunca vi aquilo – disse ele, com uma voz embaralhada. Perry agora imaginava como era possível, mas não podia negar o que tinha visto. Não com a prova se deslocando nele em ondas agonizantes. Quantas vezes ele tinha olhado para cima, sentindo-se ligado ao céu? Como se não fosse simplesmente uma força distante? Como se seu humor seguisse o fluxo e o refluxo do Éter? Ele deveria ter confiado em seu Sentido. Cinder emanava a mesma sensação de formigamento em seu nariz. E ele sabia que o menino estava escondendo alguma coisa.

— Eu estava tentando ajudar... Quanto mais tento alcançar, mais fico para trás. – As palavras escaparam, desajeitadas, mas verdadeiras.

Ária ergueu os olhos de sua mão.

– O que disse?

O rosto dela se distorceu, da esquerda para a direita. Finalmente, ele conseguiu focar nela.

– Nada, nada. Só bobagens.

Roar voltou carregando Cinder atrás do pescoço, numa pegada de caçador, com as pernas para um lado e os braços para outro.

– Ele está morto? – A pergunta veio de Perry, num único som, com todas as palavras emendadas.

– Infelizmente, não – disse Roar, sem fôlego.

Cinder se encolheu todo, como uma bola, assim que Roar o colocou no chão. Ele estava tremendo mais do que antes. Virou o rosto para a terra. Perry viu pedaços largos de couro cabeludo nu. Eles não estavam ali antes. As roupas dele estavam enegrecidas. Quase caindo de vez.

– Precisamos deixá-lo, Perry. Ele está fraco demais.

– Não podemos.

– Olhe para ele, Peregrine. Ele mal consegue manter a cabeça erguida.

– Os Corvos passarão por aqui. – Perry cerrou os dentes, vendo estrelas. Fale menos, ele disse a si mesmo. Mexa-se menos. Apenas respire.

Ária pôs um cobertor em cima de Cinder. Ela se curvou perto dele.

– É o Éter?

Perry olhou para cima. O Éter estava com um visual brando e desbotado. Voltara à forma de tufos que tivera mais cedo naquele mesmo dia. Ele estava sentindo tanta dor que nem havia notado. Então, percebeu que a pontada em seu nariz estava mais fraca. Quase sumira. Cinder tinha de estar ligado às ondas de Éter.

– Podem ir – disse Cinder, irritado.

– Ouça-o, Perry. É uma puxada até Marron, e estamos com vinte Corvos em nosso encalço. Você realmente vai arriscar nossa vida por esse demônio?

Perry não tinha forças para discutir. Ele ficou de pé, concentrando-se em esconder sua instabilidade.

– Eu vou carregá-lo.

– *Você?* – Roar sacudiu a cabeça, dando uma risada seca. – Ele não é Talon, Perry!

Perry quis dar-lhe um soco. Ele tentou ir até Roar, mas suas pernas o fizeram andar de lado. Ária saltou de pé, disparando em sua direção, mas ele conseguiu se equilibrar. Por um instante, ele ficou olhando para baixo, nos olhos dela. Vendo sua preocupação. Ela se virou para Roar.

– Ele está certo, Roar. Não podemos deixá-lo assim. E só estamos perdendo tempo discutindo.

Roar desviou o olhar de Ária para ele.

– Não posso acreditar que estou fazendo isso. – Ele foi até Cinder e ergueu o garoto aos ombros, xingando violentamente ao se virar para a montanha e sair.

Agora eles viajavam próximos uns dos outros. Ária caminhava à direita de Perry, com suas bolhas e cortes nos pés escondidos pelas botas. Roar seguia penosamente à esquerda dele, respirando com dificuldade, fazendo a escalada até a casa de Marron com quase cinquenta quilos a mais nos ombros. Perry mantinha o braço junto ao peito, mas isso não ajudava. A cada passo, ele sentia o coração estrondando na mão. A sede o dominava. Durante a primeira hora, ele esvaziou todos os cantis, mas não teve alívio.

Quando passou o efeito da bebida, ele relutava com as ondas de dor que ameaçavam derrubá-lo. Mas também notou outra coisa. O cheiro dos pinheiros tinha sumido. Os aromas vinham com uma clareza familiar, isolados e agudos. Seu nariz finalmente se ajustara.

Os odores fétidos dos Corvos chegavam até ele, trazidos pelo vento. Ele contou mais de uma dúzia de cheiros diferentes. Mais fortes e próximos estavam os temperamentos de Ária e Roar.

Deles, ele só sentia o cheiro do medo.

Capítulo 21

ÁRIA

Ária olhava a floresta com os olhos ardendo, à procura de máscaras de corvos e capas pretas. Eles estavam se deslocando devagar demais, parando com excessiva frequência para que Roar recuperasse o fôlego. Quando paravam para descansar, ela não deixava de perceber a expressão de alívio no rosto pálido de Perry. De alguma forma, apesar do estado de seus pés, ela se tornara a mais veloz dos três.

Seu olhar pousou na bandagem da mão de Perry. A gaze branca e reluzente, sob a luz fraca do fim do dia, agora estava manchada de sangue. Ela nunca vira um ferimento como aquele. Nem conseguia imaginar a dor que ele estava sentindo. Não podia acreditar no que havia acontecido.

Quem era Cinder? Como um humano podia ter aquele tipo de poder? Ária sabia sobre animais que usavam bioeletricidade. Arraias e enguias. Mas um menino? Era como algo de um Reino. Mas, por outro lado, ela não tinha acabado de descobrir sobre Olfativos, Auditivos e Videntes? Será que a habilidade de Cinder não podia ser apenas mais uma mutação? Controlar o Éter parecia um imenso salto genético, mas era possível.

Ela se distraiu no ritmo de erguer os pés e pousá-los, até que Roar subitamente parou e soltou Cinder na terra, sem fazer o menor esforço para ser gentil.

– Não consigo mais carregá-lo.

A noite havia caído, mas uma lua cheia brilhava, ousada e brilhante no céu. O Éter enfraquecera, passando a um tom claro de luz. Eles tinham chegado a uma extensão de terreno plano. A montanha se erguia à frente, com a mata se adensando.

Cinder estava deitado, amontoado, de olhos fechados. Ele não estava mais tremendo. Perry se inclinou ao lado de Ária.

– Estamos quase lá – disse ele, erguendo a cabeça para a colina arborizada. – É bem ali.

Roar sacudiu a cabeça.

– Minhas pernas.

Perry assentiu.

– Eu vou levá-lo.

Cinder abriu pequenas frestas nos olhos, à procura de Perry.

– *Não*. – Sua voz era miúda, um gemido. Ele rolou de lado, virando-se de costas para eles.

Perry olhou-o por um momento. Depois ele pegou o punho de Cinder, puxando o braço do menino por cima de seu ombro. O braço ferido de Perry ficou ao redor da cintura de Cinder, conforme ele o ajeitava. Eles começaram a caminhar juntos, com Perry dobrando-se à frente, para ficar mais equiparado à altura de Cinder.

Cinder deu uma olhada para cima, conforme eles passaram por Ária, com os olhos negros cintilando e cheios de lágrimas. De vergonha, ela percebeu. Ele havia queimado a mão que agora o segurava em pé.

Ária virou-se.

– O que foi isso? – A noite ganhara um novo ruído. Um zumbido distante.

– Sinos – disse Roar, lançando um olhar fixo para a floresta.

Ela se lembrou das palavras de Harris.

– Para afastar os espíritos sinistros – disse ela.

– Para me transformar num espírito sinistro. – Roar pegou algo em sua sacola. Um chapéu preto, que colocou na cabeça. Abas pesadas caíram, cobrindo suas orelhas. – Eles me desorientam.

Perry se virou. Ele ergueu ligeiramente a cabeça, os olhos varrendo tudo, enquanto inalava o ar pelo nariz, num gesto selvagem e natural. Isso era ele. O Olfativo. O Vidente. Ele cruzou com o olhar de Roar e uma mensagem silenciosa passou entre eles.

– Precisamos correr – disse Roar.

O terror a invadiu. Ela olhou para Cinder, pendurado ao lado de Perry.

– Como você vai correr com ele?

Ele já estava seguindo, antes que ela terminasse de fazer a pergunta. Ária enfiou as mãos nos bolsos e tirou as pedras que havia recolhido. Deixou-as espalhadas pelo chão.

Minutos depois que eles começaram a correr, os músculos dela se contraíram com câimbras. Ela sentiu a chegada da náusea, algo que não entendia, já que não comia há um dia. Ela se forçou adiante. Suas botas prendiam em cada pedrinha. Cada passo era uma punhalada na sola de seus pés. As árvores pairavam acima, formas sombreadas na face da montanha. As árvores os esconderiam. Ela correu e correu, e ainda assim eles não pareciam estar mais perto.

– Eles também estão correndo – disse Perry, depois de mais um trecho. Uma hora? Um minuto? Ele tinha perdido completamente a cor. Ela podia ver isso até mesmo no escuro.

Ela não notou quando o dia amanheceu, cinzento e nebuloso. Nem quando eles chegaram à inclinação onde as árvores começavam. Ela estava subitamente sob os pinheiros, como se tivesse se fracionado e entrado num Reino.

– Ande, Cinder, corra – disse-lhe Perry.

Os pés de Cinder se arrastavam. Ele mal conseguia suportar o peso do próprio corpo.

Ária mordeu o lábio, procurando desesperadamente os Corvos na mata. Agora os sinos pareciam mais ruidosos, desorientando como Roar dissera.

– Deixe-me pegá-lo, Perry.

Perry desacelerou. Seus cabelos estavam molhados e escurecidos pelo suor. A camisa encharcada estava grudada a seu corpo. Ele concordou, deixando que ela pegasse Cinder, que estava gélido ao toque. Os olhos dele tinham revirado para trás. Roar surgiu do outro lado do menino. Juntos, eles seguiram, empurrando, dividindo o peso de Cinder entre eles, à medida que a colina ia ficando mais íngreme e os sinos tocavam mais alto.

Roar parou.

– Vá diretamente, morro acima. Você consegue sem mim?

– Sim. – Ela se virou e seu coração deu um tranco. – Onde está Perry?

– Retardando os Corvos.

Ele tinha partido? Ele havia voltado?

Roar sacou sua faca.

– Continue seguindo. Vá até Marron. Consiga ajuda.

Ele desceu o morro correndo e sua roupa preta sumiu nas sombras. Ária firmou a pegada em volta das costelas ossudas de Cinder e seguiu forçando, pressionada pelo terror a cada passo. Ela não conseguia afastar a ideia... E se jamais voltasse a vê-los? E se essa fosse a última vez que vira Perry? Ela não deixaria que fosse.

– Ajude-me, Cinder.

– Não consigo. – As palavras foram mais baixas que um sussurro ao seu lado.

Ela estava perto, quando notou um muro de pedras. Aquilo foi tão inesperado, o muro erguido em meio às sempre-vivas. Ele se estendia e era muito alto, várias vezes o seu tamanho. Ária foi mancando com Cinder, pousando a mão espalmada sobre a superfície áspera. Ela precisou sentir, para ter certeza de que era real. Seguiu tateando, mantendo-se perto o suficiente para que seu ombro roçasse no muro, até que se deparou com um portão pesado de madeira. Havia uma tela incrustada no lado. Ela resfolegou, vendo um dispositivo de seu mundo aqui do lado de fora.

Ela enfiou a mão na tela empoeirada.

– Preciso de ajuda! Preciso de Marron! – Sua respiração saía em meio ao choro convulsivo. Ela ergueu a cabeça, para uma torre acima dela.

– Socorro!

Alguém olhou para baixo, uma silhueta escura em contraste com o radioso céu matinal. Ela ouviu gritos distantes. Alguns instantes depois, a tela acendeu. Surgiu um homem de rosto rechonchudo, pele clara e olhos azuis. Seus cabelos louros molhados pareciam ter sido cuidadosamente penteados.

Uma incredulidade irrompeu no rosto dele.

– Uma Ocupante?

O portão se abriu com um rufar que reverberou nos joelhos dela.

Ária atravessou um amplo pátio com gramados, cambaleando, com os ombros gritando pelo esforço de manter Cinder de pé. Ruas de paralelepípedos ligavam casas de pedra e jardins. A distância, ainda dentro do muro, ela viu cubículos com cabras e ovelhas. Havia fumaça subindo ao céu, de várias chaminés. Algumas pessoas a olhavam, mais curiosas do que surpresas. Aquilo parecia uma fortaleza de um Reino Medieval, exceto pela imensa estrutura no centro, que lembrava uma caixa cinza, em lugar de um castelo.

A hera que subia pelas paredes nada fazia para suavizar a edificação de cimento. Só havia uma entrada, com portas pesadas de aço, que foram abertas suavemente enquanto ela olhava. O homem de rosto redondo que surgira na tela apareceu. Ele era baixo e corpulento, mas gracioso ao se apressar vindo em sua direção. Um jovem o seguia de perto. Ela ficou ali tempo suficiente para que o portão começasse a se fechar atrás dela.

– Não! – disse ela. – Há mais duas pessoas vindo! Peregrine e Roar. Eles me disseram para encontrar Marron.

– Eu sou Marron. – Ele virou seus olhos azuis na direção da porta. – Perry está lá fora? – A essa altura, os gritos dos Corvos ecoavam do alto do muro. Marron deu ordens expressas ao jovem magricela a seu lado, indicando que algumas pessoas assumissem postos junto ao muro, outras seguissem colina abaixo e ajudassem Perry e Roar.

Dois homens se aproximaram e pegaram Cinder de seu lado. A cabeça de Cinder caiu inerte para trás quando o pegaram.

– Levem-no ao centro médico – disse-lhes Marron. Ao olhar de volta para ela, sua expressão se abrandou. Ele pousou as mãos sob o queixo, com um sorriso acendendo seus olhos. – Mas que dia abençoado. Olhe pra você.

Ele pegou caprichosamente em seu braço e a conduziu na direção da estrutura quadrada. Ária não reclamou. Ela mal podia andar. Deixou-se ser amparada pela suavidade dele. Um perfume fluiu em seu nariz. Sândalo. Cítrico. Cheiros de limpeza. Ela não sentia perfume desde que estivera nos Reinos.

Ela se apressou a dar uma explicação sobre os Corvos enquanto ele a conduzia para dentro. Eles atravessaram uma câmara de compressão que havia sido deixada aberta, não mais servindo ao propósito para o qual fora elaborada. Um imenso corredor de cimento os levou a uma sala ampla.

– Mandei meus melhores homens ajudá-los. Podemos esperar por eles aqui – disse Marron.

Foi só então que ela percebeu que Marron estava usando roupas vitorianas. Uma casaca preta por cima de um colete de veludo azul. Ele tinha até uma gravata branca de seda e polainas.

Onde estava ela? Em que tipo de lugar ela fora parar? Ela se virou, pesquisando a sala para compreender. Havia telas tridimensionais nos dois lados da sala, como as pessoas tinham antes da União. Elas mostravam imagens de florestas verdes e viçosas. Cantos de pássaros saíam de alto-falantes escondidos. As outras paredes eram forradas com tecidos ricamente estampados. A cada intervalo de alguns palmos, havia vitrines envidraçadas exibindo coleções de itens peculiares. Um cocar indígena. Uma camisa em jérsei de um time esportivo, com o número 45 nas costas. Uma revista, uma ilustração de dinossauro na capa emoldurada em amarelo. Focos de luz iluminavam tudo, como em museus antigos, de modo que os olhos de Ária se desviavam de uma explosão de cor para outra.

No centro da sala, vários sofás opulentos circundavam uma mesinha de centro ornamentada, de pernas curvas. O cérebro de Ária teve um lampejo de reconhecimento. Ela já vira uma mesa assim, em um Reino Barroco. Uma peça Luís XIV. Ela olhou para Marron. Que tipo de Forasteiro era ele?

– Esta é minha casa. Eu a chamo de Delfos. Perry e Roar a chamam de Caixa – acrescentou ele, com um sorriso afetuoso. – Há tanto que eu quero saber, mas é claro que terei de esperar. Por favor, sente-se. Você parece muito cansada e receio que ficar de pé não irá trazê-los mais depressa.

Ária seguiu em direção ao sofá, subitamente se sentindo constrangida. Ela estava imunda e a casa de Marron parecia rica e impecável, mas a necessidade de aliviar seus pés a venceu. Ela se sentou, deixando um suspiro escapar de seus lábios. O sofá macio cedeu sob seu peso, desmanchando junto às suas costas e pernas. Ela passou a mão, alisando o tecido cor de chocolate. Inacreditável. Um sofá de seda. Ali, do lado de fora.

Marron sentou-se à sua frente, girando um anel em seu dedo roliço. Ele parecia ser da 4ª geração, mas havia uma curiosidade infantil em seus olhos.

– Perry está ferido – disse ela. – Está com a mão queimada.

Marron deu mais ordens. Ária nem tinha percebido que havia outras pessoas na sala, até que elas saíram correndo.

– Tenho recursos aqui. Cuidaremos dele, assim que ele estiver do lado de dentro. Slate irá providenciar para que isso seja feito.

Ela imaginou que Slate fosse o jovem alto que há pouco estava lá fora.

– Obrigada – disse ela. Seus olhos estavam fechando sozinhos. – Eu não sabia. Não os teria deixado. Mas ele partiu antes que eu soubesse – disse ela, sem perceber.

– Minha cara... – disse Marron, olhando-a, preocupado. – Você precisa de descanso. E se eu mandar informá-la assim que eles chegarem?

Ela sacudiu a cabeça, lutando contra uma onda de exaustão.

– Não vou a lugar nenhum até que eles estejam aqui. – Ela enlaçou as mãos no colo, reconhecendo o gesto como de sua mãe.

A qualquer segundo, Perry estaria ali.

A qualquer segundo.

Capítulo 22
PEREGRINE

Os sinos tocavam por toda parte. Perry não conseguia identificar em que lugar o som estava mais próximo. Ele vasculhava a floresta.

– Onde você está? – perguntou Perry.

Seus olhos se fixaram no movimento. Abaixo, no morro, dois Corvos vinham em sua direção, com suas capas arrastando-se pela terra. Eles não estavam de máscaras. Perry soube o exato momento em que o viram. Houve um lampejo de medo no rosto deles, depois eles se esconderam atrás de uma árvore.

Perry tirou o arco do ombro, mas não conseguia mover os dedos da mão queimada. Como iria posicionar o arco? O Corvo olhou ao redor da árvore, testando o perigo. Claro, eles avançaram sorrateiramente, empunhando suas facas.

Ele tinha de fazer alguma coisa. Ária e Roar estavam se deslocando com muita lentidão, com Cinder. Eles não chegariam até Marron, a menos que ele conseguisse deter os Corvos.

Perry ficou sentado onde estava, prendendo o arco entre os pés. Com a mão boa, ele remexeu até colocar uma flecha junto à corda. Depois estendeu as pernas, esticando e soltando a corda. Foi um tiro desajeitado, ele não disparava uma flecha com os pés desde que era menino, quando pegava o arco do pai escondido. Mas a flecha voou, forçando os Corvos a buscarem cobertura novamente.

– Perry, seu arco!

Roar puxou o estojo das costas de Perry e correu. Ele pegou o arco de Perry, prendeu uma flecha e disparou-a. Perry ficou de pé e sacou a faca, percebendo que as coisas estavam invertidas, Roar estava com o arco e ele com uma faca, mas eles estavam prosseguindo. Mantinham os Corvos para trás, conforme seguiam caminho até Marron. Ele passou a ser os olhos de Roar, avistando sempre que algum dos Corvos fazia uma investida. Ele os encontrava. Roar disparava.

Perry sentiu movimento em suas costas e se virou. Uma dúzia de homens disparou morro abaixo, na direção deles. Perry segurou a faca com mais força. Havia muitos e estavam bem perto. Então, ele percebeu que não eram Corvos.

– São os homens de Marron, Roar!

Roar virou-se, de olhos arregalados, olhando. Flechas passavam por eles, voando na direção dos Corvos. Eles correram rasgando morro acima. Não pararam até cruzar o portão e entrar no pátio de Marron.

As pessoas os cercaram, dizendo-lhes que os seguissem. Perry fez o que foi pedido. Ele mal conseguia falar. Cambaleou para dentro da Caixa e passou pelos corredores de Marron, sem pensar em nada além do movimento de suas pernas.

Ele foi levado por uma porta de aço, para dentro de um corredor vazio com piso de ladrilhos brilhantes. Cheiros repelentes invadiram seu nariz. Álcool. Plástico. Urina. Sangue. Doença. Os odores do pavilhão médico o fizeram se lembrar de Mila, no ano anterior. Agora ele pensava em Talon, e suas pernas quase cederam.

Ele tinha chegado ali. Marron consertaria o olho mágico e ele encontraria Talon.

Um homem de jaleco médico perguntou a Perry sobre sua mão, palavras confusas que Perry não conseguiu entender. Perry olhou para Roar, esperando que ele soubesse a resposta, quando gritos irromperam do outro lado do corredor.

– Cinder – disse Roar, mas Perry já estava correndo, empurrando e abrindo caminho por entre o bolo de gente reunida junto a uma porta. Ele olhou a sala. Divisórias de tecido separavam pequenas áreas com camas estreitas. Cinder estava amontoado no canto esquerdo, com uma expressão feroz em seus olhos negros. Seu cheiro pernicioso penetrou no fundo do nariz de Perry, seguido pelo ardor gélido do medo.

– Não se aproximem de mim! Para trás!

– Ele estava inconsciente – disse um dos médicos. – Eu estava tentando uma injeção intravenosa.

Cinder soltava uma porção de palavrões.

– Calma – disse Perry. – Acalme-se, Cinder.

– Nós precisamos tranquilizá-lo – disse alguém.

Os olhos de Cinder desviaram-se por cima do ombro de Perry e ele gritou:

– Para trás, ou vou queimá-los!

A pontada no nariz de Perry oscilou quando as luzes piscaram, depois apagaram. Perry piscou com força, tentando fazer os olhos se ajustarem, mas ele não via nada no breu absoluto.

– Saiam – disse Perry, abrindo os braços. Ele não podia deixar que Cinder também os queimasse. – Roar, leve-os para fora.

Tateando no escuro, ele e Roar conduziram todos para fora. Então, Perry fechou a porta, recostando-se sobre ela, enquanto recuperava o fôlego. Não conseguia enxergar nada. Por longos momentos, tudo que ele ouvia eram as vozes abafadas no corredor. Então, Cinder falou:

– Quem está aí?

– Sou eu, Perry. – Perry franziu o rosto. Será que ele não chegara a dizer seu nome a Cinder até agora?

Um filete de luz entrou por baixo da porta. Luz de vela lá fora, no corredor. O suficiente para que a sala tomasse forma diante dele.

– Você gosta de se machucar? – perguntou Cinder. – Quer que eu queime sua outra mão?

Perry não conseguia mais lutar. Achava que Cinder também não. O garoto ainda estava aninhado junto ao canto, quase sem conseguir se manter ereto. Perry caminhou até a cama mais próxima de Cinder. Ela rangeu quando ele sentou-se.

– O que está fazendo? – perguntou Cinder, depois de um instante.

– Sentando.

– Você deveria ir embora, Olfativo.

Perry não respondeu. Ele não tinha certeza se conseguiria sair. O último fiapo de força se esvaiu dele, deixando seus músculos convulsivos. O suor que cobria sua camisa estava esfriando.

– Onde estou? – perguntou Cinder.

– Na casa de um amigo. Seu nome é Marron.

– Por que você está aqui, Olfativo? Acha que pode me ajudar? É isso? – Ele esperou por uma resposta. Quando Perry não respondeu, Cinder deslizou sobre o chão.

Com a pouca luz, Perry viu que Cinder tinha baixado a cabeça nas mãos. Seu temperamento murchou, ficando frio e sombrio, até se tornar uma escuridão tão completa e fria que o coração de Perry disparou. Havia algo familiar nisso. Em um temperamento assim.

– Você deveria ter me deixado. Não viu o que sou? – A voz do menino falhou e Perry ouviu o som do choro baixinho.

Perry engoliu a sensação retraída em sua garganta, mantendo-se imóvel e quieto na cama, enquanto o sal se misturava a todos os cheiros dali. Devagar, ele disse a si mesmo. Esse menino tinha uma ferida. Um ferimento no fundo da alma. Perry sabia qual era a sensação. Isso levaria tempo.

– Você pode... pode mexer seus dedos?

Perry olhou a própria mão.

– Não muito. Mas será mais fácil quando desinchar, eu acho.

Cinder soltou um gemido.

– Eu poderia ter matado você.

– Não matou.

– Mas poderia ter matado! Isso está dentro de mim, depois sai, e as pessoas se machucam e morrem, e fui eu que fiz. Eu não quero ser assim. – Cinder escondeu o rosto e caiu em prantos. – Saia. Por favor, vá.

Perry não queria deixá-lo assim, mas tinha certeza de uma coisa. Cinder estava profundamente envergonhado. Se ele ficasse ali agora, Cinder jamais o olharia nos olhos outra vez. E ele queria isso. Precisava falar com esse menino novamente. Perry desceu da cama e ficou de pé, com as pernas exaustas.

Ele iria agora, mas voltaria.

Capítulo 23

ÁRIA

– Ária?

Ária se forçou a despertar do sono mais profundo que já tivera. Ela piscou até que a visão embaçada focasse.

Perry estava sentado na beirada da cama.

– Estou aqui. Marron... ele pediu para lhe dizer.

Ela sabia que ele chegara em segurança. Ela estava com Marron quando Slate chegou com a notícia. Mas ao vê-lo, ela foi tomada de alívio.

– Você demorou tanto. Achei que os Corvos o tivessem pegado.

Os olhos dele cintilaram de divertimento.

– Não é à toa que você estava dormindo tão bem.

Ela sorriu. Quando Slate lhe mostrara o quarto, ela só pretendia lavar as mãos e descansar os pés, até que a mão de Perry fosse tratada. Mas ela não teve mais esperanças de continuar acordada quando viu a cama.

– Você está bem? – perguntou ela. Ele estava com o queixo sujo de lama. Seus lábios estavam secos e rachados, mas ela não via nenhum ferimento novo. – Como está sua mão?

Ele ergueu o braço. Havia uma tala de gesso que ia dos dedos até o cotovelo.

– Por dentro é macio e fresco. Eles também me deram algum tipo de analgésico. – Ele sorriu. – Funciona melhor que Luster.

— E quanto a Cinder?

Perry olhou para baixo, para seu gesso, com o sorriso sumindo.

— Ele está no pavilhão médico.

— Eles acham que podem ajudá-lo?

— Não sei. Eu não disse nada sobre ele, e Cinder não deixa que ninguém chegue perto. Vou vê-lo mais tarde. — Ele suspirou e esfregou os olhos, exausto. — Eu não podia deixá-lo lá fora.

— Eu sei — disse ela, que também não pôde. Mas Ária também não podia negar o perigo de trazer Cinder para perto de outras pessoas. Ele era um menino, mas ela vira o que ele fez com a mão de Perry.

Perry inclinou a cabeça para o lado.

— Eu dei o olho mágico para Marron. Ele está trabalhando para consertá-lo. Irá nos avisar quando tiver novidades.

— Nós conseguimos, aliado — disse ela.

— Conseguimos. — Ele sorriu. Foi o sorriso de leão que ela só vira algumas vezes. Doce e encantador, com um toque de timidez. Mostrava uma parte dele que ela não conhecia. Com o coração disparado, ela olhou para baixo e viu que eles estavam na mesma cama. Sozinhos.

Ele ficou tenso, como se tivesse acabado de notar a mesma coisa, depois seu olhar desviou-se para a porta. Ela não queria que ele saísse. Ele finalmente estava falando com ela sem a aspereza do rancor entre eles. Sem qualquer ajuda do Luster, ou da conversa fácil de Roar. Ela disse a primeira coisa que lhe veio à cabeça:

— Onde está Roar?

Os olhos dele se arregalaram ligeiramente.

— Lá embaixo. Posso ir lá buscá-lo...

— Não... Eu só estava imaginando se ele tinha voltado a salvo.

Era tarde demais. Ele já tinha chegado à porta.

— Sem nenhum arranhão. — Ele hesitou por um momento. — Vou desmaiar em algum lugar — disse ele, e saiu.

Por alguns instantes, ela ficou olhando o lugar onde ele estava. Por que ele tinha hesitado? O que ele queria dizer?

Ela se aninhou de volta nas cobertas quentes. Ainda estava com sua roupa imunda, mas sentia a pressão suave de bandagens em seus pés. Lembrava-se vagamente de ter respondido à pergunta de Slate quanto a estar mancando.

Um abajur na mesinha de cabeceira iluminava as paredes, que tinham um tom suave de bege. Ela estava num quarto, com quatro paredes sólidas ao seu redor. Era tão silencioso. Ela não ouvia o farfalhar do vento, nem os sinos dos Corvos, nem o som de seus pés correndo. Olhou para cima e viu um teto parado. Perfeitamente parado. Ela não se sentia segura assim desde que estivera com Lumina, pela última vez.

A cama era bem baixa, junto ao piso, mas coberta com um suntuoso e grosso tecido de damasco. Havia um Matisse pendurado na parede, apenas um esboço simples de uma árvore, mas os traços transbordavam expressão. Os olhos dela se estreitaram. Seria um Matisse *verdadeiro*? Um tapete oriental espalhava cores de outono pelo chão. Como Marron teria colecionado todas essas coisas?

O sono veio chegando novamente. Enquanto adormecia, ela desejou ter outro sonho com Lumina. Um sonho melhor que o último. Nesse, ela cantaria a ária favorita de sua mãe. Depois, Lumina deixaria seu lugar, subiria ao palco e daria um abraço apertado em Ária.

Elas ficariam juntas novamente.

Quando acordou outra vez, ela desembrulhou as bandagens dos pés e seguiu para o banheiro anexo, onde tomou uma ducha durante uma hora. Ela quase chorou de tão boa que era a sensação da água quente escorrendo por seus músculos cansados. Seus pés estavam em frangalhos. Com hematomas. Bolhas. Cascas. Ela os lavou e os embrulhou em toalhas.

Ficou surpresa ao encontrar a cama feita quando voltou ao quarto. Havia uma pequena pilha de roupas dobradas sobre o edredom, com um par de chinelos macios de seda. Uma rosa vermelha estava pousada sobre a pilha. Ária pegou-a alegremente e inalou sua fragrância. Linda. Mais suave que o aroma de rosas dos Reinos. Mas as rosas dos Reinos não faziam seu coração disparar. Será que Perry havia se lembrado de que ela perguntara sobre o cheiro que elas tinham? Seria essa sua resposta?

As roupas eram de um branco puro, o tipo de branco que ela não via desde que deixara Quimera e muito mais apropriadas do que as roupas camufladas que usara durante a semana anterior. Ela vestiu-se, notando a mudança no formato de suas pernas e panturrilhas. Ficara mais forte, apesar de comer quantidades tão escassas.

Ela ouviu uma batida à porta.

– Entre.

Uma jovem entrou, vestindo um jaleco médico branco. Ela era lindíssima, com membros longos e morenos, maçãs saltadas no rosto e olhos amendoados. Sua trança pendia como uma corda, à sua frente, quando ela se ajoelhou perto da cama. Ela pousou uma maleta metálica e abriu as travas.

– Eu sou Rose – disse ela. – Sou uma das médicas daqui. Estou aqui para dar outra olhada em seus pés.

Outra olhada. Rose já tinha cuidado dela, durante seu sono. Ária sentou-se na cama, enquanto Rose desembrulhava as toalhas. Os instrumentos médicos na maleta metálica eram modernos, semelhantes aos que eles tinham no núcleo.

– Nós provemos assistência médica – disse Rose, seguindo o olhar de Ária. – Essa é uma das formas como Marron sustenta Delfos. As pessoas viajam semanas para receber atendimento aqui. Seus pés já estão muito melhores. A pele está fechando bem. Isso vai arder um pouquinho.

– O que é este lugar? – perguntou Ária.

– Já foi muitas coisas. Antes da União, era uma mina, depois, um abrigo nuclear. Agora, é um dos únicos lugares para se viver em segurança. – Rose deu uma olhadela para cima. – Na maioria das vezes, evitamos problemas com o lado de fora.

Quanto a isso Ária não podia dizer nada. Eles tinham aparecido feridos e com canibais em seu encalço. Rose estava certa. Eles não tinham feito uma entrada particularmente graciosa.

Ela observou silenciosamente, enquanto Rose aplicava uma pomada na sola de seus pés. Foi uma sensação de frescor, seguida pelo alívio daquela dor que a assombrara durante uma semana. Rose pressionou um aparelho que lembrava um leitor de pressão no punho de Ária. Depois que ele apitou, ela verificou a telinha na parte de trás, franzindo o rosto.

– Há quanto tempo você está aqui fora?

– Oito... quero dizer, dez dias – respondeu ela, acrescentando os dois dias que passara inconsciente e febril.

As sobrancelhas de Rose se ergueram de surpresa.

– Você está desidratada e desnutrida. Nunca tratei de uma Ocupante, porém, fora isso, pelo que eu vejo, você está bem de saúde.

Ária sacudiu os ombros.

– Não me sinto como se estivesse...

"Morrendo."

Ela não conseguiu terminar a frase. Ninguém estava mais surpresa que ela por seu estado de saúde. Ela se lembrou de quando tinha pousado a cabeça na sacola de Perry, no início da odisseia. Estava muito cansada e toda dolorida. Ainda se sentia assim, como se seus músculos e seus pés precisassem sarar, mas agora tinha a sensação de que *ficaria* boa. Já não sentia cólicas, nem dor de cabeça, nem a sensação de doença.

Por quanto tempo mais sua saúde se manteria? Quanto tempo levaria para consertar o olho mágico e entrar em contato com Lumina?

Rose recolocou o leitor na maleta.

– Você tratou de Peregrine? – perguntou Ária. – Aquele com quem cheguei? – Ela podia facilmente imaginar as bolhas sobre os nós de seus dedos.

– Tratei. Você ficará boa mais depressa que ele. – Ela pousou a mão na tampa aberta, pronta para fechá-la. – Ele já esteve por aqui antes.

Ária sabia que ela estava jogando a isca.
— É mesmo?
— Um ano atrás. Nós nos tornamos muito próximos — disse Rose, sem deixar qualquer dúvida. — Ao menos, achei que fôssemos. Olfativos fazem isso. Eles sabem exatamente o que dizer e como aquilo irá afetá-la. Dão o que você quer, mas não se dão a você. — Ela arregaçou a manga, mostrando a pele sem marcas do seu bíceps. — A menos que você seja um deles.
— Isso foi muito... *franco* de sua parte — disse Ária. Ela não pôde evitar pensar em Perry com ela. Linda. Vários anos mais velha que Ária e Perry. Ela sentiu seu rosto esquentar, mas não pôde evitar fazer a pergunta seguinte: — Você ainda o ama?
Rose riu.
— Provavelmente é melhor que eu não responda isso. Agora sou casada e estou esperando um bebê.
Ária olhou para sua barriga lisa. Será que ela era sempre assim, tão sincera?
— Não sei por que você está me dizendo tudo isso.
— Marron me disse para ajudá-la, então é o que estou fazendo. Eu sabia no que estava me envolvendo. Sabia que jamais daria certo. Acho que você também deve saber.
— Obrigada por me alertar, mas eu estou indo embora. Além disso, Perry e eu somos apenas amigos. E até isso é discutível.
— Ele queria que eu a visse primeiro, até saber que você estava dormindo. Disse que você andou uma semana com esses cortes, sem gemer sequer uma vez. Eu não acho que haja o que discutir. — Rose fechou a maleta com um estalo ruidoso e uma suspeita de sorriso nos lábios. — Cuidado onde pisa, Ária. E tente descansar os pés.

Capítulo 24
ÁRIA

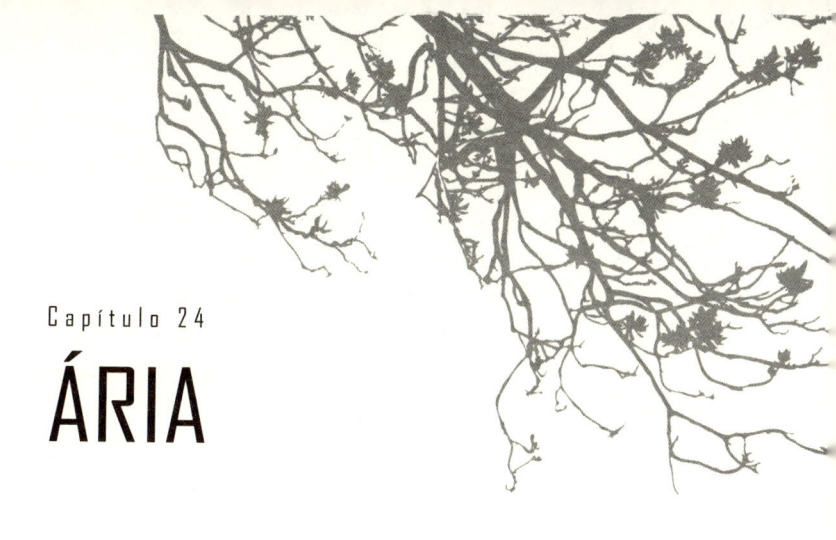

Ária entrou no corredor com as palavras de Rose ainda ecoando em sua mente. Havia tapeçarias penduradas em paredes num tom suave de turquesa, e a cor contrastava com os fios que teciam a cena da antiga batalha. Um nicho aceso numa das pontas abrigava um conjunto de mármore em tamanho natural de um homem e uma mulher numa luta voraz, ou um abraço apaixonado. Era difícil saber. Na outra ponta do corredor, a escadaria em espiral, com uma balaustrada em ferro e folhas douradas, conduzia ao andar abaixo. Ária sorriu. Tudo em Delfos vinha de locais e épocas diferentes. A casa de Marron parecia ser uma dúzia de Reinos de uma só vez.

A voz de Perry emanou escada acima. Por um instante ela fechou os olhos e ficou ouvindo sua fala arrastada. Mesmo entre os Forasteiros, ele tinha um jeito característico e sem pressa de falar. Ele estava falando de sua cidade natal, do Vale dos Marés. De suas preocupações com as tempestades de Éter e as invasões de outras tribos. Para alguém que mal falava, ele era um palestrante de peso. Conciso, mas convicto. Depois de alguns minutos, ela sacudiu a cabeça diante de sua falta de vergonha de ficar ouvindo escondida.

A escada a levou de volta à sala dos sofás. Roar estava sentando num deles, Perry estava esparramado no outro. Marron estava sentado perto de Roar, com suas pernas rechonchudas cruzadas, balançando uma delas. Ela não viu Cinder, mas isso não a surpreendeu. Perry parou de falar e sentou-se ereto quando a viu. Ela tentou não pensar o que aquilo significava, o fato de que ele não quisesse continuar em sua presença.

Ele estava de roupa nova, como Ária. Uma camisa cor de areia. Calça de couro mais para preta que marrom, sem remendos. Seus cabelos estavam puxados para trás e brilhavam sob a luz. Ele tamborilava os dedos da mão boa sobre o gesso. Estava propositadamente evitando olhar em sua direção.

Marron foi até ela e pegou suas mãos, num gesto tão afetuoso que Ária não conseguiu recuar. Ele estava vestindo o que Ária só podia chamar de paletó de smoking, um casaco ridículo de veludo bordô, com o viés e a faixa da cintura em cetim preto.

– Ah – disse ele, com as bochechas inchando num sorriso. – Você as recebeu. Estou vendo que até serviram. Tenho outras roupas sendo preparadas para você, minha cara. Mas, por enquanto, essas vão servir. Como vai você, querida?

– Bem. Obrigada pelas roupas. E pela rosa – acrescentou ela, percebendo que a flor viera de Marron, com as roupas.

Marron inclinou-se à frente, dando um apertão nas mãos dela.

– Um pequeno presente para uma imensa beleza.

Ária riu nervosa. Em Quimera, ela não tinha nada de incomum. Só sua voz a distinguia das outras pessoas. Ser elogiada por algo em que não tinha nenhuma autoridade parecia estranho, mas também era bom.

– Vamos comer? – perguntou Marron. – Temos muito a discutir e é melhor fazermos isso enquanto enchemos a barriga. Tenho certeza de que vocês estão todos com bastante fome.

Eles o seguiram até uma sala de jantar com uma decoração tão exuberante quanto o restante de Delfos. As paredes eram forradas de tecido vermelho e dourado, cobertas, do teto ao chão, com telas a óleo. A luz das velas refletia-se no cristal e na prataria, deixando a sala repleta de luminosidade cintilante. A opulência provocou uma pontada de tristeza, fazendo-a lembrar-se do salão de ópera.

– Passei a vida negociando por esses tesouros – disse Marron, a seu lado. – Mas as refeições devem ser veneradas, não acha?

Roar puxou uma cadeira para ela enquanto Perry seguiu até o outro lado da mesa retangular. Eles mal tinham sentado e já chegaram pessoas para servir água e vinho. Estavam bem-vestidas e meticulosamente arrumadas. Ária começava a ver o que Marron fizera em sua aldeia. Trabalho em troca de segurança. Mas as pessoas que o serviam não pareciam aflitas. Todos que ela vira nas dependências de Marron pareciam saudáveis e contentes. E leais, como Rose.

Marron ergueu seu copo, seus dedos estavam suavemente adornados com joias, e moviam-se como plumas de uma cauda de pavão. Ária fixou o olhar num flash azul. Marron estava usando o anel com a pedra azul que Perry tinha guardado. Ária sorriu consigo mesma. Ela devia parar de fazer suposições sobre rosas e anéis.

– Ao regresso de velhos amigos e a uma nova amizade, inesperada e bem-vinda.

A sopa foi trazida, com um cheiro que atiçou o apetite. Os outros começaram a comer, mas ela pousou sua colher. Era atordoante passar do mundo cruel externo, da corrida pela vida, e entrar nesse banquete reluzente. Ela deveria ter se adaptado mais rapidamente, tendo passado a vida fracionando através dos Reinos. Mas saboreava o momento, apesar de sua estranheza, apreciando tudo o que via à sua frente.

Eles estavam seguros. Estavam aquecidos. Tinham comida.

Ela pegou novamente a colher, acolhendo seu peso na mão. Quando deu a primeira colherada, o gosto explodiu em sua língua, como pequenos fogos de artifício. Fazia tempo que ela não comia algo tão saboroso. A sopa, um creme de cogumelos, estava deliciosa.

Ela deu uma olhada para Perry. Ele estava sentado à cabeceira da mesa, na ponta oposta a Marron. Tinha esperado encontrá-lo deslocado. Ele pertencia à floresta, e ela sabia disso com toda a certeza. Mas ele parecia à vontade. Barbeado, os traços de seu maxilar e nariz pareciam mais angulares, seus olhos verdes estavam mais radiantes, captando a luz das velas tanto quanto o lustre acima.

Ele gesticulou para um dos empregados.

— Onde vocês encontraram cogumelos morchella nesta época do ano?

— Nós cultivamos aqui — disse um jovem.

— Estão muito bons.

O olhar de Ária recaiu na sopa. Ele sabia que havia cogumelos morchella no creme. Ela havia sentido o gosto de cogumelos, mas ele os identificou com exatidão. Olfato e paladar eram sentidos relacionados. Ela lembrou que Lumina lhe dissera isso uma vez. Eles foram os últimos sentidos a serem incorporados aos Reinos, depois da visão, da audição e do tato. O olfato foi o sentido mais difícil de ser reproduzido virtualmente.

Ela olhou de volta para Perry, observando seus lábios fechando sobre a colher. Se seu olfato era tão forte, será que seu paladar também era intensificado? Por algum motivo, a ideia a fez corar. Ária tomou alguns goles de água, escondendo o rosto com o cristal.

— Marron está trabalhando em seu olho mágico — disse Perry. Ele estava chamando de olho mágico. Não de dispositivo. Nem de lente.

— Desde o minuto em que Perry me entregou. Pelo que pude notar até agora, ele não está danificado. Estamos trabalhando na restauração da energia, cautelosos para não dispararmos um sinal localizador, mas vamos conseguir. Em breve, deverei saber quanto tempo irá levar.

— Deve haver dois arquivos — disse Ária. — Uma gravação e uma mensagem da minha mãe.

— Se puderem ser encontrados, nós acharemos.

Pela primeira vez, Ária teve esperança. Esperança real de entrar em contato com Lumina. De que Perry encontraria Talon. Perry cruzou com seu olhar e sorriu. Ele também sentiu isso.

– Não sei como posso agradecê-lo – disse ela a Marron.

– Receio que eu não tenha apenas boas notícias. Restaurar a energia será a parte fácil. Conectar o olho aos Reinos para contatar sua mãe será muito mais difícil. – Marron lançou um olhar lastimoso na direção dela. – Antes, eu já tinha tentado abrir uma brecha nos protocolos de segurança dos Reinos. Nunca consegui, mas nunca tentei fazê-lo com um olho mágico ou com um Ocupante.

Ária tivera essa preocupação. Hess certamente havia bloqueado seu acesso aos Reinos, mas ela torcia para que o arquivo "Pássaro Canoro" talvez os ajudasse a encontrar Lumina.

Marron fez perguntas sobre o núcleo, enquanto eles passavam da sopa ao ensopado de carne com molho de vinho. Ária explicou como tudo era automatizado, desde a produção da comida até a reciclagem do ar e da água.

– As pessoas não trabalham? – perguntou Roar.

– Somente a minoria trabalha de verdade. – Ária deu uma olhada para Perry, em busca de sinais de aversão, mas ele estava concentrado em sua comida. Uma refeição como essa tinha de ser uma raridade para ele, não algo que simplesmente tivesse sentido falta durante a jornada.

Ela contou-lhes sobre a pseudoeconomia, onde as pessoas acumulavam riqueza virtual, mas que havia mercados negros e hackers.

– Nada disso muda o que acontece no real. Fora os Cônsules, todos têm direito às mesmas moradias, vestimentas e alimentação.

Roar inclinou-se acima da mesa e sorriu sedutor, com os cabelos escuros caindo nos olhos.

– Quando você diz que tudo acontece nos Reinos, você quer dizer *tudo*?

Ária riu, nervosa.

– Sim. Principalmente aquilo. Não há riscos nos Reinos.

O sorriso de Roar aumentou.

— Você simplesmente pensa e acontece? Parece mesmo *real*?

— Por que estamos falando sobre isso?

— Eu preciso de um olho mágico – disse ele.

Perry revirou os olhos.

— De jeito nenhum é a mesma coisa.

Marron limpou a garganta. Ele tinha ficado com o rosto ligeiramente corado. Ária sabia que também ficara vermelha. Ela não sabia se era a mesma coisa, no real ou nos Reinos, mas não diria isso a eles.

— O que aconteceu com os Corvos? – perguntou ela, ansiosa para mudar de assunto. Certamente, a essa altura eles teriam desaparecido.

Ela olhou ao redor da mesa. Ninguém respondeu. Marron finalmente limpou a boca com um guardanapo e disse:

— Eles ainda estão reunidos no platô, pelo que dá pra ver. Matar um Soberano de Sangue é uma afronta grave, Ária. Eles ficarão o máximo que puderem.

— Nós assassinamos um Soberano de Sangue? – perguntou ela, mal acreditando que acabara de usar a palavra "assassinamos".

Os olhos verdes de Perry se ergueram.

— É a única forma de explicar o grande número de Corvos. E fui eu que fiz, não você, Ária.

Pelo que ela havia feito. Porque ela deixara a caverna podre para procurar frutas.

— Então, eles estão esperando?

Perry recostou-se em sua cadeira, contraindo o maxilar.

— Sim.

— Estamos seguros aqui, posso garantir – disse Marron. – O muro tem quinze metros em seu ponto mais baixo, e temos arqueiros posicionados dia e noite. Eles impedirão que os Corvos se aproximem demais. E logo o tempo vai mudar. Com o frio e as tempestades de Éter, os Corvos irão embora, em busca de abrigo. Vamos torcer para que isso aconteça antes que eles façam algo tempestuoso.

— Quantos são, lá fora? — perguntou ela.

— Quase quarenta — disse Perry.

— *Quarenta?* — Ela não pôde acreditar. Quarenta *canibais* estavam atrás dele? Durante dias, tinha imaginado acessar a mãe, em Nirvana. Ela imaginou Lumina mandando uma nave para buscá-la. Com a filmagem de Soren, ela limparia seu nome de qualquer mau procedimento e recomeçaria em Nirvana. Mas e quanto a Perry? Será que ele algum dia conseguiria deixar a casa de Marron? Se conseguisse, será que sempre teria de fugir dos Corvos?

Marron sacudiu a cabeça para o vinho.

— Nessas épocas difíceis, os Corvos se saem bem.

Roar assentiu.

— Eles destruíram os Barbatanas Negras, alguns meses atrás. Era uma tribo a oeste daqui. Sofreram alguns anos difíceis, como a maioria. Então, vieram as tempestades de Éter, que atingiram sua aldeia em cheio.

— Nós estivemos lá — disse Perry, olhando para ela. — Era o lugar com o telhado quebrado.

Ária engoliu com a garganta apertada, imaginando a força da tempestade que arrasou aquele lugar. Foi lá que Perry arranjou-lhe botas e casaco. Ela havia usado as roupas dos Barbatanas Negras durante dias.

— Eles foram golpeados cruelmente — disse Perry.

— Foram mesmo — concordou Roar. — Perderam metade de seus homens para as tempestades num só dia. Lodan, o Soberano de Sangue, mandou dizer a Vale que oferecia o que restara de sua tribo aos Marés. Essa é a maior vergonha para um Soberano de Sangue, Ária. — Ele parou, com os olhos escuros desviando-se para Perry. — Vale recusou a oferta. Alegou que não podia aceitar mais bocas famintas.

Perry pareceu magoado.

— Vale não me disse.

— Claro que não, Perry. Você teria apoiado sua decisão?

– Não.

– Segundo ouvi – continuou Roar –, Lodan estava seguindo em direção aos Galhadas.

– Para Sable? – perguntou Marron.

Roar assentiu.

– Há um lugar sobre o qual as pessoas falam – ele disse a Ária. – Um lugar livre do Éter. Eles o chamam de Azul Sereno. Alguns dizem que não é real. Apenas o sonho de um céu limpo. Mas de tempos em tempos as pessoas cochicham a respeito. – Roar olhou de volta para Perry. – Há um burburinho mais intenso do que jamais ouvi. As pessoas estão dizendo que Sable descobriu esse lugar. Lodan estava convencido.

Perry inclinou-se à frente. Ele parecia pronto para disparar da cadeira.

– Nós precisamos descobrir se é verdade.

A mão de Roar pousou na faca.

– Se eu for a Sable, não será para fazer perguntas sobre o Azul Sereno.

– Se você for a Sable, será para entregar minha irmã, como você deveria ter feito. – O tom de Perry tinha esfriado. Os olhos de Ária desviaram-se de Roar para Perry.

– O que aconteceu com os Barbatanas? – perguntou Marron. Ele calmamente cortou sua carne num quadrado perfeito, como se não fizesse ideia da súbita tensão na sala.

Roar deu um longo gole, antes de falar:

– Os Barbatanas já estavam enfraquecidos quando foram acometidos pela doença, em campo aberto. Então, os Corvos vieram e pegaram as crianças mais fortes para eles. Com o restante... bem, fizeram o que os Corvos fazem.

Ária olhou para baixo. O molho em seu prato tinha começado a parecer vermelho demais.

– Terrível – disse Marron, afastando seu prato. – Coisa de pesadelo. – Ele sorriu para ela. – Em breve, você deixará tudo isso para trás, minha querida. Perry me disse que sua mãe é cientista. Que tipo de trabalho ela faz?

– Genética. Não sei muito além disso. Ela trabalha para um comitê que supervisiona todos os núcleos e Reinos. O Comitê Central do Governo. É uma pesquisa de alto nível. Ela não tem permissão para falar a respeito.

Ária ficou constrangida pela forma como aquilo soou. Como se sua mãe não pudesse confiar a ela as informações.

– Ela é muito dedicada. Partiu para trabalhar em outro núcleo, alguns meses atrás – acrescentou ela, sentindo necessidade de dizer mais alguma coisa.

– Sua mãe não está em Quimera? – perguntou Marron.

– Não. Ela teve de ir para Nirvana fazer uma pesquisa.

Marron pousou seu vinho tão depressa que respingou da borda de cristal, encharcando a toalha de linho bege.

– O que foi? – perguntou Ária.

Os anéis de Marron cintilaram em vermelho e azul, conforme ele segurou nos braços de sua cadeira.

– Corre um boato, dos comerciantes que passaram por aqui na semana passada. É apenas um boato, Ária. Você ouviu o que Roar disse sobre o Azul Sereno. As pessoas falam.

A sala se virou para ela.

– Que boato?

– Eu lamento dizer. Nirvana foi atingida por uma tempestade de Éter. Dizem que foi destruída.

Capítulo 25

PEREGRINE

Perry estava do lado de fora da porta de Ária, com os pulmões bombeando ar como um fole. Havia muita coisa agradável na casa de Marron. Comida. Camas. Comida. Mas todas as portas e paredes davam a ele um alcance patético do estado de espírito das pessoas. Ele pensou em todas as vezes que desejara ter um minuto de paz ao longo da última semana. Apenas uma hora sem inalar a dor de Ária ou de Roar. No entanto, ali estava ele, praticamente fungando embaixo da porta de Ária.

E não captava nada. Perry pôs o ouvido junto à porta de madeira. Não adiantou. Xingando baixinho, ele correu lá para baixo. Entrou numa sala do primeiro andar, que estava vazia, exceto por uma pintura, que parecia um respingo acidental, e a porta pesada de aço do elevador. Perry apertou os botões. Ficou andando de um lado para outro, até que a porta se abriu. Não havia botões do lado de dentro. A caixa de aço descia a um único lugar. Marron o chamava de Miolo.

Depois de dez segundos ali dentro, ele começou a suar. Continuava a descer cada vez mais fundo, imaginando todos os passos que tivera de dar para subir a montanha. O elevador desacelerou e parou, mas por causa do movimento brusco ele continuou a sentir o incômodo no estômago por um ou dois instantes. Ele se lembrou da sensação de sua primeira visita. Difícil esquecer. Finalmente, a porta se abriu.

Um cheiro úmido e denso, como terra aerada, foi até ele. Ele espirrou algumas vezes, andando a passos largos por um corredor que conduzia à fonte de luz, no final. Havia caixotes empilhados ao longo das paredes. Mesmo em cima delas, havia um monte de coisas estranhas. Vasos e cadeiras empoeirados. Um braço de manequim. Uma tela fina de papel, pintada com botões de cerejeira. Uma harpa sem cordas. Uma caixa de madeira cheia de maçanetas, dobradiças e chaves.

Ele tinha pesquisado todos esses caixotes da última vez que viera. Como tudo na casa de Marron, as bugigangas amontoadas no Miolo ensinavam sobre o mundo anterior à União. Um mundo que Vale havia descoberto anos antes deles, nas páginas dos livros.

Perry seguiu o barulho até o fim do corredor, cumprimentando Roar e Marron ao entrar numa sala imensa. Uma bancada de computadores ocupava um dos lados. A maioria era antiquíssima, mas Marron tinha algumas peças de equipamentos de Ocupantes tão modernas quanto o olho mágico de Ária. Também havia uma tela do tamanho da parede, como na sala acima. A imagem que ele viu era do platô que eles tinham atravessado, no fim da escalada até a casa de Marron. As cores eram estranhas e a imagem estava obscura, mas ele reconheceu as figuras de capa que se deslocavam ao redor de barracas.

— Eu mandei instalar uma microcâmera — disse Marron, de uma escrivaninha de madeira. Ele controlava as imagens no telão de parede inteira, com um controle remoto bem fininho. O olho mágico de Ária estava sobre sua mesa, em cima de uma chapa preta grossa, parecida com um bloco de granito. — Isso não vai durar muito, por causa do Éter, mas, até lá, irá nos ajudar a ver o que eles estão fazendo.

— Eles estão se preparando para ficar, é isso que estão fazendo — disse Roar. Ele estava sentado sozinho no sofá, com os pés em cima da mesinha de centro. — Eu diria que há mais dez, desde a última contagem. Você finalmente tem uma tribo seguindo você, Per.

— Obrigado, Roar. Mas não é do tipo que eu queria. — Perry suspirou. Será que os Corvos algum dia partirão? Como ele sairia dali?

Marron adivinhou seus pensamentos.

— Perry, há velhos túneis que percorrem o fundo da montanha. A maioria é intransponível, mas nós talvez possamos encontrar um que não tenha cedido. Vou mandar que sejam verificados, pela manhã.

Perry sabia que Marron tivera a intenção de tranquilizá-lo, mas isso só fez com que ele se sentisse pior, por todos os problemas que estava criando. E túneis? Ele ficava apavorado ao pensar em ir embora dessa forma. Só o fato de ficar dentro dessa sala já o fazia suar. Mas, a menos que os Corvos desistissem e fossem embora, ele não conseguia pensar em outro meio de deixar Delfos.

— Quais as novidades em relação ao olho mágico?

Os dedos de Marron deslizaram no controle. A imagem na tela mudou para uma série de números.

— Segundo minha estimativa, eu poderia decodificar e fazer a verificação em dezoito horas, doze minutos e vinte e nove segundos.

Perry assentiu. Eles o teriam em algum momento, no começo da noite de amanhã.

— Perry, mesmo que eu consiga carregá-lo, acho que vocês dois devem estar preparados para qualquer desfecho. Os Reinos são até mais bem protegidos que os núcleos. Muros e escudos de energia não são nada em comparação. Talvez não haja nada que eu possa fazer para conectar você a Talon. Ou conectar Ária à mãe dela.

— Precisamos tentar.

— Tentaremos. Faremos o melhor possível.

Perry ergueu o queixo para Roar.

— Preciso de você. — Roar o seguiu, sem perguntar nada. No elevador, ele explicou o que queria.

— Achei que você já tivesse ido falar com ela — disse Roar.

Perry ficou olhando as portas metálicas.

– Não fui... Quer dizer, eu fui, mas não a vi.

Roar riu.

– E você quer que *eu* fale com ela?

– Sim. *Você*, Roar. – Será que teria de explicar que Ária conversava com ele com mais facilidade?

Roar recostou-se no elevador e cruzou os braços.

– Lembra-se daquela vez quando eu estava tentando falar com Liv e caí do telhado?

Dentro do elevador apertado, ele não teve como deixar de captar a mudança no temperamento de Roar. Um perfume de saudade. Ele sempre torceu para que Roar e Liv superassem o que sentiam, mas eles sempre foram completamente envolvidos um pelo outro.

– Eu estava falando com ela através daquele buraco na madeira, lembra disso, Perry? Ela estava lá em cima, no sótão, e tinha acabado de chover. Eu perdi o equilíbrio e escorreguei.

– Eu me lembro de você correndo do meu pai com a calça nos tornozelos.

– Isso mesmo. Eu rasguei a calça num ladrilho quando caí. Acho que nunca vi a Liv rir tanto. Quase me fez querer parar de correr para vê-la rindo daquele jeito. Ouvir também era muito bom. O melhor som do mundo, a risada de Liv. – Depois de um instante, o sorriso de Roar desapareceu. – Ele era bem veloz, o seu pai.

– Ele era mais forte do que veloz.

Roar não disse nada. Ele sabia como tinha sido ruim para Perry enquanto ele crescia.

– Você tinha algum objetivo com essa história? – Perry saiu assim que as portas do elevador se abriram. – Você vem?

– Caia do seu próprio telhado, Perry – disse ele, à medida que as portas se fechavam.

O elevador desceu de volta ao Miolo, levando junto o som da risada de Roar.

Ária estava sentada na beirada da cama quando Perry entrou em seu quarto. Ela estava com os braços cruzados sobre a barriga.

Só o abajur ao lado da cama estava aceso. A luz vinha da luminária formando um triângulo perfeito, refletindo-se em seus braços cruzados. O quarto estava com seu cheiro. Violetas do começo da primavera. A primeira florada. Ele poderia ter se perdido naquele cheiro se não fosse pela umidade do temperamento dela.

Perry fechou a porta atrás de si. Esse quarto era menor que o dormitório que ele dividia com Roar. Ele não viu lugar nenhum para se sentar, fora a cama. Não que estivesse com vontade de se sentar. Mas também não queria ficar de pé perto da porta.

Ela olhou para ele, com os olhos inchados de chorar.

— Marron o mandou novamente?

— Marron? Não... não mandou. — Ele não deveria ter vindo. Por que tinha fechado a porta como se tivesse a intenção de ficar? Agora seria estranho ir embora.

Ária limpou as lágrimas do rosto.

— Sabe aquela noite, em Quimera? Eu estava em Ag 6 tentando descobrir se ela estava bem. O link com Nirvana estava fora do ar e eu estava muito preocupada. Quando vi a mensagem dela, achei que ela estivesse bem.

Perry ficou olhando o espaço vazio ao lado dela. A apenas quatro passos de distância. Quatro passos que pareciam mais de um quilômetro. Ele os percorreu como se fosse se atirar de um penhasco. A cama balançou quando ele se sentou. O que havia de errado com ele?

Ele limpou a garganta.

— São apenas boatos, Ária. Os Audis simplesmente espalham as coisas.

— Pode ser verdade.

— Mas pode não ser. Talvez só uma parte tenha sido destruída. Como a cúpula, naquela noite. Estava amassada no lugar por onde eu entrei.

Ela se virou para a pintura da parede, perdida em pensamentos.

— Você tem razão. Os núcleos são construídos para quebrarem em partes. Há meios de conter os danos.

Ela afastou os cabelos, prendendo-os atrás da orelha.

— Eu só queria saber. Não sinto que ela tenha partido... Mas e se ela se foi? E se eu precisasse estar de luto por ela neste momento? E se eu ficar de luto e ela não tiver morrido? Tenho tanto medo de interpretar isso da maneira errada. E detesto não poder fazer nada quanto a isso.

Ele dobrou os joelhos e apoiou o gesso sobre eles.

— Foi assim que você se sentiu sobre Talon, não foi?

Ele concordou.

— Foi — disse. — Exatamente. — Ele vinha evitando o medo de que talvez estivesse fazendo tudo em vão. De que Talon já tivesse partido. Não se permitira pensar isso. E se Talon tivesse morrido por causa dele? Onde ele estava? Perry sabia que ela entendia. Essa garota Ocupante sabia o que era sentir a tortura de amar alguém que estava perdido. Talvez para sempre.

— Marron diz que terá os arquivos e o link funcionando até amanhã.

— Amanhã — disse ela.

A palavra ficou no ar, no silêncio do quarto. Perry inalou lentamente, tomando coragem para falar o que vinha querendo dizer havia dias. Tudo poderia mudar quando eles consertassem o olho mágico. Essa poderia ser a última chance de dizer a ela.

— Ária... todos se sentem perdidos às vezes. É a maneira de agir de uma pessoa que a distingue das demais. Nesses últimos dias você continuou seguindo em frente, apesar dos seus pés. Apesar de não saber o caminho... Apesar de mim.

— Não sei se isso é um elogio ou um pedido de desculpas.

Ele olhou para ela.

— As duas coisas. Eu poderia ter sido mais gentil com você.

— Você poderia pelo menos ter falado um pouquinho mais.

Ele sorriu.

— Isso eu já não sei.

Ela riu, depois ficou séria.

— Eu também poderia ter sido mais gentil.

Ela recuou, encostando-se à cabeceira da cama. Seus cabelos escuros caíram sobre os ombros, emoldurando o queixo pequeno. Seus lábios rosados se abriram num sorriso suave.

— Eu o perdoo sob duas condições.

Perry se apoiou em seu braço bom e deu uma olhada para ela. O corpo dela combinava com roupas justas, não com aqueles trapos largos. Ele se sentia culpado por estar olhando, mas não podia evitar.

— É? E quais são?

— Primeiro me diga como está seu temperamento agora.

Ele disfarçou sua surpresa com uma tosse.

— *Meu* temperamento? — De forma alguma isso era uma boa ideia. Ele procurou um jeito gentil de dizer não. — Eu poderia tentar — disse ele, depois passou a mãos pelos cabelos, chocado com o que acabara de concordar. — Tudo bem... — Ele remexeu na borda do gesso. — Os aromas, da forma como eu os capto, são mais que cheiros. Às vezes têm pesos e temperatura. Cores também. Acho que não é assim para outras pessoas. Minha linhagem é forte, pelo lado do meu pai. Provavelmente, a linhagem mais forte de Olfativos. — Ele se deteve, sem querer parecer presunçoso. Percebeu que suas coxas estavam contraídas. — Então, neste momento, meu temperamento provavelmente está frio. E pesado. A tristeza é assim. Escura e densa, como uma rocha. Como se o cheiro estivesse emanando de uma pedra molhada.

Ele deu uma olhada para ela, que não parecia estar sentindo vontade de rir, então ele prosseguiu:

— Tem mais. Na maioria das vezes, quase sempre... há mais de um aroma em um temperamento. Os temperamentos nervosos têm odores ativos. Como folhas de louro, sabe? Algo bem forte e marcante. Temperamentos nervosos são difíceis de ignorar. Então, provavelmente, tem um pouco disso também.

– Por que você está nervoso?

Perry sorriu olhando para seu gesso.

– Essa pergunta me deixa nervoso. – Ele se forçou a olhar para ela. Isso também não estava funcionando, então ele fixou o olhar no abajur. – Não consigo fazer isso, Ária.

– Agora você sabe como é. O quanto me sinto exposta quando estou perto de você.

Perry riu.

– Isso foi muito esperto de sua parte. Você quer saber por que estou nervoso? Porque você tem uma segunda condição.

– Não é uma condição. É mais um pedido.

Ele estava com o corpo inteiro retraído, esperando pelo que ela diria a seguir.

Ária puxou as cobertas, se cobrindo.

– Você pode ficar comigo? Acho que eu dormiria melhor se você ficasse aqui esta noite. Então, poderíamos sentir falta deles, juntos.

Ele teve o impulso de concordar. Ela estava linda, recostada na cabeceira, com a pele parecendo mais suave, mais macia que os lençóis que a cobriam. Mas Perry hesitou.

Dormir era a coisa mais perigosa que um Olfativo podia fazer ao lado de outra pessoa. Os temperamentos se misturavam na harmonia do sono. Embaralhavam-se, formando os próprios laços. Olfativos ficavam entregues dessa forma, como acontecera com ele e Talon.

Ele não sabe por que pensou nisso só agora, mas não precisava se preocupar. Olfativos raramente se rendiam a alguém fora de seu Sentido. E ela era uma Ocupante. A condição mais distante de ser um Olfativo. Além disso, ele vinha dormindo a alguns palmos de distância dela, há mais de uma semana. Que diferença um dia faria?

Os olhos de Perry se desviaram para o tapete macio e voltaram a encontrar os de Ária.

– Estarei bem aqui.

Capítulo 26

ÁRIA

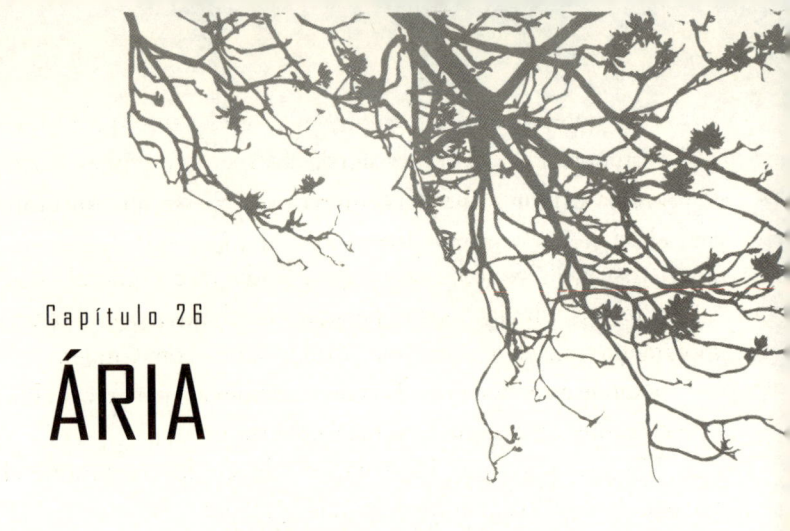

Marron estava em contagem regressiva para o momento em que eles pudessem carregar o olho mágico com segurança. Pela manhã, ele o mostrou a Ária quando a levou até o Miolo.

Sete horas, quarenta e três minutos e doze segundos.

Era uma estimativa, mas Ária sabia o suficiente sobre Marron para dar o devido valor àqueles números. A sala era vazia e fria em comparação ao restante de Delfos. Uma coleção de equipamentos computadorizados. Uma escrivaninha e um sofá. Ali havia uma atmosfera sagrada. Ela teve a impressão de que ninguém descia ali, exceto Marron. Ária notou um vaso de rosas em cima de uma mesinha de centro.

– Você gostou tanto da outra – disse Marron, radiante, depois silenciosamente se voltou ao trabalho no olho mágico sobre sua mesa.

Ária sentou-se no sofá, com o estômago revirando de nervosismo. Ela não conseguia tirar os olhos dos números da tela na parede. Será que a gravação de Ag 6 ainda estaria no olho mágico? E o arquivo "Pássaro Canoro"? Será que ela conseguiria encontrar Lumina e Talon? Somente uma hora havia transcorrido quando Marron a convidou para dar uma volta lá fora. Ela imediatamente concordou. Seus pés ainda estavam doloridos, mas ela ficaria maluca ali embaixo sozinha. O tempo nunca passara tão devagar.

Ela procurou por Perry enquanto eles caminhavam pelos corredores de Delfos. Tinha ficado acordada, ouvindo o ritmo constante da respiração dele durante a noite. Mas, quando despertou naquela manhã, ele não estava lá.

Ária imediatamente notou uma mudança no quintal, ao sair com Marron. Havia poucas pessoas circulando, comparado ao movimento que ela vira em sua entrada súbita com Cinder.

– Onde estão todos? – Ária deu uma olhada para o céu. Ela já vira correntes de energia bem mais pesadas.

Marron ficou sério. Ele enlaçou o braço dela, conforme eles prosseguiram pelo caminho de paralelepípedos.

– Tivemos algumas flechas por cima do muro, dos Corvos, no começo desta manhã. Foram disparos negligentes, feitos antes do raiar do dia. Mais para incitar o medo do que qualquer outra coisa. E foram bem-sucedidos nisso. Eu esperava que já estivessem mais tranquilos a essa altura, aparentemente...

Marron foi parando de falar, enquanto olhava na direção de Delfos. Rose e Slate se apressaram na direção deles, e a trança escura de Rose balançava atrás dela. Ela já estava falando, antes mesmo de parar:

– O menino, Cinder, ele sumiu.

– Ele partiu pelo portão leste – acrescentou Slate rapidamente. Ele parecia furioso consigo mesmo. – Já estava lá fora quando a torre o avistou.

O braço de Marron se contraiu junto ao dela.

– Isso é inadmissível diante das circunstâncias. Isso *não pode* acontecer. Quem estava naquele posto? – Ele saiu andando rapidamente com Slate, ainda reclamando.

Ária não podia acreditar. Depois de tudo, de carregá-lo até ali, Cinder tinha partido?

– Perry sabe? – perguntou ela a Rose.

– Não, acho que não. – Rose apertou os lábios, reprovando. Depois ela revirou os olhos. – Você deve tentar primeiro o terraço. É onde ele geralmente fica.

— Obrigada — disse Ária, depois seguiu em direção a Delfos. Rose gritou, brincando:
— Seus pés parecem estar sarando!

Ária pegou o elevador até o topo de Delfos e chegou ao terraço, uma vasta extensão de cimento com uma grade de madeira como parapeito. Perry estava sentado, encostado à grade, olhando o Éter acima, com a mão machucada apoiada sobre o joelho. Ele sorriu ao vê-la e apressou-se até ela.

Quando se aproximou, seu sorriso desapareceu.
— O que foi?
— Cinder sumiu. Ele foi embora. Eu lamento, Perry.

Ele contraiu o rosto, depois olhou para o lado e sacudiu os ombros.
— Tudo bem. Eu nem o conhecia direito. — Ele ficou em silêncio por um instante. — Você tem certeza de que ele se foi? Procuraram por ele?
— Sim. Os guardas o viram partir.

Eles caminharam até a beirada do terraço. Perry apoiou os braços na grade, perdido em pensamentos enquanto olhava as árvores. Ária olhou o muro comprido, circundando Delfos. Ela viu o portão por onde eles haviam entrado no dia anterior e as torres, dispostas em espaços iguais em volta do terreno. A cerca de vinte metros abaixo, os cubículos dos animais e os jardins formavam estampas caprichosas no pátio. Ela acabara de passar por ali.

— Quem lhe disse que eu estava aqui em cima? — perguntou Perry. A decepção tinha sumido de seu rosto.
— Rose. — Ária sorriu. — Ela me disse muitas coisas.

Ele se retraiu.
— Disse? O que foi que ela disse? Não, não me diga. Eu não quero saber.
— Não quer mesmo?
— Ahh... isso é covardia. Você me derrubou e continua me chutando!

Ela riu e eles caíram em silêncio novamente. O silêncio entre eles era agradável.

— Ária — disse ele, depois de um tempo. — Eu quero esperar pelo olho mágico com você, mas não consigo ficar no Miolo. Não por muito tempo. Fico todo tremido naquela profundidade.

— Fica tremido? — Para uma criatura letal, às vezes ele usava palavras que pareciam infantis.

— Agitado, sabe, como se não conseguisse ficar parado?

Ela sorriu.

— Posso esperar com você aqui em cima?

— Pode — disse ele, sorrindo. — Eu estava torcendo por isso. — Ele se sentou, passando as pernas por entre a grade de madeira, deixando-as penduradas. Ária sentou-se ao seu lado, de pernas cruzadas.

— Este é meu lugar predileto em Delfos. É o melhor ponto para ler o vento.

Ela fechou os olhos pensando no que ele dissera, conforme uma brisa soprou. Sentiu o cheiro da fumaça e dos pinheiros no vento. A pele de seu braço se retesou.

— Como estão seus pés? — perguntou ele.

— Ainda estão um pouquinho doloridos, mas estão bem melhores — disse ela, comovida pela pergunta simples. Com ele não era papo furado. Ele estava sempre cuidando das pessoas. — Talon tem sorte de ter um tio como você — acrescentou ela.

Ele sacudiu a cabeça.

— Não. É por minha causa que ele foi levado. Só estou tentando consertar isso. Não tenho escolha.

— Por quê?

— Nós somos rendidos. Há um laço entre nós, através de nossos temperamentos. Eu sinto o que ele sente. Não apenas farejo. E acontece o mesmo com ele.

Ela não conseguia imaginar ser ligada a uma pessoa dessa forma. Pensou no que Roar e Rose tinham dito, sobre os Olfativos se manterem junto à sua espécie.

Perry se inclinou à frente, cruzando os braços acima da grade.

– Longe dele é como se parte de mim tivesse sumido.

– Nós o encontraremos, Perry.

Ele pousou o queixo na grade.

– Obrigado – disse ele, com os olhos fixos no pátio abaixo.

Os olhos de Ária focaram o braço dele. Ele tinha arregaçado as mangas acima dos cotovelos, por causa do gesso. Uma veia forte envolvia a elevação de seu bíceps. Uma de suas marcas era uma faixa de talhos angulares. A outra era feita de linhas flutuantes, como ondas. Ela teve o ímpeto de tocá-las. Seus olhos subiram até seu perfil, seguindo a pequena elevação de seu nariz, encontrando a fina cicatriz na beirada de seu lábio. Talvez ela quisesse tocar mais que seu braço.

De repente, Perry virou-se para ela, que se deu conta de que ele *sabia*. O calor se espalhou pelas bochechas dela. Ele também tinha sentido seu constrangimento.

Ela pendurou as pernas para fora do terraço como ele e tentou parecer interessada no que se passava lá embaixo. O pátio mostrava mais sinais de vida. As pessoas se deslocavam ali e aqui. Um homem rachava lenha com golpes certeiros do machado. Um cachorro latia para uma menininha que segurava algo no alto, onde ele não conseguia alcançar. Por mais que se concentrasse no que via, ainda sentia a atenção de Perry sobre ela.

– O que você vai fazer depois que encontrar Talon? – perguntou ela, mudando de tática.

Ele novamente relaxou acima da grade.

– Vou levá-lo pra casa, depois vou reunir minha própria tribo.

– Como?

– É uma questão de conquistar homens. Você arranja um que esteja disposto ou que seja forçado a seguir você. Depois outro, e por aí adiante. Até que você tenha um grupo grande o suficiente para demarcar algum território. Lutar por ele, se for preciso.

– Como eles seriam forçados?

— Num desafio. O vencedor pode poupar a vida do perdedor e ganhar lealdade, ou... você sabe.

— Entendo – disse Ária. Lealdade. Aliados. Juramentos feitos na iminência da morte. Eram conceitos comuns na vida dele.

— Talvez eu rume para o norte – continuou ele. – Para ver se consigo encontrar minha irmã e levá-la até os Galhadas. Talvez eu possa consertar essa confusão antes que seja tarde demais. E eu quero ver o que consigo descobrir sobre o Azul Sereno.

Ária ficou imaginando como ficariam as coisas entre ele e Roar. Não parecia justo manter separadas duas pessoas que se amavam.

— E quanto a você? – perguntou ele. – Quando encontrarmos sua mãe, você vai voltar para aqueles lugares virtuais? Os Reinos?

Ela gostou do jeito que ele dizia *Reinos*. Devagar e ressoante. Gostou ainda mais da forma como ele disse *quando* encontrarmos sua mãe. Como se fosse acontecer. Como se fosse inevitável.

— Acho que voltarei a cantar. Sempre foi uma coisa que minha mãe me obrigava a fazer. Eu nunca... nunca quis, realmente, cantar. Agora eu sinto vontade. Canções são histórias. – Ela sorriu. – Talvez eu tenha minhas próprias histórias para contar agora.

— Tenho pensado sobre isso.

— Você tem pensado sobre minha voz?

— É. – Ele deu uma sacudida de ombros que ao mesmo tempo pareceu tímida e displicente. – Desde aquela primeira noite.

Ária precisou conter um sorriso ridiculamente orgulhoso.

— Aquilo foi de *Tosca*. Uma ópera italiana antiquíssima. – A canção era para um tenor masculino. Quando Ária a contava, ela elevava o tom até trazê-la para o seu registro, mas mantinha sua característica perdida e pesarosa. – É sobre um homem, um artista que foi condenado a morrer, e ele está cantando sobre a mulher que ama. Ele acha que jamais voltará a vê-la. É a ária predileta de minha mãe. – Ela sorriu. – Além de mim.

Perry cruzou as pernas e sentou-se recostado na grade, com um sorriso esperançoso no rosto.

Ária riu.

– Sério? Aqui?

– Sério.

– Tudo bem... Preciso me levantar. É melhor se eu ficar de pé.

– Fique de pé, então.

Perry levantou-se com ela, recostando o quadril na grade. O sorriso dele era desconcertante; então, por alguns momentos, ela olhou para cima, para o Éter, respirando o ar fresco nos pulmões, enquanto a expectativa revolvia-se por dentro. Ela sentira falta disso.

A letra fluía de dentro dela, partindo diretamente do coração. Palavras repletas de drama e uma entrega tão desmedida que, em outros tempos, a deixariam completamente constrangida. Afinal, quem se entregaria à emoção desse jeito?

Era exatamente o que ela fazia agora.

Ela deixou que as palavras fluíssem pelo terraço, passassem pelas árvores. Perdeu-se na ária, deixando-se levar. Porém, mesmo enquanto cantava, ela sabia que o homem lá embaixo parara de cortar madeira, e o cachorro, de latir. Até as árvores pararam de se remexer para ouvi-la cantar. Quando terminou, estava com lágrimas nos olhos. Queria que sua mãe a tivesse ouvido. Ela nunca cantou tão divinamente.

Perry fechou os olhos quando ela terminou.

– Você tem uma voz tão doce quanto seu cheiro – disse ele, a voz grave e serena. – Doce como violetas.

O coração dela parou no peito. Ele achava que Ária tinha cheiro de violetas?

– Perry... você quer saber a letra?

Ele rapidamente abriu os olhos.

– Quero.

Ela levou um instante para pensar na letra, depois reuniu coragem para contar-lhe tudo, olhando nos olhos dele.

– 'Como brilhavam as estrelas. Como era doce o cheiro da terra. O portão do pomar rangia e pegadas eram deixadas na areia. E ela entrou, perfumada como uma flor, e caiu nos meus braços. Ah, que doces beijos, que carícias sem fim. Trêmulo, eu livro suas belas formas de todos os véus. Agora, meu sonho de amor verdadeiro se foi para sempre. As horas fogem de mim, e eu morro impotente... e nunca amei tanto a vida.'

Eles se aproximaram como se alguma força invisível os impulsionasse na direção um do outro. Ária olhou para as mãos que se entrelaçaram, sentindo a sensação do toque dele. Um toque morno e calejado. Macio e áspero ao mesmo tempo. Ela absorveu o terror e a beleza dele e de seu mundo. De todos os momentos vividos nos últimos dias. Tudo isso a preenchendo, como se fosse o primeiro sopro de ar a encher seus pulmões. E ela jamais amara tanto a vida.

Capítulo 27

ÁRIA

Quando ela voltou ao Miolo com Perry, só restavam quarenta e sete minutos no cronômetro. Roar estava à mesa de controle, com Marron. Ela teve uma vaga noção do que eles falavam baixinho de Perry, andando de um lado para outro, atrás do sofá. Ela não conseguia focar em nada além dos números na tela.

"Mãe", pedia ela em silêncio. "Esteja aí. Por favor, esteja aí. Eu preciso de você."

"Perry e eu precisamos de você."

Ela achou que haveria grande alarde quando a contagem chegasse a zero. Que fosse soar um alarme, ou algo do tipo. Não houve nada. Nenhum ruído.

– Estou com os dois arquivos aqui – disse Marron. – Ambos foram restaurados na memória do olho mágico.

Marron transferiu os arquivos para a tela na parede. Um deles tinha data e tempo cronometrado. O leitor mostrava vinte e um minutos de gravação. O outro estava intitulado "Pássaro Canoro".

Ária não se deu conta de Perry se juntando a ela, no sofá, nem de segurar sua mão. Ela não sabia como isso passara despercebido. Agora que se deu conta, ele parecia a única coisa que a impedia de cair do sofá.

Eles haviam decidido verificar os arquivos antes de tentar contatar Lumina. Ária pediu para ver a gravação primeiro. Esse era o arquivo de que ambos necessitavam. O objeto de barganha por Talon. A prova que limparia seu nome. Então, se preparou para ver o incêndio e Soren. E os sons de Paisley morrendo. Ela não podia acreditar que realmente *queria* que isso estivesse ali.

Uma floresta em chamas surgiu na tela. A voz de Paisley, em pânico, irrompeu na sala. As imagens que Ária vira com os próprios olhos estavam repassando na tela. A visão de seus pés se embaralhando sob ela. Flashes da mão de Paisley segurando a sua. Imagens arrepiantes do fogo, da fumaça e das árvores. Quando chegou à parte em que Soren agarra a perna de Paisley, Perry falou a seu lado:

– Você não precisa ver tudo.

Ela piscou para ele, sentindo-se como se tivesse saído de um transe. Ainda restavam seis minutos, mas ela sabia como terminava a gravação.

– Pode fechar este arquivo.

A tela ficou escura e veio o silêncio. Eles tinham a gravação. Isso deveria ser motivo de comemoração, mas Ária sentia vontade de chorar. Ela ainda podia ouvir o eco da voz de Paisley.

– Preciso ver o outro – disse ela.

Marron selecionou "Pássaro Canoro". O rosto de Lumina ocupou a maior parte da tela. Seus ombros iam de uma parede à outra da sala. Marron ajustou a imagem para metade do tamanho, mas ela continuou maior que o tamanho de um humano.

– Essa é minha mãe – ela se ouviu dizer.

Lumina sorriu para a câmera. Um sorriso rápido e nervoso. Seus cabelos escuros estavam presos, como ela sempre usava, afastados de seu rosto. Atrás dela havia prateleiras de caixas etiquetadas. Ela estava em algum tipo de sala de estoque.

– É estranho falar com uma câmera e fingir que é você. Mas eu sei que é você, Ária. Sei que você estará assistindo e ouvindo isso.

A voz dela estava alta, preenchendo a sala inteira. Ela ergueu a mão e tocou a gola de seu jaleco.

— Estamos com problemas por aqui. Nirvana sofreu um sério abalo com uma tempestade de Éter. Os Cônsules calculam que quarenta por cento do núcleo tenham sido contaminados, mas os geradores estão falhando e os números parecem estar aumentando a cada hora. O CCG prometeu ajuda. Estamos esperando por eles. Não desistimos. E você também não deve desistir, Ária. Eu queria ter lhe dito, quando aconteceu, mas o CCG desligou nossa conexão com outros núcleos. Eles não querem que o pânico se espalhe. Mas eu espero ter encontrado um jeito para que essa mensagem chegue a você. Sei que você deve estar preocupada.

O coração de Ária tinha parado de bater. Lumina recostou-se. Suas mãos estavam fora da tela, mas Ária sabia que estariam enlaçadas em seu colo.

— Preciso lhe dizer outra coisa, Ária. Algo que faz muito tempo que você quer saber. Meu trabalho. — Ela deu um sorriso rápido para a câmera. — Você deve estar contente em ouvir isso. Preciso começar pelos Reinos. O CCG os criou para nos dar a ilusão de espaço, quando fomos forçados a entrar nos núcleos durante a União. Eles só tinham a intenção de ser cópias do mundo que deixamos para trás, como você sabe, mas as possibilidades provaram ser instigantes demais. Então, nós nos concedemos a habilidade de voar. De viajar de um pico nevado a uma praia, através de um único pensamento. E por que sentir dor, se não é preciso? Por que sentir a força do medo, se não há perigo de se ferir? Nós enfatizamos o que julgamos bom e removemos o ruim. Esses são os Reinos, como você os conhece. "Melhor que real", como eles dizem.

Lumina ficou olhando a câmera por alguns instantes. Depois ela estendeu o braço, apertando algo além do alcance visual da câmera. Uma imagem colorida do cérebro humano surgiu no quadrante acima de seu ombro esquerdo.

— A área central, em azul, é a parte mais antiga do cérebro, Ária. Chama-se sistema límbico. Ele controla muitos de nossos processos cognitivos mais básicos. Nosso ímpeto para acasalar. Nossa compreensão do estresse e do medo, e nossa reação diante disso. Nossa capacidade de tomada rápida de decisão. Nós chamamos de reação instintiva, mas, na verdade, esses reflexos vêm daqui. Objetivamente, isso é nossa mente animal. Nos Reinos, ao longo das gerações, a utilidade dessa parte do cérebro tem sido vastamente diminuída. O que você acha, filha, que acontece com algo que passa muito tempo sem uso?

Ária soltou um soluço de choro, pois essa era sua mãe. Era assim que ela sempre ensinava a filha, fazendo perguntas. Deixando que ela formasse as próprias respostas.

– Ele fica inutilizável – disse Ária.

Lumina assentiu. Como se a tivesse ouvido.

– Ele se degenera. Isso tem consequências catastróficas quando temos de recorrer ao instinto. O prazer e a dor passam a se confundir. O medo pode ser emocionante. Em lugar de evitar o estresse, nós o buscamos e nos deleitamos com ele. A vontade de dar vida passa a ser a necessidade de tirá-la. O resultado é a ruína do discernimento e da cognição. Resumindo, isso resulta num colapso psicótico.

Lumina fez uma pausa.

– Passei a vida estudando esse transtorno, a Síndrome de Degeneração Límbica (SDL). Quando comecei meu trabalho, há duas décadas, os incidentes de SDL eram isolados e irrelevantes. Ninguém acreditava que se tornaria uma ameaça real. Mas nos três últimos anos as tempestades de Éter se intensificaram a uma taxa alarmante. Elas danificam nossos núcleos e cortam nossas ligações com os Reinos. Os geradores falham. Os sistemas de backup falham... Isso nos deixa em situações terríveis, com as quais somos incapazes de lidar. Núcleos inteiros mergulharam na SDL. Acho que você pode imaginar, Ária, a anarquia de seis mil pessoas presas e sob o efeito dessa síndrome. Agora, eu vejo isso à minha volta.

Ela desviou-se da câmera por um instante, escondendo o rosto.

– Você vai me odiar pelo que direi a seguir, mas não sei se voltarei a vê-la. E não posso mais esconder isso de você. Meu trabalho me conduziu à pesquisa de Forasteiros, na busca de soluções genéticas. Eles não têm a reação perigosa que nós temos ao estresse e ao medo. Na verdade, o que eu tenho visto é o efeito inverso. O CCG toma providências para que eles sejam trazidos até nossos núcleos. Foi assim que conheci seu pai. Agora, eu trabalho com crianças Forasteiras. Depois do que aconteceu, é mais fácil para mim.

O coração de Ária foi se apertando cada vez mais, até que a dor ficou insuportável.

Isso não podia estar acontecendo.

Ela não era uma Forasteira.

Isso não podia ser verdade.

Lumina ergueu a mão, pressionando os dedos nos lábios, como se não conseguisse acreditar no que dissera. Depois baixou novamente as mãos. Quando ela falou novamente, sua voz estava apressada e embargada de emoção:

– Eu nunca vi você como alguém inferior, de maneira alguma. Sua metade Forasteira é a parte que mais amo. É sua tenacidade. Sua curiosidade sobre minha pesquisa e os Reinos. Eu sei que seu fogo vem dessa parte em você. Tenho certeza de que você tem mil perguntas. O que não contei é para sua própria proteção. – Ela parou, dando um sorriso choroso à câmera. – E é sempre melhor quando se descobre as respostas sozinha, não é?

Lumina estendeu a mão à frente, pronta para desligar a gravação. Sua expressão sofrida preenchia a tela. Ela hesitou e recostou-se, com seus ombros pequenos remexendo-se nervosamente, seu porte miúdo balançando, como se ela não conseguisse evitar. Vendo-a dessa forma, as lágrimas escorriam pelo rosto de Ária.

– Faça-me um favor, Pássaro Canoro? Cante uma ária pra mim? Você sabe qual. Você canta lindamente. Onde quer que eu esteja, eu sei que ouvirei. Adeus, Ária. Eu te amo.

A tela ficou escura.

Ária ficou sem chão.

Sem coração.

Sem conseguir pensar.

Perry surgiu à sua frente, com os olhos queimando de ódio e mágoa. O que tinha acabado de acontecer? O que Lumina tinha acabado de dizer? Ela estudava *crianças* Forasteiras?

Como *Talon*?

Perry pegou a mesinha de centro que estava com o vaso de rosas. Com um grito visceral, ele arremessou a mesa na tela. O vaso quebrou primeiro, com um estalo oco, a seus pés. Então, a tela estilhaçou com uma terrível explosão de vidro.

Muito tempo depois que ele saiu, ainda chovia cacos pelo chão.

Ela assistiu à mensagem da mãe mais três vezes, na sala lá de cima. Marron ficou com ela, afagando-lhe e tentando consolá-la.

Ela olhou para baixo, para o chumaço de lenço em sua mão. Seu coração doía como se estivesse sendo rasgado dentro dela. A dor só parecia piorar.

— Aconteceu no Ag 6 – disse ela a Marron. — Esse negócio, a SDL. – Ária se lembrava do olhar vidrado de Soren, enquanto ele olhava o fogo. Como Bane e Echo estavam absortos. Como até Paisley temia que as árvores talvez caíssem sobre ela. — A única diferença é que nós desligamos de propósito naquela noite.

Ária fechou os olhos com força, lutando contra a imagem do caos na Ag 6 espalhado por um núcleo inteiro, o núcleo onde sua mãe estava. Mil Sorens provocando incêndios e arrancando olhos mágicos. Entre o Éter e a SDL, que chance Lumina poderia ter?

Os olhos de Marron estavam repletos de compaixão. Ele parecia exausto pelo dia, seu cabelo estava despenteado, a camisa estava amassada e úmida por ele tê-la abraçado enquanto ela chorava.

— Sua mãe sabia sobre esse mal. Ela lhe mandou essa mensagem. Tinha de estar preparada para algo assim.

— Você está certo. Ela estaria. Ela sempre estava preparada.

— Ária, agora podemos experimentar o olho mágico. Se você estiver pronta, podemos tentar colocá-la nos Reinos. Talvez consigamos fazer contato com ela.

Ela rapidamente assentiu para Marron, com os olhos novamente se enchendo de água. Ela queria ver a mãe. Saber se estava viva, mas o que diria? Lumina escondera tanta coisa dela. Ela impediu que Ária conhecesse a si mesma.

Ela era metade Forasteira.

Metade.

Sentia-se assim. Como se metade dela simplesmente tivesse desaparecido.

Marron trouxe o olho mágico. As mãos de Ária tremiam quando ela o pegou.

— E se não houver nada? E se eu não conseguir achá-la?

— Você pode ficar aqui, pelo tempo que quiser.

Ele disse isso tão rápido, tão prontamente. Ária olhou para seu rosto bondoso.

— Obrigada. — Ela não conseguiu fazer a pergunta que lhe veio à cabeça em seguida:

"E se eu descobrir que ela pegou Talon?"

Ela precisava saber. Ária colocou o olho mágico sobre seu olho esquerdo. O dispositivo aderiu sugando a pele, incomodamente. Ela viu os dois arquivos locais, em sua tela inteligente. A gravação de Soren. A mensagem de sua mãe.

Repassou os comandos mentais para trazer os Reinos, enquanto Marron monitorava tudo no controle que tinha no colo.

"BEM-VINDA AOS REINOS!" piscou na tela inteligente, seguido de "MELHOR QUE O REAL!".

Depois de alguns instantes, surgiu outra mensagem:

"ACESSO NEGADO."

Ela rapidamente tirou o olho, não querendo ver essas palavras.

– Marron, nós fracassamos. Eu não vou pra casa. Perry não terá Talon de volta.

Ele apertou a mão dela.

– Ainda não é o fim da estrada. Não funcionou para você, mas tenho outra coisa em mente.

Capítulo 28

PEREGRINE

Os Corvos estavam entoando uma canção quando Perry disparou rumo ao terraço. Ele segurou a grade com a mão boa e olhou para o outro lado da floresta de pinheiros, ouvindo o tilintar distante dos sinos. Suas pernas tinham espasmos de tanta vontade de sair correndo. De fugir. Sentia-se encurralado mesmo agora, sem nada entre ele e o céu.

Não podia ser verdade. Ele se culpava pelo sequestro de Talon. Havia pegado o olho mágico e os Ocupantes tinham vindo atrás dele. Agora, ele se perguntava:

"Será que os Ocupantes estavam fazendo experimentos no Talon? Ele estava sofrendo nas mãos da mãe de Ária. Uma mulher que roubava crianças inocentes?"

Ele arrancou uma flecha do estojo e disparou na direção dos Corvos, sem ligar para o fato de estarem longe demais. Nem conseguia vê-los. Xingando, ele disparava uma flecha atrás da outra, deixando-as voar por cima do muro e passar pelo topo das árvores. Depois, ele se amuou junto à caixa do elevador, segurando a mão latejante.

Passou o resto da noite olhando o Éter, pensando em Talon, em Cinder, Roar e Liv. Como tudo tinha a ver com procurar e perder. Como nada disso estava tendo o desfecho que deveria. No amanhecer, com a luz chegando para encontrar o Éter, ele só conseguia pensar no rosto de Ária, em como o mundo havia se modificado ao redor dela. Ela ficara arrasada ao saber que era como ele. Ele farejou isso. O temperamento dela colidiu com o dele, fogo e gelo, entrando por seu nariz. Direto para suas vísceras.

Ele não devia ter dormido mais de uma hora quando Roar apareceu no telhado. Sentou-se na grade, com o equilíbrio felino típico de um Audi, sem qualquer sinal de medo da imensa altura atrás dele. Cruzou os braços, com uma expressão fria nos olhos.

– Ela não sabia sobre o trabalho da mãe, Perry. Você a viu. Ela ficou tão perplexa quanto você.

Perry sentou-se e esfregou os olhos. Seus músculos estavam rijos por ter dormido no cimento.

– O que você quer, Roar? – perguntou ele.

– Vim dar um recado. Ária disse para você descer, se quiser ver Talon.

Ária e Marron estavam na sala de estar quando ele e Roar chegaram lá.

Ela levantou-se do sofá ao vê-lo. E estava com olheiras. Perry não pôde evitar respirar profundamente, pesquisando a sala, para saber como estava o temperamento dela. Ele detectou a mágoa que ela estava sentindo. Uma chaga viva e profunda. Raiva e vergonha por ser uma Forasteira. Por ser Selvagem como ele.

– Isso agora está funcionando – disse ela, estendendo a mão com o olho mágico. – Eu tentei, mas não consegui entrar nos Reinos. Minha senha não funcionou. Eles me bloquearam.

Os joelhos de Perry quase se dobraram. Estava tudo acabado. Ele tinha perdido sua chance de encontrar Talon. Então, por que eles o trouxeram até ali? Confuso, ele se virou para Roar e viu que ele estava relutando para não sorrir.

– Eu não consigo, mas você talvez consiga, Perry.

– *Eu?*

— Sim. Eles só bloquearam o meu acesso. O olho ainda funciona. Eu não consigo entrar. Mas você talvez consiga.

Marron assentiu.

— O dispositivo lê a assinatura de duas formas. DNA e reconhecimento do padrão cerebral. A assinatura de Ária foi negada imediatamente. Mas com você posso tentar criar alguma estática, algum ruído no processo de autenticação. Nós fizemos alguns testes durante a noite. Acho que podemos ganhar um pouco de tempo antes que você seja identificado como um usuário não autorizado. Isso pode funcionar.

Aquilo não fazia o menor sentido para ele, que só ouviu a última parte. "Isso pode funcionar."

— O arquivo da minha mãe tinha códigos de segurança para sua pesquisa — disse Ária. — Se Talon estiver lá, talvez possamos encontrá-lo.

Perry engoliu em seco com força.

— Eu posso encontrar Talon?

— Podemos tentar.

— Quando?

Marron ergueu as sobrancelhas.

— Agora.

Perry dirigiu-se para o elevador, subitamente sem peso nas pernas, até que Marron ergueu a mão.

— Espere, Peregrine. É melhor fazermos isso aqui em cima.

Perry congelou. Ele tinha se esquecido do que fizera lá embaixo. Envergonhado, forçou-se a encarar Marron.

— Eu não posso consertar, mas encontrarei um jeito de compensar você por isso.

Marron não respondeu por um bom tempo. Então, ele ergueu a cabeça.

— Não precisa, Peregrine. Acho que um dia eu ficarei feliz por você me dever um favor.

Perry assentiu, aceitando o acordo, e seguiu até uma das vitrines junto à parede dos fundos. Enquanto tentava se recompor, ele fingiu observar a pintura de um barco solitário ancorado numa praia cinzenta. Ultimamente, vinha fazendo várias promessas. "Vou encontrar Talon. Vou levar Ária pra casa." E o que fizera, exceto trazer uma tribo de canibais até a porta de Marron, depois quebrar uma peça valiosa de seu equipamento? Como Marron poderia confiar nele?

Atrás dele, Ária e Marron conversavam sobre os problemas de apresentar-lhe a tarefa de passar por algo que ele nem tinha certeza se entendia. Perry tinha começado a suar. O suor escorria por suas costas, pelas costelas.

— Você está bem, Perry? – perguntou Roar.

— Minha mão está doendo – respondeu ele, levantando o braço. Não era inteiramente mentira. Todos olharam para ele, depois para o gesso sujo, como se já tivessem se esquecido. Perry não podia condená-los. Se não doesse tanto, ele provavelmente também teria esquecido.

Depois de alguns minutos, Rose apareceu e chamou Ária em um canto, falando baixinho. Rose entregou a Ária uma maleta metálica e saiu.

Ária sentou-se ao lado de Perry num dos sofás. Ele ficou observando enquanto ela cortava o gesso de sua mão direita, ficou vendo os dedos dela ligeiramente trêmulos, e farejou seu temperamento. Ela estava tão assustada quanto ele em relação ao que eles encontrariam nos Reinos. Ele sabia que Roar tinha razão. Ela não sabia o que estava acontecendo. Não conhecia a verdade sobre si mesma, nem sobre o trabalho de sua mãe.

Perry lembrou-se do que ela havia dito em seu quarto:

"Poderíamos sentir falta deles, juntos."

Ela estava certa. Tinha sido mais fácil com ela. Perry pousou sua mão direita sobre a dela.

— Você está bem? – sussurrou ele. Não era o que ele queria saber. Claro que ela não estava bem. O que ele queria saber era se a parte do "juntos" ainda tinha importância para ela. Porque mesmo estando confuso, magoado e zangado, ainda importava para ele.

Ela ergueu a cabeça e assentiu, e ele soube que ela afirmava que sim. Qualquer coisa que viesse, eles enfrentariam juntos.

A mão voltou a parecer mais normal. O inchaço diminuíra. As bolhas tinham murchado. As placas que estavam escuras e enrugadas eram o que mais o preocupavam, mas conseguia mexer os dedos, e isso era tudo o que ele queria. Ele espirrou com o cheiro cáustico do gel que Ária espalhou na pele chamuscada, depois suou ainda mais, com o ardor gelado que penetrava nos nós de seus dedos. Era uma coisa estranha estar sentado num sofá de seda e suando. Bem desagradável.

Marron se aproximou, enquanto Ária enrolava novamente a mão de Perry com uma bandagem macia. Marron se posicionou para colocar o olho mágico em Perry, mas depois o entregou a Ária.

— Talvez você possa fazer isso.

Primeiro Rose. Agora Marron. Perry já não podia negar o que todos sabiam. Ária era o caminho mais seguro para chegar até ele. Ele ficou imaginando o que teria feito para expressar isso de forma tão gritante. Imaginava como, depois de uma vida inteira desvendando os sentimentos alheios, ele era tão ruim em esconder os seus.

Ária pegou o dispositivo.

— Vamos começar pela biotecnologia, apenas aplicando o dispositivo. Você sentirá pressão, como se ele estivesse sugando sua pele. Mas depois vai aderir e a membrana interna irá se suavizar. Poderá voltar a piscar, quando isso acontecer.

Perry concordou, tenso.

— Certo. Pressão. Não pode ser tão ruim.

Será que podia?

Ele prendeu o fôlego à medida que Ária levou o adesivo transparente até seu olho esquerdo, e cravou os dedos no braço macio do sofá, enquanto se esforçava para não piscar.

– Pode fechar os olhos. Isso talvez ajude – disse Ária.

Ele o fez e viu um leve brilho de estrelas dizendo que ele estava prestes a desmaiar.

– Peregrine. – Ária pousou a mão em seu antebraço. – Está tudo bem.

Ele focou em seu toque fresco. Imaginou seus dedos delicados e claros. Quando veio a pressão, ele sugou o ar por entre os dentes. A força lembrava um recuo do mar. Primeiro a sensação foi suportável, mas depois foi ficando cada vez mais forte, até que ele temeu ser levado. No limite da dor, houve um breve alívio que o deixou ofegante.

Perry abriu os olhos, piscou algumas vezes. Era parecido com andar com um sapato só. Sensação e movimento em um lado. No outro, uma forte sensação de proteção. Ele podia ver perfeitamente através da lente, mas notava as diferenças. As cores eram vivas demais. A profundidade das coisas estava estranha. Ele sacudiu a cabeça, cerrando os dentes diante do peso acrescido a seu rosto.

– E agora?

– Um momento, um momento. – Marron mexeu no controle, enquanto Roar observava por cima de seu ombro.

– Iremos primeiro a um Reino Florestal – disse-lhe Ária. – Lá não haverá mais ninguém e isso lhe dará alguns segundos para se adaptar. Não podemos deixar que você chame a atenção quando estiver nos Reinos de pesquisa do CCG, e teremos de agir depressa. Enquanto você estiver se acostumando a fracionar, Marron irá verificar se o link com Nirvana está de volta. Ele fará toda a navegação para você. Tudo que você estiver enxergando, nós veremos na tela da parede.

Dez perguntas diferentes surgiram em sua mente. Ele se esqueceu de todas quando Ária sorriu e disse:

– Você está bonito.

– O quê? – Agora ele não tinha tempo para processar um comentário desses.

– Pronto, Peregrine? – perguntou Marron.

– Sim – respondeu ele, embora tudo em seu corpo dissesse "não".

Uma pontada quente subiu por sua espinha, até seu couro cabeludo, terminando com uma explosão no fundo de seu nariz. À sua direita, ele via a sala comum. Ária estava olhando para ele, preocupada. Roar estava perto, acima do ombro dela, apoiado no encosto do sofá. Marron dizia, repetidamente:

– Calma, Peregrine.

À sua esquerda, surgiu uma floresta verde. O cheiro de pinheiro ardia em suas narinas. As imagens borravam e piscavam diante de seus olhos. Perry olhava para um lado e para outro, mas não conseguia fazer com que nada se fixasse. A tontura veio rapidamente e forte.

Ária apertou sua mão.

– Acalme-se, Perry.

– O que está acontecendo? O que estou fazendo de errado?

– Nada. Apenas tente relaxar.

As imagens balançavam diante de seus olhos. Árvores. A mão de Ária apertando a sua. Galhos de pinheiros balançando. Roar pulando o sofá para ficar à sua frente. Nada estava parado. Tudo se mexia.

– Tire essa coisa. Tire!

Ele puxou o olho mágico, esquecendo de usar a mão boa. Não conseguia tirar. A dor irrompeu nas costas de sua mão queimada, mas isso não era nada em comparação às punhaladas que sentia em seu crânio. A saliva escorria numa onda quente em sua boca. Ele subitamente ficou de pé e disparou para o banheiro. Ou achou que tivesse ido, porque também estava se esquivando de árvores e paredes, muito mal por sinal. Ele colidiu em cheio em algo duro, seus ombros e cabeça deram uma pancada seca. Roar o pegou, enquanto ele caía para trás. Eles cambalearam juntos para dentro do banheiro, Roar o segurava de pé, pois Perry já não confiava no próprio equilíbrio.

Ele sentiu frio sob as mãos. Porcelana. Nada de árvores.

– Já estou bem.

Agora ele estava sozinho no banheiro e foi onde permaneceu, por um bom tempo.

Quando passou, ele tirou a camisa e a enrolou na cabeça. Estava pesada e molhada de suor. Ele ainda se sentia tonto e mole, como se estivesse saindo do pior enjoo marinho que podia imaginar. Por quanto tempo ele teria permanecido nos Reinos? Três segundos? Quatro? Como ele encontraria Talon?

Ária sentou-se a seu lado. Ele não conseguia reunir coragem para sair de seu esconderijo. Um copo d'água surgiu à sua frente.

– Eu me senti da mesma forma da primeira vez que entrei em seu mundo.

– Obrigado – disse ele, e bebeu tudo.

– Você está bem?

Ele não estava. Perry pegou a mão dela e pousou o rosto na palma, apoiando sua bochecha. Ele respirou seu aroma de violeta, haurindo forças do cheiro. Deixando que acalmasse o tremor de seus músculos. Ária passava levemente o polegar em seu queixo, em sua barba por fazer. Havia algo perigoso nisso. No poder que o cheiro dela tinha sobre ele. Mas Perry não conseguia pensar nisso. Era disso que ele precisava agora.

– Gostou dos Reinos? – perguntou Roar.

Perry viu Roar de pé, junto à porta do banheiro, e Marron no corredor.

– Não muito. Vamos tentar de novo? – perguntou ele, embora seriamente duvidasse que conseguiria.

Quando voltou à sala, a luz estava mais fraca. Alguém tinha trazido um ventilador. O empenho o deixou constrangido, apesar de ver que aquilo ajudou a acalmar seus nervos. Perry tentou explicar o que sentia.

– Você precisa tentar se esquecer daqui – disse Ária. – Desse espaço físico. Volte seu foco para o olho mágico e vai começar a parecer real.

Perry concordou como se isso fizesse algum sentido, enquanto ela e Marron continuavam a instruí-lo. Relaxe. Tente isso. Ou talvez aquilo.

Então, Roar disse:

– Per, aja como se você estivesse mirando com a ponta de uma flecha.

Isso sim ele podia fazer. Disparar uma flecha não tinha nada a ver com sua pose, ou seu arco, ou seus braços. Fazia uma década que ele não pensava em nenhuma dessas coisas. Ele só pensava em seu alvo.

Eles trouxeram novamente a floresta. Como antes, as imagens disputavam sua atenção, mas Perry imaginava estar mirando num pedaço de tronco curvo que passou. A floresta se fixou ao seu redor, trazendo uma súbita e chocante imobilidade. De alguma forma, os outros deviam saber, porque ele ouviu Marron dizer:

– Isso!!!

Quanto mais ele focava na floresta, mais sentia que ela estava se acomodando no lugar. O corpo de Perry esfriou sob o sopro de uma brisa suave, mas isso não era do ventilador. Essa brisa trazia um cheiro de pinheiro. Pinheiro Cone, embora ele só visse abetos. O cheiro era forte demais. Ele farejava a seiva fresca, não apenas o odor que exalava das árvores. O ar não trazia nenhum traço de cheiro humano ou animal, nem mesmo dos cogumelos que ele avistou ao pé de uma árvore.

– A mesma coisa, mas diferente, certo?

Ele se virou, procurando por Ária na floresta.

– Parece que você está dentro da minha cabeça.

– Eu estou bem a seu lado, aqui fora. Tente caminhar, Perry. Espere mais alguns segundos.

Ele descobriu que para fazê-lo só era preciso pensar em andar. Não era como estar dentro do próprio corpo. Ele ainda estava tonto e incerto, mas se deslocava, dando um passo após outro. Ele agora estava na floresta. Deveria ter se sentido em casa, mas seu corpo mantinha a sensação que ele tivera desde que viera para a casa de Marron. A mesma sensação que o levava ao terraço sempre que tinha a chance.

Então ele se lembrou de algo e rapidamente ajoelhou-se. Com a mão boa, ele varreu as agulhas secas dos pinheiros e pegou um bocado de terra. Era escura, solta e fina. Não a terra dura que ele costumava ver nas florestas de pinheiros. Perry sacudiu a mão, deixando a terra escoar por entre seus dedos, até que algumas pedras ficassem em suas palmas.

– Está vendo? – perguntou Ária, baixinho.

Ele estava.

– Nossas pedras são melhores.

Capítulo 29
ÁRIA

Na tela da parede, Ária assistia através dos olhos de Perry, enquanto ele continuava de pé, batendo a terra de suas mãos, como se ela fosse real. Como se fosse ficar colada nele.

Ária lançou um olhar para Marron. Ele sacudiu a cabeça, indicando que ainda não tinha detectado o link com Nirvana. Ela não encontraria Lumina hoje. Tinha se preparado para isso. Ária engoliu o golpe de desapontamento. Eles precisavam encontrar Talon.

— Vamos levá-lo aos Reinos de pesquisa, Perry. É um pouco estranho pular de um Reino para outro... Apenas tente ficar calmo.

SDL 16 surgiu em letras vermelhas num ícone suspenso na frente da floresta. Ela e Marron tinham passado a noite forçando a entrada nos arquivos de sua mãe, organizando tudo. Ela tinha conhecimento de que Perry não sabia ler, então Marron estava controlando a localização dele pelo controle remoto. Perry virou a cabeça e o ícone seguiu seu movimento.

— Lá vamos nós, Peregrine – disse Marron.

Perry xingou enquanto a imagem da tela se reorganizava, mostrando um escritório arrumado. Um sofazinho vermelho de almofadas quadradas ficava do lado oposto à escrivaninha. Havia uma samambaia numa mesa baixa de centro. De um lado do escritório, uma porta de vidro conduzia a um pátio com cercas vivas e uma fonte no centro. Do outro, havia quatro portas dispostas em intervalos iguais: "Laboratório", "Reuniões", "Pesquisa", "Objetos de Estudo".

Ária se sentiu tonta. Ela nunca tinha visto o escritório da mãe. Seu olhar parou na cadeira vazia atrás da mesa. Quantas horas por dia Lumina passava naquela cadeira?

– Perry, entre na quarta porta – disse-lhe ela. – Essa à direita. Objetos de Estudo.

Ele entrou, chegando ao fim de um longo corredor perfilado de portas em ambos os lados. Correu até a mais próxima.

– 'Amber.' – Ária leu o nome, numa telinha. Ele foi até a seguinte. – 'Brin.' – Depois, à próxima: – 'Clara.'

Perry ficou imóvel. Parado na frente da porta em que estava escrito "Clara". Ária não conseguia saber o que estava acontecendo. Ela olhava através de seus olhos. Não podia ver seu rosto nos Reinos. A seu lado, ele parecia calmo, mas ela sabia que ele não estava.

– O que está havendo? – perguntou ela.

Roar xingou ao lado.

– Ela é uma das nossas. Uma menina que desapareceu dos Marés no ano passado.

Marron lançou um olhar aflito para ela.

– Ária, ele precisa seguir em frente. Temos pouco tempo.

Agora Perry disparava, passando por "Jasper". Passando por "Rain". Até "Talon". Ele irrompeu porta adentro, num quarto com paredes cobertas de desenhos animados de falcões no céu azul e barcos de pesca no mar. Havia duas poltronas confortáveis no centro. Estavam vazias.

– Onde ele está? – perguntou Perry, desesperado. – Ária, o que foi que eu fiz de errado?

– Não tenho certeza. – Ela achou que abrir a porta chamaria automaticamente as crianças para dentro daquele Reino, mas não tinha certeza. Tudo isso era novidade para ela.

Ela estava certa. Talon fracionou naquele momento, surgindo numa das poltronas. Seus olhos se abriram e ele disparou para o outro lado do quarto, para longe de Perry.

– Quem é você? – disse Talon. Ele tinha uma voz imperativa para um garotinho tão pequeno. Tinha olhos verdes, de um tom mais profundo que os de Perry, e cabelos escuros que pendiam em cachos idênticos. Era uma criança arrebatadora.

– Talon, sou eu.

Talon olhava, desconfiado.

– Como eu vou saber que você é quem é?

– Talon... Ária, por que ele não me conhece?

Ela tentou arranjar uma resposta. Nos Reinos era assim. Não se podia confiar em nada. Era fácil demais se tornar outra coisa. Outra pessoa. Talon já sabia disso.

– Diga algo a ele – disse ela, mas era tarde demais.

Perry estava enfurecido, xingando. Ele se virou para a porta.

– Como faço para tirá-lo daqui?

– Você não pode. Só está com ele nos Reinos. Ele está em outro lugar. Pergunte onde ele está. Pergunte qualquer outra coisa que você queira saber. Rápido, Perry.

Perry abaixou-se sobre um dos joelhos, pousando o olhar na mão queimada.

– Ele deveria me reconhecer – disse ele, baixinho.

Talon se aproximou hesitante.

– O que aconteceu com sua mão?

Perry remexeu os dedos inchados.

– Podemos dizer que foi um mal-entendido.

– Parece que foi ruim... Você ganhou?

– Se você realmente fosse Talon, não me perguntaria isso.

Ária soube que Perry tinha sorrido para o sobrinho. Ela podia até imaginar seu sorriso torto, uma mistura de timidez e impetuosidade.

O reconhecimento cintilou nos olhos do menino, mas ele não se mexeu.

— Talon, parece você, mas eu não consigo captar seu temperamento.

— Aqui dentro não há temperamentos – disse ele, todo empolado. – Todos os aromas são anulados.

— Nota oito. São atenuados, porém fortes... Squik, sou eu.

A suspeita sumiu do rosto do menino e ele se jogou em cima de Perry.

Ária viu a mão de Perry na tela, afagando a parte de trás da cabeça de Talon.

— Eu estava tão preocupado com você, Tal. – Ao lado dela, no sofá, ele se remexeu, baixando a cabeça sobre as mãos. Ele estava se acostumando a estar em dois lugares ao mesmo tempo.

Talon se contorceu, saindo do abraço.

— Eu queria que você viesse.

— Eu vim assim que consegui.

— Eu sei – disse Talon. – Com um sorriso banguela, ele esticou a mão para pegar um cacho do cabelo de Perry e esfregou a mecha dourada entre os dedinhos. Ária nunca tinha visto nada tão meigo em toda a sua vida.

Perry o pegou pelos ombros.

— Onde está você?

— Estou no núcleo dos Ocupantes.

— Qual deles, Talon?

— 'Quim.' É assim que os garotos daqui o chamam.

Perry afagou os braços de Talon, segurou seu queixo, tocando seu pescocinho.

— Eles não estão... – a voz de Perry falhou – machucando você?

— Me machucando? Eu como fruta três vezes por dia. Aqui posso correr. *Bem rápido.* Posso até voar, tio Perry. Tudo que fazemos é perambular por esses Reinos. Eles têm até Reinos de caça, mas são fáceis demais. Você só tem...

— Talon, vou tirá-lo daqui. Vou encontrar um jeito.

— Mas eu não quero ir embora.

Os ombros de Perry se contraíram sob as mãos de Ária.

— Aqui não é o seu lugar — disse Perry.

— Mas eu me sinto bem aqui. O médico disse que eu preciso de remédio todo dia. Ele faz meu olho lacrimejar, mas minhas pernas nem estão mais doendo.

Ária trocou um olhar preocupado com Roar e Marron.

— Você quer *ficar*? — perguntou Perry.

— Sim, agora que você está aqui.

— Eu ainda estou do lado de fora. Só estou aqui desta vez.

— Ah... — Talon estufou o lábio inferior, desapontado. — É o melhor para a tribo, né?

— Não estou com os Marés.

Talon franziu o rosto.

— Então, quem é o Soberano de Sangue?

— Seu pai, Talon.

— Não é não. Ele está aqui comigo.

Ao lado de Ária, no sofá, o corpo de Perry deu um tranco. Roar chiou ali perto.

— Vale está aqui? — perguntou Perry. — Ele foi capturado?

— Você não sabia? Ele estava tentando vir me salvar e eles o pegaram. Eu já o vi algumas vezes. Já fomos caçar juntos. A Clara também está aqui.

— Eles pegaram seu pai? — voltou a perguntar Perry.

Marron sentou-se ereto, bruscamente.

— Eles o localizaram! Precisamos desligar.

Perry abraçou o menino.

— Eu te amo, Talon. Eu te amo.

O desenho de um falcão voando no céu de Éter piscou e apagou.

A tela ficou escura.

Por um segundo, ninguém se mexeu. Depois, o sofá sacudiu, conforme Perry se jogou para trás, xingando.

– Tira esse troço de mim!

– É você que tem de fazê-lo, Perry. Precisa ficar parado...

Ele saiu, atravessando a sala a passos largos. Parou na frente da tela e caiu de joelhos. Ária nem pensou. Ela foi até ele, passou os braços ao seu redor. Perry segurou-a com força, emitindo um som estrangulado, enquanto mergulhava o rosto no pescoço dela. O corpo dele era como uma espiral de dor em torno dela, suas lágrimas caíam como plumas frescas sobre a pele de Ária.

Capítulo 30

PEREGRINE

Ária o guiou até o andar de cima e o levou para o quarto dela. Passou pela cabeça de Perry que ele talvez não devesse estar ali, mas seus pés não o impediram.

Ele entrou e sentou-se pesadamente na cama. Ária acendeu o abajur, deixando a luz fraca, sentou-se a seu lado, entrelaçando seus dedos com os dele.

Perry flexionou os dedos da mão ferida. A onda de dor lhe deu uma sensação tranquilizadora.

Ele ainda estava ali.

Ainda conseguia sentir.

– Talon não pareceu machucado – disse ele depois de um tempo. – Ele pareceu bem.

– Pareceu sim. – Ela mordeu o lábio, franzindo o rosto ao pensar. – Eu sabia que eles não o machucariam. Sabia que minha mãe jamais faria isso. Não somos cruéis.

– Pegar crianças inocentes não é cruel? Eles levaram Talon, Ária! E meu irmão. Lá não é o lugar deles. Eles não são Tatus.

Ele imediatamente soube que foi uma coisa imbecil para se dizer. Ela havia sido expulsa de sua casa. Tivera sua ligação cortada com todos, até com a mãe. Onde era o lugar dela? Uma onda fria o percorreu. Perry se retraiu, incerto se ele havia farejado o temperamento dela, ou se era seu arrependimento, sua própria tristeza.

– Ária, eu não deveria ter dito isso.

Ela assentiu, mas não disse nada. Só ficou olhando as duas mãos enlaçadas. Perry inalou o ar. Seu doce aroma de violeta estava por toda parte. Ele desviou o olhar para a pele suave de seu pescoço. Ele queria respirar ali, pouco abaixo de sua orelha.

– Ele se parece muito com você, Perry. O jeito de se movimentar, os gestos. Ele adora você.

– Obrigado. – Ele sentiu a garganta se apertar enquanto pensava em Talon. Ele soltou a mão dela e se recostou na cama. Pôs o braço sobre o rosto. Tinha acabado de ficar abraçado a ela, diante da tela da parede. A bandagem em sua mão ainda estava úmida pelas lágrimas dos dois. Mas agora parecia diferente. Ele não queria que ela o visse assim.

Ela o surpreendeu deitando-se a seu lado, pousando a cabeça no mesmo travesseiro. O coração de Perry disparou. Ele olhou para ela.

– Eu não perguntei como você está se sentindo.

Ela deu um sorriso triste.

– Essa é uma pergunta engraçada – disse ela.

– Quero dizer, o que você está pensando.

Ária ficou olhando o teto, estreitando os olhos ao pensar.

– Agora, muitas coisas fazem sentido. Eu pensei que iria morrer quando fui expulsa de lá. Tudo parecia errado. Estar sentindo dor. Estar perdida e sozinha.

Perry fechou os olhos, tragado pela sensação de como deve ter sido assustador para ela. Ele tinha sentido seu medo e tristeza. E soube lá. E agora sentia tudo novamente.

– Agora, o que mais sinto é um... alívio. Sei por que estou viva. E por que meu corpo começou a mudar. Agora... é como se eu voltasse a ter um dia pela frente. Como se eu pudesse respirar e saber, com certeza, que isso tem a ver com a vida. Mas há muito mais coisas que preciso entender. Nunca achei que minha mãe fosse capaz de mentir pra mim. Não consigo imaginar como ela fez isso. – Ela virou a cabeça, olhando para ele. – Como se pode ferir assim alguém que se ama?

– As pessoas podem ser até mais cruéis com aqueles que amam. – Ele viu uma centelha nos olhos dela. Uma pergunta que ele não queria que ela fizesse. Agora não. Não com ele tão exposto assim. Nem nunca. Mas a curiosidade dela passou e ele soltou o ar. – Então, você não odeia isso? – perguntou ele, depois de um tempo. – Saber que é metade... Selvagem?

– Como posso odiar o que me manteve viva?

Ele não tinha dúvidas de que as palavras eram para ele. Sem pensar, ele esticou o braço para pegar a mão dela. Segurou-a junto ao peito, sentindo que era ali que deveria estar. Os olhos dela se desviaram das mãos dos dois para as Marcas dele. O coração de Perry batia com força. Ela não podia deixar de sentir.

– Você será o Soberano de Sangue dos Marés? – perguntou ela.

– Serei. – Suas palavras o estarreceram. Ele queria ser Soberano de Sangue há muito tempo. Nunca imaginara que aconteceria dessa forma. Porém, em cada célula de seu ser, ele sabia que precisava voltar para casa e ganhar o direito de liderar os Marés. Eles não podiam passar o inverno famintos, com rivalidades internas e gente disputando para ser o Soberano de Sangue. Então ele se lembrou dos Corvos acampados no platô. Esperando por ele. Como ele sairia da casa de Marron antes da chegada do inverno?

Perry olhou para baixo, para a mãozinha pressionada junto à sua pele. Ele sabia para onde tinha que ir, mas e quanto a ela?

– Ária, o que você vai fazer? – De alguma forma, ao fazer a pergunta, ele sentiu que estava falhando com ela.

– Eu vou para Nirvana. Preciso descobrir se minha mãe está viva. Marron e eu conversamos, ontem à noite. Quando os Corvos partirem, ele vai me deixar levar alguns de seus homens. Não posso simplesmente esperar por notícias que talvez nunca cheguem.

– Ária, vou levá-la. Preciso ir pra casa. Posso levá-la até Nirvana primeiro.

Perry ficou tenso. O que ele acabara de dizer? O que tinha acabado de oferecer?

– Não, Perry. Obrigada, mas não.

– Nós tínhamos um acordo. Aliados, lembra? – Ele se ouviu dizer.

– Nosso acordo era vir até aqui e consertar o olho.

– Nosso acordo era encontrar Talon e sua mãe. Ainda não fizemos isso.

– Nirvana fica ao sul, Perry.

– Não é longe. Mais uma semana. Não tem importância. Desta vez vou lhe arranjar sapatos melhores. Carrego suas pedras para você. Até vou responder a todas as suas perguntas.

Perry não sabia o que tinha acabado de fazer. Onde estava a sabedoria em desviar-se de seu caminho por uma semana enquanto sua tribo precisava dele? Não fazia sentido, e, ao reconhecer isso, seu sangue gelou.

– Você responderia uma pergunta agora? – perguntou Ária.

– Sim. – Ele subitamente não conseguia se manter quieto. Precisava sair. Precisava pensar.

– Por que realmente se ofereceu para me levar até Nirvana?

– Eu quero – disse ele. Mesmo enquanto falava, ele não tinha certeza se dissera a verdade. Não parecia algo que ele *quisesse* fazer. Parecia mais com algo que ele *precisava* fazer.

Ária sorriu, virando-se para ele, seus olhos fixos nos lábios dele. O quarto estava impregnado pelo seu perfume de violeta, que o atraía, envolvendo tudo, e ele sentiu. Uma mudança profunda por dentro. Um laço sendo selado de uma forma que ele só vivera uma vez. E ele subitamente entendeu por que prometera algo que não devia.

Perry deu um beijo rápido na mão dela.

– Preciso de um tempo – disse ele, depois saiu do quarto como um raio. Perry fechou a porta e recostou-se na parede, contendo um xingamento.

Tarde demais.

Ele tinha se rendido a ela.

Capítulo 31
PEREGRINE

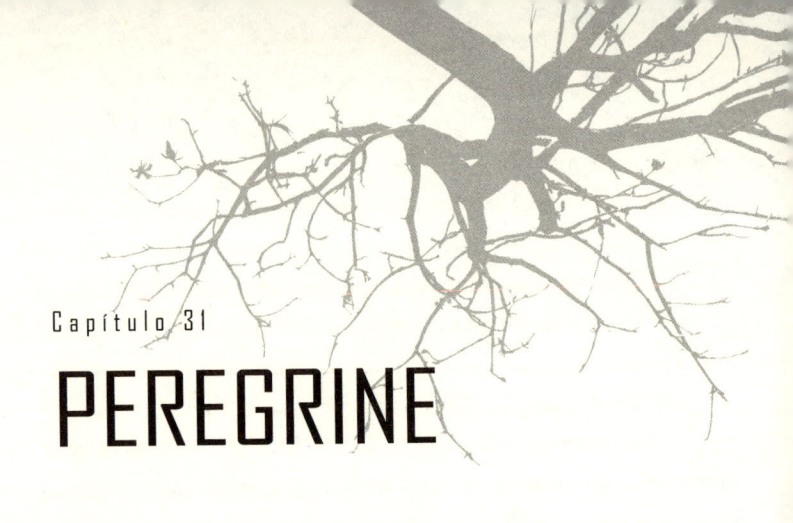

— Talvez possamos lutar contra uma dúzia – disse Roar –, mas cinquenta?

Perry andava de um lado para outro, na frente das vitrines envidraçadas da sala, olhando a imagem do acampamento dos Corvos na tela. Sob a luz matinal, a imagem ficava bem mais clara do que ele vira da última vez. Silhuetas com capas negras se movimentavam no platô, ao redor da aglomeração de barracas. Barracas vermelhas. Uma cor bem adequada. Ele queria pegar seu arco e atirar neles pela própria tela.

— Há mais de cinquenta Corvos ali, Roar – disse ele. A câmera só mostrava alguns deles. No começo da manhã, ele e Roar tinham subido no muro, andando de uma torre a outra, usando todo o poder de seus Sentidos. Eles levaram horas, mas tinham detectado mais dúzias de Corvos espalhados ao redor do terreno. Eram sentinelas posicionadas ali, para dar o alerta, caso ele tentasse escapar.

Roar cruzou os braços.

— Então, são sessenta Corvos.

Marron girou o anel em seu dedo.

— Um dos antigos túneis de mineração parece promissor, mas levará semanas para escavá-lo com segurança.

– Já estaremos no inverno – disse Perry. Até lá, as tempestades estarão se deslocando em blocos constantes, atravessando o céu. Viajar será perigoso demais.

– Não posso esperar tanto assim – disse Ária.

Ela estivera quieta no sofá, sentada sobre as pernas. Que tolo ele deve ter parecido para ela, disparando rumo à porta, saindo sem dizer nada. Ela não fazia ideia do que acontecera na noite anterior. Perry apertou o osso do nariz, lembrando-se da fraqueza que a rendição lhe trouxera com Talon. Sem poder escolher com liberdade. Pensando em suas necessidades só depois. Não podia ter esse feitiço pairando sobre ele agora. Faria o que havia prometido. Ele a levaria até Nirvana, depois faria o *necessário*: voltaria para os Marés. Eles logo tomariam caminhos diferentes. Até lá, ele simplesmente manteria distância. E tentaria não respirar quando estivesse perto dela.

– Posso emprestar alguns dos meus homens – disse Marron.

Perry ergueu os olhos.

– Não. Não posso ter sua gente morrendo por mim. – Ele já causara problemas suficientes para Marron. – Não vamos enfrentar os Corvos diretamente. – Na tela, o platô se estendia ao redor do acampamento, amplo e aberto. Ele queria estar lá. Do lado de fora. Andando livremente sob o Éter. Foi quando a ficha caiu.

– Nós poderíamos partir durante uma tempestade.

– Peregrine – disse Marron. – Partir durante uma *tempestade de Éter*?

– Os Corvos estão lá fora. Eles precisariam procurar abrigo. Eles acabariam baixando a guarda. E eu posso nos manter longe do pior do Éter.

Roar se afastou do muro, com um sorriso ávido.

– Poderíamos eliminar os que estiverem de sentinela e seguir para o leste. Os Corvos não vão nos seguir.

Ária estreitou os olhos.

– Por que não nos seguirão para o leste?

– Lobos – disse Roar.

– Nossa melhor opção é partir durante uma tempestade de Éter e seguir na direção de lobos?

Roar sorriu.

– Isso, ou sessenta Corvos.

– Tudo bem – disse ela, erguendo o queixo. – Qualquer coisa, menos os Corvos.

Naquela tarde, Perry andou pelo terraço com Roar. Eles tinham passado a manhã planejando a rota e preparando as sacolas. Agora não havia nada a fazer, exceto esperar que uma tempestade se formasse. E o Éter se deslocava acima, em ondas constantes. Eles não veriam uma tempestade hoje, mas, talvez, amanhã. Ainda assim, parecia tempo demais para esperar.

O que ele ficaria fazendo até lá? Esperar significava parar. Significava pensar. Ele não queria pensar no que estava acontecendo com Talon e Vale, presos naquele núcleo de Ocupantes. Como Talon podia querer ficar lá? Como Vale teria sido capturado? Por que Liv estava rondando as terras fronteiriças se ela sabia o que isso custaria aos Marés?

Roar o atingiu com força, nos ombros, derrubando-o. Perry bateu no cimento, antes de saber o que havia acontecido.

– Um a zero – disse Roar.

– Seu filho da mãe sorrateiro. – Ele empurrou Roar. E o jogo começou.

Ele geralmente tinha a vantagem quando eles lutavam, mas Perry se preservou um pouco por conta da mão machucada, e isso manteve a luta mais equilibrada.

– Talon luta melhor que você, Ro – disse ele, ajudando Roar a se levantar, depois de ganhar um ponto. O humor de Perry tinha começado a melhorar. Ele tinha passado tempo demais à toa.

– A Liv também é muito boa.

– Ela é minha *irmã*. – Perry voou nele, mas se soltou no instante em que Ária saiu do elevador. De jeito algum ele deixaria que

Roar soubesse de seus pensamentos, não com ela por perto. Ele não pôde deixar de notar que ela trocara de roupa, e agora vestia roupas pretas justas, com os cabelos puxados para trás. Roar desviou-se dele para Ária, abrindo um sorriso de sabedoria. Perry sabia que estava encrencado.

– Interrompi alguma coisa? – disse Ária, confusa.

– Não. Nós já tínhamos terminado. – Perry pegou seu arco e saiu andando. Mais cedo, ele havia arrastado um engradado de madeira pelo terraço, para servir de alvo. Ele mirou, com a dor latejando levemente em sua mão.

– Você chegou na hora certa, Ária – disse Roar, atrás dele. – Olhe isso. Sabe, Perry é conhecido por sua habilidade com o arco.

Perry disparou. A flecha espetou a madeira com um estalo. Roar assoviou.

– Impressionante, não? Foi um ótimo disparo.

Perry virou-se, meio querendo rir, meio querendo matar Roar.

– Posso tentar? – perguntou Ária. – Eu preciso saber me defender quando sairmos daqui.

– Deve – concordou ele. Qualquer coisa que ela aprendesse ajudaria todos, quando eles se aventurassem além do muro.

Perry mostrou como segurar o arco e posicionar os pés, mantendo-se contra o vento, para evitar seu cheiro. Na hora de disparar a flecha, não era suficiente apenas dizer o que ela precisava fazer. Lançar uma flecha com suavidade exigia força e calma. Ritmo e prática. Para ele era tão fácil quanto respirar, mas logo viu que a única forma de ensinar era guiá-la no decorrer do movimento.

Ele ficou atrás dela, preparando-se. Quando inalou, o temperamento dela passou por dentro dele, e o nervosismo dela aumentou o seu. Então, veio seu cheiro de violeta, atraindo seu foco inteiramente para ela, para a forma como ela estava tão perto, bem à sua frente. Ele estava meio sem jeito ao mostrar como segurar o arco. A mão dela estava onde geralmente ficava a dele, e ele não queria que a corda do arco ricocheteasse nela.

Roar não ajudava.

– Você precisa se aproximar mais dela, Peregrine! – gritou ele. – E a posição dela está totalmente errada. Vire seu quadril.

– Assim? – perguntou Ária.

– Não – disse Roar. – Perry, mostre logo pra ela.

Na hora em que tinham se posicionado, ele já estava suando. Na primeira vez que tentaram disparar juntos, a flecha caiu no cimento, a alguns palmos diante deles. Na segunda, ela aterrissou na frente do caixote, mas a corda do arco estalou, raspando no antebraço dela, deixando uma marca vermelha e inchada em sua pele. Na terceira, Perry não tinha certeza de qual dos dois estava fazendo o arco tremer.

Roar saltou, ficando de pé.

– Essa arma não é pra você, meia-irmãzinha – disse ele, caminhando até eles. – Olhe os ombros dele, Ária. Olhe como ele é alto. – Perry se afastou dela, depois passou o peso de um pé para outro, constrangido pela forma como ela o olhou, de cima a baixo. – Um arco como esse pesa mais de quarenta quilos. É feito para pequenos gigantes, como ele. Ainda por cima, ele é um Vidente. Os melhores arqueiros são. Essa é a arma dele, Ária. Feita pra ele. Para quem ele é.

– É uma coisa natural para você, não é? – perguntou ela a Perry.

– Muito. Mas você pode aprender. Posso fazer um arco para você. Do seu tamanho – disse Perry, mas ele podia ver e farejar que ela estava desapontada.

Roar tirou a faca da bainha.

– Eu poderia lhe ensinar isso.

O coração de Perry ficou paralisado.

– Roar...

Roar sabia exatamente o que ele estava pensando.

– Facas são perigosas – disse ele a Ária. – Se não souber usá-las, pode causar mais prejuízo do que benefício. Mas vou lhe ensinar algumas coisas. Você se movimenta com facilidade e tem bom equilíbrio. Quando for a hora, você saberá o que fazer.

Ária entregou o arco a Perry.

– Tudo bem – disse ela. – Me ensine.

Perry arranjou algo para fazer enquanto assistia a eles. Ele encontrou um galho de árvore no pátio e cortou-o. Depois sentou-se encostado ao caixote, fazendo facas de treinamento, enquanto Roar mostrava a Ária formas diferentes de segurar uma faca. Roar tinha paixão por aquela arma. Ele deu informação demais sobre as vantagens de cada pegada, mas ela ouvia tudo, arrebatada, absorvendo cada palavra. Depois de uma hora de conversa constante, eles decidiram que a pegada "martelo" era a melhor para ela, o que Perry já sabia desde o começo.

Em seguida, repassaram as posições e as passadas. Ária aprendia rapidamente e tinha um bom equilíbrio, exatamente como Roar dissera. Perry observava a movimentação, conforme um passava pelo outro, desviando o olhar de Ária para o Éter. Do fluxo do movimento dos pés dela para o fluxo do céu.

Quando Roar pediu as facas de madeira para treinamento, já era o fim da tarde. Roar mostrou a Ária os melhores locais para atacar, ângulos a buscar e ossos a evitar, tremulando os olhos ao dizer que o coração era um alvo tão valioso quanto qualquer outro.

E ela estava pronta.

Quando eles começaram a se mover, erguendo as facas de madeira, Perry levantou-se. Ele teve de dizer a si mesmo que aquele era Roar. Perry fizera as facas de treino tão cegas quanto seu polegar, mas seu coração estava disparado só de olhar o exercício simples.

Eles ficaram se rodeando um pouquinho, depois Ária se mexeu primeiro. Roar disparou passando por ela e golpeou-a, passando a faca firmemente em suas costas. Ária deu um salto para trás e virou-se, deixando a faca cair.

Perry avançou na direção de Roar. Ele parou a alguns passos de distância, mas Roar olhou-o fulminante, com os olhos cheios de suspeita.

Ária estava ofegante, com o temperamento vermelho vivo, pura ira. Os músculos de Perry se sacudiram, retraídos de surpresa e ódio.

— Regra número um: facas cortam — disse Roar, com um tom brutalmente frio. — Isso pode acontecer. Quando acontecer, não fique paralisada. Número dois: *jamais* solte sua arma.

— Tudo bem — disse Ária, aceitando a lição. Ela pegou a faca.

— Você vai ficar, Olfativo? — perguntou-lhe Roar, erguendo uma sobrancelha. Ele sabia que Perry havia se rendido a ela.

— Por que ele iria embora? — disse Ária. — Você vai ficar, não é, Perry?

— Sim, vou ficar.

Perry atravessou o telhado, depois subiu na caixa do elevador, ponto mais alto de Delfos, e observou-a treinando, com um silêncio estarrecedor. Ele sacudiu a cabeça. Como acabou se rendendo a uma Ocupante?

Ária era veloz, desafiadora e confiante com a faca, como se só estivesse esperando uma chance, uma maneira de trazer isso à tona. Ele fora um tolo, ensinando-a a encontrar frutos, quando era disso que ela precisava. Conhecimento para se proteger.

A escuridão obrigou-os a parar. Os sinos dos Corvos tocavam a distância. Perry deu uma última olhada no céu, decepcionando-se ao ver que nada mudara. Ele desceu, tomando o cuidado de ficar a favor do vento, bem afastado, quando ela e Roar caminharam em sua direção.

Roar cruzou os braços diante do elevador.

— Bom trabalho, meia-irmãzinha. Mas você não pode ir embora sem me pagar.

— *Pagar?* Com quê?

— Uma canção.

Ela riu, emitindo um som alegre, feliz.

– Está bem.

Roar pegou a faca de madeira dela. Ária fechou os olhos, erguendo o rosto ao Éter, enquanto respirava lentamente. Então ela os presenteou com sua voz.

Essa canção era mais suave, mais tranquila que a última. Ele também não conseguia entender essa letra, mas a sensação era perfeita, pensou. Uma canção perfeita para uma noite fria num terraço cercado de pinheiros.

Roar nem piscou enquanto a observava. Quando ela terminou, Roar sacudiu a cabeça.

– Ária... isso foi... nem consigo... Perry, você não faz ideia.

Perry se forçou a sorrir.

– Ela é boa – disse ele, mas ficou imaginando como a voz dela devia soar para Roar, que podia ouvir um número infinitamente maior de tons.

Quando eles entraram no espaço fechado do elevador, o cheiro de Ária inundou seu nariz, uma combinação de violetas, suor, orgulho e força. Ele sentiu tudo como uma onda de força dentro dele. Respirou novamente e flutuou com os pés no chão. Perry não pôde evitar colocar a mão nas costas dela. Disse a si mesmo que só faria isso uma vez. Depois ficaria distante.

Ela ergueu os olhos para ele. Seu rosto estava corado. Mechas de seu cabelo escuro estavam coladas a seu pescoço suado. Roar estava com eles, ainda bem. Ele nunca se sentira tão tentado por ela, pelo músculo morno que sentia sob sua mão.

– Você foi bem hoje.

Ela sorriu, com fogo nos olhos.

– Eu sei – disse ela. – E obrigada.

Capítulo 32

ÁRIA

Ária passou dois dias treinando com Roar, enquanto eles esperavam. Os emaranhados do Éter ameaçavam, a distância, mas as correntes acima de Delfos mantinham um fluxo constante. Outro motivo para chamá-lo de "céu do nunca", pensou ela. Ele nunca fazia o que você queria.

A cada hora que passava diminuíam suas esperanças de encontrar Lumina viva. Mas ela não desistiria. Não se permitiria pensar que estava sozinha. Jamais deixaria de ter esperança, e isso significava que ela também jamais deixaria de se preocupar. A única forma de sair dessa agonia era ir até Nirvana e descobrir a verdade. Aprender a manejar a faca tornou-se a única fonte de alívio. Quando ela estava se movimentando pelo cimento, com Roar, não havia espaço para preocupações, nem mágoas, nem perguntas. Então, ela treinava com ele desde a manhã até a noite, encerrando com uma canção como pagamento. Ária sabia que os Corvos ainda estavam lá fora, mas ao menos ninguém mais ouvia o tilintar dos sinos quando anoitecia.

Eles ouviam ópera.

Na terceira manhã, ela saiu do elevador e viu um novo céu, repleto de redemoinhos de luz azul. Os turbilhões se revolviam calmamente acima, mas ficavam mais claros e velozes no horizonte. Ela estava diante da "Noite estrelada" de Van Gogh.

Ela teve a sensação de que esse seria o dia da partida.

Pegou a faca de madeira. No dia anterior, ela acertara Roar duas vezes. Não era muito, principalmente comparado às centenas de vezes que ele a pegara, mas, numa luta, um bom golpe era a única coisa necessária. Roar lhe ensinara isso.

Ela não tinha ilusões quanto a se tornar uma especialista em facas. Isso não era como nos Reinos, onde uma ideia levava a um resultado. Mas ela também sabia que daria uma chance melhor a si mesma. E na vida, ao menos em sua nova vida, as chances eram sua melhor esperança. Eram como suas pedras. Imperfeitas e surpreendentes, e, a longo prazo, talvez melhores que as certezas. As chances, pensou ela, *eram* a vida.

No horizonte, a massa de Éter começou a despejar chamas azuis, que ela reconheceu como funis. Ária observava, fascinada, enquanto algo despertava dentro dela, rodopiando e se aquecendo pelos seus membros, deixando sua força tão voraz quanto o céu do nunca.

Ela decidiu fazer algumas manobras sozinha, já que chegara cedo. As rajadas de vento chicoteavam o terraço, o som acalmava, enquanto ela se entregava aos movimentos. Não sabia há quanto tempo Perry estava ali de pé quando ela finalmente o viu. Ele recostou o quadril na grade de madeira, com os braços cruzados, olhando o topo das árvores. Ela ficou surpresa ao vê-lo. Perry vinha às suas sessões de treino com Roar, mas mantinha distância. E ela mal o vira dentro de Delfos. Ela começava a achar que ele havia mudado de ideia quanto a levá-la até Nirvana.

– Está na hora? – perguntou ela.

– Não. – Ele ergueu o queixo. – Mas isso parece promissor. Esta noite, eu diria. – Ele pegou a outra faca de treino. – Roar ainda está dormindo, mas vou treinar com você, até que ele chegue.

– Ah – disse ela, porque era melhor que dizer "você?", como ela quase fez. – Tudo bem. – Ária respirou devagar, com a barriga subitamente fervilhando de nervosismo.

Assim que eles se posicionaram, ela soube que não seria nada parecido. Perry era bem mais alto e largo que Roar. Destemido e direto. Nada como a graça dos passos leves de Roar. E esse era o *Perry*.

– Essa é a mão que você geralmente usa para lutar? – perguntou ela. Ele estava segurando a faca na mão boa e mantinha a mão enfaixada estendida para se equilibrar.

Ele sorriu.

– É, mas posso mudar de ideia, se você me derrotar.

Ela ficou com o rosto em brasa. Não conseguia olhá-lo, mas precisava olhar para ele. "Concentre-se. Mantenha os pés leves. Observe os sinais." As lições de Roar revolviam em sua mente. Mas, olhando os olhos dele, ela só conseguia pensar no quanto eram verdes. Como seus ombros pareciam fortes. Como ele era realmente *majestoso*. Ela finalmente não conseguia mais suportar seus pensamentos frívolos. Ela atacou. Ele passou direto à sua direita, com um movimento que deslocou mais ar que Roar.

Perry sorriu quando eles voltaram a ficar de frente um para o outro.

– O quê? – perguntou ela.

– Não sei. – Ele passou a manga na testa.

– Você está rindo?

– Estava sim. Culpa sua, mas eu peço desculpas mesmo assim.

– É culpa *minha* que você esteja rindo? – Será que ele a considerava uma adversária tão fraca assim? Ela fez um movimento veloz e visceral à frente, traçando um arco baixo com a faca de madeira. Perry saltou de lado, mas Ária raspou em seu braço.

– Esse foi bom – disse ele, ainda sorrindo.

Ária limpou a mão suada na calça. Perry voltou à sua posição, mas só por um instante, antes de se endireitar e jogar a faca de lado.

– O que você está fazendo? – perguntou ela.

– Não consigo me concentrar. Achei que pudesse fazer isso. – Ele ergueu as mãos, se rendendo. – Não posso. – Então, aproximou-se dela. Ária achava que seu coração não conseguiria bater mais rapidamente, mas batia, a cada passo que ele dava em sua direção, até retumbar em seu peito, deixando-a sem ar, quando ele parou bem à sua frente. Sua faca de madeira ficou encostada ao peito dele. Ela ficou olhando a faca, com o coração na garganta. Olhava a pressão que fazia em sua camisa.

– Tenho observado você e Roar. Querendo que fosse eu a treinar você. Agora não quero mais fazer isso.

– Por quê? – A voz de Ária saiu alta e fina.

Ele sorriu, num lampejo de timidez, antes de se aproximar mais.

– Tem outras coisas que prefiro fazer, quando estou sozinho com você.

Era hora de se atirar do abismo.

– Então faça.

Ele ergueu as mãos, segurando-lhe o queixo. A pele áspera de um lado, macia do outro. Abaixou a cabeça e levou os lábios aos dela. Eram mornos e mais macios do que ela podia imaginar, mas não ficaram próximos assim tempo suficiente. Ele recuou, antes que ela percebesse.

– Tudo bem fazer isso? – sussurrou ele, de perto. – Eu sei que tocar não é... isso precisa ser uma decisão sua, no seu ritmo...

Ária ficou na ponta dos pés, passou os braços em volta do pescoço dele e o beijou. O calor macio e aquecido da boca de Perry provocou uma onda de calor no corpo dela. Ele ficou paralisado, depois seus braços se apertaram em volta das costelas dela, quando ele aprofundou o beijo. Eles se fundiram, encaixados um no outro com uma perfeição impressionante. Ária nunca tinha se sentido como se sentia agora, explorando o gosto dele. Sentindo a força dos braços à sua volta. Inalando o cheiro de suor, couro e fumaça de lenha. Os cheiros dele. Ela se sentiu como se tivesse encontrado um momento de eternidade. Como se eles devessem ter sido sempre assim.

Quando eles finalmente se separaram, a primeira coisa que ela viu foi o sorriso que sempre a deleitou.

— Acho que você não tem mais problema em tocar os outros. — Seu tom era brincalhão, mas seus braços estremeceram ao redor dela. Ele afagou suas costas, provocando ondas de calor pelo corpo de Ária.

— Esse foi meu primeiro beijo – disse ela. – Meu primeiro beijo de verdade.

Ele aproximou o rosto, encostando a testa na dela. As ondas louras caíram sobre o rosto dela, macias, junto às bochechas. Ele encheu o peito de ar e exalou.

— Pra mim, também pareceu o primeiro beijo de verdade.

— Achei que você estivesse me evitando. Que tivesse mudado de ideia quanto a ir para Nirvana.

— Não. Não mudei de ideia.

Ela passou as mãos nos cabelos dele. Não conseguia acreditar que podia tocá-lo. Ele sorriu, e seus lábios encontraram novamente os dela, então ela achou que jamais teria o bastante disso. Dele.

— Bem, não posso dizer que isso é uma surpresa – disse Roar, desfilando pelo terraço.

— Droga — murmurou Perry, recuando.

— Bom trabalho de proximidade, Ária. Nada que tenha aprendido comigo, mas você se saiu muito bem. Acho que você ganhou.

Ária fulminou-o, mas não conseguiu tirar o sorriso dos lábios. Perry inclinou-se e afastou os cabelos dela para trás.

— Ele tem uma esquiva mais lenta do lado esquerdo. — A voz dele estrondou ao lado de seu ouvido.

Roar revirou os olhos.

— Isso não é verdade. Traidor.

Ela estava péssima quando começou a treinar com Roar. Pior que no primeiro dia. Relutava com sua visão periférica, que queria

Perry na frente dela. Mesmo quando ele se deitou no terraço e passou um braço sobre os olhos, ela não conseguia parar de olhar para ele. Era um absurdo como o formato das coxas dele atraíam seu interesse. Ridículo que um filete aparente da barriga, onde a camisa estava mais para cima, a deixasse fascinada.

Cada movimento que ela fazia era excessivo. Cada passo ia longe demais. Roar forçou-a mais que nunca. Ele não disse, mas Ária quase pôde ouvir o sentido da lição. "Em situações reais, você terá distrações. Aprenda a ignorá-las."

Ela acabou dominando seus pensamentos e mergulhou nos golpes e nas esquivas. Na simplicidade da ação e da reação. Ela era puro movimento, até que Perry se levantou. Então, ela o notou, assim como o céu se revolvendo e o vento repentino.

– Melhor parar – disse ele. – É hora de ir.

Capítulo 33

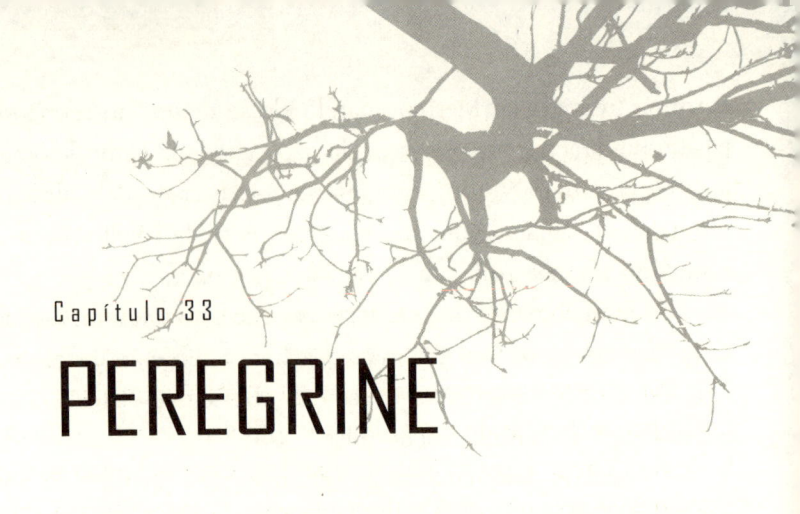

PEREGRINE

— Será tão monótono sem vocês – disse Marron. Atrás dele, a tela da sala estava escura. Sua câmera finalmente havia parado de funcionar.

Ária pegou sua mão.

— Estou com tanta inveja. Um dia monótono parece maravilhoso.

Eles estavam prontos. Perry havia conferido mais de uma vez as sacolas de cada um. Ele tinha dado a faca de Talon para Ária. Esta noite, uma faca de madeira não serviria para nada. E ele tinha repassado o plano com Gage e Mark, dois dos homens de Marron.

Marron havia insistido para que eles seguissem na jornada. Gage e Mark trariam Ária de volta a Delfos, se eles descobrissem que os boatos sobre Nirvana eram verdadeiros.

Marron abraçou Ária. Seus cabelos eram quase brancos em contraste com os dela.

— Você sempre será bem-vinda aqui, Ária. Independentemente do que acontecer, do que você encontrar, você sempre terá um lugar aqui.

Perry virou-se para a pintura do barco na praia cinzenta, com o mar atrás, numa larga extensão azul. Olhando o quadro, ele quase sentia o cheiro de casa. E se ele fosse forçado a voltar para cá? A casa de Marron era só a uma semana de viagem da terra dos Marés. Faria diferença? Perry descartou a ideia. Não faria. Os Marés jamais aceitariam uma Ocupante quando soubessem sobre Vale, Talon e Clara. Mesmo antes, não aceitariam. E ele não cometeria o mesmo erro que seu pai e seu irmão haviam cometido. Nada bom resultava da mistura de sangue. Ele sabia disso melhor que qualquer um.

Roar veio apressado.

– Como Soberano de Sangue, você pode fazer um novo acordo com Sable. Poderia pegar a Liv de volta.

Perry apenas olhou para ele, por um momento. Em parte, porque a pergunta veio do nada. Em parte, por perceber que podia fazer isso, como Soberano de Sangue. Isso estaria dentro de sua alçada. Mas isso não queria dizer que ele o faria. Não era uma decisão simples.

– Não me peça isso agora.

– Estou pedindo agora. – Roar inclinou a cabeça em direção a Ária. – Achei que você fosse ver as coisas de forma diferente.

Perry deu uma olhada nela. Ela ainda estava conversando com Marron. Ele só conseguia pensar na sensação do corpo dela junto ao dele enquanto se beijavam.

– Não é a mesma coisa, Roar.

– Não?

Perry pendurou seu saco no ombro. Pegou o arco e o estojo de flechas.

– Vamos.

Ele queria ver a terra passando velozmente sob seus pés. A noite fluindo em suas narinas. Sempre soube o que fazer com uma arma na mão.

Eles saíram por um portão pequeno, do lado norte do muro. Perry inalou todos os aromas, deixando que a terra e o vento lhe dissessem o que eles encontrariam. Seu nariz zunia com a força do Éter. Ele olhou para cima. Carretéis imensos preenchiam o céu.

Ele entrou na mata devagar, finalmente livrando-se da sensação de estar preso. Eles se dividiram em dois grupos, para diminuir o barulho ao se deslocarem. Ele subiu a colina com Ária, dando cada passo com cuidado, observando a abóbada. Ele não tinha dúvidas de que os sentinelas eram marcados, provavelmente Audis. Eles dormiriam no topo das árvores, lugar mais seguro à noite.

Perry deu uma olhada por cima do ombro. Ária tinha puxado os cabelos para trás, prendido num gorro preto, e seu rosto estava escurecido com carvão, como o dele. Os olhos dela estavam arregalados e alertas. Agora ela carregava sua mochila. Uma faca. Roupas que serviam. Naquele instante, ele percebeu o quanto ela havia mudado. Ele ficou imaginando como seria fazer isso com ela. Ária poderia ter enfraquecido sua concentração. Estava com medo. Não havia dúvida. Mas era diferente da jornada que eles fizeram até a casa de Marron. Ela estava controlando seus nervos e fazendo com que funcionassem. Ao respirar, ele conseguiu sentir a força do controle dela.

Os muros de Delfos iam ficando para trás conforme eles se embrenhavam montanha adentro. A julgar pela aparência do Éter e o ardor em seu nariz, ainda tinham tempo. Talvez uma hora, antes que começasse a chover.

Ária pousou a mão nas costas dele e o fez parar. Ela apontou para uma árvore grande, a cerca de quarenta passos à frente. Um punhado de galhos recém-arrancados estava espalhado pelo chão. Olhando acima, ele viu uma silhueta aninhada no vão de um galho. O homem segurava um chifre, uma corneta de marfim. Perry olhou mais acima e avistou outro homem. Uma dupla com a tarefa de soar o alarme.

Ele não sabia como tinha deixado de notá-los. Mais que isso, não tinha certeza de como Ária os avistara primeiro. Os homens falavam baixinho e Perry só conseguiu captar sons vagos da conversa. Ele olhou para Ária, depois se esticou lentamente, posicionando uma flecha. Sabia que não erraria o primeiro homem. O desafio de Perry era matá-lo silenciosamente. Se ele conseguisse evitar que o homem caísse da árvore, seria ainda melhor.

Ele mirou e respirou algumas vezes. Isso deveria ser fácil. Ele não estava longe. Mas bastaria um grito do homem, um estrondo de sua corneta, e todos os Corvos estariam em cima deles.

Um lobo uivou ao longe, o som perfeito para dar cobertura. Ele esticou os dois dedos que seguravam a corda do arco, soltando a flecha. Acertou o pescoço do homem, prendendo-o ao tronco. A corneta deslizou de seu colo, mas não caiu no chão. Continuou pendurada em seu braço por uma alça, pendendo logo abaixo do galho. Como uma lua crescente pairando na escuridão. Perry disparou outra flecha, mas o outro homem era evidentemente um Audi, pois ouviu o barulho e chamou desesperadamente pelo amigo. Quando não teve resposta, ele desceu da árvore, velozmente, como um esquilo. Perry soltou outra flecha. Ele escutou um ruído, conforme o tiro cravou no tronco. O Audi correu para o outro lado do tronco grosso, escapando da mira de Perry, que soltou o arco, sacou a faca e correu.

O Audi viu e disparou rumo à mata densa. Ele era magro, mais próximo ao tamanho de Ária do que do de Perry, e era veloz percorrendo a vegetação serrada. Perry não desacelerou. Ele irrompia pelos galhos, ouvindo-os estalando e quebrando ao seu redor. O homem seguiu colina abaixo, fugindo em pânico, mas Perry sabia que o pegara. Ele saltou, cobrindo os passos finais no ar, se jogando nas costas do Audi.

Perry se ergueu assim que bateu no chão, golpeando o pescoço do homem com a lâmina. O corpo que se contorcia sob ele se afrouxou, enquanto o cheiro de sangue quente entrava em seu nariz. Perry limpou a lâmina na camisa do homem e levantou-se, com os pulmões buscando o ar. Matar um homem deveria ser mais difícil que matar caça. Não era. Ele olhou a faca em sua mão trêmula. Só o resultado era diferente.

Uma pontada no fundo de seu nariz o fez olhar para cima. O Éter tinha começado a tomar forma de um redemoinho maciço. A tempestade viria logo e cairia com força.

Ele colocou a faca de volta na bainha, e seus músculos se retraíram quando ele ouviu um grito abafado.

Ária.

Capítulo 34
ÁRIA

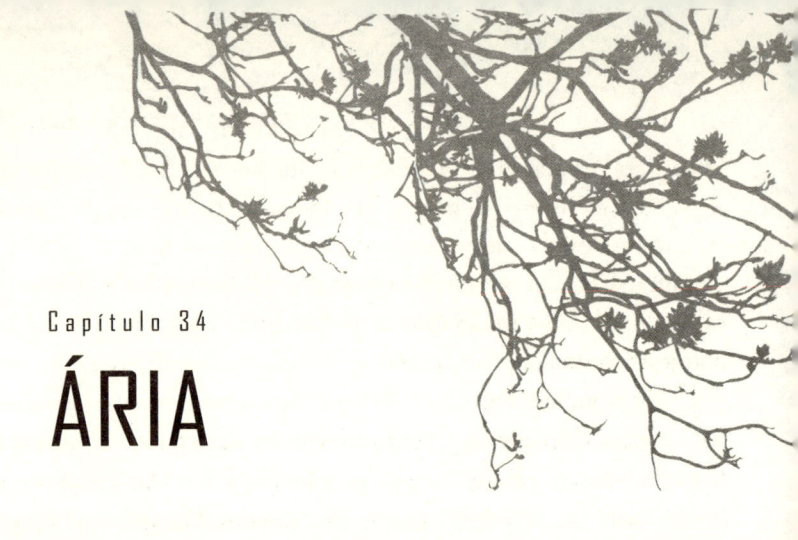

Ária agachou quando um terceiro homem apareceu pulando de uma árvore próxima, a vinte passos de distância. Ela segurava a faca de Talon, pronta para lutar, mas ele não correu em sua direção. Disparou por entre as árvores, até onde estava pendurado o homem morto. Ela sentiu uma onda de pavor. Ele queria a corneta. Se ele alertasse o restante dos Corvos, ela não seria a única morta. Também morreriam os homens de Marron. Roar. E Perry.

Ela esperou que ele se aproximasse da base da árvore, antes de correr atrás dele. Ária não sentia as pernas se movendo sob ela. Sabia que tinha escolhido o momento certo. Ele estava subindo, com as mãos ocupadas, e de costas para ela, que havia usado a velocidade e a surpresa como vantagem, exatamente como Roar lhe ensinara.

Deveria ter sido perfeito. Porém, faltando alguns passos, ela percebeu que os únicos pontos letais que conhecia eram na frente do corpo. Ela pensou em dar a volta para pegá-lo na jugular, mas ele estava longe demais do chão.

Ela não podia se virar de volta. Ele a ouvira e estava virando a cabeça. Num instante horrendo, os olhares se cruzaram. A voz de Roar explodiu em sua mente: "Ataque primeiro, rápido." Mas onde? Na perna? Nas costas? Onde?

O homem se soltou da árvore, pulando na direção dela. Ela tentou erguer a faca, esta era sua intenção. Mas ele foi para cima dela como um raio.

Ária caiu de costas, soltando um gemido abafado. Ele estava em cima dela. Ela se preparou para pegar a faca em seu lado. Para um golpe no rosto. Ela estava pronta, mas ele estremeceu e foi enfraquecendo.

Ela o matara.

Ondas de pânico a percorreram ao sentir os cabelos dele espalhados sobre seus olhos, seu peso pressionado sobre ela, que precisou de três tentativas para puxar o ar aos pulmões. Quando finalmente conseguiu, o cheiro dele era tão podre que ela conteve a náusea. O suor escorria em sua barriga. Ela não conseguia se mexer.

Um rosto surgiu acima dela. Uma menina. Tinha olhos selvagens, mas era bonita. Subiu correndo na árvore, pendurou a corneta no pescoço, pulou no chão e saiu em disparada.

Ária empurrou o ombro para trás, com toda a sua força. Foi o suficiente para soltar seu braço. Com mais um empurrão, ela rolou o homem para o lado. Queria correr para longe dele. Não conseguia fazer nada além de encher seus pulmões.

Outro Corvo veio, uma silhueta maior, subitamente ali, agachada a seu lado. Ária apalpou a terra, em busca da faca, outra vez ouvindo Roar em sua mente: "Nunca solte sua lâmina."

– Calma, Ária. Sou eu.

Perry. Ela se lembrou de que ele estava de gorro, escondendo seus cabelos alourados.

– Você se feriu? – Ele passou as mãos em sua barriga.

– Não sou eu – disse ela. – O sangue não é meu.

Perry puxou-a nos braços, xingando baixinho, dizendo que ele achara que tinha acontecido outra vez. Ela não sabia o que ele queria dizer. Só queria ficar abraçada a ele. Ária tinha acabado de matar um homem. Seu sangue estava espalhado por cima dela, fazendo sua barriga tremer. Mas ela recuou.

– Perry – disse ela. – Precisamos encontrar Roar.

Antes que eles estivessem de pé, o som da corneta estilhaçou o silêncio.

Eles correram juntos pela escuridão, de facas em punho, chegando a um corpo virado para baixo. Os joelhos de Ária enfraqueceram. Ela conhecia bem o porte de Roar, tinha passado vários dias observando-o e medindo seu tamanho para poder se esquivar de seus golpes.

– Não é ele – disse Perry. – É Gage.

Roar chamou baixinho, a distância:

– Aqui, Perry.

Eles o encontraram encostado a uma árvore, com uma perna esticada, um braço pousado sobre o outro joelho. Ária caiu de joelho ao seu lado.

– Eles eram cinco. Pegaram o Mark de cara. Gage e eu encaramos os outros quatro. Ele foi atrás de um que saiu correndo.

– Gage está morto – disse Perry.

Uma piscina de sangue brilhava embaixo da perna de Roar. Ária viu o rasgo na calça escura, na altura da coxa. A pele estava aberta, o músculo também. O sangue minava constante do ferimento, brilhando sob a luz do Éter.

– Sua perna, Roar. – Ela pressionou as mãos na perna dele, para conter o fluxo de sangue.

O rosto de Roar se contorceu de dor. Perry tirou uma tira de couro da sacola dela e amarrou-a acima do ferimento, movendo rapidamente as mãos.

– Eu vou carregá-lo.

– Não, Peregrine – disse Roar. – Dá pra ouvi-los. Os Corvos estão chegando.

Ária também ouvia. Os sinos estavam tocando. Os Corvos estavam se deslocando, vindo atrás deles, sem se deixarem deter pela tempestade.

– Primeiro vamos levá-lo de volta ao Marron – disse Perry.

– Eles estão perto demais. Não chegaremos a tempo.

Uma onda fria percorreu o pescoço de Ária. Ela ficou olhando as árvores, imaginando sessenta canibais vindo na direção deles, com capas negras.

Perry xingou. Ele entregou a Ária a sua bolsa, o arco o e estojo.

– Não se distancie mais que três passos atrás de mim. – Ele levantou Roar, passando um braço sobre seu ombro, como fizera com Cinder. Eles correram, Perry meio carregando Roar, conforme os sinos tilintavam em seus ouvidos. Ela desceu a colina cambaleando, com o barulho enlouquecedor dos sinos.

Perry olhava as árvores com olhos vivos e arregalados.

– Ária! – gritou ele, virando-se na direção de um punhado de rochas. Ele baixou Roar e pegou o arco e o estojo de flechas que estavam com ela.

Ela agachou atrás das rochas, sem ar, ombro a ombro com Roar. Perry estava em pé do seu outro lado, disparando uma chuva de flechas, uma após a outra, sem parar. Gritos de alerta rasgaram a noite. Os Corvos gritavam suas últimas palavras em direção ao céu. Mas os sinos ecoavam ainda mais ruidosos.

Ária não conseguia tirar os olhos de Perry. Ela o vira assim antes, quase sereno, lidando com a morte. Naquela época, ele era um estranho. Mas esse era o *Perry*. Como ele podia suportar isso?

Seu arco caiu com uma batida seca sobre as agulhas de pinheiros aos pés dela.

– Acabou – disse ele. – Fiquei sem flechas.

Capítulo 35

PEREGRINE

O cheiro pútrido dos Corvos permeava a garganta de Perry. Os sinos pendurados na cintura deles cintilavam sob a luz do Éter. Eles agora soavam suavemente. A perseguição havia acabado. Eles estavam cercados.

Diante de algum sinal, eles colocaram as máscaras e os capuzes das capas pretas. Em breve isso era tudo que Perry veria. Dúzias de rostos bicudos pairando sobre a escuridão da floresta. Ária estava a seu lado, de faca em punho. Roar ficou de pé, apoiado à rocha atrás dele.

Perry viu que os Corvos tinham os próprios arqueiros. Seis homens com arcos apontados para eles. Nenhum deles estava a mais de dez metros de distância. Será que ele morreria assim? Seria uma morte apropriada. Quantos homens ele tinha acabado de matar com seu arco?

Um homem grandalhão se aproximou. Sua máscara não era feita de osso e pele, mas de prata. Reluziu refletindo o Éter, conforme ele ergueu a cabeça para o vento, de uma forma que Perry conhecia bem.

– Deite-se onde está, Soberano de Sangue.

Sua voz era alta e profunda. Uma voz para uma cerimônia. Em outra situação, Perry talvez tivesse gostado do fato de que esse homem o julgara um Soberano de Sangue. Agora, ele só via a triste verdade disso. Que ele seria chamado assim, pela primeira e última vez.

— Não farei isso — disse Perry.

O Máscara Prateada manteve-se em silêncio, por um bom tempo. Então, ele chamou um de seus arqueiros.

— Acerte-o na perna. Só no músculo. Não perfure as artérias.

Perry já tinha chegado perto da morte, por várias vezes. Mas diante dessas palavras ele soube que chegara a hora. Não foi o medo que o arrebatou, mas uma decepção esmagadora por todas as coisas que ele não tinha feito. Todas as coisas que ele sabia que podia fazer.

O arqueiro ergueu o arco, de olhos fixos, mirando através da máscara de Corvo.

— Não! — Ária contornou Perry.

— Fique atrás, Ária — disse ele, mas, quando ela pegou sua mão, ele aceitou. Ela ficou a seu lado, de alguma forma, compreendendo que ele precisava dela. Também precisava de Roar ali. Com os dois, ele podia ficar ali e esperar que uma flecha o derrubasse.

O arqueiro hesitou, vendo as mãos unidas.

— Perry... — disse Roar, com a voz rouca, atrás deles. — Abaixe-se.

A carga do Éter ardia no fundo do nariz de Perry. Zunia em sua pele, rangendo, viva. Uma agitação percorreu os Corvos. Eles ergueram suas máscaras, gritando de terror quando viram Cinder.

Ele corria por entre os Corvos. Sem camisa, suas veias criavam linhas reluzentes em sua pele. Ele se aproximou, vasculhando com seus olhos azuis de Éter. Os Corvos fugiram correndo de seu caminho, com uma súbita erupção dos sinos.

— Cinder — disse Perry.

Os olhos do menino se fixaram nele por um momento. Então, ele deu as costas para Perry e ergueu as mãos. Perry sentiu um repuxo no ar, como o inalar antes de um grito. Ele pegou Ária pela cintura e saltou por cima das rochas, se jogando sobre Roar, enquanto Cinder acendia a noite com fogo líquido.

Lampejos em brasa passavam à medida que o Éter soltava seu grito horrendo, afogando os gritos dos Corvos. Perry fechou os olhos com força diante dos fluxos chamuscantes. Ele cobriu Roar e Ária da melhor forma que pôde, agarrando a terra com os dedos, como se eles pudessem ser levados.

O silêncio veio tão bruscamente que ecoou em seus ouvidos. A noite voltou a ter a brisa fresca que tocava os braços de Perry. Longos segundos se passaram antes que ele conseguisse levantar a cabeça. O cheiro pungente de cabelo queimado se misturando a carne e madeira carbonizadas. Perry tentou ficar de joelhos, mas acabou rolando para o lado.

Estrelas. Ele via estrelas, num imenso buraco no Éter. Estrelas claras e brilhantes. Ao redor do buraco, o Éter revolvia-se em círculos. Como uma pedrinha arremessada num lago, mas em ondas que se aproximavam entre si. Recuando, em vez de se espalharem. Lentamente cobrindo uma estrela após outra com sua luz azul.

Ária surgiu acima dele.

— Perry, você está bem?

Ele não conseguia falar. Perry sentia gosto de cinzas e sangue.

— Roar! — disse Ária. — O que há de errado com ele? — Ela arrastou a mão de Roar até a testa de Perry.

Agora Roar olhava-o, abaixo.

— Onde você está ferido, Perry?

"Em todo lugar", pensou Perry, sabendo que Roar podia ouvi-lo. "Mais na minha garganta. E você?"

— Eu até que estou bem. — Roar virou-se para Ária. — Ele está bem.

Com a ajuda de Ária, Perry sentou-se. Até onde ele podia enxergar, as árvores tinham virado tocos de carvão. A terra cintilava, coberta de brasas, mas ele não via fogo. Nenhum corpo, em lugar nenhum. Tudo já havia sido queimado. Cinder tinha tirado a vida de tudo, só restava uma máscara de corvo caída sobre as cinzas, com a prata empenada. Pingando como cera derretida.

Ali perto, uma silhueta esquelética com a cabeça careca estava deitada num círculo de poeira cinzenta. Perry ficou de pé. Cinder estava todo encolhido. Ele estava nu. Suas roupas tinham virado cinzas. Não sobrara nem um fio de cabelo em sua cabeça. O brilho de suas veias foi apagando diante dos olhos de Perry, penetrando de volta na pele.

Seus olhos se abriram em filetes escuros.

– Viu o que eu fiz?

– Eu vi – disse Perry, com a voz em frangalhos.

O olhar de Cinder recaiu na mão de Perry. Ele ficou olhando a pele marcada.

– Eu não consegui evitar.

– Eu sei – disse Perry, vendo a si próprio nos olhos negros de Cinder. Ele entendia o terror de ser bom em ceifar vidas.

Cinder gemeu, segurando a barriga que começava a tremer. Arfava, enquanto ele se convulsionava todo encolhido, como uma bola. Perry pegou um cobertor em sua mochila e o cobriu. Depois guardou o restante das coisas deles nas rochas. Ária pegou Roar, como ele fizera mais cedo, apoiando seu lado ferido. Perry ergueu Cinder nos braços, perplexo com a frieza da pele do menino.

– Eu me redimi – disse Cinder, com lábios trêmulos.

Eles chegaram a um par de Corvos encolhidos na sombra de uma árvore. Ao verem Cinder, saíram correndo. Perry engoliu em seco, forçando a ardência na garganta. Será que o menino já tinha conhecido algo além do medo e da pena?

Eles correram para dentro de Delfos, disparando pelo pátio. Perry pousou Cinder ao lado de Roar, em cima dos paralelepípedos. As pessoas estavam aglomeradas do lado de dentro do portão, armadas e prontas para a guerra, preparadas para uma invasão, para qualquer coisa. O Éter continuava a se formar acima. O alívio que Cinder tinha trazido já estava desaparecendo.

Marron veio abrindo caminho pela aglomeração.

– E Mark e Gage?

Perry sacudiu a cabeça, depois cambaleou alguns passos, virando-se de costas. Ele pressionou o punho sobre os lábios para conter a culpa e tudo que ameaçava vir à tona. Atrás dele, Ária disse a Marron o que havia acontecido. As pessoas choravam e xingavam Perry. Elas estavam certas. Ele tinha trazido os Corvos até ali. Mark e Gage tinham morrido por sua causa. Perry não via meio de fugir dessa culpa.

Marron foi até ele.

– Você precisa ir. Os Corvos podem voltar. Vá pra casa, Peregrine. Leve Ária até a mãe dela.

O esclarecimento voltou com essas palavras simples. Ele não tinha tempo a perder. Foi até Roar.

– Você virá na primavera.

Roar pegou a mão que Perry oferecia e apertou-a com força.

– Assim que eu puder.

Perry seguiu até Cinder. Ele sabia que não podia mandar nesse garoto, cujo poder era muito maior que o seu. Mas também sabia que Cinder precisava dele. Precisava de alguém para ajudá-lo a entender o que ele acabara de fazer e o que podia fazer. Talvez Perry também precisasse disso.

– Você virá com Roar? – Era uma pergunta bem mais importante do que parecia ser. A verdadeira pergunta era se ele se comprometeria com Perry.

Cinder respondeu sem hesitar:

– Sim.

Capítulo 36
PEREGRINE

Perry e Ária saíram juntos pelo portão. Eles recolheram seus pertences nas rochas e correram. O Éter vinha ruidoso, despejando funis de fogo azulado que sacudiam o solo embaixo deles. A fumaça adensava o ar frio conforme a floresta se incendiava. Perry desviava-se das chamas, segurando forte a mão de Ária.

Eles se deslocavam rapidamente, conduzidos pela necessidade de deixar Delfos para trás. Em algumas horas, passaram pelo pior da tempestade, depois prosseguiram pelo resto da noite, viajando em silêncio. Descendo as colinas de braços dados. Passando a água, de um para o outro, trocando afagos. A mão dela segurando a dele, por uma dúzia de passos. A dele pousada nas costas dela por um momento. Toques que não tinham um propósito real, exceto dizer "Eu estou aqui e nós ainda estamos juntos".

Ao amanhecer, Perry não podia mais ignorar os cheiros impregnados neles. Sangue e cinzas incrustados às roupas e à pele. A fumaça da tempestade de Éter estava se dissipando. Ele já não podia contar com isso para mascarar o cheiro deles e manter os lobos distantes. Eles pararam num rio que fluía sobre uma cascata de rochas cinzentas e se lavaram rapidamente, tremendo na água gélida, depois partiram novamente. Ele torceu para que fosse o suficiente.

Horas depois, Ária agarrou-lhe o braço.

– Estou ouvindo latidos, Perry. Precisamos encontrar algum lugar seguro. – As palavras dela obscureceram a tarde fresca.

Perry se esforçou para ouvir. Ele só ouvia a calmaria depois da tempestade, mas o almíscar dos animais era forte, dizendo-lhe que uma matilha não podia estar longe. Vasculhando a mata em busca de uma árvore robusta, onde eles pudessem se abrigar, Perry só via pinheiros altos com galhos finos. Ele apressou o ritmo, xingando a si mesmo por não ter pegado mais flechas de Marron, quando eles foram levar Cinder e Roar de volta. Ele só tinha sua faca para protegê-los. Uma faca não podia durar muito, não contra lobos.

Ária olhava para trás atentamente, de olhos arregalados.

– Perry, eles estão logo atrás de nós!

Instantes depois, ele mesmo ouviu os lobos, dois latidos acentuados, que soaram perto demais. Desesperado, ele correu até a árvore mais próxima, uma escolha ruim. Os galhos eram baixos e fracos demais. Então, ele viu uma trilha de caça, um caminho gasto de terra, que levava a uma árvore adiante. Avistou uma cabana acima, posicionada nos galhos de um imenso pinheiro. Ele correu com Ária a seu lado, enquanto os rosnados iam ficando mais altos. As marcas de garras estavam no tronco lanhado, ao redor da base. Uma escada de corda pendia de um galho grosso.

Ele ergueu Ária até a escada.

– Eles estão vindo! – gritou ela. – Perry, suba!

Ele não podia. Ainda não. Não confiava na corda frágil para segurar o peso dos dois. Ele pegou a faca.

– Vá! Estarei logo atrás de você.

Sete lobos surgiram à vista. Animais imensos, com olhos azuis cintilantes e pelo prateado. O cheiro de almíscar chegava até Perry, numa onda vermelha sedenta de sangue. Eles ergueram o focinho brilhoso, identificando os odores, como ele fazia, depois baixaram as orelhas e mostraram os dentes, eriçando o pelo.

Ária chegou ao topo da escada e gritou por ele. Perry virou-se e saltou, agarrando o mais alto que pôde alcançar. Ele puxou as pernas para cima e golpeou com a faca, enquanto as mandíbulas tentavam mordê-lo. Ele chutou um deles na orelha. O bicho deu um ganido e caiu, dando-lhe um instante para encontrar um degrau com o pé e subir. Ele se lançou para cima, forçando-se ao topo.

Ária o pegou, firmando seu equilíbrio. Eles seguiram por um galho largo até a cabana. Os dois lados externos estavam firmemente tampados com placas de madeira. Dos outros dois lados as tábuas tinham sido arrancadas de forma alternada, uma sim, uma não, fazendo parecer uma jaula.

Ária entrou sem dificuldade. Ele não conseguia espremer os ombros para passar, então estourou uma das tábuas com o pé. A madeira rangia embaixo dele. Ele não podia ficar de pé ereto, mas as tábuas eram fortes. Ele e Ária ficaram se olhando por alguns segundos, sem fôlego, enquanto os lobos latiam lá embaixo, raspando as garras na árvore. Depois ele chutou uma camada de folhas e colocou sua mochila no chão. O restinho da luz do dia era cinzento e penetrava pelas frestas, como a luz que se move dentro da água.

– Estaremos a salvo aqui em cima – disse ele.

Ária olhou para fora da cabana, com os ombros contraídos de tensão. Os sons furiosos continuavam.

– Quanto tempo eles ficarão?

Ele não via sentido em mentir para ela. Os lobos esperariam, assim como os Corvos tinham aguardado.

– O tempo que for preciso.

Perry passou a mão nos cabelos enquanto pensava em suas opções. Ele podia fazer novas flechas, mas isso levaria tempo, além disso ele tinha deixado o arco cair em algum lugar lá embaixo. Por enquanto não havia nada que ele pudesse pensar em fazer. Ele ajoelhou-se e tirou as cobertas da mochila. Eles haviam acabado de correr para se salvar. Agora não estavam com frio, mas logo ficariam.

Ficaram sentados, juntos, e, enquanto a noite caía na cabana, a escuridão ia amplificando os ruídos de estalos abaixo. Perry pegou água, mas Ária não bebeu. Ela cobriu os ouvidos e fechou os olhos com força. Seu temperamento fervilhava com ansiedade e ele sabia, sentia, como os sons lhe causavam uma dor física. Não sabia como ajudá-la.

Passou uma hora. Ária não se mexeu. Perry achou que talvez fosse ficar maluco. Foi quando os latidos pararam, inesperadamente. Ele se inclinou à frente.

Ária descobriu os ouvidos, com um lampejo de esperança nos olhos.

— Eles ainda estão aqui — sussurrou ela.

Ele se recostou lentamente na madeira, absorvendo o silêncio. O uivo causou um arrepio em sua espinha. Ele se retesou, ouvindo o uivo como jamais escutara. Assim como a sensação de ser rendido, aquilo o puxou para dentro do sentimento mais profundo e pesado, prendendo sua respiração na garganta. Outros lobos se juntaram ao primeiro, criando um som que eriçou os pelos de seus braços.

Depois de alguns minutos, os uivos pararam. Perry esperou, esperançoso, mas os latidos e os arranhões recomeçaram. As tábuas se moviam embaixo dele, quando Ária se levantou e foi até a beirada, com o cobertor escorregando de seus ombros. Perry ficou observando, enquanto ela encarava os lobos abaixo. Então, colocou as mãos em concha, ao lado da boca, e fechou os olhos.

Ele achou que fosse outro lobo uivando. Mesmo vendo, ele não podia acreditar que ela estivesse emitindo aquele som. Os latidos cessaram lá embaixo. Ao terminar, ela desviou o olhar para ele por um momento. Então, emitiu um som ainda mais encorpado e pesaroso, com sua voz de cantora emanando mais força, com mais alcance do que qualquer um dos lobos ali abaixo.

Quando terminou, eles tinham caído em silêncio. O coração de Perry estava disparado.

Ele ouviu uma lamúria suave e um espirro molhado. Então, depois de um instante, o ruído das patas desaparecendo noite adentro.

Depois que os lobos se foram, eles se sentaram e beberam água. O medo de Perry estava passando, deixando um enorme cansaço. Ele não conseguia tirar os olhos de Ária. Não conseguia parar de pensar.

– O que você disse a eles? – perguntou ele finalmente.

– Não faço a menor ideia. Só tentei copiar os uivos.

Perry deu um gole na água.

– É um dom que você tem.

– Um dom? – Ela pareceu perdida em pensamentos por um tempo. – Eu nunca achei isso antes. Talvez seja. – Ela sorriu. – Somos parecidos, Perry. Minha voz é chamada soprano *falcon*.

Ele sorriu.

– Somos dois falcões.

Com os nervos se acalmando, eles comeram uma refeição rápida, de queijo e frutas secas, que haviam preparado na casa de Marron. Depois se embrulharam nas cobertas e ficaram sentados, encostados nas placas, ouvindo o vento remexer os galhos em volta deles.

– Você tem uma garota em sua tribo? – perguntou Ária.

Perry olhou para ela, com o pulso acelerando. Essa era a última pergunta que ele queria responder.

– Ninguém importante – disse ele, cauteloso. Aquilo soou horrível, mas era verdade.

– Por que ela não é importante?

– Você sabe o que eu vou dizer, não é?

– Rose me disse. Mas eu quero ouvir de você.

– Meu Sentido é o mais raro. O mais poderoso. Para nós, manter a linhagem pura é ainda mais importante do que para outros Marcados. – Ele esfregou os olhos cansados e suspirou. – Cruzar Sentidos traz uma maldição. Traz infortúnio.

– Uma maldição? Isso parece arcaico. Como algo da Idade Média.

– Não é – disse ele, tentando eliminar o nervosismo da voz.

Ela pensou por um momento, projetando o queixinho.

– E quanto a você? Você tem dois Sentidos. Sua mãe era Olfativa?

– Não. Ária, eu não quero falar sobre isso.

– Na verdade, eu também não.

Eles caíram em silêncio. Perry queria esticar o braço e tocá-la. Queria se sentir como se sentira ao longo do dia, com a mão dela na sua. Mas o temperamento dela ficou pesado, frio como a noite.

Ela finalmente disse:

– Perry, o que eu sentiria agora, se eu fosse uma Olfativa?

Perry fechou os olhos. Descrever as diferenças entre eles não os tornaria mais próximos. Porém, recusar-se a responder também não. Ele inalou, depois falou a ela o que seu nariz lhe dizia:

– Há traços dos lobos. Aromas das árvores trazendo o tom do inverno.

– As árvores têm um cheiro de inverno? – perguntou ela.

– Elas têm. As árvores sabem primeiro o que o tempo irá fazer.

Ele já tinha se arrependido de falar. Ária mordeu o lábio.

– O que mais? – disse ela, mas ele farejou como aquilo a atingiu, todas as coisas que ele sabia e ela não.

– Há um resíduo de ferrugem nos pregos de ferro. Eu sinto resquícios do fogo, provavelmente de meses, mas as cinzas são diferentes das de ontem, com Cinder. Isso é seco e tem um gosto parecido com sal fino.

– E ontem? – perguntou ela, baixinho. – Que outro cheiro tinham as cinzas?

Ele olhou para ela.

– Azul. Vazias. – E ela assentiu, como se entendesse, mas ele sabia que ela não podia entender. – Ária, isso não é uma boa ideia.

– Por favor, Perry. Eu quero saber como é pra você.

Ele limpou a garganta, subitamente apertada.

– Essa cabana pertenceu a uma família. Sinto traços de um homem e de uma mulher. Um frangote.

– Um frangote?

– Um garoto que está prestes a se tornar um homem. Como Cinder. Eles têm um cheiro que não pode ser ignorado, se você entende o que eu quero dizer.

Ela sorriu.

– Esse seria o seu cheiro?

Ele colocou a mão no coração, fingindo estar magoado.

– Isso doeu. – Depois ele sorriu. – Sem dúvida, sim. Para outro Olfativo, meus apetites devem ter o fedor de um gambá.

Ela riu, inclinando a cabeça para o lado. Seus cabelos pretos se espalharam sobre seus ombros. Assim como a noite, o frio sumiu.

– Eu saberia isso, se fosse Olfativa? – perguntou ela.

– Isso e mais. – Perry inalou trêmulo. – Você teria uma boa ideia do que eu quero neste momento.

– E o que seria?

– Você, mais perto.

– Perto quanto?

Ele ergueu a borda de seu cobertor.

Ela o surpreendeu passando os braços ao redor da cintura dele, num abraço. Perry olhou para o alto da cabeça dela, enquanto Ária aconchegava-se em seu peito. Algo pesado e frio dentro dele ficou leve. Abraçar não era o que ele tinha em mente, mas talvez isso fosse melhor. Não se surpreendeu que ela soubesse do que precisava, mais que ele próprio.

Depois de um momento, ela recuou. As lágrimas brotavam em seus olhos. Ela estava tão perto, seu cheiro penetrava nele, o preenchia. Ele descobriu que seus olhos também estavam lacrimejando.

– Eu sei que só temos o agora, Perry. Sei que vai acabar.

Então, ele a beijou, abrindo seus lábios macios com os dele. Ela tinha um gosto perfeito. Como chuva fresca. Ele intensificou o beijo enquanto suas mãos buscavam por ela, trazendo-a mais para perto. Mas ela recuou e sorriu. Sem dizer uma palavra, ela o beijou no nariz, no cantinho do lábio, no queixo. O coração dele parou quando ela levantou sua camisa. Ele ajudou, tirando-a por cima da cabeça. Ela percorreu o olhar por seu peito, depois passou os dedos em suas Marcas. Ele não conseguia desacelerar a respiração.

– Perry, eu quero ver suas costas.

Outra surpresa, mas ele concordou e se virou. Abaixou a cabeça e aproveitou a chance para tentar acalmar a respiração. Ele estremeceu quando ela tracejou o formato das asas em sua pele, e deixou escapar um pequeno gemido. Silenciosamente, xingou a si mesmo. Ele não conseguiria ser mais Selvagem, nem se tentasse.

– Desculpe – sussurrou ela.

Ele limpou a garganta.

– Recebemos as tatuagens quando fazemos quinze anos. Todos os Marcados recebem. Uma faixa pelo seu Sentido, uma tatuagem pelo seu nome.

– Ele é magnífico. Como você – disse ela, baixinho.

Isso bastou. Ele se virou, deitando-a sobre o chão de madeira, tendo consciência de somente amparar a queda dos dois com os braços.

Ária deu uma risada assustada.

– Você não gostou disso?

– Gostei. Demais. – Movimentando-se rapidamente, ele puxou um cobertor embaixo deles, outro por cima. E então, ela era sua. Ele a beijou e se perdeu em sua pele de seda, seu cheiro de violeta.

– Perry, se nós... eu posso ficar...?

– Não – disse ele. – Agora não. Seu cheiro estaria diferente.

– Estaria? Como?

Perguntas. Dela, claro. Mesmo agora.

– Mais doce – disse ele.

Ela o puxou mais para perto, enlaçando seu pescoço com os braços.

– Ária – sussurrou ele –, nós não precisamos fazer isso, se você não tiver certeza.

– Confio em você e tenho certeza – disse ela, e ele soube que era verdade.

Ele a beijou lentamente. Foi tudo bem devagar, para que ele pudesse acompanhar seu temperamento e olhar em seus olhos. Quando eles se uniram, o cheiro dela era corajoso e forte, determinado. Perry tragou aquilo, respirando a respiração dela, sentindo o que ela sentia. Ele nunca conhecera nada tão perfeito.

Capítulo 37
ÁRIA

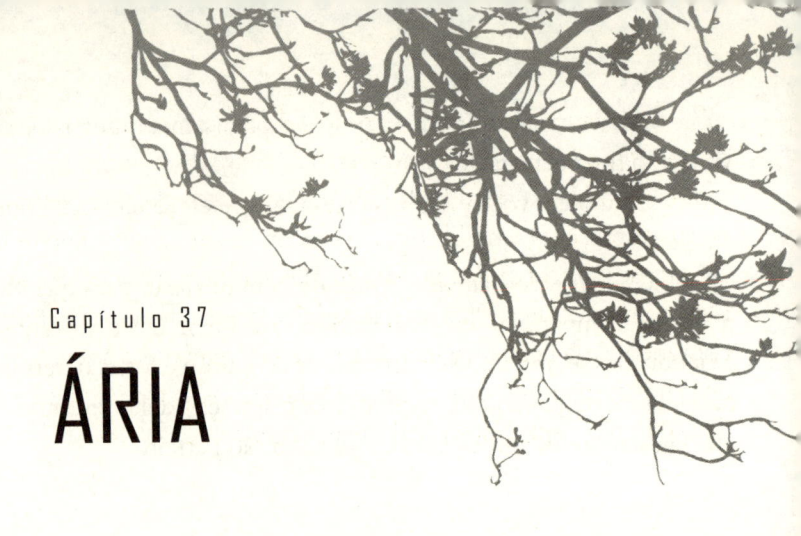

Na manhã seguinte, Perry disse a ela que o cheiro dos lobos estava fraco. Ele achava que a alcateia não estava perto, ainda assim eles viajaram com mais cautela que nunca, relaxando apenas quando deixaram aquele território para trás.

Ele estava diferente com ela. Falava baixinho enquanto eles caminhavam. Respondia a todas as suas perguntas, mesmo as coisas que não perguntava, ciente de que ela queria sabê-las. Ele falava sobre as plantas pelas quais passavam. Quais eram comestíveis, ou tinham uso medicinal. Mostrou-lhe os rastros de animais pelo caminho e explicou como se guiar pelo formato das montanhas.

Ária memorizou cada palavra que ele disse e saboreou cada sorriso que ele deu. Ela procurava desculpas para tê-lo perto, fingindo interesse numa folha ou numa rocha. Nada a deixava mais fascinada que ele. Quando Perry disse que eles levariam seis dias para chegar a Nirvana, ela desistiu das desculpas. Seis dias era tempo demais para esperar por notícias de Lumina. Mas não era tempo suficiente para ficar com ele.

À tarde, eles pararam para comer, num leito rochoso. Perry deu um beijo no rosto dela, enquanto mastigava, e ela descobriu que a coisa mais maravilhosa era ser beijada sem motivo, mesmo mastigando comida. Isso iluminava a mata, o céu do nunca, tudo.

Ária abraçou a tática, batizando-a de Beijo Espontâneo, e logo descobriu como era difícil surpreender Olfativos. Sempre que ela tentava retribuir o Beijo Espontâneo, Perry sorria de olhos entreabertos e abria os braços. Ela o beijava assim mesmo, sem se importar, até que se deu conta de que ele um dia escolheria uma garota que fosse como ele. Uma Olfativa que também fosse imune ao Beijo Espontâneo. Ária ficou imaginando se eles saberiam todas as emoções que se passariam um com o outro. Achou curioso que ela pudesse desgostar tão profundamente de alguém que nem conhecia. Ela não era assim. Ao menos não costumava ser assim.

Naquela noite, Perry improvisou uma rede com as cobertas e uma corda. Juntinhos, num casulo aquecido de lã, com o coração dele batendo firmemente embaixo de seu ouvido, ela desejou o que sempre teve em Quimera. Um meio de existir em dois mundos, de uma só vez.

No dia seguinte, ela passou horas pensando, voltando sua curiosidade para dentro. Ela gostava do que estava descobrindo sobre si mesma. Ária, que sabia que as aves tinham de ser depenadas ainda mornas para que as penas saíssem com mais facilidade. Ária, que sabia acender uma fogueira com uma faca e um pedaço de quartzo. Ária, que cantava abraçada a um garoto de cabelos louros.

Ela não sabia onde esse seu lado se encaixaria no que ainda estava por vir, daqui a cinco dias. Como seria voltar ao núcleo? Sabendo o quanto esses dias haviam sido profundamente aterrorizantes e eufóricos, como poderia voltar aos treinamentos simulados? Ela não sabia, mas pensar nisso a preocupava. Quanto à sua grande pergunta, "O que aconteceria quando chegasse a Nirvana?", ela fez algo novo. Guardou as perguntas e os receios, confiando que saberia o que fazer quando chegasse a hora.

– Perry? – sussurrou ela, tarde da noite, naquele mesmo dia. Os braços dele imediatamente se apertaram ao redor dela, e ela soube que o acordara.

– Humm?

– Quando você recebeu seus Sentidos?

No silêncio, ela podia praticamente ouvi-lo mergulhar em suas lembranças.

– Minha visão veio primeiro. Quando tinha quatro anos. Durante um tempo, ninguém sabia que eu era diferente... nem mesmo eu. A maioria dos Videntes enxerga melhor na luz, mas eu achei que todos vissem o que eu via. Quando veio à tona que eu tinha visão noturna, ninguém fez muito alvoroço. Pelo menos não ao meu redor. Eu tinha oito anos quando comecei a farejar temperamentos. Exatamente oito anos. Disso eu me lembro.

– Por quê? – perguntou Ária. Havia algo estranho na voz dele. Ela não tinha certeza se queria saber.

– Farejar temperamentos mudou tudo... eu percebi como frequentemente as pessoas falam uma coisa e querem dizer outra. Como muitas vezes querem o que não podem ter. Vi muitos motivos para tudo... Eu não conseguia evitar saber o que as pessoas escondiam.

O batimento cardíaco de Ária acelerou-se. Ela encontrou a mão queimada de Perry. Ele deixara de usar a bandagem na noite em que eles partiram da casa de Marron. A pele de cima tinha placas ásperas demais e outras lisas demais. Ela aproximou a mão dele e beijou a pele marcada. Nunca sonhou que uma pele cicatrizada seria algo digno de beijos, mas ela adorava cada uma das cicatrizes dele. Tinha encontrado e beijado todas elas, pedindo para conhecer cada história que deixara uma marca nele.

– O que você descobriu? – perguntou ela.

– Que meu pai bebia para conseguir suportar a minha presença. Eu sabia que ele se sentia melhor ainda quando me descia o braço. Bem, pelo menos por um tempo. Nunca por muito tempo.

Com os olhos enchendo-se de água, Ária o puxou para perto, sentindo o quanto ele estava tenso. Tinha sentido esse lado dele. De alguma forma, ela sabia.

— Perry, o que você pode ter feito para merecer isso?

— Minha... eu nunca falei sobre isso.

Quando ele fungou, Ária sentiu o choro preso na própria garganta.

— Você pode me contar.

— Eu sei... estou tentando... minha mãe morreu quando eu nasci. Ela morreu por minha causa.

Ela se recostou para poder ver o rosto dele. Ele fechou os olhos.

— Isso não foi culpa sua. Você não pode se culpar. Perry... você se culpa?

— Ele me culpava. Por que eu não me culparia?

Ela se lembrou do que ele dissera, quanto a matar uma mulher. Percebeu que ele estava falando da *mãe*.

— Você era um bebê! Foi um acidente. Foi apenas algo horrível que aconteceu. É terrível que seu pai tenha feito você se sentir dessa maneira.

— Ele apenas sentia o que sentia, Ária. Não há como disfarçar um sentimento.

— *Ele* estava errado! Seus irmãos também o culpavam?

— Liv nunca me culpou. E Vale nunca agiu como se me culpasse, mas não tenho certeza. Não consigo farejar o temperamento dele, assim como não sinto o meu. Mas talvez ele me culpasse. Sou o único que herdou o Sentido dela. Meu pai desistiu de tudo para ficar com ela. Ele formou uma tribo. Teve Vale e Liv. Então, eu nasci e roubei o que ele mais amava. As pessoas diziam que era a maldição pela mistura de sangue. Disseram que a maldição finalmente o encontrou.

— Você não roubou nada. Foi simplesmente uma coisa que aconteceu.

— Não. Não foi. A mesma coisa aconteceu com meu irmão. Mila também era uma Vidente, e ela... ela se foi. Talon está doente... — Ele exalou trêmulo. — Eu não sei o que estou dizendo. Não deveria estar falando sobre isso com você. Tenho falado demais ultimamente. Talvez eu tenha me esquecido como parar.

– Você não precisa parar.

– Você sabe o que eu acho das palavras.

– As palavras são a melhor maneira que eu tenho para conhecê-lo.

Ele colocou a mão embaixo do maxilar dela, remexendo os dedos em seus cabelos.

– A melhor maneira?

Ele passava o polegar em seu queixo. Aquilo a distraía e ela sabia que era isso que ele queria. Talvez Perry só estivesse tentando seguir em frente como sempre fizera. Tentando salvar as pessoas que podia. Tentando compensar por algo que nunca fizera.

– Perry... – disse Ária, cobrindo a mão dele. – Peregrine... você é *bondoso*. Você colocou sua vida em risco por Talon e Cinder. Por mim. Fez isso quando nem gostava de mim. Você se preocupa com sua tribo. E se condói por Roar e sua irmã. Eu sei que sim. Vi isso em seu rosto, toda vez que Roar falava de Liv. – A voz dela estava trêmula. Ela engoliu o bolo em sua garganta. – Você é *bom*, Peregrine.

Ele sacudiu a cabeça.

– Você viu o que sou capaz de fazer.

– Eu vi. E *sei* que seu coração é bom. – Ela pousou a mão em cima do coração dele e sentiu a vida que pulsava através dele. Um som tão forte, tão alto que era como se ela estivesse com o ouvido encostado no peito dele.

Ele colocou a mão por trás da cabeça de Ária. Puxou-a para perto dele, até que as duas testas se encostaram.

– Eu gosto dessas palavras – disse ele.

Em seus olhos brilhantes, ela viu as lágrimas de gratidão e confiança. Também viu cintilar algo que nenhum dos dois se atrevia a dizer ao outro, restando apenas alguns dias para ficarem juntos assim. Mas por hora, por esta noite, eles já tinham falado o suficiente.

Capítulo 38
PEREGRINE

Ária fez com que ele se esquecesse de comer. Isso era um sinal verdadeiro de que estava encrencado. Eles tinham terminado a pequena provisão que trouxeram da casa de Marron. Hoje ele precisaria caçar. Perry rapidamente fez algumas flechas com gravetos que vinha recolhendo, decidindo rastrear a caça enquanto eles prosseguiam. Isso diminuiria o ritmo deles, mas ele não podia mais ignorar a barriga roncando.

Eles estavam descendo por uma trilha de sopé quando ele farejou um texugo numa clareira ampla que conduzia a um rio. O odor do animal exalava para fora de seus túneis subterrâneos. Ele concluiu que aquele seria o jantar.

Perry encontrou o buraco de entrada e outro mais adiante. Ele acendeu o fogo numa ponta e fez com que Ária esperasse ali, com um galho folhoso.

– Abane a fumaça para dentro do buraco. Ele virá até mim. Animais não correm em direção ao fogo.

O texugo viu Perry ao sair do buraco. Ele se virou e fez exatamente o que Perry disse que ele não faria. Perry correu na direção de Ária.

– Sua faca! Está indo na sua direção!

Ela estava pronta, olhando para baixo quando Perry a alcançou. Mas o texugo não saiu. Ária, que estava abaixada, ficou de pé e começou a caminhar. Ela parava em intervalos de alguns passos, mudando de direção, enquanto olhava a terra umedecida pelo rio. Perry sabia o que ela estava fazendo. Ele vinha pensando nisso desde o dia em que eles viram os lobos.

– Está bem aqui, embaixo de mim – disse ela, com um sorriso largo, surpresa.

Perry tirou o arco do ombro.

– Não. Eu vou pegá-lo. Mas preciso de sua faca.

Perry deu a faca a ela e recuou, temendo piscar.

Ela esperou alguns instantes, segurando a faca. Então, elevou-a acima da cabeça e golpeou no fundo da terra lamacenta.

Perry ouviu um gemido baixinho, mas sabia que Ária tinha ouvido claramente.

Mais tarde, na mesma clareira, eles sentaram-se encostados em um toco. Ária recostou-se no peito dele. O fogo emanava uma coluna de fumaça até o topo das árvores. Ainda restavam algumas horas do dia, porém, de barriga cheia e com o temperamento alegre de Ária, Perry relaxou. Ele observava o brilho do Éter dançando por trás de suas pálpebras, enquanto ouvia Ária descrever os sons que ouvia.

– Não são mais ruidosos... não sei como explicar. Apenas ficaram mais intensos. Sons que eram simples, agora são tão complexos. Como o rio. Há centenas de pequenos sons vindo da água. E o vento, Perry. É constante, soprando por entre as árvores, fazendo os troncos rangerem e remexendo as folhas. Eu consigo dizer exatamente de onde vem. É quase como se eu pudesse vê-lo, por ouvi-lo tão claramente.

Em vão, Perry tentou escutar o que ela ouvia, sentindo uma estranha sensação de orgulho por ela ter essa nova habilidade.

– Você acha que é por estar aqui fora, sob o Éter, que tudo isso aconteceu comigo? Como se a minha parte Forasteira estivesse despertando?

Perry ouvia, mas estava tão contente que começou a pegar no sono. Ela beliscou-lhe o braço. Ele levou um susto.

– Desculpe. O Forasteiro em mim estava adormecendo.

Ela olhou-o fulminante, com os olhos brilhando de esperteza.

– Você acha que tenho parentesco com Roar?

– Talvez, em algumas gerações passadas. Nada próximo. Os sentidos de vocês dois são muito diferentes. Por quê?

– Gosto de Roar. Eu estava pensando que se ele não encontrasse Liv, você sabe... nós dois somos Auditivos. Deixa pra lá. Roar nunca vai deixar de gostar de Liv.

Perry sentou-se.

– *O quê?*

Ela riu.

– Agora você está acordado. Acha que estou falando sério?

– Sim. Não. Ária, há verdade nisso. Roar seria mais compatível com você. – Perry suspirou, passando a mão nos cabelos. Ele olhou para ela. Também havia outra razão e era melhor que simplesmente dissesse, já que estava ficando bom em contar tudo a ela. – Liv diz... ela diz que ele é um banquete para os olhos. – Ele tentou dizer isso sem parecer invejoso, mas duvidava que isso ajudasse. Ela certamente teria ouvido a emoção na voz dele.

Ária sorriu. Ela pegou sua mão cicatrizada e passou o polegar nos nós dos dedos.

– Roar é muito bonito. Em Quimera, a maioria das pessoas se parece com ele. Ou quase isso.

Perry xingou. Era culpa sua por ter levantado o assunto.

– E aqui está você. De mãos dadas com um Selvagem de nariz torto que já foi queimado e golpeado em... Quantos lugares você contou?

– Nunca vi ninguém tão bonito quanto você.

Perry olhou para baixo, para as mãos deles. Como ela fazia isso? Como fazia com que ele se sentisse fraco e forte? Empolgado e apavorado? Ele não possuía esse dom que Ária tinha com as palavras.

Tudo que ele pôde fazer foi pegar a mão dela e beijá-la, e, levando-a até o coração, desejar que ela pudesse sentir seu temperamento. Ele gostaria que fosse tudo fácil entre eles. Ao menos, agora ela passara a entender. Estava aprendendo o poder de um Sentido.

Ele a abraçou novamente, fazendo-a se aninhar em seu peito.

– Posso lhe dizer uma coisa sobre seu pai – disse ele, porque sabia que ela se perguntava sobre isso. – Ele é provavelmente de uma linhagem forte de Audis, para que você seja tão aguçada assim.

Ela apertou a mão dele.

– Obrigada.

– Estou falando sério. Ouvir através daquela terra espessa não foi pouca coisa.

Perry beijou-lhe o alto da cabeça enquanto eles caíram em silêncio. Ele sabia que ela estava ouvindo. Escutando um novo mundo. Mas o bom humor dela não o contagiava mais.

Durante dias, ele teve uma sensação de inquietação e ansiedade. A sensação que se tem logo depois de um corte, antes de chegar a dor. Ele sabia quando a dor chegaria. Mais três dias e eles estariam em Nirvana. E ela voltaria para sua mãe. Ele não sabia o que faria se eles não encontrassem Lumina. Deveria levá-la aos Marés? De volta à casa de Marron? Ele não conseguia se imaginar fazendo nenhum dos dois. Apertou os braços em volta dela. Inalou seu perfume, respirando profundamente, deixando que isso o embriagasse. Ela estava ali agora.

– Perry? Diga algo. Quero ouvir sua voz novamente.

Ele não sabia o que dizer, mas não iria decepcioná-la. Limpou a garganta.

– Tenho tido um sonho, desde que começamos a dormir juntos no alto das árvores. Estou numa planície gramada. E há um céu azul aberto acima de mim. Nada de Éter. E a brisa está ondulando a grama, revolvendo os insetos. E eu só estou andando, meu arco meio que penteia o gramado atrás de mim. E eu não tenho nada com que me preocupar. É um sonho bom.

Ela o apertou.

— Sua voz parece uma fogueira de meia-noite. Aquecida, extenuada e dourada. Eu poderia ficar ouvindo você falar para sempre.

— Eu jamais conseguiria fazer isso.

Ela riu para ele. Ele levou os lábios ao seu ouvido.

— Você tem um perfume de violetas no começo da primavera — sussurrou ele. Então, Perry riu de si mesmo, porque, embora fosse verdade, ele parecia um bobão.

— Vale era um bom Soberano de Sangue?

Ária estava ávida demais para saber sobre seu Sentido, o que a impedia de dormir, então eles caminharam noite adentro.

— Muito bom. Vale é calmo. Ele pensa antes de agir. É paciente com as pessoas. Eu acho... acho que se não fosse pelo o que aconteceu... ele seria o melhor homem para liderar a tribo.

Perry percebeu que isso talvez o tivesse impedido de desafiá-lo pela posição de Soberano de Sangue, tanto quanto seu medo de magoar Talon. Ele ainda não conseguia acreditar que o irmão fora capturado.

— Ele não ia atrás de Talon — disse ele, lembrando-se da última vez que eles haviam estado juntos. — Vale disse que isso significava pôr em risco a segurança da tribo. Por essa razão eu fui embora.

— Por que você acha que Vale mudou de ideia?

— Eu não sei — disse ele. Vale nunca tinha colocado nada acima da tribo, mas Talon era filho dele.

— Eles estão juntos. Você ainda vai tentar tirá-los de lá?

Ele olhou para ela.

— Talon está sendo cuidado — disse ela. — Você o viu. Ele tem chance de viver ali dentro.

— Não vou desistir.

Ária pôs a mão na dele.

— Mesmo que lá seja melhor pra ele?

— Você está dizendo que devo desistir dele? Como eu poderia fazer isso?

— Eu não sei. Estou tentando descobrir a mesma coisa.

Perry parou.

— Ária... — Ele ia contar-lhe que havia se rendido a ela. Que nada mais era igual por causa dela. Mas que diferença isso faria? Eles só tinham mais três dias juntos. E sabia que ela precisava ir para casa. Sabia exatamente o quanto Ária precisava da mãe.

Ela pegou sua outra mão.

— Sim, Peregrine? — Depois de um instante, ela sorriu.

Ele também se pegou sorrindo.

— Ária, não sei como você consegue ficar tão alegre neste momento.

— Eu só estava pensando. Logo você será Peregrine, Soberano dos Marés. — Ela virou a mão no ar ao dizer isso. — Eu adoro o som disso.

Perry riu.

— Dito por uma verdadeira Audi.

Capítulo 39
ÁRIA

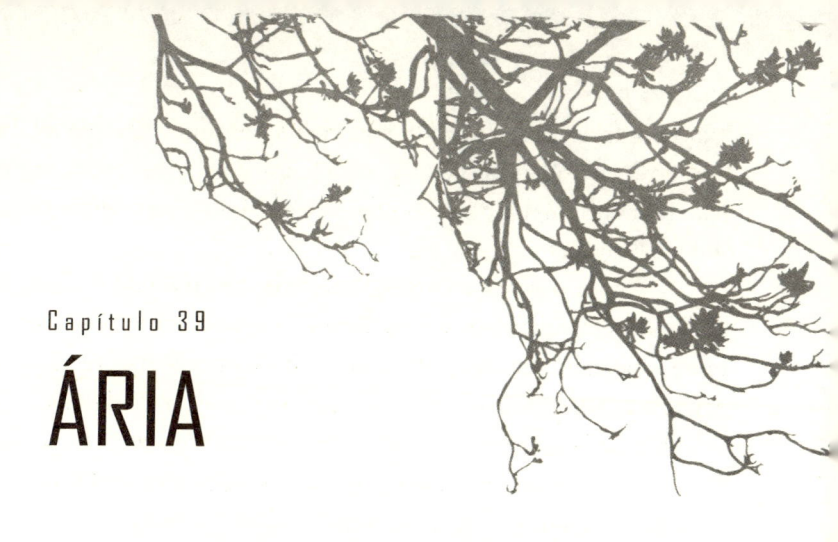

Ária ouvia música por todo lado.

Revolvendo por entre as árvores. Retumbando na terra. Soprando no vento. Era o mesmo território, mas ela o via de forma diferente. Quando olhou ao longe, onde não via nada antes, agora imaginava o pai que talvez estivesse ali. Um homem que ouviria o mundo como ela, com sons infinitos. Ele era um Auditivo. Essa era a única coisa que ela sabia a seu respeito. Estranhamente, isso parecia muito.

Um dia depois que descobriu sua habilidade, ela notou seus passos mais silenciosos. De alguma forma, inconscientemente, tinha começado a escolher seus passos com muito mais cautela. Quando mencionou isso a Perry, ele sorriu.

– Eu também notei isso. É mais fácil caçar – disse ele, dando um tapinha no coelho que carregava sobre o ombro. – A maioria dos Audis é silenciosa como a sombra. Os melhores acabam como espiões ou observadores para tribos maiores.

– Sério? Espiões?

– Sério.

Ela treinou para abordar Perry sorrateiramente, determinada a ser bem-sucedida no que falhara anteriormente. Na manhã da véspera do dia em que chegariam a Nirvana, ela pulou nele, jogando os braços ao redor de seu pescoço, dando-lhe um beijo na barba loura por fazer de seu queixo. Ela finalmente tinha conseguido dar o Beijo Espontâneo. Esperava que ele fosse rir e retribuir o beijo. Não fez nenhum dos dois. Perry passou os braços à sua volta e pousou a cabeça em cima da sua.

– Vamos descansar? – perguntou ela, sentindo o peso dele se apoiando em seus ombros. No horizonte, ela avistava as colinas onde supostamente ficava Nirvana.

Perry se esticou.

– Não – disse ele. Seus olhos verdes estavam apertados, como se o dia estivesse claro demais para ele. – Precisamos continuar seguindo em frente, Ária. Eu não sei mais o que fazer.

Nem ela; então, eles caminharam.

Eles chegaram às colinas no fim da tarde. Subiram uma, depois outra, então, quase subitamente, lá estava Nirvana, uma montanha feita pelo homem, em meio aos morros da terra. Ária nunca tinha visto um núcleo pelo lado de fora, mas sabia que a abóbada maior, no meio, seria o Panop. As estruturas adicionais eram as cúpulas de serviço, como a Ag 6. Ela havia passado dezessete anos no Panop de Quimera. Contida num lugar. Agora, isso lhe parecia inacreditável. Com a luz do sol desaparecendo, a superfície cor de carvão do núcleo rapidamente se fundia à noite.

Perry estava inquieto a seu lado, silencioso, analisando a cena.

– Parece um resgate. Há naves... trinta ou mais, e uma aeronave maior. Pelo menos cinquenta pessoas do lado de fora, ao ar livre.

Para ela, o que ele descrevia era apenas um punhado de pontinhos, ao lado de Nirvana, acesa dentro de um círculo de luz. O zumbido suave dos motores chegava até seus ouvidos.

– O que você quer fazer? – perguntou ele.

– Vamos chegar mais perto.

Eles se deslocaram rapidamente, atravessando o gramado seco, parando junto a uma rocha. Agora Ária via um quadrado grande se abrindo em Nirvana, uma cavidade nas paredes lisas do núcleo. Os Guardiões que iam e vinham usavam macacões esterilizados. Ela sabia o que isso significava. O ambiente fechado estava contaminado. Ária já esperava isso, mas uma dormência penetrou em seus membros.

Perry xingou baixinho a seu lado.

– O que é? – perguntou ela.

– Há um carrinho preto lá embaixo – disse ele, com uma expressão sofrida. – Um tipo de caminhão, perto do núcleo. – Ária viu. Parecia uma miniatura, mas ela via. – Há pessoas, corpos, dentro dele.

Os olhos dela se embaçaram.

– Você consegue ver algum de seus rostos?

– Não. – Perry passou os braços em volta dela. – Vem cá – sussurrou ele. – Ela pode estar em qualquer lugar. Não desista agora.

Eles se sentaram nas rochas, lado a lado, enquanto ela se forçava a pensar. Ela não podia sair andando no escuro e se anunciar como uma Ocupante. Precisava arquitetar um plano. Pegou o olho mágico em sua sacola. Ele não ajudara a localizar Lumina, na casa de Marron, mas agora seria útil.

Ária ficou olhando o pontinho preto, a distância. Ela já havia esperado o bastante. Sabia o que tinha de fazer.

– Preciso ir até lá.

– Eu vou com você.

– Não. Você não pode. Eles vão matá-lo se o virem.

Ele gemeu, como se as palavras o tivessem ferido fisicamente.

– Os Marés precisam de você para ser o Soberano de Sangue, Perry. Tenho de ir sozinha. E preciso que você me ajude aqui de cima.

Ela contou sua ideia, descrevendo o disfarce que esperava encontrar e a forma como entraria escondida. Ele ouviu, com o maxilar tenso, mas concordou em fazer sua parte. Ária levantou-se e entregou-lhe a faca de Talon.

– Não – disse ele. – Você pode precisar.

Ela olhou a faca, com a garganta apertada de emoção. Nada de rosas ou anéis, mas uma faca com penas entalhadas no cabo. Uma faca que era parte dele. Ela não podia aceitá-la.

— Isso não vai me ajudar lá embaixo — disse ela, que não queria ferir ninguém. Só desejava entrar no núcleo.

Perry enfiou a faca na bota, mas não olhou para ela quando ficou de pé. Ele cruzou e descruzou os braços, depois passou as costas da mão sobre os olhos.

— Perry... — começou ela a dizer. O que poderia dizer? Como poderia descrever o que sentia por ele? Perry sabia. Tinha que saber. Ela o abraçou, fechando os olhos com força, enquanto ouvia a batida sólida de seu coração. Ele apertou os braços enquanto ela recuava. — Está na hora, Perry. — Ele a soltou. Ela deu um passo atrás, olhando o rosto dele uma última vez. Seus olhos verdes. O nariz torto e as cicatrizes em seu rosto. Todas as pequenas imperfeições que o tornavam lindo. Sem dizer uma palavra, ela se virou e seguiu colina abaixo.

Ela se sentia flutuando, enquanto derrapava pela grama em direção a Nirvana. "Não pare", disse a si mesma. "Continue." Num instante, ela estava no pé da colina, escondendo-se atrás de uma fileira de caixotes etiquetados "CCG RESGATE & RECUPERAÇÃO" em letras fluorescentes. Os motores zuniam ruidosos em seus ouvidos. Ária não conseguia recuperar o fôlego. "Não se vire." Ela se forçou a se concentrar na cena à sua frente.

Lâmpadas posicionadas em cabos móveis iluminavam a área com uma luz intensa. À sua direita, ela viu uma estrutura móvel maciça, que parecia o centro da operação, uma nave angular e grosseira, se comparada às naves azul-peroladas ao seu redor. As paredes curvas cinzentas de Nirvana se erguiam rumo ao céu, à esquerda, suaves, rompidas somente pela abertura que ela vira do alto. Uma dúzia de Guardiões circulava pelo campo central de terra. Então, ela avistou seu alvo. O caminhão preto estava estacionado perto de várias naves paradas no escuro.

Sua mãe *não podia* estar ali.

Ela não podia estar.

Ária precisava saber.

Capítulo 40
PEREGRINE

Perry fixou os olhos em Ária, enquanto ela se encolhia perto de uma fileira de caixotes na escuridão lá embaixo. Ele não conseguia respirar. Não conseguia piscar. O que tinha feito? Como pôde deixar que fosse sozinha? Ele sabia que ela estava esperando pelo momento certo para agir, mas, a cada segundo que passava, ele ficava mais perto de sair correndo na direção dela.

Os Guardiões voltaram para dentro do centro do resgate, com o trabalho diminuindo conforme a noite avançava. Perry ficou tenso quando viu as luzes do entorno sendo apagadas, restando apenas um caminho iluminado até o centro do resgate. Ele não esperava, mas isso os ajudaria. Finalmente, quando tudo estava calmo, Ária, que estava agachada, levantou-se e disparou pela escuridão em direção ao caminhão preto.

Ele sentiu as vísceras se retraindo ao observá-la subir na traseira do veículo. Perry podia ver claramente o emaranhado de corpos. Uma dúzia de pessoas, supunha. Ele observava enquanto ela vasculhava os mortos, à procura de sua mãe. Olhava com as pernas trêmulas, sentindo dor na garganta, como se nela estivesse presa uma pedra. Seria assim? Será que ela encontraria Lumina assim? Um corpo deixado no frio?

Ele xingou essa parte dele que desejou que ela encontrasse a mãe desse jeito. Era a única chance de Ária voltar para ele. Mas e aí? Não era isso que queria? Que ela voltasse para casa, para que ele pudesse voltar para os Marés?

Ele não suportava ficar ali parado, sem fazer nada. O que estava acontecendo? Como ela estava se sentindo? Durante dias, ele percebera cada pequena mudança em seu comportamento. Agora, não sabia de nada.

Ária jogou algo da caçamba do caminhão. Um macacão pesado, como aquele usado pelos Guardiões. Botas. Um capacete. Depois ela saltou no chão e correu para baixo do caminhão. Ele não conseguia vê-la agora, mas sabia que ela estava se trocando naquele espaço apertado, colocando as roupas de Ocupante. Ele sabia o que isso significava. Ela não havia encontrado a mãe.

Ela saiu rastejando da parte debaixo do caminhão, vestindo o macacão, novamente uma Ocupante. Ária colocou o capacete, depois seguiu seu caminho pela escuridão, chegando o mais perto que pôde da unidade de resgate. Perry chegou mais perto. Agora só havia dois homens ali, de pé, perto da rampa de entrada. Ele sabia que seria a melhor chance que eles teriam, e ela também.

Ária se aproximou, apenas alguns passos da rampa, depois virou-se na direção dele, no alto da colina, e indicou que estava pronta. Agora era a vez dele.

Perry posicionou uma flecha, com os braços firmes e determinados, mirando, ao alto, na luz que iluminava a entrada. Ele não erraria. Desta vez, não.

Ele disparou a flecha.

Capítulo 41
ÁRIA

A luz explodiu com um estrondo ensurdecedor que irrompeu pelos alto-falantes do capacete de Ária. Os dois Guardiões próximos à rampa do centro da operação de resgate se assustaram com a escuridão repentina. Em segundos, uma dúzia de homens desceu a rampa para ver o que tinha acontecido. Ária saiu das sombras e entrou no tumulto, depois disparou na direção da unidade de resgate, passando ombro a ombro com os Guardiões que saíam apressados.

Ela colocava um pé na frente do outro, num longo corredor metálico, enquanto passava por alguns Guardiões. Eles mal olharam para ela, que vestia as mesmas roupas que eles. Tinha um capacete e um olho mágico. Era um deles.

Ária caminhava com determinação, embora não soubesse para onde estava indo. Os olhos vasculhavam freneticamente conforme ela passava por portas abertas ao longo do corredor. Ela avistou macas e equipamentos médicos. Essa parte da unidade de resgate, perto da entrada, abrigava as câmaras de triagem, o que não a surpreendeu, mas a quietude do lugar, sim. Onde estavam os sobreviventes?

Havia algum?

Como ela encontraria sua mãe?

Ela desacelerou ao se aproximar da câmara seguinte, primeiro ouvindo, depois entrando. Ária entrou na sala, com o olhar varrendo tudo, assegurando-se de que estava sozinha.

Não estava.

Havia pessoas deitadas, empilhadas em beliches perfilados junto às paredes. Sem capacetes. Imóveis. Ária entrou mais na sala, vendo seus ferimentos abertos e as manchas escuras de sangue que penetravam nas roupas cinzentas. Estavam mortas. Todas.

Subitamente, ela não conseguia fugir do fedor que impregnava seus cabelos, o cheiro dos corpos entre os quais tinha precisado rastejar lá fora. Cada vez que respirava, sentia o odor da morte. Agora desesperada, procurava pelo rosto de Lumina, passando de uma fileira de macas para outra. De um corpo sem vida para outro. As marcas da brutalidade estavam por toda parte. Hematomas amarelados. Arranhões e carnes rasgadas. Marcas de mordidas.

Ela não podia evitar imaginar o que havia acontecido. Tanta gente, uns se voltando contra os outros, como animais raivosos. Como Soren, no Ag 6. Sua mãe ficara encurralada nisso.

Onde estava ela?

Ária ouviu uma voz fraca e virou-se. Alguém se aproximava. Ela ficou tensa, pronta para se esconder, mas depois reconheceu a voz e congelou. Era o dr. Ward? Colega de Lumina? Ele entrou na sala, olhando em sua direção através de seu visor, depois parou. Uma onda de esperança a percorreu. Ele saberia como encontrar sua mãe.

– Dr. Ward? – disse ela.

– Ária? – Por um momento, eles ficaram se olhando. – O que está fazendo aqui? – perguntou ele, depois respondeu à própria pergunta: – Veio à procura de sua mãe.

– Precisa me ajudar, dr. Ward. Eu tenho de encontrá-la.

Ele foi em sua direção, pousando-lhe o olhar intenso.

– Ela está aqui – disse ele. Essas eram as palavras que ela queria ouvir, mas o tom estava errado. – Venha comigo.

Ária o seguiu pelos corredores metálicos. Ela sabia o que estava acontecendo. Sabia o que ele ia lhe dizer. Lumina estava morta. Ela ouvira isso em sua voz.

Ela o seguiu, com a cabeça girando de tontura, as pernas agora pesadas e lentas. Isso não era real. Não podia ser. Ela não podia perder Lumina também.

Ele a levou até uma salinha pequena e vazia, com uma porta pesada de compressão, que chiou ao fechar-se atrás dela.

– As tempestades nos impediram de chegar – disse Ward. Um músculo perto de seu olho mágico teve um espasmo. – Chegamos tarde demais.

– Posso... posso vê-la? Eu preciso vê-la.

Ward hesitou.

– Sim. Espere aqui.

Quando ele saiu, Ária cambaleou para trás. Seu capacete estalou ao bater na parede. Ela deslizou até o chão. Cada músculo tremia. As lágrimas doíam por trás de seus olhos. Tentou pressionar as palmas sobre eles, mas as mãos bateram no visor. Ela estava ofegante, e a respiração soava ruidosa em seus ouvidos.

A porta da câmara de compressão se abriu. Ward empurrou uma maca para dentro da pequena câmara. Em cima havia um saco preto comprido, de plástico.

– Estarei lá fora – disse ele, e saiu.

Ária levantou-se. O frio emanava do saco, subindo como colunas de fumaça. Ela abriu o lacre de suas luvas e as tirou. Destravou o capacete, deixando que caísse no chão. Precisava fazer isso. Tinha de saber. Seus dedos tremiam enquanto abria o zíper. Ela se preparou para um ferimento aberto. Hematomas. Algo terrível, como o que ela vira lá fora. Então, abriu o zíper, expondo o rosto da mãe.

Não viu nenhum ferimento horrível, mas a palidez da pele de Lumina era pior, quase branca, mas profundamente obscura pelo tom arroxeado ao redor de seus olhos. Seus cabelos pendiam em mechas desordenadas, por cima de seus olhos fechados. Ária afastou-as. Lumina odiaria seus cabelos assim – então sugou o ar, diante da frieza da pele da mãe.

– Ah, mãe.

As lágrimas vazavam das bordas de seu olho mágico e escorriam por seu rosto.

Ela pousou a mão na testa de Lumina, até que sua pele queimou de frio. Havia tantas perguntas. Por que Lumina mentira sobre o pai de Ária? Quem era ele? Como ela pôde ter abandonado Ária para ir a Nirvana sabendo que corria perigo com a SDL? Mas ela precisava de uma resposta, mais que todas.

– Para onde devo ir, mãe? – sussurrou ela. – Eu não sei para onde ir.

Ela sabia o que Lumina diria. "Essa é uma pergunta que você deve responder, Pássaro Canoro."

Ária fechou os olhos.

Ela sabia que *podia* responder. Sabia como colocar um pé na frente do outro, mesmo quando cada passo doía. E sabia que havia dor na jornada, mas também havia grande beleza. Ela vira a beleza em cima dos terraços, e em olhos verdes, e até numa pedrinha feia e pequenina. Encontraria a resposta.

Ela se curvou, aproximando-se do rosto da mãe. Cantou baixinho a ária *Tosca*, com a voz hesitante e falhando, mas sabia que não fazia mal. Ela prometera essa ária a Lumina, a ária delas, então cantou.

A porta deslizou, abrindo quando ela terminou. Três Guardiões entraram na câmara.

– Espere – disse ela, que não estava pronta para dizer adeus. Será que algum dia estaria?

Um homem rapidamente fechou o zíper do saco, depois empurrou a maca de rodinhas lá para fora. Os outros dois Guardiões ficaram para trás.

– Dê-me seu olho mágico – disse o que estava mais perto dela.

Atrás dele, o outro Guardião segurava um bastão que emitia um chiado elétrico.

Instintivamente, Ária avançou rumo à porta.

O Guardião que segurava o bastão a impediu.

A luz piscou diante de seus olhos e ficou tudo preto.

Capítulo 42
PEREGRINE

Perry não podia ir embora. Ele ficou no ponto de observação, esperando que ela voltasse. O que estava acontecendo? Ela encontrara Lumina? Ela estava bem? Ele observava enquanto os Guardiões consertavam a luz lá embaixo. Observava, enquanto eles seguiam de volta à unidade de resgate e a noite aquietava-se outra vez.

Ária não voltou a sair, e ele percebeu que ela jamais voltaria.

Ele correu, rasgando a escuridão. Deveria ter rumado a oeste, para casa. Mas suas pernas seguiam o rastro de fumaça trazido pelo vento. Ele logo viu o brilho da luz do fogo tremulando por entre as árvores. Escutou um barulho de viola e vozes masculinas. Aproximou-se, contando seis homens reunidos ao redor da fogueira.

A viola silenciou quando eles o viram. Perry tirou a faca de Talon da cinta. Ele a empunhou, fazendo alguns homens se levantarem.

– Uma troca. Por uma bebida. – Ele assentiu na direção das garrafas próximas ao fogo.

– Bela faca – disse um homem. Ele se virou para outro, que ficara onde estava, sentado diante do fogo. Tinha os cabelos trançados e uma longa cicatriz que começava embaixo do nariz e se estendia até a orelha. Ele observou Perry por um bom tempo. – Faça a troca – acrescentou ele.

Perry entregou a faca, querendo livrar-se dela e de todas as suas lembranças. Eles lhe deram duas garrafas de Luster. Uma a mais do que qualquer um deveria beber numa noite. Ele pegou e se afastou da fogueira. A viola recomeçou a tocar. Perry pousou as garrafas a seu lado. Esta noite, ele seguiria o exemplo do pai.

Uma hora depois, a primeira garrafa estava vazia a seu lado. Ela rolava de um lado para outro, na terra, seguindo uma onda invisível. Perry olhava a outra garrafa. Devia saber que não seria o bastante. Seu corpo estava anestesiado, mas a dor dentro dele não. Ária se fora, e nenhuma quantidade de Luster mudaria isso.

O homem de trança continuava a encará-lo, do outro lado da fogueira. "Vamos", dizia Perry, em silêncio, fechando os punhos. "Levante-se. Vamos acabar logo com isso." O Trancinha precisou de mais alguns minutos para ir até ele. Agachou-se a alguns palmos de distância e sentou-se nos calcanhares.

– Ouvi falar de você – disse ele, que parecia robusto, parrudo, mas Perry sentia que o homem podia ser veloz como uma flecha. A cicatriz traçava uma linha profunda riscando seu rosto.

– Que bom pra você – disse Perry, com a língua enrolada. – Não faço ideia de quem você é. Mas o cabelo é legal. Minha irmã também faz o dela assim.

O Trancinha olhou diretamente para a mão queimada de Perry.

– A vida na dispersão não está lhe agradando, Maré? Sem um irmão mais velho para cuidar de você? Mantê-lo fora de encrenca? – O Trancinha pousou uma das mãos na terra e inclinou-se à frente. – Você *fede* a infelicidade.

Ele era um Olfativo. O Trancinha saberia o temperamento de Perry nesse exato momento. Como ele estava sofrendo. Como apenas respirar parecia trabalhoso. O fato de lutar com alguém que tinha as mesmas vantagens que ele deveria tê-lo deixado preocupado. Mas Perry ouviu a própria risada.

– Você também fede, cara – disse Perry. – Como se tivesse ruminado.

O Trancinha levantou-se. Ele chutou a garrafa cheia de Luster, fazendo-a girar rumo à escuridão. Os outros homens aproximaram-se, apressados, com a empolgação parecendo centelhas no nariz de Perry. Ele tinha imaginado que acabaria brigando esta noite. Sabia como as pessoas reagiam diante dele. Que homem não ficaria mais orgulhoso ao dar uma surra em alguém como ele?

Perry pegou a faca e levantou-se.

– Vamos ver o que você sabe fazer.

Trancinha se posicionou, exibindo uma lâmina dentada cruel. Parecia mais um serrote que uma faca. Ele parecia firme e se movia suavemente, mas seu temperamento estava pontuado pelo medo.

Perry sorriu.

– Está mudando de ideia?

O Trancinha foi para cima dele como um raio. Perry sentiu a fisgada da faca em seu braço, mas não a dor do corte aberto. Um ferimento sólido. O sangue que escorria dele era escuro sob a luz do Éter. Por um segundo, tudo que ele conseguia fazer era olhar seu sangue escorrendo. Descendo pelo seu braço.

Talvez isso não tivesse sido uma boa ideia. Perry nunca tinha lutado bêbado, com ninguém. Ele se movia devagar demais. Suas pernas estavam pesadas demais. Talvez isso funcionasse para seu pai, porque Perry era um menino. Que dificuldade podia haver em surrar um menino que estava ali, de pé, querendo apanhar? Procurando qualquer coisa que pudesse fazer para consertar as coisas?

Ele conteve uma súbita ânsia de bile, percebendo a escolha que teria de fazer, caso o Trancinha conseguisse colocar a faca em seu pescoço. Jure lealdade ou morra. Uma decisão fácil.

– Você não é nada como eu ouvi falar – disse o Trancinha. – Peregrine, dos Marés. Duas vezes Marcado. – Ele riu. – Você não vale o ar que respira.

Agora era a hora de fazê-lo calar-se. Perry girou a faca na mão, quase deixando-a cair. Ele fez um movimento. Um golpe que nem de perto foi veloz como deveria ter sido. E quase riu. Ele nunca foi bom com facas. O movimento trouxe outra onda de náusea, mas essa foi tão forte que o fez se curvar.

O Trancinha o atacou, enquanto engasgava contendo a ânsia de vômito. Ele levou o joelho ao rosto de Perry, que conseguiu virar a cabeça. Tomou o impacto do golpe na têmpora. Tinha poupado o nariz, mas bateu com força no chão. Viu a escuridão sorrateira ameaçando tomá-lo.

Os chutes continuaram, atingindo suas costas, braços e cabeça. Vinham de todo lado. Perry os sentia levemente, como sombras de dor. Ele não deteve o Trancinha. Esse era o meio fácil. Ficar no chão. A cabeça de Perry balançou à frente quando foi atingido por um chute, dado por trás. A escuridão veio novamente, embaçando sua visão periférica. Ele queria que viesse mais. Talvez fizesse mais sentido, se ele se sentisse por fora, como se sentia por dentro.

– Você é um fraco.

Ele estava errado. Perry não era fraco. Esse nunca foi o problema. O problema era que ele não podia ajudar a todos. Não importava o que ele fizesse, as pessoas que amava ainda sofriam, morriam, iam embora. Mas Perry não conseguia fazer isso. Ele não podia ficar no chão. Não sabia como se entregar.

Então, girou as pernas e pulou, ficando de pé. O Trancinha deu um salto para trás, assustado com o movimento rápido de Perry, saindo do caminho, mas Perry o pegou pelo colarinho. Ele puxou o Trancinha para perto e o movimento lançou sua cabeça para trás. Perry deu uma cotovelada em seu nariz. O sangue minou das narinas. Perry torceu a mão de Trancinha, tirando-lhe a faca, esquivando-se de um soco e dando outro em seu estômago. O Trancinha curvou-se, caindo num dos joelhos. Perry passou o braço em volta de seu pescoço e o levou ao chão.

Perry pegou a faca dentada da terra e encostou no pescoço do homem. O Trancinha o encarava, acima, com o sangue jorrando do nariz. Perry sabia que esse era o momento que ele deveria exigir o juramento. "Jure lealdade ou morra."

Ele inalou profundamente. O temperamento de Trancinha era de pura ira, toda dirigida a Perry. Ele jamais se submeteria a Perry. O Trancinha escolheria a morte, da mesma forma como ele teria feito.

– Você me deve uma garrafa de Luster – disse Perry.

Então, ele se levantou cambaleante. Os outros homens tinham se reunido em volta. Perry sentiu o temperamento deles, aromas certos e errados. Procurou pelo próximo homem que poderia desafiá-lo. Ninguém se apresentou.

Uma súbita reviravolta em seu estômago fez com que ele vomitasse bem ali, na frente deles. Ele continuou segurando a faca, caso algum deles quisesse tentar atingi-lo enquanto estava se levantando, como o Trancinha fizera. Eles não vieram. Ele vomitou tudo de uma só vez. E se endireitou.

– Provavelmente não preciso de mais bebida.

Ele jogou a faca de lado e cambaleou rumo à escuridão. Não sabia para onde estava indo, mas isso não importava.

Queria ouvir a voz dela. Queria ouvi-la dizer que ele era bom. Tudo que ouvia era o som de seus pés perseguindo a escuridão.

Veio a manhã. Sua cabeça parecia ter sido imprensada numa porta fechada, repetidamente. Seu corpo parecia pior. Perry tirou a bandagem ordinária que tinha amarrado em volta do braço. O corte era entalhado e profundo. Perry lavou-se, ficando tonto, quando voltou a sangrar.

Ele arrancou uma tira da camisa e tentou estancar o sangue novamente. Seus dedos tremiam muito. Ainda estavam descoordenados por causa da bebida. Ele deitou-se novamente no cascalho e fechou os olhos, porque estava claro demais. Porque a escuridão era melhor.

Acordou com um cutucão no braço e sentou-se rapidamente. O Trancinha estava agachado a seu lado. Seu nariz, inchado, seus olhos, vermelhos e com hematomas. Os outros homens estavam de pé, atrás dele.

Perry olhou para baixo, para seu braço. O ferimento estava bem forrado, caprichosamente enfaixado.

– Você não me pediu para lhe fazer um juramento – disse o Trancinha.

– Você teria dito 'não'.

O Trancinha assentiu uma só vez.

– É verdade. – Ele pegou a faca de Talon no cinto e estendeu-a. – Imagino que você queira isso de volta.

Capítulo 43

ÁRIA

Ária puxou os joelhos para cima. Ela havia acordado várias horas antes, num quarto apertado, com um gosto ruim na boca. Havia uma luva largada num canto. Tinha visto as manchas de sangue, nos dedos, passarem de vermelho à cor de ferrugem.

A órbita de seu olho latejava. Eles tinham levado seu olho mágico enquanto ela esteve inconsciente.

Ária não ligava.

A parede à sua frente tinha uma tela preta quase tão larga quanto o quarto em si. Ária esperava que ela se abrisse. Sabia o que veria do outro lado, mas não estava com medo.

Ela sobrevivera ao lado de fora. Sobrevivera ao Éter, a canibais e lobos. Agora sabia amar e deixar o outro ir. Independentemente do que viesse, ela também sobreviveria.

Um som estalado rompeu o silêncio do quarto. Pequenos alto-falantes próximos à tela zuniram suavemente. Ária ficou de pé rapidamente, a mão ansiando pelo peso da faca de Talon. A tela se abriu, revelando uma sala por trás de um vidro grosso. Havia dois homens do outro lado.

– Olá, Ária – disse o Cônsul Hess, com seus olhinhos estreitos e entretidos. – Você não pode imaginar o quanto estou surpreso em vê-la. – Ele fazia a cadeira em que estava sentado parecer minúscula.

Ward mantinha-se silencioso e sério ao lado dele, franzindo as sobrancelhas. – Lamento por sua perda – acrescentou o Cônsul.

Suas palavras não tinham nenhum tom de compaixão. De qualquer forma, ela jamais acreditaria nele. Ele a colocara lá fora para morrer.

– Nós vimos a mensagem 'Pássaro Canoro' de sua mãe – prosseguiu ele, que segurava o olho mágico na palma da mão. – Eu não tinha ciência de sua composição genética tão *ímpar* quando a coloquei lá fora, sabe? Lumina escondeu isso de todos nós.

O olhar de Ária virou-se para o vidro. Ela entendeu. Eles a viam como uma Selvagem doente. Não queriam que ela respirasse o mesmo ar que eles.

– Você está com o olho mágico – disse ela. – O que quer de mim?

Hess sorriu.

– Chegarei lá. Você sabe o que aconteceu aqui em Nirvana, não sabe? Você viu no arquivo de sua mãe. – Ele parou. – Você mesma teve uma amostra, lá em Ag 6.

Ela não via sentido em mentir.

– Um ataque do Éter e a SDL – disse ela.

– Sim, isso mesmo. Um ataque duplo. Primeiro, o externo. Uma tempestade enfraquece o núcleo. Depois, interno, conforme a doença se manifesta. Sua mãe estava entre as primeiras pessoas a estudarem a SDL. Ela estava trabalhando no caminho da cura, com muitos outros cientistas. Mas, pelo que você pode ver que aconteceu aqui, nós não temos resposta. E nosso tempo pode se esgotar antes que consigamos uma.

Ele olhou para Ward, sinalizando que era a vez dele. O médico automaticamente falou, e sua voz continha mais fervor que a de Hess:

– As tempestades de Éter estão nos assolando com uma intensidade jamais vista desde a União. Nirvana não é o único núcleo que ruiu. Se as tempestades continuarem, todos cairão.

Até *Quimera* vai ruir, Ária. Nossa única esperança de sobreviver é escapar do Éter.

Ela quase riu dele.

– Então, não há esperança. Não se pode escapar. Está por toda parte.

– Os Forasteiros falam de um lugar livre do Éter.

Ária se retraiu. Ward sabia do Azul Sereno? Como poderia saber disso? Mas é claro que saberia. Ele estudava os Forasteiros como sua mãe fazia. Como sua mãe *costumava* fazer.

– São apenas boatos – disse Ária. Mesmo ao dizer as palavras, ela sabia que podia ser verdade. O boato sobre Nirvana não provara ser verdade?

Hess observava atentamente.

– Então, você ouviu falar.

– Sim.

– Então, você já está com meio caminho andado.

A barriga de Ária se contorceu quando ela percebeu o que ele queria.

– Você quer que *eu* o encontre? – Ela sacudiu a cabeça. – Não vou fazer *nada* para você.

– Seis mil pessoas morreram aqui – disse Ward, aflito. – Seis *mil*. Sua mãe estava entre elas. Você precisa entender. É nossa única opção.

A tristeza percorreu Ária, esmagando-a. Ela pensou nos corpos no carro preto e nas pessoas nas macas, na sala de triagem. Bane e Echo tinham morrido por causa da SDL. E *Paisley*. Será que Caleb e seus outros amigos seriam os próximos?

Seu coração disparou quando ela pensou em voltar lá para fora. Seria a ideia de ver Perry que teria feito sua pulsação acelerar? Ou talvez sentisse que devia isso a Lumina, prosseguindo com sua busca? Mas ela não podia simplesmente deixar que os núcleos desmoronassem.

– Você não pode voltar para Quimera – disse Hess. – Já viu demais.

Ária olhou-o de modo fulminante.

– Então, você vai me matar se eu não concordar? Você já tentou isso. Terá de se sair melhor.

Hess ficou observando, por um momento.

– Achei que você talvez dissesse isso. Acho que encontrei outro meio de persuadi-la.

Um quadrado azulado clareou no vidro. Uma imagem de Perry surgiu numa pequena tela, flutuando entre eles. Ele estava na sala com os barcos e os falcões pintados. O quarto onde tinha visto Talon, nos Reinos.

"Ária... o que está acontecendo?", disse ele, freneticamente. "Ária, por que ele não me conhece?"

A imagem foi desaparecendo, mudando para Perry, conforme ele abraçava Talon. "Eu te amo, Talon", disse ele. "Eu te amo." Então, a imagem congelou.

Por um instante, o eco da voz dele pairou na salinha. Então, Ária voou até o vidro, batendo as mãos contra ele.

– Não se atreva a tocar neles!

Hess se retraiu, surpreso pelo rompante. Então seus lábios se curvaram, num sorriso satisfeito.

– Se você me trouxer a informação sobre o Azul Sereno, não vou precisar.

Ária pousou a mão sobre a imagem de Perry, ansiando por ele. Pelo Perry real. Seu olhar se desviou para Talon. Ela não o conhecia, mas isso não tinha importância. Ele era parte de Perry. Ela faria qualquer coisa para protegê-lo.

Ela olhou para Hess.

– Eu não lhe darei *nada* se você machucar algum deles.

Hess sorriu.

– Bom – disse ele, levantando-se. – Acho que nós nos entendemos. – A porta se abriu e ele saiu.

Ward foi atrás, mas hesitou junto à porta.

– Ária, sua mãe nos deixou, sim, uma resposta. Ela nos deixou você.

Era noite quando ela entrou na nave Asa de Dragão, com seis Guardiões. Ária vestia suas roupas, as que ela recuperara embaixo do carrinho preto, e tinha um novo olho mágico em sua mochila.

Sob a luz fraca da cabine, Ária afivelou o cinto de segurança. Os Guardiões olharam para ela, através de seus visores, com um misto de medo e repulsa.

Ária encarou os olhares, depois lhes disse exatamente onde deveriam deixá-la na Loja da Morte.

Capítulo 44
PEREGRINE

O nome do Trancinha era Reef.

Naquela noite, Perry sentou-se com ele e seus homens ao redor de uma fogueira, com um jarro de água na mão, em vez de Luster. Ele lhes contou sobre o que tinha feito. Como havia entrado na fortaleza dos Ocupantes. Como Talon e Vale tinham sido levados. Contou sobre Ária, resumidamente – a dor de tê-la perdido ainda não havia diminuído –, e explicou que estava indo para casa, reivindicar o direito de ser Soberano de Sangue dos Marés.

Perry falou até ficar rouco e mais um pouco, enquanto as perguntas vinham. Era quase de manhã quando o último homem adormeceu. Perry recostou-se e cruzou os braços atrás da cabeça.

Ele tinha ganhado todos, não apenas Reef. Os seis homens do pequeno bando. Havia farejado e reconheceu o cheiro da lealdade deles. Talvez ele tivesse conquistado uma chance com os punhos, mas os ganhara com suas palavras.

Perry observava o céu de Éter, pensando numa garota que se orgulharia dele.

As tempestades vieram com força nos dias seguintes, atrasando o avanço deles em direção à costa. Os funis rodopiavam acima, constantemente. O clarão do céu iluminava as noites e roubava o calor da luz do dia. O inverno tinha começado.

Eles viajavam quando podiam, desviando-se dos campos em chamas. À noite, encontravam abrigo e se reuniam ao redor de uma fogueira, os homens contando a história de sua briga com Reef repetidas vezes. Eles a enfeitavam, interpretando os papéis. Deixando Perry constrangido, repetindo, com voz de bêbado, coisas que ele dissera. Rolavam de rir toda vez que chegavam à parte da história em que Perry vomitava de faca em punho. Reef ganhava novamente o respeito de Perry, aceitando sua derrota com bom humor, no fim da história. Ele alegava que precisaria ter seu nariz quebrado mais uma dúzia de vezes antes que ficasse parecido com o de Perry.

Perry só conhecera Olfativos em sua família. Liv. Vale. Talon. Reef mudou o que ele sabia sobre seu sentido. Eles falavam pouco, mas se entendiam perfeitamente. Ele tentava não pensar que sensação esse tipo de laço traria com uma garota. Sempre que sua mente tomava esse rumo, parecia uma traição.

Numa noite, Reef se virou para ele, enquanto eles estavam embaixo de uma árvore, esperando que a chuva forte passasse.

– Seria uma vida diferente sem o Éter.

Seu temperamento estava calmo e equilibrado. Pensativo.

Os outros homens ficaram quietos. Eles desviaram o olhar para Perry, esperando que ele falasse.

Ele falou a eles sobre o Azul Sereno. Depois que terminou, durante um tempo ele e Reef ficaram olhando a chuva castigando o campo chamuscado. Ouvindo o chiado que fazia. Perry sabia que ele e Roar podiam descobrir esse lugar. Reef e seus homens ajudariam. Marron e Cinder também. Eles descobririam onde ficava e depois ele levaria os Marés para lá.

– Nós encontraremos o Azul Sereno – disse Perry. – Se ele existir, eu levarei todos nós para lá.

Isso soou como algo solene. Como se ele tivesse feito um juramento a seus homens.

Depois de uma semana escapando das tempestades, eles se aproximaram da aldeia dos Marés, sob o céu iluminado pelo

Éter. Perry correu pelo campo, que estalava como brasas sob seus pés, inalando os cheiros conhecidos de sal e terra. Ali era onde ele devia estar. Em casa, com sua tribo. Ele não tinha ilusões sobre a recepção que teria. Os Marés o culpariam por Talon e Vale. Mas ele esperava convencê-los de que poderia ajudar. A tribo precisava dele agora.

Uma tocha ganhou vida tremulando na beirada do conjunto de casas, então ele ouviu gritos de alarme, dizendo-lhe que eles tinham sido avistados pelos vigias noturnos. Em instantes, várias outras tochas surgiram, pontos fulgurantes de luz azulada. Perry sabia que os Marés pensariam ser uma invasão. Ele já participara dessa situação dúzias de vezes. Seria o arqueiro no telhado do refeitório, onde agora via Brooke.

Perry esperou que uma flecha perfurasse seu coração, mas Brooke gritou lá para baixo. Ele ouviu seu nome novamente, passando de voz em voz. E os ouvia gritando: "Peregrine. Peregrine voltou", e seus pés tropeçavam. Em instantes, as pessoas saíam de suas casas e se aglomeravam, formando um tumulto na entrada da aldeia. Os temperamentos se revolviam nas brisas passageiras. Medo e empolgação preenchiam o ar com rajadas fortes e aromáticas.

– Continue andando, Perry – disse Reef, baixinho.

Perry rezava pelas palavras certas agora, quando ele precisava delas. Quando havia tanto a explicar e a consertar.

Os sussurros frenéticos da multidão foram diminuindo à medida que ele percorria o trecho final. Examinava os rostos à sua frente. Estavam todos ali. Até as crianças, que se encontravam meio sonolentas e confusas. Então, Perry viu Vale se aproximar, as correntes prateadas de Soberano de Sangue reluzindo em contraste com sua camisa escura.

Por um instante, ele foi tomado de alívio. Vale estava livre. Não era um prisioneiro do núcleo dos Ocupantes. Então, ele se lembrou das últimas palavras que Vale lhe dissera: que era amaldiçoado e que deveria morrer.

As pernas de Perry deram um repuxo, hesitaram sob seu corpo. Ele não sabia o que fazer. Não esperava isso. Via que Vale estava tão chocado quanto ele. Vale, sempre atento e tranquilo, parecia pálido e abalado, com os lábios formando uma linha fina.

Finalmente, Vale falou:

– Voltou, irmãozinho? Você sabe o que isso significa, não sabe?

Perry procurava respostas no rosto do irmão.

– Você não deveria estar aqui.

– *Eu* não deveria estar? Não está invertendo as coisas, Peregrine? – Vale deu uma risada seca, depois ergueu o queixo para Reef.

– Não me diga que você veio tentar conseguir ser Soberano de Sangue com seu pequeno bando aí? Não acha que estão ligeiramente em minoria?

Perry se esforçava para dar sentido às coisas.

– Eu vi Talon – disse ele. – Eu o vi nos Reinos. Ele disse que você estava lá. Ele o viu nos Reinos.

Uma expressão sinistra passou no rosto de Vale.

– Não sei do que você está falando.

Perry sacudiu a cabeça, recordando a forma como Talon o tinha feito provar sua identidade. Talon não podia ter se enganado quanto a ter visto Vale. E Talon não tinha motivo para mentir sobre isso. Isso significava que Vale estava mentindo. Uma sensação de enjoo surgiu no estomago de Perry.

– O que você fez?

Vale levou a mão ao cinto e puxou a faca.

– É melhor você dar meia-volta agora mesmo.

Perry sentiu que Reef e seus homens estavam preparados, atrás dele, mas ele só olhava a faca na mão de Vale, com a cabeça revirando-se. Naquele dia, na praia, os Ocupantes não estavam só procurando o olho mágico. Eles estavam em busca de Talon.

– Você fez com que ele fosse sequestrado – disse Perry. – Você armou pra mim... Por quê? – Então, ele se lembrou da cúpula dos Ocupantes, com toda aquela comida apodrecendo. Tanta comida.

Tanta, a ponto de desperdiçar. – Foi por comida, Vale? Você ficou tão desesperado assim?

Bear se aproximou.

– Nossos estoques estão cheios, Peregrine. A segunda remessa de Sable chegou na semana passada.

– Não – disse Perry. – A Liv *fugiu*. Sable não pode ter mandado a comida. Liv nunca chegou até os Galhadas.

Por um momento, ninguém se mexeu. Então, Bear se virou, com as sobrancelhas grossas franzidas de desconfiança.

– Como sabe disso?

– Eu vi Roar. Ele está procurando por ela. Ele vem pra cá na primavera. Talvez até lá ele tenha encontrado Liv.

O rosto de Vale se contorceu de ódio e ele baixou o restinho que sobrava de sua guarda. Tinha sido flagrado.

– Talon está melhor lá dentro! – rosnou ele. – Se você o viu, você sabe que ele está!

Gritos de surpresa irromperam ao redor deles.

Perry sacudiu a cabeça, incrédulo.

– Você o *vendeu* para os Ocupantes? – Ele não sabia por que não tinha visto isso antes. Vale tinha feito a mesma coisa com Liv. Ele a vendeu por comida. Só que isso era justificado pelos costumes. "Arcaico", Ária teria dito. Perry agora via isso.

Quantas vezes Vale teria mentido para ele? A respeito de quantas coisas?

Ele avistou Brooke na multidão.

– Clara... – disse ele, lembrando-se da irmã de Brooke. – Brooke, ele fez isso com Clara também. Ele a vendeu aos Ocupantes.

Brooke virou-se para Vale e gritou. Ela avançou, sacudindo os braços, e Wylan interferiu para contê-la.

– Vale, isso é verdade? – A voz de Bear ecoou.

Vale lançou a mão ao céu.

– Vocês não sabem o que é conseguir tirar comida disso! – Então, ele olhou a multidão, perplexo, como se tivesse percebido que perdera os Marés. Ele se virou de volta para Perry e jogou a faca na terra, a seus pés.

Perry também soltou sua faca. Eles eram irmãos. Isso não aconteceria com algo tão frio quanto uma lâmina.

Vale não esperou. Ele atacou baixo, batendo na cintura de Perry, e uma força explosiva o percorreu. No momento em que eles colidiram, Perry soube que Vale era o oponente mais duro que ele enfrentaria. Perry deu um tranco para trás, conforme seus dentes bateram, mas seus pés não foram rápidos o suficiente.

Eles caíram juntos, e o ombro de Vale tirou o ar dos pulmões de Perry. No instante em que Perry bateu no chão, levou um golpe no queixo que o deixou aturdido. Ele piscou com força, sem conseguir enxergar, erguendo os braços para cobrir o rosto enquanto tomava uma chuva de socos. Perry não conseguia se situar. Pela primeira vez imaginou que lutar talvez fosse tão fácil para Vale quanto era para ele.

Recobrando a visão, Perry reuniu todas as suas forças. Ele agarrou a corrente ao redor do pescoço de Vale e puxou-a, trazendo sua cabeça junto. Perry mirou o nariz de Vale, mas acertou na boca. Ele ouviu o estalo dos dentes quebrando quando Vale rolou ao lado.

Vale se forçou para ficar de joelhos.

– Seu bastardo! – gritou ele. O sangue escorria de sua boca. – Talon é meu! Ele é tudo que me restou. E ele só queria você.

Perry ficou de pé. Seu olho direito já estava inchando e se fechando. Vale estava com *ciúmes*? Perry se sentiu como se fosse desmoronar. Ele se lembrou do Ocupante de luvas pretas que o perseguiu mar adentro. Os Ocupantes tinham pegado o olho mágico e Talon, mas ainda vieram atrás dele. Eles queriam Perry morto.

– Você pediu aos Ocupantes para me matarem. Não foi, Vale? Isso também era parte de sua barganha?

– Eu tinha que achar você primeiro. – Vale cuspiu sangue na terra. – Fiz o que eu tinha de fazer. Eles queriam você, de qualquer forma.

Perry limpou o sangue que escorria em seus olhos. Ele não conseguia acreditar. Seu irmão tinha feito tudo isso pelas suas costas. Havia mentido para os Marés.

Vale se atirou sobre Perry, mas, dessa vez, Perry estava pronto. Ele se esquivou para o lado e enlaçou o pescoço de Vale com os braços. Perry o puxou para baixo. Vale bateu de cara no chão e relutou, mas Perry o prendera.

Perry olhou para cima. À sua volta havia rostos chocados. Então, ele viu sua faca reluzindo no chão e a pegou. Perry puxou Vale e pousou o aço em seu pescoço. Eles não eram mais irmãos. Vale tinha perdido esse privilégio.

– Talon jamais irá perdoar você por isso – disse Vale.

– Talon não está aqui. – Perry sacudiu os braços e seus olhos embaçaram. – Jure, Vale. Jure pra mim.

O corpo de Vale relaxou, mas sua respiração ainda estava ofegante. Ele finalmente assentiu:

– Juro por nossa mãe, na sepultura, Perry. Servirei a você.

Perry vasculhou os olhos do irmão, tentando identificar o que não conseguia farejar. Ele olhou para Reef, que estava a alguns passos de distância, acompanhado por seus homens. Reef sabia exatamente o que Perry queria. Ele deu alguns passos à frente e ergueu a cabeça, abrindo as narinas e respirando profundamente, filtrando o odor quente do ódio, buscando a verdade ou a mentira.

Ele sacudiu a cabeça levemente, confirmando o que Perry sabia, mas não queria acreditar. Vale jamais lhe serviria. Ele não merecia confiança.

Vale olhou para Reef. Ele se retesou ao entender o que iria acontecer, depois tentou pegar a faca, mas Perry foi mais veloz. E passou a lâmina pelo pescoço de Vale. Depois se levantou, como Soberano de Sangue dos Marés.

Capítulo 45
ÁRIA

– O que devo dizer a ele quando eu chegar lá? – perguntou Roar. Eles estavam juntos, no pátio de Delfos. A primavera entoava sua canção trepidante nos ouvidos de Ária. As flores se abriam ao longo do muro, com suas cores vivas contrastando com as pedras cinzentas. O inverno tinha deixado vastos trechos nus na montanha e cheiro de fumaça no ar. Agora era hora. Depois de meses juntos na casa de Marron, Roar e Cinder estavam seguindo rumo aos Marés.

A Perry.

– Nada – disse Ária. – Não diga nada a ele.

Roar deu um sorriso malicioso. Ele sabia o quanto ela sentia a falta de Perry. Eles tinham passado horas falando sobre Perry e Liv. Mas ela não contara a Roar sobre seu acordo com Hess. Perry já teria o suficiente com que lidar, como um novo Soberano de Sangue. Esse fardo era dela.

– Você não tem nada a dizer mesmo? – perguntou Roar. – É melhor você dar uma olhada nela, Rose. Acho que ela está doente.

Rose riu. Ela estava com Marron, junto à entrada de Delfos, com a mão pousada sobre sua barriga redonda. Rose estava para ter bebê a qualquer momento. Ária torcia para que ainda estivesse ali para o nascimento.

Roar cruzou os braços.

— Você acha que ele não vai acabar sabendo que você está aqui?

— Bem, você não precisa contar pra ele.

— Se ele perguntar, não vou mentir. Não adiantaria se eu mentisse.

Ária suspirou. Ela vinha pensando nesse momento havia semanas, e ainda não sabia o que fazer. Sabia dos receios de Perry. Ela não era diferente de Rose, ou da garota de sua tribo. Perry já poderia estar com ela novamente. Só em pensar nisso, seu estômago se revirava de dor.

— Roar! — gritou Cinder, esperando perto do portão.

Roar sorriu.

— É melhor que eu vá, antes que ele fique zangado.

Ária o abraçou. Ele estava perto, com o rosto colado à sua testa, então ela passou uma mensagem secreta, por pensamento: "Sentirei sua falta, Roar."

— Eu também sentirei a sua, meia-irmãzinha — sussurrou ele, para que só ela ouvisse. Depois ele piscou para ela e seguiu para o portão.

No canto de seus olhos, as flores junto ao muro chamaram-lhe a atenção.

— Roar, espere!

Roar virou-se.

— Sim? — perguntou ele, arqueando uma sobrancelha.

Ária correu até o muro, olhando as flores. Ela encontrou a flor certa e arrancou-a. Sentiu seu perfume e imaginou Perry caminhando a seu lado, com o arco atravessado nas costas, olhando-a com seu sorriso meio de lado.

Ela levou a flor até Roar.

— Mudei de ideia — disse ela. — Dê-lhe isso.

Roar franziu os olhos, confuso.

— Achei que você gostasse de rosas. O que é isso?

— Uma violeta.

Duas semanas depois, Ária se agachou diante de uma fogueira, girando um coelho num espeto de madeira. Ela não conseguia enxergar além do brilho quente das chamas, mas seus ouvidos lhe diziam que ela estava segura nessa mata, onde só os animais pequenos se aproximavam.

Deixara a casa de Marron alguns dias antes do planejado. Sentia falta de Roar, muito mais do que esperava. E também até da presença carrancuda de Cinder. Não suportava andar pelos mesmos ambientes sem eles, então tinha preparado sua mochila, se despedido chorosa de Marron e partido sozinha.

Enquanto ouvia os estalidos da carne assando na brasa, ela se lembrou da noite em que viu um fogo verdadeiro pela primeira vez. Como tinha sido assustador e emocionante para ela estar no Ag 6. Ária ainda via dessa forma. Talvez ainda mais. Vira o Éter incendiar partes inteiras do mundo e também o fogo transformar a pele de uma mão larga em algo nodoado de cicatrizes. Mas agora também amava o fogo, e terminava todo dia assim, esfregando suas mãos diante dele, deixando que ele aflorasse a doçura de suas lembranças.

Nos sons da noite, Ária ouviu passos, ao longe, baixinho, mas ela os reconheceu imediatamente.

Ela disparou pela escuridão, deixando que seus ouvidos a guiassem. Seguia o som triturado dos pés dele sobre as pedras e gravetos, vindo mais depressa, mais alto, até que ele passou a correr. Ela perseguiu os sons, até ouvir o coração dele, a respiração e a voz ao lado de seu ouvido, dizendo-lhe, em tons tão ternos quanto o fogo, exatamente as palavras que ela queria ouvir.

AGRADECIMENTOS

Muita gente me ajudou a criar este livro. Sou profundamente grata a Barbara Lalicki, por seu *insight* editorial, seu apoio resoluto e entusiasmo infinito. Maria Gomez prestou-me aconselhamento editorial adicional. Andrew Harwell ajudou com uma infinidade de tarefas dos bastidores, com eficiência e grande postura. Sarah Hoy e sua equipe criaram uma capa que continua a me surpreender. Melinda Weigel dedicou seu olhar experiente aos detalhes destas páginas.

A Josh Adams, um faixa preta em astúcia comercial, obrigada por conduzir tudo de forma tão suave. Eu acho você um campeão.

Meus sinceros agradecimentos aos *scouts* e editores internacionais, que depositaram sua fé em *Never Sky*. É uma honra incrível ver minha história se aventurando mundo afora. Pelo apoio, também agradeço a Stephen Moore e Chris Gary.

Duas pessoas me ajudaram a moldar este romance, desde sua concepção até a conclusão. A Eric Elfman e Lorin Oberweger, meus mentores brilhantes e amigos queridos, minha sincera gratidão. Obrigada também a Lynn Hightower, cujos mantras "Tem tudo a ver com 'era uma vez'" e "Cada cena precisa de sentimento" também se tornaram meus.

Talia Vance, Katy Longshore e Donna Cooner transformaram a busca solitária da escrita num esporte em equipe. Tenho muita sorte em conhecê-las. Bret Ballou, Jackie Garlick e Lia Keyes, pelas horas incontáveis que cada uma passou comigo, sob o céu do nunca. Obrigada.

Amigos e familiares, obrigada por me incentivarem ao longo dos anos, enquanto eu perseguia um sonho. Eu não o alcançaria sem vocês. Em especial, obrigada a meus pais, por serem os melhores exemplos que uma filha pode querer. A meus meninos: estou arrancando o pino de uma granada de amor e lançando na direção de vocês.

Finalmente, a meu marido: a vida é maravilhosa ao me render a você.

Impresso pela Gráfica JPA Ltda., Rio de Janeiro – RJ.